まいない節

献残屋佐吉御用帖

山本一力

PHP
文芸文庫

○本表紙デザイン＋ロゴ＝川上成夫

目次

まいない節

献残屋佐吉御用帖

引き潮

鰹《かつお》は黒潮に乗って海を回遊する。

毎年四月に入ると、駿河湾《するがわん》沿いの浜はどこも鰹漁で大盛況となった。なかでも焼《やい》津湊《づみなと》は、漁師たちが気を大きく昂《たか》ぶらせた。

「今年もわしらが一番じゃきに」

「当たり前じゃ」

「焼津の八丁櫓《はっちょうろ》に勝てる漁船は、どこの国にもおらんがね」

焼津湊の漁師たちは、黒潮が流れてくる海を見ながら、胸を張った。

八丁櫓とは、その名の通り一杯《いっぱい》の船に八丁の櫓を取り付けて漕《こ》ぐ、快速船のことである。諸国には八丁以上の櫓を取り付けた船は幾《いく》らもあった。

しかし八丁櫓の漁船は、この焼津湊と室戸《むろと》岬《みさき》にしか公儀《こうぎ》は許可を与えなかった。家康《いえやす》は江戸開府と同時に、幾つかの重要な禁令を発した。

『漁船の櫓は七丁までとする』

幕府はこう定めて、八丁櫓を厳禁した。わけは、武田《たけだ》水軍のめざましい活躍にあった。

武田軍と北条《ほうじょう》軍が浮島《うきしま》ヶ原《はら》沖で戦ったおり、船の数・兵士の数では、北条軍のほうがはるかに優勢だった。にもかかわらず、武田水軍は北条水軍を打ち破った。

数では劣勢ながらも大勝利にいたった理由は、武田水軍が小早《こはや》型八丁櫓の船を駆使したからだ。その史実をしっかりと覚えていた家康の重臣たちは、同じ形をした漁船の八丁櫓を厳しく禁じた。

慶長《けいちょう》八（一六〇三）年、家康は将軍の座を秀忠《ひでただ》に譲った。そして慶長十二年には、家康はなじみの深い駿府城《すんぷじょう》へと移った。

駿府城を隠居城とした、いわゆる大御所《おおごしょ》時代の始まりである。家康は元和《げんな》二（一六一六）年に没するまで駿府城から動かず、用のある者は江戸から出向いた。

富士山が望めて、野山に囲まれた駿府は、鷹狩《たかがり》好きの家康には格好の地であったに違いない。

「牧《まき》ノ原《はら》にまいる」

家康の号令のもと、駿府城を出た隊列は高草山《たかくさやま》を越えて、牧ノ原へと向かった。

鷹狩を終えた帰途は焼津漁船に警護をさせ、海路で駿府まで戻ろうとした。

家康の船は、五十丁を超える櫓を装備した大型の軍船《いくさぶね》である。

「なにをいたしておる。もそっと早く漕がなければ、警護にならぬ」

警護の役人が厳しい声で叱《しか》った。漁師たちは懸命に漕ぎ続けたが、軍船の船足にはかなわない。

「八丁櫓をお許しいただければ、かならず警護役を果たしてみせます」

漁船の船元は、八丁櫓の許可を懇願《こんがん》した。

「大御所様の警護が果たせるのであらば、よろしかろう」

許可を得た漁船群は、見事に軍船の警護役を果たした。

家康の没後も、焼津漁船には八丁櫓が許された。

「今年もわしらが一番じゃきに」

焼津漁師の威勢がいいのは、漁場に素早く向かい、漁獲のあとはいち早く湊に帰る、快速船があったからだ。

嘉永《かえい》六（一八五三）年四月二日。焼津の空は夜明けから気持ちよく晴れ渡っていた。空と海の境から昇り始めた朝日は、ダイダイ色の強い光を四方に放っている。光の帯のひと筋が、焼津湊の八丁櫓漁船群にも届いていた。

「いい天気だがね」

「これで鰹の群れにぶつかったら、言うことはねえずら」

「ちげえねえ」

船頭たちが、潮焼け顔を見交《みか》わした。

黒潮が大きくうねりながら、焼津の沖合いを流れているのを、漁師はぬるい潮風で感じ取っていた。鰹は黒潮に乗り、大群となって泳いでくる。

「昨日っから、カモメが落ちつかねっからよう。群れは近いべ」

「そうだな」

年配の船頭が、あごに手をあててうなずいたとき、沖からカモメの鳴き声が聞こえてきた。どこから集まったのか、数十羽の群れである。

「支度《したく》を急ぐだ」

船頭の顔色が変わった。カモメの群れは、ひとつだけではなかった。湊から沖合い三百尋《ひろ》（約四百五十メートル）の空に、白い群れとなったカモメが幾つも見えた。

「だがよう、源蔵《げんぞう》」

一番年かさの船頭が、ふっと出漁支度の手をとめた。

「あれが鰹の群れだとしたら、陸《おか》から近過ぎねえか」

「それはそうだけんど、どっちにしてもカモメの数が半端《はんぱ》でねえずら」

「急ぐにこしたことはねえべ」

船頭たちが話をしている間も、カモメはキイキイと鳴き続けた。その鳴き声が、漁師たちの気持ちを煽《あお》り立てた。

「支度はええか」

釣《つ》り役と漕ぎ手を兼ねた若い者に、船頭が声をかけた。

「こっちは、いつでもいいだ」

船の両舷《りょうげん》に陣取った八人の若者が、声を揃《そろ》えた。全員が薄物《うすもの》の半袖《はんそで》を身につけている。裸のままでは、陽《ひ》に焼かれて肌がやけどを負うからだ。

櫓を漕いだあと、漁場では太い竹竿《たけざお》を握る。力仕事を繰《く》り返す身体《からだ》は引き締まっており、両の腕には力瘤《ちからこぶ》が盛り上がっていた。

鰹漁は、群れが泳ぎ去るまでの一刻《いっとき》（二時間）が勝負だ。その間に、いかに多くの鰹を釣り上げるかが、釣り役の腕の見せ所だ。

竿は長さ十尺《しゃく》（約三メートル）の太い竹竿である。控えの分も含めて二十本の竿が、船の真ん中に立てかけられていた。

海原の果てから、大きくて丸い天道《てんとう》がすっかり顔を出した。

カモメが鳴き続けながら、沖に向かって羽ばたいている。もはや、鰹の群れがいることに間違いはなかった。

艫《とも》に座って舵《かじ》を手にしている船頭が、大声で出漁を告げた。

うおおっ。

低い雄叫《おたけ》びを残して、船が動き出した。八丁の櫓が、息を揃えてぐいっ、ぐいっと海水を摑《つか》んでいる。

漁船は見る間に船足を速めた。

「しっかり獲《と》ってこいやあ」

「富士のお山が、大漁を見守ってるぞう」

岸壁で船出を見送る者たちが、両手を口にあてて大声を投げた。

待ちに待った、鰹漁の船出である。船が入り江から出ていったあとは、鰹節《かつおぶし》造りの仕事場にひとが集まり始めた。

「いよいよ始まったがね」

「この上天気なら、大漁、間違いねえずら」

笑顔を見交わす女たちは、漁師に負けないほどの潮焼け顔である。その顔に、赤味の強い朝日がさしていた。

沖に出遅れたカモメが、低い空で寂しそうに鳴いた。

一

焼津屋は、駿河国一番の鰹節問屋《どんや》だ。

創業は元和二年、権現《ごんげん》（家康）様逝去《せいきょ》の年である。

「畏《おそ》れ多くも、わが焼津屋は権現様の生まれ変わりも同然だ」

他言無用をきつく言い渡したうえで、代々の焼津屋当主は、跡継ぎの惣領《そうりょう》息子にこう言い伝えた。

家康が没したあとの駿府城には、家康の十男でのちの紀州《きしゅう》徳川家の祖になった頼宣《よりのぶ》や、二代将軍秀忠の三男・忠長《ただなが》などが城主となった。そののちは駿府城代《じょうだい》が置かれ、幕府直轄領《ちょっかつりょう》としていまにいたっている。

焼津屋初代は駿府城台所奉行《だいどころぶぎょう》と掛け合い、焼津特産の鰹節献上《けんじょう》を成し遂げた。駿府城への献上は、いまの九代目焼津屋六座衛門《ろくざえもん》も諸先代同様に、しっかりと果たしていた。

「これより、今年の手伝い衆に仕事場を案内してまいります」

焼津屋仕事場差配《さはい》の佐治ノ助《さじのすけ》が、当主の前で大きな背中を丸くして辞儀《じぎ》をした。

四月二日、四《よ》ツ(午前十時)過ぎ。湊の八丁櫓漁船は、すべて出漁を終えていた。

「仕事始めはいつからだ」

焼津屋九代目の声には張りがあった。

「今朝《けさ》の出漁の様子から察すれば、八ツ(午後二時)には大きな水揚げがあると思われますので」

「いよいよ、今日か」

「いよいよ、今日です」

当主と差配が、同じ言葉を口にしあった。

九代目六座衛門は、文政《ぶんせい》元(一八一八)年生まれの三十六歳である。先代が五十一歳の若さで急逝《きゅうせい》したため、九代目は弱冠《じゃっかん》十八歳で当主の座に就《つ》いた。

が、それもすでに十八年も前の話だ。いまではすっかり、焼津屋九代目の貫禄《かんろく》と器量を身につけていた。

「しっかり手伝い衆に、仕事の手順を教えてやってくれ」

「分かりました」

当主にもう一度辞儀をしてから、佐治ノ助は立ち上がった。上背《うわぜい》が六尺一寸《すん》もある佐治ノ助は、焼津湊一番の大男である。

当主の居室から出るとき、鴨居《かもい》の前でわずかに首をすくめた。真《ま》っ直《す》ぐに歩いたのでは、髷《まげ》が鴨居にぶつかるからだ。

佐治ノ助が居室を出ると、六座衛門は立ち上がって障子戸《しょうじど》を開いた。縁側には、四月の陽がさしている。手入れの行き届いた庭の先には、頂《いただき》に雪をかぶった富士山が遠望できた。

「いよいよ、今日からか……」

六座衛門の顔つきが引き締まった。

焼津屋が建っているのは、焼津湊魚市場の真正面である。店の間口《まぐち》だけで、二十間《けん》（約三十六メートル）もある。接客用の離れと築山《つきやま》を構えた敷地が、およそ三百坪。塀《へい》で隔《へだ》てられた先には、鰹節造りの仕事場、蔵、奉公人《ほうこうにん》の長屋までが普請《ふしん》されていた。

「焼津屋さんは、他人《ひと》の地所を歩かずに町の往来ができる」

焼津屋が所有する敷地すべてを合わせれば、一万五千坪を超える。

これほどまでに焼津屋が身代《しんだい》を大きくできたわけは、ふたつあった。

ひとつは家康没後の駿府城に、焼津屋の鰹節が献上できたことだ。『将軍家献上』の看板は、駿河国にとどまらず、江戸においても大きな威力を発揮した。

焼津屋が拵《こしら》える鰹節は、焼津湊渡しの卸値《おろしね》で、ひと節（一本）八十文《もん》である。卸値は豊漁・不漁の具合で大きく上下するが、それを均《なら》した値が、一本八十文だ。

嘉永六年のいま、小判一両は六貫（六千）文が両替相場である。去年一年の焼津屋の商《あきな》いは、ほぼ一万五千両だった。

一本八十文の鰹節は、七十五本で一両だ。一万五千両を売り上げるためには、百十二万五千本もの鰹節を商わなければならない。

一尾《び》の鰹から、四本の鰹節が取れる。焼津屋は一年で、実に二十八万千尾以上の鰹をさばき、鰹節を拵えたわけだ。

焼津湊の八丁櫓漁船が水揚げする鰹は、豊漁・不漁を均しておよそ三十万尾前後だとされている。

「焼津湊の魚市場は、焼津屋でもっている」

土地の者が言い交わすことは、決して大げさではなかった。

焼津屋は、水揚げされる鰹を、ほぼ独《ひと》り占めにしていたからだ。

もうひとつのわけは、宝暦《ほうれき》八（一七五八）年生まれの七代目焼津屋六座衛門が、江戸の献残屋《けんざんや》大店《おおだな》寺田屋《てらだや》との取引をまとめたことである。

献残屋とは、公儀幕臣屋敷や大名諸家を回り、他所《よそ》からの進物《しんもつ》の余り物を買い取る稼業《かぎょう》である。

本郷《ほんごう》に店《たな》を構える寺田屋は、江戸の同業者のなかでは名の通った献残屋だ。七代目六座衛門は、みずから江戸に出向くに際し、駿府城城代役職者に寺田屋への添《そえ》状《じょう》を認《したた》めてもらった。

「ぜひにも、てまえどもの鰹節を取り扱いくださりたく……」

添状には、焼津屋鰹節がいまでも将軍家への献上品であると記してあった。

鰹節の品質でいえば、土佐節《とさぶし》が群を抜いている。焼津産は、房州《ぼうしゅう》などと並び、二流品とされていた。

それを承知で寺田屋に売り込んだのは、寺田屋が並の献残屋とは違っていたからだ。

寺田屋の商いは他の同業者とは異なり、進物の余り物を買い集めるだけではなかった。手ごろな値の『進物の周旋《しゅうせん》』も行った。

海産物は、進物によく使われる。寺田屋は諸国の有力海産物問屋から仕入れた品を、大名たちに周旋した。

「この越後《えちご》産の干しあわびでござりますれば、先様《さきさま》からてまえどもが引き取らせていただくときにも、率が格段によろしゅうございますので」

寺田屋の手代《てだい》は、巧《たく》みな口上《こうじょう》で扱い品を商家に売り込んだ。

献残屋が率よく買い取るのであれば、その品を贈られた側は大いに喜ぶ。品物の贈答という形をとりながらも、実質はカネを贈るも同然だからだ。

寺田屋が扱う品物は、のちの買取を請《う》け合《あ》ったも同じ……このことを贈る者・受け取る者の双方が高く評価した。

寺田屋が扱うと決めれば、鰹節の品質が土佐節より劣っていても、なんら障《さわ》りはない。なぜならもしも寺田屋が焼津産の鰹節を扱えば、品質では優《すぐ》れている土佐節よりも、率よき値で引き取るからだ。

七代目は、寺田屋との談判を上首尾《じょうしゅび》に終えた。その結果、江戸への出荷が三割以上も増えた。

「なにとぞ、今年も大漁でありますように」

縁側に立った九代目六座衛門は、富士山に向かって両手を合わせた。ことあるごとに富士山に頼みごとをするのは、焼津屋代々の当主の習《なら》わしのようなものだ。

空の高いところを飛ぶひばりが、六座衛門の願いごとに、ピイピイと鳴いて応じていた。

二

四月二日の朝は焼津同様に、江戸も上天気で明けた。本郷・寺田屋の裏庭では、明け六《む》ツ（午前六時）の直後から男がひとり、ゆっくりと身体を動かしていた。

ううむっ……。

腕を頭上に思い切り伸ばした佐吉《さきち》は、おのれの身体に存分な伸びをくれた。その同じ動きを十回繰り返したあと、ふうっと息を吐《は》き出した。

佐吉は諸肌脱《もろはだぬ》ぎになって、朝の鍛錬《たんれん》を続けている。五尺六寸、十五貫《かん》五百（約五十八キロ）の身体は、三十五歳とは思えぬほどに引き締まっていた。

毎朝明け六ツから四半刻《しはんとき》（三十分）の間、佐吉はみっちりと身体を動かした。手足を存分に伸ばして、筋の縮みを取り除くのが鍛錬の目的である。

存分に筋を引き伸ばすために、見た目の動きは緩慢《かんまん》だった。あたかも花道《はなみち》に立った役者が、大見得《おおみえ》を切るがごとくの、大きくてゆるい動きだ。

ところが四半刻も続けたあとは、真冬であっても背中は汗まみれとなった。献残屋の手代は、客先から大量の海産物を持ち帰ることが多かった。一個ずつなら、大した重さではない。しかし五十、百とまとまれば、たとえそれが干しあわびであっても、そこそこの重さとなる。

佐吉が身体の鍛錬を欠かさないのは、荷物の持ち運びで他の奉公人に後《おく》れをとりたくないからだ。三十五歳の佐吉は、寺田屋の手代のなかでは年長者の組に入る。しかも佐吉は、焼津屋と寺田屋の縁故《えんこ》で雇《やと》われた焼津者である。

「あのひとは、ご当家との伝手《つて》があるから」

他の奉公人から陰口をたたかれないためにも、佐吉は身体の鍛錬に精を出し、進物の品物運びでは若い者の範《はん》となるように努めた。

ふうう。

動きをとめて息を吐いたら、身体中から汗が噴《ふ》き出した。きれいに乾《かわ》いていた手拭《てぬぐ》いが、たちまちぐっしょりと濡《ぬ》れた。

「寺田屋で商いますものは、焼津の鰹節、熨斗《のし》あわび、干貝《ほしがい》、昆布《こんぶ》、塩鳥《しおどり》……」

小僧たちが、調子をつけて寺田屋の商い品目の暗誦《あんしょう》を始めた。毎朝これを繰り返すことで、小僧ひとりずつの身体に寺田屋の商売が染《し》み透《とお》っていくのだ。

寺田屋の扱い品目は、全部で三十六もあった。その最初が、焼津の鰹節である。

身体の汗を拭《ふ》き終わった佐吉は、裏庭の石に腰をおろした。

そろそろ、今年の鰹漁が始まるころだ。新節《しんぶし》ができるのも、間もなくだろう……。

佐吉は目を閉じて、在所《ざいしょ》（郷里）の様子を思い描いた。仕事場で差配をしている、従兄弟《いとこ》の佐治ノ助の顔が浮かんできた。

江戸に出たいという佐吉の願いを知って、焼津屋九代目に掛け合ってくれたのが、一回り年上の佐治ノ助だった。

四ツを過ぎた焼津湊には、初夏を思わせる陽差《ひざ》しが降り注《そそ》いでいた。

「これが、鰹節のもとになる魚だ」

五十人の手伝い衆を前にして、佐治ノ助は一尾の鰹を高く持ち上げた。二十代のころ、佐治ノ助は五年間江戸で暮らした。そのとき身についた江戸弁が、いまだに物言《ものい》いから抜けていない。

佐治ノ助の歯切れのよいしゃべり方は、漁船の若い漕ぎ手には人気があった。

「鰹節に使える魚は、一尾の重さが本節《ほんぶし》用でも一貫六百ぐらいまでだ」

佐治ノ助が手にしているのが、一貫六百の鰹だった。

「これより大きな鰹は、芯《しん》まで乾かすのがむずかしくなる。いい鰹節を造るには、最初に魚の吟味《ぎんみ》をするのがなにより大事だ」

おまえ、分かったかと、佐治ノ助は目の前の若い者に問いかけた。いきなり問われた男は、目を見開いて大きくうなずいた。

「あたまを落とすとき、重さの判断がつかないようなら勝手なことをしないで、近くの班長に見てもらえ。分かったか」

手伝い衆五十人が、分かりましたと声を揃えた。

「大事なことが、もうひとつある」

佐治ノ助はあらかじめ、鰹の三枚おろしを二枚用意していた。桶《おけ》から取り出すと、それを高々と差し上げて全員に見せた。

陽は佐治ノ助の正面だ。四ツ過ぎの強い陽差しが、まともに鰹の切り身を照らした。

二枚の切り身は、色味がはっきりと違っていた。一枚は鮮《あざ》やかな真紅《しんく》だが、もう一枚は赤味が薄かった。

佐治ノ助は、赤味の薄いほうを前に差し出した。

「生で食うには、こっちのほうが脂《あぶら》がのっていて美味《うま》い。ところがこれで鰹節を拵えたら、油節《あぶらぶし》になる」

油節は香りも味もいまひとつで、ダシをとると濁《にご》ってしまう。脂ののり過ぎた鰹は、鰹節には禁物《きんもつ》だと説いた。

「こっちの鰹は、まだ若くて、生で食うといまひとつだが、鰹節造りには一番あってる」

言ってから二枚の鰹を桶に戻すと、佐治ノ助は手伝い衆を手招きした。全員が、前のほうに詰め寄ってきた。

「そうはいっても、若けりゃあなんでもいいというわけでもねえ」

いきなり伝法《でんぽう》な物言いになった佐治ノ助は、言葉を区切ってから女房《にょうぼう》連中を順に見回した。

「鰹が若いと赤味が強過ぎて、ギチ（ぱさぱさ）になっちまう。若過ぎる鰹節は、まずくて手に負えねえ。やっぱり、年増《としま》がいいということさ」

女房連中が、どっと沸《わ》いた。

毎年佐治ノ助が口にする、お決まりの軽口《かるくち》だった。佐治ノ助配下の男たちは、毎年同じことを聞かされている。

それでも手伝い衆が笑うと、調子を合わせて笑い声をあげた。

大笑いをしたことで、五十人の気分がほぐれたようだ。一同の顔つきを見定めてから、佐治ノ助は配下の者に目配《めくば》せをした。

すかさず、またもや新たな鰹の切り身二枚が差し出された。さきほどとは異なり、今度の切り身は二枚とも色は真紅である。

違っているのは色ではなく、大きさだった。

「こっちの小さな鰹は、半身《はんみ》をそのまま使って亀節《かめぶし》を拵える」

耳慣れない亀節という言葉が、全員に染み透るまで佐治ノ助は待った。

「いま言った亀節は、小ぶりの鰹一尾から二枚取ると覚えてくれ」

分かりましたと、手伝い衆が声を合わせた。佐治ノ助と五十人の気が揃い始めていた。

「こっちの大きな身は、本節用だ」

全員が切り身の大きさを呑《の》み込めるように、佐治ノ助は高く差し上げた。

「大きさは分かったな」

「分かりました」

「いい返事だ。おめえたちの声には、あたまのよさが滲《にじ》み出てるぜ」

またもや、笑いと歓声があがった。佐治ノ助は大きな半身を前に差し出して、全員を静まらせた。

「本節用の半身は、血合《ちあ》いのところで背と腹とに切り分ける。この仕事を鰹節造りの玄人《くろうと》は、合断《あいだ》ちと呼ぶんだ。おめえさんたちも手伝いが始まれば、そこからは玄人だ。この合断ちという言い回しを覚えてくれ」

玄人と言われた五十人が、きっぱりとうなずいた。

湊の沖合いでは、カモメの群れがひっきりなしに鳴いている。その鳴き声が、鰹節造りの仕事場にまで流れてきた。

佐治ノ助が、ふっと話をやめた。大漁を告げるカモメの鳴き声が、仕事場に満ちていた。

三

同日四ツ（午前十時）。強い陽差しが、麴町《こうじまち》四丁目の坂道に降り注いでいた。

江戸城の半蔵御門《はんぞうごもん》から四ツ谷《よや》御門までは、十三町《ちょう》（約一・四キロ）の大路《おおじ》が続いている。さほどに上り下りのない一本道で、四ツ谷御門に向かって南側には、幕閣重臣や役職に就いた旗本《はたもと》の屋敷が建ち並んでいた。

北側は禄高《ろくだか》が千石《ごく》に満たない旗本や、蔵米《くらまい》が四百俵《ぴょう》までの御家人《ごけにん》が暮らす麴町である。半蔵御門前が麴町の始まりで、一丁目。大路を西に歩いた先の四ツ谷御門前が、麴町の仕舞《しま》いで十丁目だ。

半蔵御門前に立ち、大路の南と北とを見比べると、屋敷の大きさがまるで違うのがよく分かった。御家人が多く暮らす麴町は、小さな屋敷が塀を接していた。

とはいえ、麹町に暮らすのは紛《まぎ》れもなき武家だ。たとえ敷地は百坪程度と小さくても、玄関には冠木門《かぶきもん》（冠木を左右二柱の上部に渡した、屋根なしの門）が構えられていたし、どの家も屋根は本瓦《ほんがわら》葺《ぶ》きだった。

佐吉が歩いている麹町四丁目は、坂の多い町である。しかし敷地が三百坪から五百坪程度の、麹町のなかでは比較的大きな屋敷が構えられていた。

真《ま》っ青《さお》に晴れた四月初旬の四ツは、陽差しが充分に強い。それに加えての、きつい坂の上り下りが連なる町歩きだ。

先を急ぐ佐吉は、ひたいに汗を浮かべて坂道を上っていた。

半蔵御門の方角から、屋敷の木立《こだち》を渡った薫風《くんぷう》が流れてきた。ふうっと大きな息をひとつ吐《つ》いた佐吉は、屋敷の白壁に寄りかかった。

屋敷はいずこも敷地が広く、庭木も若葉を茂らせている。樹木が作り出した木陰で、佐吉は深く息を吸い込んだ。

育ち盛りの杉の葉が放つ、濃い香りに満ちていた。

美味いじゃないか。

吸った空気の美味さにひとりごとをつぶやいてから、佐吉はまた坂道を上り始めた。上り坂の東側に連なっている白壁は、これからたずねる宅間伊織《たくまいおり》屋敷の築地塀《ついじべい》（土塀の上に屋根を葺いたもの）である。

下の道から坂のてっぺんまで、長い築地塀が連なっている。陽差しを浴びてキラキラと輝く、塀の本瓦の黒が美しい。

それにつけても、大したお屋敷だ……。

宅間屋敷をおとずれるたびに、佐吉は汗をかきつつも築地塀の眺《なが》めに見とれた。それほどに宅間屋敷は、塀にも庭木にも手入れが行き届いていた。

「大身《たいしん》のお旗本も、顔負けじゃないか。さすがは、浦賀奉行所《うらがぶぎょうしょ》のお役人だけのことはある」

手拭いで汗を押さえながら、佐吉は声に出してつぶやいた。

浦賀奉行所庶務頭《しょむがしら》の宅間は、禄高五百石である。宅間家は享保《きょうほう》五（一七二〇）年に浦賀奉行所が開設されて以来、五代、百三十年以上も奉行所庶務頭を務めている。

五代目当主のいまも、禄高五百石は変わっていない。家来・奉公人合わせて十五人を擁《よう》する宅間家にとっては、この禄高はさほどに大きな実入《みい》りではなかった。

公儀から得る禄米《ろくまい》は、領地農民と『四公六民』の割合で分配するのが定めだ。四割が宅間家で、六割が領地農民の取り分である。つまり宅間家の実入りは五百石の四割、二百石でしかなかった。

自家で食する以外の米を売却して得るのが、武家に入る唯一のカネである。糧食とする米は、ひとり一年一石だ。

宅間家家族と住み込み奉公人は、合わせて九人。札差《ふださし》に売りさばきを委《ゆだ》ねる米は、百九十一石である。

札差は相場にかかわりなく、一石一両で米を引き取った。宅間家は百九十一両を受け取り、家来と奉公人十五人に給金総額百二十両を支払った。

差し引きの七十一両が、宅間家の正味《しょうみ》の実入りである。町人なら家族四人でも、ひとりあたり一年に二両もあれば充分に暮らせた。

しかし武家は体面を保つために、さまざまに出費がかさんだ。式服・礼服を新調するだけで、一年に十両はかかった。

しかも宅間伊織が勤める奉行所は御府内《ごふない》ではなく、相州《そうしゅう》浦賀である。供《とも》を引き連れて麹町と浦賀を行き来するだけで、一度に一両の路銀《ろぎん》が入用《いりよう》なのだ。

限られた実入りのなかで家来と奉公人を雇い、五百坪の屋敷を守るのは容易ではない。並の旗本や御家人であれば、膨大な借金を札差に負っていただろう。

ところが宅間家は一両の借金も負ってはいなかった。それどころか、深川平野《ふかがわひらの》町《ちょう》の検校《けんぎょう》には、五百両もの貸し金の元手を融通《ゆうずう》していた。検校は宅間家に、一年につき八分《ぶ》（八パーセント）、四十両もの利息を支払った。

受け取り利息だけで、無役《むやく》の御家人の実入りを大きく上回っている。こんな暮らしが営《いとな》めるのは、宅間家が代々、浦賀奉行所の庶務頭を務めているからだった……。

宅間家の正門は、切通《きりどお》しの一角に構えられていた。冠木門だが、門扉《もんぴ》は分厚い樫《かし》板《いた》である。潜《くぐ》り戸《ど》のわきに立った佐吉は、太い紐《ひも》を強く引いた。

ガラン、ガラン。

勝手口で、銅製の大きな鈴《りん》が鳴った。ほとんど間をおかず、下男《げなん》が潜り戸を開いた。

「そうか……今日は二日だったかね」

五十年配の下男が、佐吉の顔を見てひとりで得心《とくしん》していた。

「よろしくお願い申し上げます」

潜り戸の前で、佐吉は小粒銀《こつぶぎん》二粒の心づけを握らせた。銀一匁《もんめ》が百五、六文の相場だ。二匁の銀は、心づけとしては充分な額である。

「庭から案内するでよ」

小粒二粒が効《き》いたのだろう。下男はすこぶる愛想《あいそ》のいい顔つきで、佐吉を屋敷内に招《しょう》じ入れた。

佐吉は毎月二日の四ツ過ぎに、宅間家をおとずれた。そして当主のいない留守宅《るすたく》をあずかる用人《ようにん》、野本三右衛門《のもとさんえもん》と商談に及ぶのが決め事だった。

宅間家の庭木は、松と杉がほとんどである。一年を通じて濃緑の葉を落とさないことを、当主伊織が好んでいるからだ。

四月にしては強過ぎるような陽差しが、松と杉の葉を照らしている。木漏《こも》れ日が、汗の浮いた佐吉のひたいを照らした。

空の高いところでは、つがいのひばりが声高《こわだか》にさえずっていた。

四

佐吉が庭伝いに案内されたのは、用人野本三右衛門の執務部屋である。障子戸を開けば、庭が見えた。広さは十六畳《じょう》で、八畳の次の間まで構えられていた。

「ほどなく野本様がまいられる。楽にしてよろしい」

用人配下の田中《たなか》が、佐吉に座布団《ざぶとん》を指し示した。佐吉はていねいにあたまを下げたものの、座布団を敷こうとはしなかった。

武家が町人に座布団を勧《すす》めるなど、あることではない。が、田中は佐吉に対しては、毎度のように勧めた。辞儀をしながらも、佐吉が畳《たたみ》から動かないのも毎度のことだった。

田中は儀礼として勧めているに過ぎない。宅間家にとっては、佐吉は大事な出入り商人。そのことを田中は、座布団を勧めることで示していた。

座敷の障子戸は開かれている。松と杉の香りを存分に含んだ微風が、十六畳間に流れ込んできた。その風に乗ったかのようにして、野本があらわれた。

「この陽差しのなか、坂を上るのは大儀であっただろう」

野本は、低いが響きのよい声音《こわね》である。ねぎらいを言われた佐吉は、うやうやしくあたまを下げた。木立を渡ってきた風が、佐吉の頭上を流れ過ぎた。

宅間家当主の伊織は、今年で四十五歳。留守宅をあずかる用人の野本三右衛門は、当主よりも四歳年上だ。来年には五十路《いそじ》を迎えるが髪に白いものは一本もなく、ひたいは脂で艶々《つやつや》と光っていた。

左右の眉《まゆ》は濃くて太く、両眼は相手の胸のうちをも見抜くような鋭い光を宿している。五尺五寸（約百六十七センチ）、十四貫（約五十三キロ）の引き締まった体軀《たいく》の野本は、不惑《ふわく》（四十歳）そこそこにしか見えなかった。

「先月は思いのほか、請願客が多くてのう」

「さきほど、田中様からうかがいましてございます」

佐吉が答えたとき、樹木の香りに満ちた風が座敷に流れ込んできた。

「さようか」

野本は目つきを和《やわ》らげた。野本も当主同様に、松と杉の香りが好みなのだろう。

「ならば、数量のほどもそのほうに伝わっておろうな」

「うけたまわっております」

田中から受け取った半紙二枚を、佐吉は膝元《ひざもと》に置いている。風を浴びて、半紙の端がひらひらと動いた。

「心地よい風だ」

野本が庭に目を移した。陽を浴びた杉の葉が、深い緑色を際立《きわだ》たせていた。

「そのほうと初めて浦賀に出向いた日も、このような陽差しが降り注いでおったのう」

「まことに、さようでございました」

「はや、二年が過ぎたということか」

つぶやいた野本は、佐吉の答えを求めてはいないらしい。庭を見る目は、二年前を思い返しているかのようだった。

佐吉を伴《ともな》った野本三右衛門が浦賀奉行所をおとずれたのは、嘉永四（一八五一）

年四月初旬だった。

同年二月十日に、前老中水野忠邦《ろうじゆうみずのただくに》が死に、死後五日たって蟄居《ちつきよ》（出仕・外出を禁じ、一室に謹慎《きんしん》させる武家に科す刑）が解《と》かれた。

宅間家は先代から二代にわたり、水野に目をかけられてきた。しかし弘化《こうか》二（一八四五）年九月二日に、水野は減封《げんぽう》のうえ蟄居を命じられた。

水野の専横《せんおう》的ともいえる政治姿勢は、幕閣にも江戸町人にも嫌われていた。失脚と同時に、水野につながる官吏《かんり》も次々に任を解かれた。

「このたびはわしも、御役御免《おやくごめん》の沙汰《さた》を下されるやもしれぬ」

野本を前にして、宅間は青ざめた顔を歪《ゆが》めた。ところが翌弘化三年になっても、宅間に咎《とが》めはなかった。

宅間家は五代にわたって、浦賀奉行所庶務頭に就いてきた。奉行や与力《よりき》など、上役にカネの入用あるときには、百両の大金であっても宅間は即日に調《ととの》えた。奉行にも筆頭与力にも、宅間は余人をもって代えがたい金づるだった。

浦賀奉行には、老中配下の遠国《おんごく》奉行が就任する。老中の耳には、宅間が水野に近いとの報告がなされていた。

「宅間の所業には、いささかの落ち度もござりませぬ」

詮議《せんぎ》された奉行も筆頭与力も、口を揃えてかばった。幕閣中枢《ちゆうすう》の老中からみれば、浦賀奉行所の庶務頭などは、深い吟味にも値《あたい》しない小物である。

宅間はお咎めなしとなった。が、いつなんどき、詮議がぶり返すかもしれない。浦賀奉行の覚えはめでたいものの、胸の奥には落ち着かない思いを抱《かか》えていた。

蟄居から六年が過ぎた嘉永四年になって、水野が亡くなった。ここに至り、宅間はようやく心底《しんそこ》から安堵《あんど》をした。

「寺田屋の新しい手代を連れてまいれ」

浦賀の宅間から目通《めどお》りの許しが出たのは、嘉永四年三月中旬のことだった。前年九月に佐吉が江戸の宅間家に出入りを始めてから、半年が過ぎていた。

寺田屋にとっての宅間家は、他のどの得意先よりも大事な顧客《こきやく》である。なにしろ宅間家からは月に均《なら》して六十両、一年で七百二十両もの品を売買することができたからだ。

商う品のほとんどは、寺田屋が売りさばいた『焼津節』だった。

宅間家が代々の浦賀奉行や筆頭与力から重用《ちようよう》されるわけは、庶務頭という役目にあった。

初めて浦賀奉行所をおとずれた日に、佐吉は野本に引率されて宅間の執務部屋に入った。当初の部屋は八畳ひと間、窓もない粗末な拵えで、佐吉は驚きのあまりに息を呑んだ。

「ここは奉行所だ。部屋は質素であるにこしたことはない」

宅間が目元をゆるめた。宅間の顔を初めて見た佐吉は、絶大な力を持つがゆえの、傲《ごう》岸《がん》な薄笑いだった。宅間の顔を初めて見た佐吉は、江戸からの道中で何度も聞かされた宅間伊織の持つ力の大きさを、あらためて思い返していた。

「佐吉」

庭を見ていた野本が、不意に佐吉のほうに振り返った。この日までのいきさつをあれこれ思い返していた佐吉は、すぐには返事ができなかった。

「なにを驚いておるのだ」

佐吉の様子を見て、野本はいぶかしげな顔つきになっていた。

「いささか、考えごとをいたしておりましたので……」

返事が遅れた非礼を詫《わ》びた。野本は佐吉の詫びを受け入れて顔つきを元に戻した。

「このたびは、いささか量が多いようだの」

「まことに……」

佐吉は語尾を濁《にご》して、あいまいに応じた。

「勘定《かんじよう》をいたすには、ひとりのほうがよかろうて」

存分に算盤《そろばん》を弾《はじ》いてみろと言い残して、野本は庭におりた。野本が履《は》いているのは、樫でできた丈夫な下駄《げた》である。用人が一歩を踏み出すたびに、庭に敷き詰められた玉砂利《たまじやり》が、乾いた音を立てた。

五

野本が庭に出て幾らも間をおかず、女中が茶菓《さか》を運んできた。座布団を勧められることもそうだが、出入りの商人に武家の女中が茶菓を供するのも、例のないもてなしである。

「ありがとうございます」

軽い会釈《えしやく》とともに礼を言った佐吉は、茶には口もつけずに半紙に目を戻した。田中から手渡された半紙には、三月に宅間家が受け取った品物の数量が一覧になっていた。

焼津節　五百袋
土佐節　百本

干しあわび　三十個
白扇子《しろせんす》　二百二十本
灘酒《なださけ》（四斗樽《しとだる》）五樽
絹反物《きぬたんもの》　五匹《ひき》

このほかにも、さまざまな品物が二枚の半紙一杯に記されていた。いずれも、宅間に『荷改め』の手加減を願う廻漕《かいそう》問屋などが届けてきた献上品である。

「このたびは、いささか量が多いようだの」

野本が言い残した通り、三月の献上品は品種・数量ともに尋常《じんじょう》な数ではなかった。

焼津節は、鰹節二本が寺田屋の紙袋に収められている。見た目にはただの鰹節だが、寺田屋と宅間家とが知恵を出し合って拵えた、他所《よそ》にはない『特別な献上品』だった。

焼津節を町場の乾物屋で買い求めれば、高い店でも一本百五十文程度である。ところが寺田屋は紙袋詰めの二本を、一貫五百文で売り渡した。

一本あたり市価の五倍近いという、途方もない高値である。しかし頼みごとを抱えて宅間家をおとずれる者は、文句を言わずに買い求めた。

寺田屋は一貫五百文で売った焼津節を、一貫三百文で引き取った。差額の二百文が寺田屋の儲《もう》けである。

宅間家をおとずれる商人たちは、手土産《てみやげ》にこの焼津節を持参した。

「殿への手土産は、寺田屋の焼津節がよろしかろう」

麹町の屋敷をおとずれた者に、用人の野本はこうつぶやいた。少ない者でも十袋、願いごとの大きい者は三十袋から五十袋の焼津節を購入した。

五十袋だと寺田屋が宅間家から買い戻す額は、六十五貫文。小判換算《こばんかんざん》で、十一両もの大金である。ところが市価相場ならわずか八貫文で、一両二分にも満たない。

もしもだれかに献上品を見咎められても、焼津節五十袋(百本)なら、金額からみても文句のつけようがない。

「先方はずいぶん、焼津節に執心《しゅうしん》らしい」

嫌味《いやみ》を言うのが精一杯だった。

請願をする商人たちは、寺田屋の焼津節を持参することで、手土産だと言い張ることができる。

寺田屋は一袋を商うたびに、二百文という大きな口銭《こうせん》を手にすることができる。

宅間家は受け取った焼津節を寺田屋に売却することで、『巨額の献金』を人目を気にせずに手に入れられる。

焼津節は、賄賂《わいろ》にうるさい世間の目を逃れるための、うってつけの隠れ蓑《みの》だった。

買い戻したあとの焼津節は、定まったうどん屋に相場の七掛けで売り渡した。

「この値段でへえるなら、幾らでも売ってくだせえ」

うどん屋は大喜びをした。

寺田屋と宅間家とが編み出した焼津節のやり取りは、かかわるだれもが喜ぶという絵図となっていた。

三月に届けられた焼津節は、じつに五百袋。寺田屋の買い戻し額で、百両を超える大金である。算盤を弾き終えた佐吉は、金額の大きさにため息をついた。

三月に焼津節がどれほど売れていたかは、もちろん佐吉も知っていた。知ってはいたが、おのれの手で算盤を弾いてみて、あまりの桁違《けたちが》いの売れ方に驚いたのだ。

これほど凄《すさ》まじい量の貢物《みつぎもの》が集まるのも、宅間家が浦賀奉行所の庶務頭だからだ。算盤を膝元に置いた佐吉は、ぬるくなった茶に口をつけた。口に含んだ茶の味が、またもや初めて浦賀奉行所をおとずれた日のことを思い出させた。

浦賀奉行所は奉行所真裏の海岸近くに『浦賀船番所《ふなばんしょ》』を構えていた。そして江戸湾に出入りする船舶のなかから、おもに弁財船《べざいせん》などの大型船の監視にあたった。

浦賀奉行所に就任する遠国奉行は、石高千石、役料五百俵である。重要な役目の割には、禄高は低かった。

『禄ある者は任薄く、任ある者は禄薄く』

これが徳川幕府の考え方である。信頼できる家臣には重要な任務を与える代わりに、禄高を低く抑《おさ》えた。

「禄のために、任に就くわけではございませぬゆえ」

面子《メンツ》を命よりも大事に思う武家は、低い禄高を甘受《かんじゅ》して任務に就いた。

奉行所は筆頭与力が実務の頂点である。そして与力十騎、同心《どうしん》五十人が配された。さらには七十人の武家奉公人が雇われて、役人の目が行き届かないところを補った。

庶務は、奉行所で働く者すべての世話掛《せわがかり》である。庶務頭の宅間は、五人の同心と五人の下男・中間《ちゅうげん》を配下に従えていた。

天明《てんめい》八（一七八八）年、当時の老中松平定信《まつだいらさだのぶ》は、酒株改《さけかぶあらた》め策を施行した。底を突きそうになった公儀金蔵《かねぐら》を潤《うるお》すための、いわば租税増収策である。

上方《かみがた》から江戸に廻漕される灘の酒は、『下り酒』と称して大いに喜ばれた。公儀はカネに詰まるたびに、この『下り酒』に租税を課そうとした。が、毎度のように酒造仲間から強い反発を食らい、試《こころ》みは数年のうちに沙汰やみとなった。

その顚末《てんまつ》を細《こま》かに調べ上げた定信は、奇策を編み出した。灘酒の蔵元《くらもと》すべてではなく、新興の上灘郷《かみなだごう》・下《しも》灘郷の酒蔵に限って冥加金《みようがきん》（営業税）を課すと決めたのだ。寛政《かんせい》四（一七九二）年には、灘酒千石につき銀百二十九匁を、寛政七年からは千石につき四十三匁の冥加金を、それぞれ課した。

定信が行った酒造統制は、廻漕分野にも及んだ。その重要な役目を担《にな》ったのが、浦賀船番所である。

役職名は『下り酒荷改方《にあらためかた》』。この役を兼ねたのが、二代目宅間伊織である。

「江戸に入る下り酒については、ことさら厳しく吟味いたせ」

奉行から下命された宅間は、船頭や廻漕問屋が音《ね》をあげるほどに厳しく積荷を確かめた。

積荷調べの実際を受け持つのは、浦賀船番所周辺の廻漕問屋の奉公人である。

彼らにしてみれば、灘酒を運んできた船頭たちは、いわば同業者であり、また得意先でもある。手厳しい調べは、仲間内から強い反発を食らった。

「いま少しゆるやかな調べを……」

廻漕問屋に泣きつかれても、宅間は一切《いっさい》耳を貸さなかった。

定信が荷改方の設置を命じた当時、灘から江戸に廻漕される酒は一年で七十万樽を数えていた。この数を定信は、三十万〜四十万樽にまで減じようと図《はか》った。

「御公儀のお力で、なにとぞ江戸と関八州《かんはつしゅう》の地酒を守《も》り立ててくださりますように」

定信当人は陸奥国白河《むつのくにしらかわ》藩主である。領地に近いところに住む彼らの願い出を定信は聞き入れようとした。

遠く離れた灘よりも関八州の蔵元のほうが、はるかに目配りができるし、統制もとれる。このことも、耳を傾けたわけのひとつである。

いっときは規制の効き目があらわれて、下り酒の廻漕量は三割近くまで激減した。しかし定信の老中失脚とともに、下り酒を求める声が江戸に渦巻《うずま》いた。

「ゼニは高くても構わねえからよう。下り酒を呑ませてくんねえ」

庶民のみならず、武家も灘酒の美味《うま》さを強く求めた。

しかし定信が失脚したのちも『下り酒荷改方』の役職と、厳しく酒樽を改める仕組は残された。

「下り酒荷改方は、浦賀船番所にとりまして多大なる力の源泉にございます」

宅間伊織の注進を、代々の浦賀奉行と筆頭与力は受け入れた。下り酒の荷改めという権限を、船番所が持ち続ける……この重要さを、役人は知悉《ちしつ》していたからだ。

荷改めの一切は、宅間に任された。酒の江戸入りを許すも、灘に送り返させるも、すべては宅間の胸三寸で決まるわけだ。

大坂《おおざか》を出た灘酒は、幾つもの海の難所を越えてようやく浦賀に到着できたのだ。

もしも送り返しを命じられれば、無事に大坂まで廻漕できるか否《いな》かも定かではなくなる。

「なにとぞ、お目こぼしを……」

荷改めを行う地元の廻漕問屋・船主・酒の蔵元の三者が、懸命に手加減を頼み込んだ。

「奉行より、このたび限りの恩情ある御沙汰が下された」

散々《さんざん》に恩を着せたあと、宅間は声の調子を変えた。

「こののちの廻漕については、江戸麹町四丁目のわしが屋敷にて、用人と委細を詰められたい」

宅間に言い置かれた廻漕問屋や蔵元は、すぐさま麹町に出向こうとした。

「用人が話を聞くのは、毎月十日から二十日までの十一日間のみである」

狭い八畳間を出た廻漕問屋の番頭や蔵元の当主は、すぐさま店に戻った。そしてひたいを寄せては、江戸行きの算段を始めた……。

奉行所の薄暗い八畳間で、佐吉は宅間から話の一部始終を聞かされた。の者がいれた茶は、薄緑色の煎茶《せんちゃ》だった。

江戸に比べて浦賀は水が美味いらしい。煎茶は、無骨《ぶこつ》な役人がいれたといほどに美味かった。

佐吉が茶を飲み干すのを見計らったかのように、野本が庭から戻ってきた。

「算盤を弾き終えたようだの」

「いささか手間取りましたが、二度検算をいたしましたので」

佐吉は矢立《やたて》から取り出した筆で、半紙の隅《すみ》に弾き出した金額を書き込んだ。

「そんなところだろう」

野本は顔色も変えずに応じた。

二百五十三両二分二朱《しゅ》。

細筆で書かれた文字は、まだ墨《すみ》が乾いていない。庭からの風を受けて、佐吉の手に摑《つか》まれた半紙がひらひらと揺れていた。

「ところで佐吉……」

ひと息おいて、野本が話しかけた。口調からは、用人のいかめしさが薄らいでいた。

「おまえの算盤は算盤として」

半紙に一瞥《いちべつ》をくれてから佐吉に目を戻した。

「いま少し、色をつけられるだろうが」

納品値を釣《つ》り上げようとする、したたかな仲買人のような口調である。佐吉は戸《と》惑《まど》い気味の顔で、黙したまま野本を見詰めた。

「二百五十三両二分二朱の端数《はすう》を丸めて、二百六十両でどうだ」

六両二分もの釣り上げである。赤字ではないが、この値で買い入れるなら焼津節の儲《もう》けはわずか一両少々でしかなくなる。

なにゆえ野本様は、これほどまでにきわどい指し値をなさるのか。

佐吉は返答をせぬまま、胸の内で戸惑いを広げた。

舞い込んできた風が、買値を記した半紙の端を浮き上がらせていた。

六

江戸の上天気は、四月四日になっても続いていた。

朝の五ツ《いつ》（午前八時）には、仙台堀《せんだいぼり》にもダイダイ色の朝日が届き始める。キラキラと耀《かがや》く川面《かわも》が、今日の上天気を請け合っていた。

「支度はいいか、船が着くぞ」

亀久橋《かめひさばし》たもとの船着場《ふなつきば》に立った拾蔵《じゅうぞう》が、河岸《かし》に並んだ若い者たちに声をかけた。

「支度なら、とっくにできてやすぜ」

五人並んだ若い者のなかで、最年長の廉助《れんすけ》が胸を叩《たた》いた。背丈は五尺一寸（約百五十五センチ）と小柄《こがら》だが、目方《めかた》は十六貫（約六十キロ）もある。

しかしいささかも太って見えないほどに、廉助の肉置《ししお》きは引き締まっていた。

「板をおろしねえ」

廉助の指図で、残りの四人が機敏に動いた。廉助を含む五人は、いずれも吉羽屋《よしばや》でうどんつゆを拵える職人である。

船着場から五人の動きを見ている吉羽屋番頭《ばんとう》の拾蔵は、満足げに目を細くした。きびきびとした振舞《ふるま》いは、すべて拾蔵が仕込んだ動きである。

厚さ五寸（約十五センチ）、幅一尺（約三十センチ）、長さ二間（約三・六メートル）の板が、素早く石段の上に敷かれた。分厚《ぶあつ》くて幅広、しかも二間の長さがある杉板は、一枚で七貫（約二十六キロ）もの重さがあった。

ところが若い職人たちは、だれもが顔もしかめずにその板を持ち運びした。河岸から船着場までは、十四段の石段がある。杉板は縦《たて》に二枚、横に三枚が石段の上に並べられた。

「荷揚げには、お誂《あつら》えの上天気になってくれやしたぜ」

顔をほころばせた川船の船頭が、威勢よく舫《もや》い綱《づな》を放り投げた。空中で受け取った廉助は、綱の端を素早い動きで杭《くい》に縛《しば》りつけた。

敏捷《びんしょう》な動きに感心したのか、廉助の頭上で二羽のカモメが声を合わせて鳴いた。

船がしっかり舫われたのを見定めて、船頭は船着場に降り立った。

「今日の納めを確かめてくだせえ」

船頭は分厚い納め帳を拾蔵に差し出した。毎月三回、四日・十四日・二十四日が醬油《しょうゆ》・味醂《みりん》・砂糖・塩・干しわかめ・焼津節の納め日である。

品物のなかでもっとも高価な砂糖は、真《ま》っ赤な袋に詰められている。砂糖は湿り気をなにより嫌《きら》う。赤い紙袋には、湿気よけの渋《しぶ》がたっぷりと塗《ぬ》られていた。

「数を確かめなさい」

拾蔵の指図《さしず》で、廉助が年下の者ふたりを連れて川船に飛び乗った。

「醬油、二十樽」

拾蔵が渋い声を張り上げた。

「ひい、ふう、みい……」

四斗樽を数え始めた廉助は、数を確かめてから、二十樽ありやすと応《こた》えた。

「味醂、一斗（約十八リットル）」

「砂糖、十斤《きん》（約六キロ）」

「塩、十斤」

「干しわかめ、三貫（約十一キロ）」

拾蔵が読み上げる数を、廉助たちは次々と確かめた。砂糖は二斤入りの渋袋が五袋、塩は十斤入りが一袋、わかめは細かい目の網《あみ》に詰められていた。

ここまでの品は、どれも数を確かめるのは容易だった。

「焼津節、五束《そく》（五百本）」

拾蔵が読み上げるなり、船上の三人はせわしなく数を数え始めた。

焼津節は、寺田屋から納められた品物である。鰹節は一束ずつ、杉箱に納められていた。

吉羽屋の買値《かいね》は、焼津節一本につき五十六文である。他の問屋より一割五分も安値だが、それでも一本の数え損《そこ》ないは、五十六文の損につながる。

吉羽屋が商う『漁師うどん』は、一杯十六文だ。

「おまえたちが鰹節の勘定を間違えると、一本でうちのうどん三杯分以上の損になる。それをしっかりと肝《きも》に銘《めい》じてくれ」

常から拾蔵に言われている職人たちだ。杉箱の中身を数える目つきには、いささかのゆるみもなかった。

五箱すべてを数え終わると、廉助たちは勢いよく立ち上がった。

「五束、間違いありやせん」

「分かった。ご苦労さん」

拾蔵がうなずくと、杉板二枚が船と船着場とに渡された。

「つゆが底を突きそうだ。手早く荷揚げをしてくれ」

「がってんでさ」

職人五人が大声で応えた。

朝日を浴びた顔には、はやくも、うっすらと汗が浮かんでいた。

「醤油の香りは、いつ嗅《か》いでもいい」

職人たちが荷揚げを始めたとき、吉羽屋当主の政三郎《せいざぶろう》が船着場に降りていた。

「天気に恵まれて、なによりじゃないか」

「まことに、ありがたいことです」

拾蔵が律儀《りちぎ》に応じた。


吉羽屋は深川に五カ所、高橋《たかばし》と本所《ほんじょ》にそれぞれ二カ所ずつ、都合九カ所でうどんを商っていた。

屋号は『漁師うどん』。真っ赤な地の提灯《ちょうちん》に、太い筆文字で屋号が描かれているのが看板代わりである。

店のあるじ吉羽屋政三郎は、焼津湊が在所だ。十五の歳《とし》に村の肝煎《きもいり》の添状《そえじょう》持参で、江戸のうどん屋に奉公の口を求めた。

時は文政六（一八二三）年で、江戸は文化《ぶんか》・文政と続く好景気に沸いていた。村の肝煎が口利きをしたうどん屋は、浅草寺《せんそうじ》裏手の大店だった。

「しっかり奉公すれば、四十の歳にはのれん分けも夢じゃないよ」

店主からお仕着《しき》せをもらった夜、政三郎はうどん屋のあるじになった姿を夢に見た。十五歳で五尺四寸（約百六十四センチ）の上背があった政三郎は、同い年の仲間のなかでは頭ひとつ大きかった。

「あと二、三年もすりゃあ、六尺男になるかもしれねえぜ」

職人《はたち》たちの見立ては外《はず》れた。

二十歳になっても、背丈は一寸（約三センチ）伸びただけだった。その代わりうどん作りの技量はしっかりと身につけた。

二十五歳になった天保《てんぽう》四（一八三三）年の節分明《せつぶんあ》けに、政三郎は店主に暇乞《いとまご》いを願い出た。

「小さい屋台を始めようと思いやす」

「景気が滅法《めっぽう》わるいんだ。屋台を始めるのは、もう少し見合わせたらどうだ」

店主は言葉を重ねて諫《いさ》めた。

前年八月十九日に、鼠小僧次郎吉《ねずみこぞうじろきち》が市中引廻《ひきまわ》しの末に、はりつけにされた。その年はいつになく涼しい夏だったが、八月十九日を過ぎるなり、いきなり朝夕の冷え込みが厳しくなった。

秋をすっ飛ばして、晩秋を迎えたような季節となった。秋の長雨というには冷た過ぎる雨が、二十日も続いた。

「鼠小僧のたたりだぜ」

「この調子じゃあ、米は大凶作《だいきょうさく》となるにちげえねえ」

江戸の住民は、寒過ぎる九月に怯《おび》えた。人々が案じた通り、刈《か》り入れ前の寒さがたたって米は三割も収穫が減った。

米価は暴騰《ぼうとう》した。庶民の財布の口が堅《かた》く閉じられたせいで、景気がすこぶるわるくなった。政三郎が屋台を始めたいと願い出たのは、不景気風が吹き荒れている正月のことだった。

「なにがあっても、あっしは担《かつ》ぎ売りを始めてえんでさ」

政三郎は一歩も引かなかった。

大晦日《おおみそか》の昼間、政三郎は浅草寺に、行く年を息災《そくさい》に過ごせたお礼参りをした。夜に入ると、年越し客と初詣《はつもうで》客が押し寄せてくる。

続く正月三が日も、うどん作りで身動きができなくなる。

それが分かっているだけに、早めのお礼参りを果たそうとしたのだ。浅草寺からの帰り道、政三郎は白いあごひげを生《は》やした八卦見《はっけみ》（易者《えきしゃ》）に呼び止められた。

「そなたは、焼津湊が在所じゃろうが」

いきなり図星《ずぼし》をさされた政三郎は、八卦見の見立てを聞く気になった。

「そなたは、なにやら白くて長いものの商いにかかわっておるじゃろうが、それこそがそなたの天職じゃ」

うどんは白くて長い。ずばりと言い当てられた政三郎は、ひとことも漏《も》らさぬように聞き耳を立てた。

八卦見は筮竹《ぜいちく》と算盤とを駆使して、政三郎の運勢を判じた。

「そなたには、五年・十年の周期で、大きな運が回ってくる。さしずめ来年……明日の元日からが、大きな運の変わり目じゃ。迷わず、おのれの力で商いを始めなさい」

節分明けにそれを申し出れば、運が開ける。

八卦見の易断《えきだん》を、政三郎は信じた。店主も仕舞いには根負けし、政三郎の暇乞いを受け入れた。のみならず十年の奉公の褒美《ほうび》として、銀三百匁（五両）の餞別《せんべつ》を手渡して、門出《かどで》を祝ってくれた。

易者の見立ては見事に的《まと》を射ていた。

店主から添状をもらった政三郎は、深川冬木町《ふゆきちょう》の伸助店《しんすけだな》に店借《たなが》りができた。すぐさま担ぎ売りを始めたその年の夏に、女房のおかつと出会った。

政三郎二十五歳、おかつ二十歳である。ふたりは家主《やぬし》伸助の仲人《なこうど》で、長屋の住人と、うどん屋の店主を招いて祝言《しゅうげん》を挙げた。

担ぎ売りの商いは大いに繁盛《はんじょう》した。

仙台堀を渡った先の平野町は、寺院と検校屋敷、それに賭場《とば》が塀を接する町だ。

政三郎は、それぞれに得意先を得た。

とりわけ賭場では、政三郎のうどんは重宝《ちょうほう》がられた。遊び客の夜食に、うどんは格好である。冬は熱く、夏はぬるめに拵える気配りが、賭場の客に大受けした。

「あんたの腕なら、表通りに店を出しても充分に商いになるだろう」

賭場の客は、口々に店を出せと勧めた。が、政三郎は八卦見の言葉に従い、三十五になるまで、十年間は担ぎ売りを続けた。

客とカネとが充分に溜《た》まるまで待ってから、天保十四（一八四三）年、三十五歳で冬木町に店を出した。土間《どま》の広さが三十坪もある、表通りの貸家である。

四人掛けの卓が八卓も置ける広さに、おかつは不安顔を拵えた。

「でえじょうぶだ。職人を雇えばなんとでもなる」

担ぎ売りを続けていた十年の間に、政三郎のもとには何人もの職人が顔を出した。

「もしもおめえさんが店を始める気になったら、ぜひとも雇ってくだせえ」

政三郎の一本気な人柄と、気性《きしょう》そのものの真っ直ぐな味に惹《ひ》かれたのだろう。

うどん作りの職人が何人も、本気で雇ってくれと申し出ていた。

店開きに先立ち、政三郎は六人の職人を店に呼んだ。それぞれにうどん作り、つゆ作りをさせたのち、四人を雇い入れた。

「五年の間は、雇われの身で我慢しねえ。そのあとは、おめえさんたちに店を預ける」

職人たちは、政三郎の言葉に嘘《うそ》はないと強く感じたのだろう。ひたむきに働き、うどんとつゆの美味さで、多くの者を店の馴染《なじ》み客とした。

五年が過ぎた嘉永元（一八四八）年、政三郎は焼津屋当主の仲立ちで、寺田屋永《えい》承《しょう》に引き合わされた。

「あっしは今年から『漁師うどん』の屋号で、深川のあちこちに店を出します」

つゆのダシは、焼津節の一番ダシを使う。味醂をたっぷり使って、つゆの美味さを際立たせる。

うどんの具は、わかめと、魚のすり身の揚げ物。いずれも、焼津湊の漁師たちがうどんにのせていた具だ。

うどんと一緒に、いなり寿司も商う。甘からく煮つけた油揚げに酢メシを詰めた、小さないなり寿司である。漁師うどんと一緒に食べれば、互いに相手の美味《びみ》を引き立てあう。

「この商いは、かならず大きくできやす」

政三郎と永承とは、二つ違いである。年長の永承は、政三郎の気性をただ一度の話し合いですっかり気に入った。

「うちでできることは、喜んで手伝わせてもらいましょう」

永承が請け合うと、政三郎は背筋を張った。

「どれだけ商いが大きくなっても、焼津節の仕入先は寺田屋さんに限らせてもらいやす」

政三郎と永承は、互いに目を絡《から》ませて得心しあった。

鰹節のダシが利いた漁師うどんは、年とともに売り上げを伸ばした。開業から五年を過ぎて、店は九店にまで増えていた。

休みは多くても月に二回で、一年三百五十日の商いである。朝の六《む》ツ半（午前七時）に店を開き、夜の五ツ（午後八時）まで、中休みはなしに店を開いている。中休みなしの商いは、定まった刻限に仕事休みがとれない職人たちに喜ばれた。

わかめと揚げ物の具がのった漁師うどんが、一杯十六文。値段は他の店のかけ蕎《そ》麦《ば》と同じだが、見た目の豪華さがまるで違う。

「魚の揚げ物が、滅法うめえ」

「かけ蕎麦とは、食ったあとの腹の膨《ふく》らみ具合がまるで違うぜ」

九カ所のどの店も、一日中、ほとんど客足が途絶えることがない。うどんは一日百五十杯、いなり寿司が一日百人前というのが、商いの均《なら》しである。

吉羽屋の一年の商い高は、じつに千七百八十五両にも上っていた。

「なんとかつゆが底を突く前に、間に合ったようだな」

政三郎に向かって、拾蔵は深くうなずいた。九店で使ううどんのつゆは、すべて冬木町の仕事場で調えるのだ。作り置いたつゆが底を突きそうなのは、政三郎も見て分かっていた。

若い者が手押し車に載《の》せて、鰹節の木箱を運んでいた。一束の数の鰹節が確かめられるように、箱にはふたがされていない。

強い朝日を浴びて、焼津節が艶々と光った。

「このたびも、寺田屋さんは選《よ》りすぐりを回してくださったようだ」

「まことに、その通りで」

拾蔵が何度も相槌《あいづち》を打った。

真っ青な空には、さきほどのカモメが白い翼《つばさ》を広げて舞っていた。

七

佐吉が冬木町の吉羽屋に顔を出したのは、陽がずいぶん昇った四《よ》ツ（午前十時）

過ぎのことだった。

吉羽屋が建っているのは、仙台堀に架《か》かった亀久橋の南詰《みなみづめ》だ。土地の大きさは、橋のたもとから西に向かって二百五十坪。ほぼ真四角な敷地を、杉板塀で囲っていた。

塀の高さは、一間半（約二・七メートル）。冬木町に多くある材木商と、塀の高さが揃っていた。

「今日もまた、やっとう稽古のあとですかい」

「ご苦労さまでございます」

吉羽屋の下男が、竹ぼうきの手をとめて話しかけてきた。寺田屋は、吉羽屋にとっては大事な仕入先である。手代とはいえ、寺田屋の奉公人佐吉に対して、吉羽屋の下男は常にていねいな物言いをした。

「吉蔵《よしぞう》さんたちが、いつも地べたの掃除《そうじ》をていねいにされていますから、ここの通りはすこぶる歩き心地がよくて」

佐吉も如才《じょさい》のない物言いで応じた。口にしたのは、まんざら世辞《せじ》だけではなかった。

四月に入って以来、深川では晴れが続いている。降らなければぬかるみにならず、歩くのは楽だ。が、晴れが続くと地べたが乾き、わずかな風でも土ぼこりが舞い始める。

食い物商売の吉羽屋は、地べたを舞うほこりをなによりも嫌った。ゆえに掃除にかかりきりの下男ふたりを雇っており、朝・昼・夕の三回、塀の周りと、向こう三軒両隣の掃除をかかさないのだ。

細かなところまで、吉羽屋政三郎の目は行き届いていた。

「番頭さんは、二番の仕事場で待ってるからと、そう言っておいででした」

「ありがとうございます」

ていねいに佐吉が応じると、吉蔵が仕事場につながる潜り戸を開いた。

二百五十坪のなかの、およそ二百坪が仕事場にあてられている。敷地内に入ると、醬油の香ばしさが仕事場から漂《ただよ》ってきた。醬油に混じって、焼津節の一番ダシの香りも強く含まれていた。

立ち止まった佐吉は、胸一杯に焼津節の香りを取り込んだ。高さ一丈《じょう》半（約四・五メートル）の屋根が、四ツ過ぎの陽を浴びて艶々と光っている。

吉羽屋の敷地内には、本瓦葺きの建家《たてや》が三棟、横一列に並んでいた。

拵える品はつゆ・揚げ物・油揚げの三種類だが、そのために、三棟の仕事場は大《おお》仰《ぎょう》にも思える。しかし吉羽屋は、その三種類を拵える量が並大抵ではなかった。うどんは、ひとつの店で一日に百五十杯は出る。それが九カ所ともなれば、うどんだけで一日千三百五十玉である。

うどんそのものの拵えは、下請けの菱屋《ひしや》に任《まか》せていた。が、つゆと具は違った。

「つゆと具の味は、うちの命だ。どれだけ忙しくなっても、下職《したしょく》任せにはしない。もしも拵える量が手に負えなくなったときは、商いの数を減らす」

政三郎の強い信念は、奉公人たち全員に染み透っている。吉羽屋の仕事場は、夜明けから日暮れまで、終日、大きなへっつい（かまど）の火が消えることはなかった。

佐吉は仕事場に続く細道を歩き始めた。風が吹いても土ぼこりが舞い上がらぬように、道にはわざと雑草を茂らせていた。

晴れていればこの道にも、吉蔵たちは日に二度、水を撒《ま》いた。雑草は明るい陽を浴びてはいるが、まだ葉が水に濡れている。佐吉は滑《すべ》らぬように、足元を気遣《きづか》いながら歩いた。

番頭が待っているのは、二番の仕事場。吉蔵からそう言われた佐吉は、三棟の真ん中へと足を運んだ。

二番の棟では、いなり寿司を拵えていた。仕事場が近くなると、ジュウジュウという揚げ作りの音が佐吉の耳にも聞こえた。

吉羽屋が一日に商ういなり寿司は、九カ所の店を合わせれば千人前に近かった。毎日、これだけの数の油揚げを他所から仕入れるのは難儀《なんぎ》である。

店が七カ所に増えたとき、政三郎は油揚げを自前で拵えることを決めた。芳町《よしちょう》の口入屋《くちいれや》・千束屋《ちづかや》に周旋を頼み、豆腐《とうふ》職人三人を雇い入れた。そして油揚げ用の豆腐作りを始めた。

政三郎は豆腐作りを始めると決めたとき、すり身の揚げ物の仕事場の道具を取り替えた。揚げ物の大鍋《おおなべ》を新調し、大型のへっついに据《す》えつけ直した。

油揚げにも、すり身の揚げ物にも、吉羽屋は菜種油《なたねあぶら》を用いている。何度も揚げて使い終わった油を、二番手油として油屋が引き取りに来るほどの、上物《じょうもの》の油である。

「漁師うどんの揚げ物もいなり寿司も、続けて食っても胸焼けすることがねえ」

「よっぽど、上物の油を使ってるのさ」

客の評判は上々である。

うどん一杯は十六文。小皿に載ったいなり寿司はふたつで十文。うどんと寿司を食べても、二十六文ですむ。この安い値段ながら、すり身の揚げ物は分厚く、旨味《うまみ》に富《と》んでいた。

いなり寿司は、揚げの煮付けに醤油・砂糖・味醂を惜《お》しんでいない。しかも揚げはほどほどに厚みがあり、詰められた酢メシには、甘酢漬けの薄切り生姜《しょうが》が散らされていた。

酢の酸味と揚げの甘からさ、甘酢生姜の甘酸《ず》っぱさがうまく絡み合ったいなり寿司も、客には大評判である。

「うどんはいらねえからよう。いなり寿司三皿と、茶をいっぺえくんねえな」

いなり寿司だけを口にしたり、持ち帰りにする客もめずらしくなかった。

うどんといなり寿司に、吉羽屋はいささかの手抜きもしていない。材料を惜しまず、つゆの味はしっかりと政三郎が吟味している。

吉羽屋の商いの姿勢のよさとこころざしの高さを、深川の客は知り尽くしていた。

「いつもごひいきを賜《たまわ》りまして」

拾蔵の顔を見た佐吉は、立ち止まって深々とあたまを下げた。

「今日は旦那様《だんなさま》のほうに、ご用がおありだそうだ」

「てまえに、でございましょうか」

佐吉の目が見開かれた。

焼津節の納めなど、商談はすべて拾蔵と行うのが商いの決まりごとだ。政三郎からじかに問い質《ただ》されるようなことは、いまのところ皆無《かいむ》である。

あるじにどのような用があるのか、佐吉にはまるで心当たりがなかった。

拾蔵は、母屋《おもや》（奥）に向かって先を歩いている。陽を浴びた背中が心地よいのだろう。水に濡れた草を踏んでも、拾蔵の足取りは軽やかだった。

八

政三郎が待っていたのは、庭に面した十二畳の客間だった。部屋の三方が障子戸で、開けば庭が見える造りである。

真冬でも、政三郎は障子戸を開く男だ。四ツ過ぎの陽が差しているいまは、三面の障子戸すべてが開かれていた。

三月に表替《おもてが》えをしたばかりの畳は、いぐさの青々とした香りを放っている。畳の縁《へり》には、西陣織《にしじんおり》が使われていた。

その真新しい畳の部屋が、差し込む陽差しに照らし出されていた。

「失礼いたします」

庭から案内された佐吉は、敷石の手前に立ち、政三郎にあいさつをした。

「敷石に履物《はきもの》を脱いで、縁側から上がりなさい」

奥の玄関まで、わざわざ回らなくてもいいと言う。佐吉は指図された通り、敷石に履物を揃えて濡《ぬ》れ縁《えん》に上がった。

「てまえはこれで」

佐吉が履物を脱ぐなり、拾蔵はあるじに辞儀をした。政三郎も引きとめようとはしない。案内しただけで仕事場に戻っていく拾蔵を見て、佐吉は戸惑いの色を濃くした。

濡れ縁に立った佐吉は、座敷に入るのをためらった。政三郎は右手で座敷を指し示した。

「なかに入りなさい」

政三郎は、分厚い座布団を指し示していた。

いかに寺田屋との取引が大事であっても、一介《いっかい》の手代に当主が座布団を勧めるのは異例だった。

しかも十二畳の座敷には番頭もおらず、政三郎と差し向かいに座る手はずになっている。

あるじに勧められたものの、佐吉はすぐには座敷に入れないでいた。

「わけがあってのことだ、遠慮は無用にしてもらおう」

政三郎の声は野太《のぶと》かった。担ぎ売りで鍛《きた》えた喉《のど》だ。発する声音には、艶と威厳《いげん》があった。

「それでは遠慮なしに、座布団を頂戴《ちょうだい》いたします」

用意されていたのは、絹布《けんぷ》の座布団である。佐吉が座ると綿《わた》が沈み、膝《ひざ》を包み込んだ。


四月の風が座敷に流れ込んできた。空の高いところでは、ひばりが鳴いている。その鳴き声が届くほどに、十二畳の座敷は静かだった。

敷地は二百五十坪もあり、一年の商いが千八百両に届く勢いの吉羽屋である。当主がその気になれば、総檜造《そうひのきづく》りの御殿《ごてん》普請もかなわぬわけではなかった。

しかし吉羽屋当主が暮らす母屋は、招かれた者が拍子《ひょうし》抜《ぬ》けするほどに小さく、そして質素だった。

十二畳の客間も畳こそ真新しいが、格別の調度品があるわけではない。部屋には床《とこ》の間《ま》の設《しつら》えすらなかった。

「ひとが暮らすには、起きて半畳、寝て一畳あればいい」

これが政三郎の考え方である。

「うちが商うのは、一杯十六文のうどんと、一皿十文のいなり寿司だ。それを商う者が御殿暮らしをしていたのでは、かならず味に勘違いを生ずる」

どれほど儲けが大きくなろうとも、政三郎は奥の普請を奢《おご》ることはしなかった。着る物も、身の回りの品にも、無駄なカネをかけようとはしない。

ところが吉羽屋の商いにつながることには、桁違いのカネでも即座に投じた。

「うどんといなり寿司の味がよくなることには、いささかも費《つい》えを惜しむな」

仕事場の屋根が本瓦葺きであるのは、そのほうが火事や大雨などに強いからだ。

へっついでも鍋でも、入用な道具の費えは惜しまない。揚げ物に使う油は、仲《なか》町《ちょう》の勝山屋《かつやまや》から上物の菜種油を仕入れた。

多くの蕎麦屋、うどん屋は安いサバ節でダシを取ったが、吉羽屋が使うのは焼津節のみである。

「食べ物商売に能書《のうが》きはいらない。口に入る品が、すべてを語ってくれる」

稼《かせ》いだカネの遣い方がきれいなことを、吉羽屋の奉公人はだれもが知っている。ゆえに仕事場で働く者も、店でうどんを商う者も、政三郎を深く敬慕《けいぼ》していた。

「高橋の店を任せている喜太郎《よしたろう》は、あんたも知っているだろう」

「存じあげております」

政三郎を正面に見ながら、佐吉は淀《よど》みなく応えた。

喜太郎は、政三郎が冬木町に店を出した年から働いている男だ。

「五年の間は、雇われの身で我慢しねえ。そのあとは、おめえさんたちに店を預ける」

政三郎の言葉を心底から本気にした喜太郎は、夜明け前からうどん作りを続けた。いまでは高橋の店で、一日百五十杯ものうどんを商っている。

吉羽屋九店のなかでも、高橋の商いは図抜《ずぬ》けて大きかった。

「あんたに来てもらったのは、高橋の喜太郎が妙な話を聞き込んだからだ」

「なんのことでございましょうか」

佐吉は目に力をこめて政三郎を見た。

「浦賀奉行所が、近々、模様替《もようが》えになるらしいというのだが、まことかね」

「まさか、そんなことは……」

寝耳《ねみみ》に水のことを聞かされて、佐吉は絶句した。つい先日顔を出した宅間家でも、そんな話はひとことも出なかった。

政三郎は静かな目で、言葉を失《な》くした佐吉を見詰めている。

ひばりの鳴き声が、頭上から降ってきた。

九

吉羽屋の台所は、広々とした造りである。屋敷の拵えにも、居間の調度品にも、吉羽屋政三郎は華美なものは求めなかった。

さりとて、決して吝嗇《りんしょく》というわけではなかった。

日に何度も飲む茶は、尾張町《おわりちょう》の土橋屋《つちはしや》から取り寄せた上煎茶である。茶の葉が湿《しめ》らないように、台所には政三郎専用の桐《きり》の茶箱まで用意されていた。

茶をいれるのに使う水は、御茶《おちゃ》ノ水渓谷《みずけいこく》で汲《く》んだ湧水《ゆうすい》に限った。季節の寒暖にも、天気の良し悪しにもかかわりなく、毎日五ツ半（午前九時）きっかりに、高橋の水売りが納めに来た。

たかだか一荷《か》（約四十八リットル）の水が、一分（約千五百文）の高値だ。深川の水売りが商う飲料水は、高値のときでも一荷はせいぜい百文である。

四荷買えば一両（六貫文）という御茶ノ水渓谷の湧水は、途方もなく高かった。しかし土橋屋の茶葉も、御茶ノ水渓谷の湧水も、政三郎がおのれに許した数少ないぜいたくである。

「旦那様が喜んでくださるなら、日に十荷でも二十荷でも、お買いになればいい……」

茶のぜいたくを、奉公人のだれもが陰で大いに喜んだ。

「お湯が沸きましたが……」

女中のおきねが、戸惑い顔を拵えた。いつになく、流し場には政三郎のひとり娘おみつがいたからだ。

「分かりました」

土間の隅にいたおみつは、七輪《しちりん》のそばに寄ってきた。

「あとはわたしがいれます」

おみつは、強い湯気《ゆげ》を立てている土瓶《どびん》を七輪からおろした。上煎茶をいれるには、沸き立った湯は禁物である。

「ひと煮立ちさせたお湯を、ほどよく湯冷《ゆざ》ましさせてからいれなさい」

この日の朝、母親から教わったばかりのいれかたである。おみつがなれない手つきで茶をいれようとしているわけは、政三郎の居室に佐吉がいるからだ。

「おとっつぁんのお茶の葉は、どこに仕舞ってあるのかしら」

今年十八歳のおみつは、奥付き女中のおきねと同い年だ。茶の葉の仕舞い場所を問いかける声音には、娘盛りならではの華やぎがあった。

政三郎はひとり娘のおみつを、ことさら大事にしていた。が、甘やかして育てているわけではなかった。

亀久橋南詰の仕事場脇には、漁師うどん本店を構えていた。おみつはこの店で、客あしらいを受け持っていた。

初めての客にも愛想よく接した。店で供するのは安い番茶だが、おみつは切らすことなく存分に用意していた。

いま来客に出そうとしていたのは、いつもと勝手の違う上煎茶だった。本店のことなら隅々《すみずみ》まで分かっていたが、いまは茶葉を収める場所すら知らなかった。

湯を冷《さ》まして、急須《きゅうす》に注ぐ頃合いを待っているおみつだ。両目の端《はし》がゆるんでいるのは、来客への好意のあらわれだった。

江戸の大店の多くは、代々が『三分割《さんぶんかつ》の定め』を家訓として守ってきた。三分割とは、一年間の実入りを三つに分けるという意味だ。

吉羽屋は何代も続く老舗《しにせ》でもないし、日本橋《にほんばし》や尾張町の表通りに店を構えるような、大店でもない。しかし政三郎の商いの姿勢は、まさに三分割の定めに準じていた。

千八百両の商いの粗利《あらり》は九百両、政三郎はその三分の一の三百両を、奉公人の給金に回した。下働きの者や日雇いまで含めても、奉公人は百人にも満たない。

その奉公人に三百両のカネを支払うのだ。店を任されている者には、一年に二十〜三十両もの大金が支払われた。

「ひとがあってこその吉羽屋だ」

これが政三郎の口ぐせである。

『ひとがあってこそ』という信念を、政三郎は他所よりも高い給金を気前よく払うことで貫いた。

それゆえに腕のいい職人や、骨惜《ほねお》しみをしない下働きの者が、吉羽屋には幾らでも集まってきた。

三分の一の三百両は、奥（当主一家）の暮らしの費えに充《あ》てられた。が、政三郎はぜいたくを好む男ではない。三百両は、吉羽屋の奥の費えには多過ぎた。

とはいえ、質素に倹《つま》しく暮らしているわけではない。毎日の食事には、いささかも費えを惜しまなかった。

「おのれの舌を鍛えてこそ、うちのうどんの美味さを保《たも》つことができる」

三度の食事の食材と、間で飲む茶、そして晩酌《ばんしゃく》の酒には存分にカネを遣った。

食べるもの以外に政三郎が費えを投じるのは、庭木の手入れである。なにしろ二百五十坪もある敷地だ。庭木を植える場所には事欠かない。

落葉樹と常緑樹を巧みに取り入れて、季節ごとの庭の眺めが楽しめる工夫をしていた。

残り三分の一の三百両は、身代を大きくするための蓄《たくわ》えに回した。さりとて政三郎は、蓄えを両替商に預けっぱなしにしているわけではなかった。

「うどんもいなり寿司も、ひとの口に入るものだ。美味いものを拵える費えを惜しんだりしたら、客はすぐさま見抜く」

うどんといなり寿司。これらの味をよくするために入用ならば、十両、二十両という大金でも即日用意した。

「喜んでくれた客は頼まれなくても、ありがたい評判を振りまいてくれる。そうしてもらうためには、うどんといなり寿司がどこよりも美味くなければだめだ」

三分割の定めといいながら、政三郎は暮らしの三百両と蓄えの三百両は、ことあるごとに商いのために投じた。

「旦那様の下《もと》で働けるのは、奉公人冥利《みょうり》に尽きる」

「まさにそれさ。あんなにゼニ遣いのきれいな商人は、江戸広しといえども、ふたりとはいねえさ」

奉公人たちは、心底から政三郎の気性を敬《うやま》い、そして慕《した》っていた。

「ようこそお越しくださいました」

政三郎の居室に顔を出したおみつは、唇《くちびる》に薄く紅《べに》をひいていた。障子戸は一杯に開かれている。

庭木の間を渡ってくる風は、濃い緑の香りに充《み》ちていた。

「おまえが茶をいれたのか」

娘が茶を運んできたのを見て、政三郎がいぶかしげな目を向けた。

日に幾度となく飲む一杯の茶を、政三郎は大事にしている。おきねのように上手《じょうず》にいれられるのかと、娘を見る目が問いかけていた。

「どうぞ、お召しあがりください」

おみつは父親の問いには答えず、佐吉に茶を勧めた。

「ありがとうございます」

佐吉は、ぎこちない口調《くちょう》で礼を言った。得意先の娘が手ずから茶をいれるなどは、まれなことだからだ。

勧められても手が伸ばせずにいる佐吉を、おみつは微笑を浮かべて見ている。佐吉はさらに戸惑い顔になった。

「おっ……これは……」

湯呑みを手にしたまま、政三郎は茶の美味《うま》さに驚いた。

「おきねがいれる茶よりも美味い」

真顔《まがお》で褒《ほ》めたあと、政三郎はもう一度、湯呑みに口をつけた。ふた口すすっても、茶の美味さは変わらないようだ。

「いつの間におまえは、こんな技《わざ》を身につけたのだ」

「おっかさんに、今朝教わったばかりだけど、おいしいでしょう？」

おみつの物言いは砕《くだ》けていた。商いの額は大きくても、吉羽屋はうどん屋だ。

「わたしは、大店の娘のような物言いはいやだから……いいでしょう？」

一杯十六文のうどんを商うことに、政三郎は大きな矜持《きょうじ》を持っている。おみつの言い分は、政三郎の望むところでもあるのだ。

行儀作法も物言いも、一通りのしつけはされていた。しかしおみつは形にはとらわれず、好き嫌いのはっきりした育ち方をしていた。

「おまえに、こんなたしなみがあったとは」

佐吉の手前を思ったのだろう。政三郎は、それ以上はあからさまに驚くのを控《ひか》えた。

ところがおみつは父親の思惑《おもわく》にはとらわれず、さらに思った通りを口に出した。

「佐吉さんがお客様だと聞いたから、わたしも張り切っちゃったの」

おみつはぺろりと舌《した》を出した。

佐吉は両手を膝に置いたまま、カラの咳払《せきばら》いを繰り返した。

ついさきほど、政三郎の口から浦賀奉行所の模様替えうんぬんを言われた。佐吉は飛び上がらんばかりに驚いた。

ところが茶を運んできたおみつは、佐吉が言葉に詰まるようなことを平然と口にした。

政三郎から言われたことへの驚きも、すっかり影をひそめていた。

十

両国橋《りょうごくばし》東詰に差しかかったとき、八《や》ツ（午後二時）を告げる鐘《かね》が流れてきた。陽はまだ、真っ青に晴れ渡った空の高いところにある。一日ごとに、昼間が長くなっていた。

昼飯はうどん一杯といなり寿司一皿しか食べていなかった。外回りが多い佐吉は、昼飯はほとんど外で済ませている。

今日はなにを昼に食べようか……。

あれこれと、昼飯をなににするかを思案する。これができるのは、外回り手代の役得のようなものだ。

しかし今日は、吉羽屋で昼を振《ふ》る舞《ま》われた。相手に気兼《きが》ねしながら、うどんといなり寿司を口にする羽目《はめ》になった佐吉は、両国橋の東詰で空腹を覚えた。

揚げ立てのてんぷらと、熱々《あつあつ》のかけ蕎麦を食べさせる蕎麦屋が、両国橋東詰に店を構えている。朝の五ツ（午前八時）から日暮れ前の七《なな》ツ（午後四時）まで、昼休みもとらずに商いを続ける蕎麦屋だ。

外回りの途中で、これまで何度か入ったことのある店だ。蕎麦の美味さも、てんぷらの味のよさも知っていた。

久々にエビのてんぷらを食うか。

紺《こん》色ののれんをかき分けて、佐吉は店に入った。土間には、美味そうなつゆの香りが漂っている。店を見回してから、土間の隅の腰掛《こしかけ》に座った。

八ツ過ぎという半端な時分ゆえか、ひとりも先客がいない。客あしらいの娘は、手持ち無沙汰《ぶさた》だったのだろう。佐吉が腰をおろすなり、注文をとりに寄ってきた。

「エビを二本に、かけ蕎麦を」

注文を聞いた娘は、佐吉に向かって笑《え》みを浮かべた。笑顔には、気立てのよさが感じられた。

注文が板場《いたば》に通ったあとは、職人の動きがせわしなくなった。

佐吉はてんぷらを揚げる音を聞きながら、吉羽屋政三郎から聞かされた話の思い返しを始めていた。

去年の春先から、房州沖や下田《しもだ》沖にはロシアの帆船《はんせん》が何度も姿を見せていた。

『ロシア相手に抜け荷《ぬけに》（密貿易《くわだ》）を企てる者は、鏖殺《おうさつ》に処す』

公儀は日本橋の高札場《こうさつば》に、この触書《ふれがき》を掲《かか》げた。

「なんでえ、オウサツてえのはよう」

「一族根こそぎ、問答無用で首切りにするてえことさ」

説明をされた男は、ぶるぶるっと背筋《せすじ》を震《ふる》わせた。

「そんなひでえ目に遭《あ》うと分かっていながら、抜け荷に手を染めるばかがいるのかよ」

「いるからこそ、何枚も立て札が立ってるんだろうさ」

「命と引き換えに、ゼニ儲けってか」

町人たちは、首をすくめて高札場から離れた。江戸の町民や商人が、抜け荷に手を染めているわけではない。が、ひとが一番多く集まる日本橋に触書を掲げれば、御府内はもちろん、江戸近隣の房州・武州《ぶしゅう》・相州などにもたちまち伝わる。

それを見越しての高札だった。

立て札の効き目はあらたかだった。なかでも『鏖殺』という耳慣れない不気味《ぶきみ》な語には、多くの町民が恐れをなした。

高札の効果があったというべきか、江戸周辺にロシア船があらわれたといううわさは、まったく交わされなくなった。その代わりに、夜陰《やいん》に乗《じょう》じて浦賀奉行所の沖を小型船がすり抜けているといううわさが聞こえ始めた。

「沖合いではしけに積み替えて、江戸湾に忍《しの》び込んでいるそうだ」

「どうやら今度は、ロシアの連中じゃないらしいや」

「浦賀の奉行所は、えれえ騒ぎになってるてえうわさだぜ」

ロシア以外の国が浦賀沖の海で、小型船に荷を積み替えている……。

この手のうわさが、まことしやかに交わされ始めた。佐吉ももちろん、うわさは知っていた。が、愚《ぐ》にもつかない話だと、取り合うこともしなかった。

佐吉の出入り先は、浦賀奉行所庶務頭の屋敷だ。もしも浦賀周辺に異変が生じれば、だれよりも早く知ることができるとの自負があった。

ゆえにうわさには耳を貸さなかったが、今日は事情が違った。

政三郎配下のうどん屋には、さまざまな者が出入りをする。客が食べるのはうどん一杯、いなり寿司一皿に過ぎない。しかし客は職人や商人のみならず、下級武士も多くいた。

武家屋敷に出入りする町人たちは、耳にしたうわさを声高に話したりもした。目立つことの好きな者は、聞き込んだばかりの話を、したり顔で周りの者に聞かせた。

「浦賀の奉行所が、大きく模様替えされるらしいぜ」

喜太郎の店でこんな話を始めたのは、魚河岸《うおがし》の若い者だった。

浦賀には多くの漁師がいる。魚河岸の若い者は、漁師から仕入れた話を声高に言いふらした。

「よその国の船に手を焼いた御上《おかみ》は、浦賀から追い払うために大筒《おおづつ》（大砲）を二十門も奉行所わきに据えつけるらしい」

警備の武力を増強し、御庭番《おにわばん》も奉行所に常駐させる。奉行以下の役人は、全員を老中直轄の選《よ》りすぐりの者と入れ替える。

魚河岸の若い者は、うどん一杯を食べる間にこれだけの話をばら撒いた。

「散々にもったいをつけやがって、話ってえのはそんなことかよ」

「浦賀がどうなろうが、江戸のおれっちにはかかわりがねえだろうがよ」

聞かされた者は、てんでに魚河岸の若い者をなじった。江戸の職人や担ぎ売りには、浦賀奉行所の仔細《しさい》などはまるでかかわりのない話だったからだ。

喜太郎は知らぬ顔で、聞き耳を立てていた。吉羽屋は寺田屋から焼津節を仕入れている。その寺田屋が、浦賀奉行所庶務頭と深いかかわりを持っていることを、片腕である喜太郎はあるじから聞かされていた。

浦賀奉行所が模様替えになれば、焼津節の仕入れに大きな障《さわ》りが生じるかもしれない。それを案じた政三郎は、すぐさま佐吉を呼び寄せて事実を質した。

「お待ちどおさま」

てんぷらとかけ蕎麦の両方から、美味そうな香りが漂い出ている。佐吉は思い返しを閉《と》じて、箸《はし》を手に取った。

「かけに、生卵をのっけてくんねえ」

店に入ってきた客が、大声で注文を口にした。いかにも馴染み客らしい物言いだが、佐吉はその声に聞き覚えがあった。

箸を手にしたまま、客のほうに振り返った。佐吉と目が合うなり、男は店を飛び出した。箸を卓に投げ置いて、佐吉も男を追いかけた。両国橋東詰の両側は、柳《やなぎ》並木《なみき》である。その並木の手前で、佐吉は男に追いついた。

男の前に回りこむと、足払《あしばら》いをかけて地べたにねじ伏《ふ》せた。

「おとなしくしろ」

佐吉の物言いは、凄《すご》みをはらんでいた。

男は寺田屋から逐電《ちくでん》した手代の与助《よすけ》だった。

十一

「なんでもありませんので」

周《まわ》りを取り囲んだ野次馬《やじうま》に向かって、佐吉はていねいな物言いをした。

「ちょっとした行き違いで、ふたりがぶつかっただけです。面倒《めんどう》をおかけしますが、そこを通してください」

佐吉は目の光を消して、いかにもお店者《たなもの》のように振る舞った。が、右手はしっかりと与助の利《き》き腕の手首を摑んでいた。

目ざとくそれを見咎《みとが》めた半纏《はんてん》姿の男ふたりが、佐吉の前に立ちはだかった。

「なんともねえという様子じゃあねえぜ」

五尺六寸（約百七十センチ）の佐吉よりも大柄《おおがら》な男のほうが、与助に近寄った。

「連れの男はあんなふうに言ってるが、おめえさんは、どうなんでえ。正味のところを言ってみねえな」

「ちげえねえ」

五尺少々ながらも分厚い胸板をした連れが、目を尖《とが》らせて佐吉を睨《にら》んだ。

「もしも難儀をしてるんなら、そう言いねえ。おれっちが助《す》けるぜ」

小柄な男のあけすけな言葉を受けて、与助がものを言いかけた。佐吉は手首をぐいっと強く摑み直した。

「うっ……」

与助の口から、うめき声が漏れた。

「なんでえ、なんでえ」

小柄な男は目つきを尖らせて、佐吉に詰め寄ろうとした。佐吉は黙ったまま、分厚い胸板の男を見下ろした。

口は開かなくても、目の光が充分に応えていた。

「てめえ、おれとやるってえのか」

口では凄みながらも、小柄な男の動きが止まった。連れの男も、佐吉の目が放つ気迫に圧《お》されたようだ。

佐吉を睨みつけながらも、ふたりとも足の動きは止まっていた。

「この者と、いささか話をしなければなりませんので」

佐吉の物言いは変わっていない。が、前に立ちふさがっていた男ふたりは、腕を垂《た》らしたまま、わきによけた。

佐吉は与助の手首をさらに強く掴み、人ごみから離れた。そして落ち着いた足取りで、飛び出してきた蕎麦屋へと戻った。

のれんの前には、蕎麦屋の娘が立っていた。佐吉に笑いかけられても、娘の顔に浮かんだこわばりは消えない。それでも、店に入る佐吉と与助を止めようとはしなかった。

「なんだい、あれは」

「思わせぶりに騒《さわ》いだだけかよ」

なにごとも起きなかったことに、野次馬たちは拍子抜けしたらしい。佐吉と与助が蕎麦屋に入るのを見届けるなり、四方に散った。

一刻が過ぎた、七ツ（午後四時）下がり。佐吉と与助は浜町《はまちょう》の船宿《ふなやど》『ゑさ元《もと》』の二階にいた。

ゑさ元は、大事な客をもてなすために、寺田屋が二階のひと部屋を月極《つきぎめ》で借りている船宿だ。佐吉はゑさ元の納戸《なんど》に、着替え一式を預けていた。

「待たせたぜ」

身なりを直して座敷に戻った佐吉を見て、与助は目を見開いて驚いた。

着ているお仕着せは同じだが、胸元は開き気味になっている。帯はこげ茶色の献《けん》上帯《じょうおび》に取り替えていたし、元結《もっとい》を変えた髷は斜めに結《ゆ》い直されていた。

「おめえ、宅間家の野本様に、うちのでえじな下値《したね》を漏らしてやがるな」

伝法《でんぽう》な物言いで決めつけた。見事に図星《ずぼし》だったらしく、与助の顔色が蒼白《そうはく》になった。

「浦賀の方じゃあ、奉行所の模様替えがあるてえんで、上を下への大騒ぎが持ち上がっているてえんだが、おめえは承知の助だな」

吉羽屋で聞かされた話を基にして、佐吉はカマをかけた。与助が店から逐電した裏には、下値を漏らしたこと以上に、浦賀奉行所にかかわる大事が潜んでいると佐吉は判じていた。

「そんな目をして驚くこともねえぜ」

あぐら組みで与助を睨みつけた。煙草盆《たばこぼん》を引き寄せた佐吉は、太い羅宇《らう》（竹筒）のキセルを手に取った。

吸い込んだ刻《きざ》み煙草の煙を、与助に向けて吐き出した。

「洗いざらい唄《うた》うなら、手荒なことはしねえ」

物静かな話し方が凄みを煽《あお》り立てている。与助は身体の震えを抑えられなくなっていた。

「だんまりを続けるなら身体に訊《き》くぜ」

火皿が真っ赤になるほどに、新たな一服を佐吉は強く吸い込んだ。吐き出した煙が、うつむいて震えている与助を通り過ぎた。

十二

与助が受け持っていた得意先は、川船《かわぶね》 改《あらため》 役《やく》吉田吉右衛門《よしだきちえもん》の役宅《やくたく》と、江戸御府内の廻漕問屋である。

川船改役は勘定奉行配下で、六百石の知行取《ちぎょうど》りだ。さほどの禄高ではないが、役職の持つ権限は大きい。ゆえに浦賀奉行所庶務頭宅間伊織同様、方々《ほうぼう》からもたらされる付け届けには限りがなかった。

吉田の役宅は、大横川《おおよこかわ》に架かった扇橋《おうぎばし》たもとである。屋敷の敷地は四百坪で、禄高に比べれば広いというほどではなかった。しかし川幅十八間（約三十二メートル）の大横川に面した屋敷は、玄関と勝手口の両方に、屋根つきの川戸《かわど》（川船を引き入れる水門）が設《もう》けられていた。

勝手口の川戸は、幅が二間もある。川戸を一杯に開けば、大型の屋根船《やねぶね》でも乗り入れることができた。

「毎日毎日、なんの用があって吉田様のお屋敷に屋根船が入っていくのかね」

「なんたって、川船改役様だからよう。わしらには分からねえ御用があるべさ」

吉田屋敷の周囲は、ほとんどが畑地である。川戸を開き、屋根船を引き入れるさまを見て、農夫たちはうわさを交わした。

吉田家がこの地に役宅を構えてから、すでに百年の歳月《さいげつ》が経《た》っていた。代々が川船改役を務めてきたが、これほどまでに来客が多くなったのは当代が初めてだ。

川船改役が管轄《かんかつ》するのは、江戸の河川を行き来するすべての船である。文化・文政時代を境にして、江戸に暮らす者の数は一段と大きく膨らんだ。

ひとが増えれば、モノの行き来も増加する。とりわけ江戸には、武家・僧侶《そうりょ》など『なにもモノを拵えず、ただ費《つい》やすのみ』の者が人口の半数を占めていた。

途方もなく大きい消費地・江戸を目指して、諸国から凄まじい量のモノが運び込まれる。六代目吉田吉右衛門が川船改役に就いた天保七（一八三六）年には、江戸への流入物資が前年に比べて三割増しになっていた。

「なにとぞてまえどもに、あと五杯の増船《ましぶね》をお許し賜りたく……」

廻漕問屋の頭取《とうどり》番頭たちは、はしけの増船請願のために吉田屋敷に足しげく通った。

千石・二千石の大型船は、品川《しながわ》沖の海上に停泊《ていはく》した。そしてはしけに積み替えてから、大川を遡行《そこう》して霊岸島《れいがんじま》・佐賀町《さがちょう》・箱崎中洲《はこざきなかす》・両国・蔵前《くらまえ》などに陸揚《りくあ》げした。

どれほど大量の物資が諸国から届こうとも、はしけがなければ荷揚げはできない。廻漕問屋にとっては、はしけの数が商いの先行きを決めるも同然だった。

「川船改役特段の計らいにより、そのほうには三杯のはしけ増船のお許しがあった」

吉田家家臣は、わざと重々しい口調ではしけ増船許可を伝えた。

どの廻漕問屋に何杯のはしけ増船を許すか。この許認可は、川船改役の専管事項である。問屋の頭取番頭は、一杯でも多くのはしけ増船許可を求めて、扇橋の役宅へと日参《にっさん》した。

公儀役人への請願には、手土産がつきものである。が、訪問客には、手土産持参を他人に気づかれないための工夫《くふう》が求められた。

頼みごとで屋敷をおとずれるのは、廻漕問屋の番頭である。そして応対するのは、吉田家の用人だった。

請願する側も、頼みを受け止める側も、ともに当主はおもてには出ない。傍目《はため》を気遣うときの鉄則である。

屋根船は、障子戸を閉じればだれが乗船しているかは分からない。川戸から屋敷内に入れば、乗船・下船の折りに姿を人目にさらすこともさけられる。

吉田屋敷の川戸は、手土産持参の請願客を受け入れるための、格好の工夫だった。

あとは廻漕問屋の番頭が、手土産になにを用いるかを考えればよかった。

てっとり早い手土産は、大判もしくは小判である。しかしこれを携《たずさ》えて請願に出向くのは、あまりに生々《なまなま》しい。

なにかよい思案はないか……。

廻漕問屋に妙案を示したのが、与助だった。

佐賀町の大島屋《おおしまや》といえば、江戸でも図抜けた大所帯の廻漕問屋である。寺田屋と大島屋とは商いのつながりはなかったが、与助は構わずに店をたずねた。

「献残屋の寺田屋からまいりました。番頭さんにお取次ぎを」

素性《すじょう》を明かしても、大島屋は手代頭が応対に出てきただけだった。

「折り入ってのご案内ごとがございますので、なにとぞ番頭さんに……」

与助はていねいな物言いで頼み込んだが、手代頭は一切、聞き入れなかった。

「てまえがうかがわせていただきます」

あごを突き出した手代頭の膝元に、与助は焼津節を差し出した。

「てまえどもでは、この焼津節を麴町の御公儀お役人様にお納めいたしております」

与助の話を、手代頭は面倒くさそうな顔で聞いていた。が、買い戻しを前提としての納品だと聞くなり、手代頭の目の色が変わった。

「もう一度、そこの仕組を詳《くわ》しく聞かせてください」

相手が乗り気になったと察した与助は、わざと詳細《しょうさい》をぼかして話を進めた。

「少々お待ちを」

帳場に引っ込んだ手代頭は、三番番頭を伴って座敷に戻ってきた。

「焼津節にかかわる、おもしろい趣向《しゅこう》をお持ちだそうだが」

「てまえどもの秘策でございます」

三番番頭を前にした与助は、寺田屋が焼津の鰹節を一手に仕入れていることから話を始めた。そして買い戻した焼津節は、ダシ取り用に売りさばいていると聞かせた。

「ことによると、寺田屋さんが焼津節を卸《おろ》している先は、この深川の吉羽屋さんじゃないのかね」

さすが大島屋の三番番頭は、察しがよかった。与助は番頭の問いかけには答えず、背筋を張って座り直した。

「本日、てまえが持参いたしました趣向は、焼津節ではございません」

謎《なぞ》かけをしたあと、与助は口を閉じた。

「頭取番頭さんにも、お話をさせていただきとうございます」

与助の話にすっかり魅《み》せられていた三番番頭は、すぐさま頭取番頭を案内してきた。

「大島屋さんには、白扇《はくせん》がよろしいかと思われます」

与助は相手の目を見ながら、ずばりと本題に切り込んだ。多忙な頭取番頭には、余計な前置きは無用と判じてのことだ。

「白扇であれば、軽くて持ち運びにも好都合です。もしも人目に触れても、いささかもやましさを覚える必要はありません」

白扇一本を紙箱に収めたものが一両（六貫文）。

三本を桐箱《きりばこ》に収めたものが五両。

手土産の額に応じて、白扇を好きに組み合わせればいい。

「てまえどもでは、大島屋様へのお納め額の二割五分引きで、先様から買い戻しをさせていただきます」

一両の白扇を三分《ぶ》で買い戻す。紙箱に収まった白扇は、どれほどの上物でも一本五十文どまりだ。それを寺田屋は、四貫五百文で買い戻すというのだ。

もしも白扇のやり取りが人目についたとしても、吉田家も大島屋も、なんとでも言い逃れができる。

「まことに妙案」

大島屋の頭取番頭は、上機嫌《じょうきげん》で膝を打った。

「焼津節よりも、はるかにおもしろい趣向じゃないか」

吉田家用人に話を通すことを、頭取番頭は請け合った。

「そのほうが差配をいたし、廻漕問屋それぞれに、この白扇の思案を行き渡らせよ」

大いに乗り気となった吉田家用人は、寺田屋に白扇思案の独占を許した。

「よくぞ、大商いをまとめあげた」

寺田屋永承は、与助に五両という多額の褒美を与えて手柄を称《たた》えた。そして、三日間の休み外出を許した。

「これからも懸命に商いに励《はげ》みます」

神妙な顔で褒美を受け取った与助は、その足で霊岸島に向かった。白扇の趣向で新たな得意先となった、大田屋《おおたや》の番頭をたずねるためである。

多額の褒美と三日間の休みをもらって、与助は有頂天《うちょうてん》になっていた。その浮《うわ》つきが、与助の目を曇《くも》らせた。

大田屋は小さな所帯ながらも、廻漕問屋を営んでいた。が、それは世間体《せけんてい》を繕《つくろ》うおもての顔である。

はしけ増船の請願で川船改役の役宅をおとずれるたびに、大田屋の番頭佐次郎《さじろう》は、中川《なかがわ》船番所の動きを探《さぐ》っていた。

裏の顔があるとは知らずに売り込みに行った与助は、寺田屋の仕組をぺろりと話した。

「浦賀の船番所役人と商いを持っているとは、大したもんだ」

番頭の佐次郎は言葉巧みに、寺田屋の商いの仕組を聞き出した。のみならず、初めて売り込みに来た与助から、二十両分の白扇を仕入れることまで請け合った。

「これからは寺田屋さんと、長い付き合いをさせてもらおう」

与助の才覚を褒《ほ》めちぎった佐次郎は、おもしろい場所に連れていくことを約束した。

「行くのはいつでもいい。あんたの都合のよい折りに声をかけてくれ」

望外《ぼうがい》の休みと、多額の褒美をもらった与助は、このときとばかりに、いそいそと大田屋に出向いた。

「よく来てくれた」

佐次郎は与助を伴って、まだ陽の高いうちから両国の賭場に出かけた。大田屋五《ご》之助《のすけ》の兄弟分が貸元《かしもと》に座った賭場である。

「三日も休みがあるなら、存分に遊んでいけばいい」

五之助から手はずを聞かされていた貸元は、与助のもてなしに女を張り付けた。色香《いろか》に富んだ女が、飛び切り上等の酒と手管《てくだ》とで、与助をたらし込んだ。

三日目の夕刻には、与助は五十両の借金を賭場に背負《せお》っていた。

「ゼニがねえんなら、おめえの知恵で払ってもらうしかねえぜ」

休みの三日が過ぎたあとも、与助は寺田屋に戻ることはできなかった。

十三

ひと通りの顚末《てんまつ》を聞き終えた佐吉は、ゑさ元のあるじ後兵衛《ごへえ》を二階に呼び寄せた。

「今夜は夜明かしをすることになりそうでさあ。このまま二階を使わせてくだせえ」

「佐吉さんたちのほかに客の来る気遣いはねえが、念のために、うちの連中にもそう言っときやしょう」

潮焼け顔の後兵衛は、歯切れのいい物言いで請け合った。

「晩飯に、なにか食いてえものはありやすかい？」

「いまの与助には、喉の滑りがいいうどんしかへえりやせん」

佐吉はわざと軽い調子で言ったが、しょげ返った与助は顔を上げようともしない。

「分かりやした。鍋《なべ》焼《や》きうどんでも拵えやしょう」

与助の様子を見た後兵衛は、本気でうどんを拵える気になったようだった。

階段を鳴らして後兵衛が下りていったあとも、与助はうなだれたままである。

「おい、与助」

佐吉が声の調子を強めると、与助は背中をびくっと震わせた。

「大田屋の連中が、そんなに怖《こわ》いのか」

問われた与助は、小さくうなずいた。

「怖いというわりには、よくもまあ賭場から出てこられたじゃねえか」

両国橋の蕎麦屋に入ってきたときの与助には、賭場から逃げてきたとか、怯えているという様子はなかった。

「あたしが賭場から逃げるとは、連中はかけらも思っていないでしょうから」

与助はやっとの思いで、声を絞《しぼ》り出しているかのようだ。

「なんだって賭場のやつらは、おめえが逃げるとは思わねえんでえ」

情《なさ》けない物言いに腹立ちを覚えた佐吉は、語気を強めて問い質した。

「もしも帰らなかったら、あたしはかならず簀《す》巻《ま》きにされます」

「されますって……だれかが簀巻きにされたのを見たのか」

「あたしの目の前で、三人も生きたまま大川に沈められました」

簀巻きにされて投げ込まれる男を、与助は無理やり三度も見せられていた。言葉にしたことで、そのときの光景を思い出したのだろう。与助は背中を丸めてガタガタと震えた。

「よほどの目に遭ったらしいが……」

佐吉は与助の肩に手を置いた。

「ここにいる限りは、連中に見つかる気遣いはねえ。いいから、気を取り直して落ち着きねえ」

与助に言い聞かせながら、佐吉はこれからの段取りを考えていた。

両国橋から浜町に来るまでの道筋では、気がかりなことは生じてはいなかった。あとをつけてくる者も、辻《つじ》に潜《ひそ》んで様子をうかがっている者もいなかった。

ゑさ元に入る手前で、佐吉は何度も後ろを振り返った。見張られていないと見極《みきわ》めたうえで、船宿の土間に入った。

今日のところは大丈夫だろうが、明日はどうするか。

与助の怯え方は尋常ではなかった。大人数で襲いかかられては、いかに佐吉が腕に覚えがあろうとも、ひとりで相手をするのは無理だ。成り行き次第では、与助もろとも、佐吉も簀巻きにされかねない。

寺田屋に戻ったうえで、旦那様と今後の段取りを話し合ってこよう……。

こう判じた佐吉は、与助をゑさ元に残してひとりで本郷に向かった。佐吉は、ものごとの判断に慎重な男である。詰め将棋《しょうぎ》をしても、二手、三手と相手の動きを先読みしてから駒《こま》を指した。

その佐吉が、与助の怯えの深さを読み違えてしまった。

佐吉が本郷に戻っている間に、与助は鴨居におのれの首をぶら下げた。大田屋と両国の賭場からは逃げられないと、先行きに絶望しての首吊《くびつ》りだった。

十四

ゑさ元のあるじ後兵衛は、みずからも屋根船や屋形船《やかたぶね》を操《あやつ》る船頭である。棹《さお》も櫓も、ともに扱いが巧みで、大川に白波が立つような荒天でも臆《おく》せずに船を出した。強風に尻込《しりご》みをした他の船頭たちは、手拭いでひたいの脂汗《あぶらあせ》を押さえながら、後兵衛が操る船を見送った。

「ゑさ元の後兵衛に引き受けてもらえたら、闇夜《やみよ》だろうが野分《のわき》の真《ま》っ只中《ただなか》だろうが、船の行く手を案ずることはない」

「中川船番所の役人とも、ゑさ元はしっかりと通じ合っているそうだ」

「速い船足がほしいときには、ゑさ元に頼めば四丁櫓の船を都合してくれる」

操船技量の高さでも、肝の太いことでも、後兵衛の名は江戸の船頭仲間に知れ渡っていた。この手のうわさは、足が早い。

ゑさ元の後兵衛は役に立つ……。

評判は江戸の裏稼業を牛耳《ぎゆうじ》る貸元や、てきやの元締めの耳にも届いた。

人目につくことを嫌う裏稼業の面々は、なによりも船を重用した。月星の明かりがない闇夜であっても、灯《ひ》をともさない川船なら好き勝手に行き来できる。

しかも陸《おか》を行くことに比べれば、船なら運べる積荷の量も桁違いに多い。屋根船の障子戸を閉じて明かりをつけなければ、無用な人目を引く気遣いもない。

夜目《よめ》が利いて操船に長《た》けた船頭は、どれほどの高値であっても、裏稼業のだれもが言い値で雇い入れた。

後兵衛は、おのれを安売りはしなかった。さりとて、法外な高値を吹っかけるわけでもない。技量に見合った値を、気負いのない口調で伝えるまでだ。

昂ぶらず、さりとてひとにおもねらず、余計な口はきかず。

その振舞いを、貸元衆は高く買った。

「たいした高値を平気で言う男だが、口の堅さはすこぶるつきだ」

操船の技量が高くて夜目が利き、しかも口は滅法堅い。

名の通った貸元衆は、後兵衛の船にしか乗らなかった。

寺田屋永承がゑさ元を使っているのも、つまるところは後兵衛の器量を評価していたがゆえだった。

佐吉ももちろん、後兵衛を心底から信頼していた。それゆえに与助の見張りを任せて、一旦《いったん》は本郷に帰る気になったのだ。

「うっかり目を離してしまったばっかりに、でえじな若い者を死なせちまった。なんとも面目《めんぼく》ねえこって……」

　本郷から戻った佐吉の前で、後兵衛は畳に両手をついて詫びた。

「起きてしまったことは、もはや仕方がありやせん」

　与助が納《おさ》められた早桶《はやおけ》（棺桶《かんおけ》）の前で、佐吉は重たい口調で後兵衛に話しかけた。

「うっかりだというなら、与助が首吊りをするとは思い至らなかった、おれも同じ責めを負うことになりやす」

「こうなったからには、あっしの伝手《つて》を使いまくって、与助がなににかかわっていたかを調べやすぜ」

　言い終わった後兵衛は、ぎゅっと口元を閉じ合わせた。決意のほどが、顔つきにあらわれていた。

十五

　与助に首を吊られたことを、後兵衛は心底から口惜《くちお》しく思ったのだろう。

「五十両でも百両でも、入用なだけゼニを使っても文句は言わねえ」

　後兵衛は目に力をこめて、呼び集めた面々を順に見た。六人の男が、背筋を伸ばして後兵衛に目を向けた。

後兵衛は口が堅い。そして、ものごとを突き当たりまで調べあげる念入りな性分《しょうぶん》で、軽はずみな判断はしない。

裏稼業に生きる男は、ひとの見極め方がすこぶるからい。しかしひとたび相手を使えると断じたあとは、ときに後兵衛が息を呑んでしまうほどに、あけすけな頼みを口にしはじめた。

「あの乾物屋《かんぶつや》の内証《ないしょう》を調べてくれ」

「どんなことでもいい、頭取番頭の弱味を洗い出してもらいたい」

ひとの素性を洗うのは、貸元衆がもっとも得手《えて》とするところだ。そんな男たちがおのれの配下を使わずに、あえて後兵衛に素性調べを頼んできた。

「がってんでさ」

後兵衛は頼むに足る選りすぐりの者を、探りに投じた。半端な仕事では、到底《とうてい》、貸元衆の注文には応えられるわけがないと分かっていたからだ。

後兵衛は、二十人の探り手を抱えていた。いずれの者も、本業をこなしつつ、深い探りもこなす玄人《くろうと》ばかりである。

その二十人のなかから、さらに選りすぐった者を呼び集めた。いかに与助の首吊りに口惜しい思いをしているかが、集められた探りの顔ぶれからも察せられた。素性探りの技量の高さに加えて、呼び集められた六人全員が、霊岸島界隈《かいわい》を商いの場と定めていた。

後兵衛が探りをかけようとしているのは、得体の知れない大田屋である。大田屋は、霊岸島に店を構えており、河岸《かし》には自前の船着場も備えていた。

ゑさ元後兵衛は江戸の裏社会にも通じていたし、裏稼業に手を染めている面々の正体も、おおむね摑んでいた。

ひとたび沖に出た船を守るのは船頭だ。知られざる裏顔を持つ客の誂えに応ずるときは、相応の構えを講じて船を出した。

船頭と船を守るためである。

そんな後兵衛が手を尽くして調べても、大田屋の素性を知ることはできなかった。

与助がみずから命を絶ったのも、大田屋の闇の深さゆえだと後兵衛は断じた。

「大田屋は手強《てごわ》い相手だ」

集められた六人全員が顔つきを引き締めた。

あのゑさ元後兵衛が「手強い相手だ」と言ったからだ。場の気配《けはい》が引き締まった。

後兵衛に向かって一番右に座っているのは、魚の棒手振《ぼてふり》、金蔵《きんぞう》だ。歳は二十三と若いが、魚をおろす庖丁《ほうちょう》さばきは、老舗料亭の料理人も舌を巻くほどに冴《さ》えていた。

＊

金蔵は覚えようとした顔なら、一度見ただけで忘れないのが特技だ。出入り先の勝手口で魚をおろしながら、その店の奉公人や出入り業者の顔を、残らず脳裏《のうり》に刻みつけた。

青物《あおもの》の棒手振、泉吉《せんきち》は、金蔵よりも五歳年上の二十八歳だ。住まいは深川黒江《くろえ》町《ちょう》の晋助店《しんすけだな》で、金蔵と隣同士に暮らしている。

泉吉の得意技《とくいわざ》は、絵を描《か》くことだ。ひとの顔、屋敷や店の見取り図、町の様子など、見てきたものをしっかりと描き出す。

見ていなくても、話を聞きながら描くこともできるのが、泉吉の自慢だ。金蔵と組めば、探りを入れる商家や武家屋敷に出入りする者全員の、確かな似顔絵を描くことができた。

豆腐売りの芳兵衛《よしべえ》は、今年で四十一だ。しかし、六十に手が届きそうな年寄に見えた。髪には白髪《しらが》が多く、ひたいには深いしわが刻まれている。

ところがまことの芳兵衛は、匕首《あいくち》使いの達人だった。身体の動きが敏捷で、立ち合う相手の技量を見切る眼力《がんりき》も備わっている。

年寄だとなめてかかった相手は、ことごとく芳兵衛の匕首の餌食《えじき》となった。

しじみ売りの四五六《しごろく》は、韋駄天走《いだてんばし》りが得意技の三十五歳である。しじみを仕入れるのは、小名木川沿いの大島村《おおじまむら》だ。

四五六は背丈が五尺一寸（約百五十五センチ）、目方《めかた》は十二貫（約四十五キロ）と、軽くて小柄である。ところがひとたび走り出したあとは、四里《り》（約十六キロ）の道を半刻（一時間）で走破《そうは》した。

しかも小柄で身が軽いがゆえに、忍び込むのも得手である。早足《はやあし》で身軽な四五六は、大事な探りには欠かせない男だった。

銭売《ぜにう》りの市太郎《いちたろう》と飴《あめ》売りの堂助《どうすけ》は、双子《ふたご》の兄弟で、今年三十三歳だ。物売りの装束《しょうぞく》を取り替えると、毎日顔を合わせている者でも気づかないほどの、瓜《うり》ふたつの双子である。

ひとのにおいを嗅《か》ぎ分けるのが、ふたりの特技だ。ひとはおのれでは気づかないままに、さまざまなにおいや香りを身につけている。

煙草吸いには煙のにおいが、雑穀屋《ざっこくや》の手代には商う品のにおいが、お仕着せの縫《ぬ》い目に染み込んでいる。

おのれの発するにおいに、ひとは無頓着《むとんちゃく》だ。しかし市太郎・堂助の双子は、一度嗅いだ者のにおいは、しっかりと覚えた。

身なりや髪型を変えて変装しても、この双子ならすぐさま、においで見抜いた。

「この探りには、おれの面子《メンツ》がかかっている。そいつを肝に銘じておいてくれ」

後兵衛の物言いが、いつにも増して厳しい。

六人のうなずき方も、いつも以上にきっぱりとしていた。

十六

与助の一件が片づくまで、佐吉はゐさ元に寝泊まりすることになった。逗留《とうりゅう》を始めてたかだか三日しか経っていない、四月七日の夜。

後兵衛の底知れぬ凄みを、佐吉は目の当《ま》たりにすることになった。

与助がみずから命を絶ったのは、四月四日の夜だ。亡骸《なきがら》は早桶に収められて、ゐさ元の二階に安置された。

ひとが亡《な》くなったときは、町役人《ちょうやくにん》に届け出るのが定めだ。しかしそれを行うと、人別改《にんべつあらた》めなどの、わずらわしい手続きが生ずる。

寺田屋から逐電したあとの与助は、ひとには知られたくない闇のなかで暮らしていた。もしも与助の首吊りを町役人に届け出たりすれば、かつて雇い入れていた寺田屋があれこれと詮議をされることになりかねない。

「よろしく頼みます」

佐吉は多くのことを「よろしく」にこめて、後兵衛に後始末を頼んだ。

「あっしの目が抜かったことから起きたことでさ。任せてくだせえ」

一夜が明けた四月五日の朝早く、後兵衛は早桶を屋根船に載せて出かけた。

馴染みの寺でとむらいを済ませたあと、寺から切手をもらって焼き場に向かった。そして、五日の昼前には与助の火葬を終えた。

探りの六人が呼び集められたのは、五日の夜である。

「どんな細かなことでも、抜かりなく拾い集めてくれ」

指図を受けた六人は、六日の朝から大田屋の探りを始めた。一日が過ぎた七日夜には、六人がその日までに探りえた話を伝えに来た。

ゑさ元に逗留を始めて三日目の、四月七日夜四ツ（午後十時）。佐吉は一階の帳場奥の小部屋で、後兵衛と差し向かいに座っていた。

「甘くみていたわけじゃあねえが、大田屋という男は、相当にしたたかですぜ」

後兵衛は膝元にあった一冊の綴《つづ》りを、佐吉のほうに差し出した。

「読ませてもらいます」

ゑさ元には、後兵衛に仕《つか》える代貸役の船頭、裕助《ゆうすけ》がいる。綴りは、探りの六人から聞き取った話を、裕助がまとめたものだった。

読み進むうちに、佐吉の顔色が変わった。

『四月六日八ツ（午後二時）過ぎ。大田屋の手代は、麴町四丁目の武家屋敷に入り、四半刻（三十分）後に出てきた。麴町切絵図《きりえず》で照らし合わせたところ、手代の入った屋敷は浦賀奉行所庶務頭、宅間伊織殿の役宅だと分かった』

佐吉の目が綴りから動かなくなった。

「それを伝えてきたのは、しじみ売りの四五六でやしてね」

後兵衛に話しかけられても、佐吉はすぐには綴りから目を離すことができなかった。それほどに、大田屋が宅間家とかかわりがあるとの一件は、佐吉の気持ちを乱した。

「宅間様はてまえのお得意先様です」

こうつぶやいてから、佐吉はようやく後兵衛の顔を見た。

「後兵衛さんの探りがどれほどのものかは、わたしも承知していますが……それでも、にわかには信じられません」

佐吉は、言葉のひとつずつを噛《か》み締《し》めながら吐き出した。後兵衛は余計な口を開かず、黙って佐吉を見詰めた。

何度か深い呼吸を続けてから、佐吉は身体を後兵衛の正面に向けた。

「どうしても、得心のいかないことがひとつあります」

「なんでやしょう」

後兵衛は穏《おだ》やかな口調で応じた。

「四五六さんは、その手代が宅間様の屋敷に出向くことなど、思いもよらなかったはずですが、どうしてあとをつける気になったんでしょう」

「ごもっともな問いでやす」

後兵衛はあぐらを組み直してから、佐吉の問いに答えた。

「四五六がしじみを一升枡《いっしょうます》で量《はか》っていたとき、大田屋の手代のひとりが急ぎ足で店を出たらしいんでさ」

四五六の勘《かん》が、手代のあとを追えと強く迫《せま》った。早々にしじみを量り終えたあと、四五六は天秤棒《てんびんぼう》を担いで手代を追った。

二町（約二百十八メートル）進んだ先に、湊橋稲荷《みなとばしいなり》があらわれた。境内《けいだい》に入った四五六は、天秤棒を肩から外した。盤台下《ばんだいした》に貼《は》りつけておいた長着《ながぎ》を剝《は》がし、着替えて手代を追った。盤台と天秤棒は、祠《ほこら》の床下《ゆかした》に隠《かく》した。

四五六に限らず、探りの面々は急な尾行《びこう》に備えて着替えを隠し持っている。人ごみにうまく溶《と》け込める、地味な柄の木綿物《もめんもの》だ。

小柄で敏捷な動きのできる四五六は、武家屋敷が連《つら》なる麴町でも、先を歩く手代に気づかれずに尾行を成《な》し遂《と》げた。

「大田屋の表向きは、ただの廻漕問屋だ。そんな格でしかない大田屋の手代が、麴町の宅間屋敷に出入りできるのには、相当に深いわけがあるはずだ」

後兵衛は問いかけるような目を佐吉に向けた。佐吉は佐吉で、いま聞かされた顚末から、大きな疑問を膨らませていた。

「毎月、十日から二十日までの十一日間に限り、商人などからの要望を受け付けておる」

いかに宅間家への出入りを望む商人が多いかを、あのときの宅間は自慢した。

ところが聞き込み衆六人のひとりは、違う事実を報告していた。

大田屋の手代は相手の都合もきかず、いわば木戸御免の調子で自在に出入りしていた。

思案を巡らせ終えた佐吉は、後兵衛に目を戻した。しばしの間、ふたりの視線が無言のまま絡まりあった。

先に口を開いたのは後兵衛だった。

「宅間家は五代にわたり、浦賀奉行所の庶務方を務めておりますな？」

「庶務頭です」

佐吉は正しい役職で答えた。

「そうだとすれば、さぞや浦賀周辺の事情には通じているでしょう」

浦賀には夷狄《いてき》の船が何杯も出没している。抜け荷を目論《もくろ》むロシアの船も交じっているそうだと付け加えた。

船宿のあるじゆえ、後兵衛は江戸近海を行き来する海上船舶の事情には深く通じていた。

その後兵衛が口にした抜け荷という語が、佐吉のあたまの内で大きく響いた。

後兵衛も同じ思いを抱いたようだ。

「大田屋と宅間様とは、抜け荷のことでなにかつながりを持っている」

後兵衛の見当に、佐吉は深くうなずいた。

「抜け荷が絡んでいるとなれば、今後は佐吉さんの身を守る手立てが入用になる」

与助が消えたことで、大田屋はいままで以上に周りに気を配り始める。宅間家出入りの佐吉の動きも見張るはずだと後兵衛は判じた。

小さく手を叩くと、小部屋のふすまが音もなく開かれた。

六尺（約百八十二センチ）近い大男ふたりが、ふすまの向こうに立っていた。

十七

四月十日の夜、四ツ過ぎ。ゑさ元の離れから見上げる夜空には、大きな月が暈《かさ》をかぶって浮かんでいた。

庭に立ちこめたぬるい夜気《やき》には、強い湿り気が含まれている。

暈をかぶった月と、べったりと湿った夜の気配とが、江戸の近くに雨が迫っていることを教えていた。

船宿ゑさ元には、二十坪の小さな庭がある。庭の端には、二十畳の離れが設けられていた。ゑさ元の客である大店の当主や武家などが、隠れ遊びをするための離れである。

いつもの年なら、川水が一段とぬるさを増す四月初旬からは、ゑさ元の離れでは連日のように宴席が繰り広げられた。

ところが今年は、佐吉が逗留を始めた四月五日以降は、すべての客を断っていた。

「あいにく後兵衛が身体をこわしまして、臥《ふ》せっておりますもので」

後兵衛が病床にあると偽《いつわ》ったゑさ元は、離れを閉じただけではなしに、商いそのものを休んでいた。

離れの障子戸は、すべて開かれている。湿り気をたっぷり含んだ夜風が、離れの座敷に流れ込んできた。

「こんな途方もない裏の顔が、大田屋には隠されていたのか」

次第を読み終えた後兵衛が、小さな吐息《といき》を漏らした。

探りの者六人、助っ人のふたり、それに佐吉の都合九人が、後兵衛を見詰めていた。

ゑさ元からいきなりの休業を言われた長年の得意客は、なんとか船だけでも出せないかと強い談判を申し入れた。屋根船を操るゑさ元の船頭たちは、多少の荒天でもいやがらずに船を出したからだ。

「後兵衛の目が届きませんもので、なにとぞご容赦《ようしゃ》を願います」

客がどれほど強く頼んでも、帳場はひたすらあたまを下げて断った。すべては、後兵衛の指図である。

頼まれごとには、しくじりをおかさない。これをなによりの矜持としてきた後兵衛は、与助の首吊りを心底から悔《く》いた。

「この先は、なにがあってもかならずケリをつけさせてもらいます」

寺田屋永承に申し出た後兵衛の詫びは、口先だけのものではなかった。

六人の探りを呼び寄せたのも、佐吉にふたりの助っ人をつけたのも、いずれも大田屋とのケリをつけるための手配りである。

後兵衛はひとを手配りしただけではなく、ゑさ元の商いを休みにした。初夏は、船宿のかきいれどきである。そんな折りを迎えての休業は、船宿のふところ具合に大きな痛手《いたで》となった。

しかし後兵衛は、商いの首尾よりも、おのれの面子を重んずる男である。

「費えはどれだけかかろうが構わない。かならず、大田屋の尻尾《しっぽ》を掴んでこい」

ゑさ元の商いを休みにした後兵衛は、探りの者に気合をいれた。

四月五日に呼び集められた探りの面々は、大田屋と宅間家とがつながっていることを探り出した。しかし大田屋の守りの堅さは、尋常ではなかった。

「このうえは大田屋の身内を捕《と》らえない限り、内情を探ることはできません」

探りの六人が口を揃えた。腕のよさでは抜きんでた男たちが、これほど聞き込みに難儀をしたことは一度もなかった。

「かどわかすしかないだろう」

ほかに手立てがないと判じた後兵衛は、手荒な手段に出ることを許した。狙いをつけたのは、宅間家に出向いた手代である。後兵衛が佐吉につけた助っ人役ふたりが、その手代の見張りについた。

四月九日の八ツ（午後二時）過ぎ。大田屋を出た手代は、霊岸島新堀《しんぼり》の南岸を湊橋のほうに向かって歩き始めた。

すぐさまあとを追い始めたのが、助っ人のひとり、太助《たすけ》である。五尺八寸（約百七十六センチ）の上背《うわぜい》がある太助だが、目方は十六貫（約六十キロ）で身が軽い。

本来であれば、上背のある太助は尾行には不向きだ。しかし敏捷な太助は相手の動きの先を読み、気づかれる前に物陰に身を潜めるのを得意技としていた。

手代の尾行を続けながら、太助は新堀にいる屋根船に合図を送った。船の船頭は、もうひとりの助っ人、誠三《せいぞう》である。

誠三は、太助より七歳も年長の三十五歳だ。上背で一寸勝っている誠三の得意技は、荒事《あらごと》と、川船の扱いである。

攻める相手の弱点を素早く見抜き、無言のまま攻め立てる。その不気味さに、多くの敵が呆気《あっけ》なく落ちた。

川船の棹さばき・櫓さばきでは、玄人の船頭顔負けの技量を示した。

湊橋まであと一町（約百九メートル）の場所で、太助は先を行く手代に背後から声をかけた。南岸には人影がなかったからだ。

「紙入れを落としやしたぜ」

太助は縞柄《しまがら》の財布《さいふ》を手にして、手代に近寄った。ほとんどの者は、この手に引っかかって顔つきがだらしなくなる。

ところが、さすがは大田屋の手代だというべきだろう。振り返ったときには、険《けわ》しい目を太助に向けた。

「にいさんのたもとから、この紙入れが落っこちやしたぜ」

「あたしの財布じゃない」

にべもない調子で手代が応じた。口調は無愛想《ぶあいそ》だったが、財布を示されて多少は気がゆるんだらしい。その隙《すき》を、太助は見逃さなかった。

こぶしにした右手を、手代の鳩尾《みぞおち》に叩き込んだ。力は加減していても、拳法《けんぽう》の心得《こころえ》がある太助の一撃である。

手代は息を詰まらせて、太助のほうに倒れ込んだ。

ひょいっと担いだ太助は、新堀の船着場に駆け下りた。誠三は巧みな棹さばきで、屋根船を横付けした。

太助は手代を抱えたまま、船の障子戸を開いた。手代に当《あ》て身《み》を食わせ、屋根船に放り込むまでに、ものの三十も数えないという早業《はやわざ》だった。

手代が運び込まれたのは、ゑさ元の隣に建っている川戸の構えられた平屋《ひらや》である。川の水を引き込んだ川戸を開けば、屋根船がそのまま横付けできた。

手代を土間まで担ぎいれた太助は、両腕を前に回した形で、きつく縛り上げた。縛り具合を確かめてから、水をぶっかけて正気に戻した。

手代は怒《いか》りに燃え立った目で、太助を睨みつけた。太助は凄みのある薄笑いで、男の睨みを弾き返した。

「おめえが素直に吐けば、大して苦しまねえですむように、この匕首で始末してやる」

太助は刃先の尖った匕首を、手代の首筋にあてた。手代は脅《おど》しには応えず、強い目で睨み続けた。

「そんな調子でおれに手間をかけるなら、死んだほうが楽だという気にさせるぜ」

太助が口を閉じると、代わりに誠三が手代の前に立った。先の尖った爪楊枝《つまようじ》を、何本も手に持っている。

手代の両目に、初めて怯えの色が浮かんだ。モノを言わない誠三の動きには、それほどに凄みがあった。

誠三は手代にあらがう隙を与えなかった。右手の人差し指を強く摑むと、真っ直ぐに伸ばした。そして持っていた爪楊枝を、爪《つめ》の間にぐいっと押し込んだ。

「ぎゃあっ」

手代が悲鳴をあげた。

誠三が力をゆるめると、手代は歯で嚙《か》んで爪楊枝を引き抜いた。尖った先は、血に染まって真っ赤だった。

「そんな痛みは、まだ序の口だ」

言うなり、誠三は右足で手代の鳩尾を蹴《け》った。後ろに倒れ込んだ手代は、仰向《あおむ》けのまま息を詰まらせた。

背後から上体を起こした太助は、背中に膝をあてて活《かつ》を入れた。

ぶはっ。

詰まっていた息を吐き出して、手代は正気に戻った。

「この先は、二度と気を失うような楽な目はさせねえ」

誠三は尖った爪楊枝を、手代の目の前に近づけた。土間にへたり込んだまま、手代は漏らした小便で下帯《したおび》を濡らした。

「どのみちおめえは、すっかり吐くことになる。強情《ごうじょう》を張りさえしなきゃあ、楽に始末をすることは請け合うぜ」

太助は手代の頰《ほお》に匕首の刃をあてて、軽く滑らせた。面《つら》の皮が裂《さ》けて、血がにじみ出た。

「手代の様子はどうだ」

「こっちが訊かなくても、てめえからあれこれと唄う始末でさ」

太助の答えを聞いた後兵衛は、手にした帳面に目を落とした。

手代から聞き出した仔細を、誠三が小筆《こふで》で細かく書き記していた。

十八

大田屋五之助の在所は、蝦夷《えぞ》の東の果て、羅臼《らうす》村である。この地は蝦夷の先住民族アイヌと、熊《くま》と鹿《しか》、それに少数の漁師が共存する極寒《ごくかん》の寒村だった。

冬場は、土地の者でもうかつには出歩かない。道に迷うと、たちまち凍死《とうし》してしまうほどに、大気は凍《い》てついているからだ。

しかし短い夏になると、箱館《はこだて》から船を仕立てて商人が昆布を買いつけに来た。

羅臼の漁師は昆布と引き換えに、暮らしに入用の品々や、衣服を手に入れた。

が、カネは受け取らなかった。

羅臼村から外に出ない漁師には、カネはまったく値打ちがなかった。

箱館の商人と物々交換をするのは、アイヌも同じだった。アイヌたちは木彫《きぼ》り細工や、熊の胆《い》、鹿の角《つの》の粉末などの薬種《やくしゅ》を商人に手渡した。が、アイヌの長老だけはカネも手に入れていた。

五之助は、こども時分から父親と一緒に昆布漁に出た。粗末な網を海に仕掛けて、引っかかった昆布を採《と》るという、まことに拙《つたな》い漁法である。とはいえ北の荒海に出張《でば》ってくる者は、羅臼の漁師しかいない。五之助一家五人が暮らせるだけの昆布は、毎年採れた。

五之助がカネの存在に気づいたのは、十五歳の夏である。偶然《ぐうぜん》にも五之助は、箱館の商人とアイヌの長老との取引の場に居合わせた。長老の息子とは同い年で、遊び仲間だった。ゆえに五之助はその日、長老の小屋にいた。

「今年は二個だもんで」

商人は長老の差し出した細長くて黒い塊《かたまり》二個と引き換えに、黄金色に輝く小判四十枚を手渡した。

生まれて初めて見た小判の輝きの美しさに、五之助は見とれた。

「あれは小判というもんだ」

小判が一枚あれば、箱館の町で欲しいものがなんでも買える。小判は凄い。小判は魔法のカネ。

息子は長老に連れられて、箱館の町に出たことがあった。五之助は何度も何度も、箱館の話を息子から聞かされた。

小判が放つ魔法のような力のことも、飽《あ》きずに聞いた。

「おめのとっつぁが渡した、真っ黒で細長いモンは、なんだべさ」

「膃肭《オンネウ》（アイヌ語でオットセイ）のへそだ」

「へそは、あんなにおっきくねえべ」

「ねえべって言われても、とっつぁはへそだと言ってるから」

五之助の脳裏には、へそと引き換えに四十枚の小判が手渡された光景が焼きついていた。膃肭にへそがあるかと父親に訊いたが、知らないとしか答えない。

次の年の夏、五之助は箱館から来た年若い手代に問い質した。

「なんもさ」

五之助と同い年だと分かった手代は、親近感を覚えたのだろう。五之助と一緒にハマナスの咲く海岸に座ると、あれは膃肭のへそではなしに、陰茎《いんけい》だと教えた。

「江戸だの上方だのに持ち込んだら、塊ひとつで五年は遊んで暮らせるべさ」

手代は、陰茎の効能を詳しく話し始めた。

北の海に棲《す》む膃肭は、毎年五月初旬になると、オスたちは島に上がり、互いに縄張《なわば》りを作る。メスを取り込んで、おのれの後宮《こうきゅう》とするためである。

陣地に取り込むメスの数は、多いところでは百頭を超えることもある。が、おおむねオス一頭につき、メスは四十頭ぐらいだ。

いずれにしても、オスは多数のメスを従えて、繁殖《はんしょく》に励む。そんなオスの陰茎を薄く削《けず》って服用すれば、精がつくこと間違いなしだと、手代は話した。

「膃肭の一物《いちもつ》が手に入るなら、大尽《だいじん》連中はなんぼでもゼニを出すべ」

五之助と同い年の手代は、佐次郎だと名乗った。

「おめの昆布の網に、膃肭がかかることがあるっしょ」

「夏なら、毎度だ」

五之助は顔をしかめた。オスの膃肭は、体長が八尺（約二・四メートル）以上もある。粗末ながらも丈夫な網は、破られることはない。しかし暴《あば》れる膃肭を取り除《のぞ》くのは、大仕事である。余りにひどく暴れるときは、銛《もり》で急所を突き刺した。

「昆布なんか採ってねえで、オスの膃肭を狙うだよ」

「獲《と》ったあとは、どうするべさ」

「山ほどオスの一物獲ってよう。おれとおめとで、江戸に売りに行くべ」

佐次郎の話をしっかりと胸に仕舞い込んだ五之助は、二年がかりで膃肭の陰茎を獲りまくった。そして十八歳の夏に、佐次郎とふたりで江戸に出向いた。

商家への売り込みは、佐次郎が受け持った。箱館の商家から書き写してきた得意先に、佐次郎は片っ端から売り込みをかけた。

「羅臼村から、じかに運んできた膃肭のへそだでさ。箱館モノよりも二倍強く効くから」

佐次郎は巧みな口上で、商家に売り込んだ。そのとき、新規の得意先への口利きも抜かりなく頼んだ。

羅臼村から運んできた陰茎は、全部で三十個もあった。それを佐次郎は、一個あたり二十両で売った。

羅臼村のアイヌから仕入れた品を、箱館の商人の倍の値で売りさばいていたのだ。

弱冠十八歳のふたりが、千二百両という途方もないカネを手に入れた。しかも得意先は、この先も毎年、かならず一個ほしいという。

佐次郎は日本橋の鰹節問屋の当主に、両替商への口利きを頼んだ。そして、手にした千二百両のうち、千両を為替切手《かわせぎって》に取り替えた。

箱館の商家に奉公していた佐次郎は、蝦夷と江戸とを行き来する廻漕問屋に心当たりがあった。

「次の船に乗せてもらいてっす」

相場の倍の船賃を払ったふたりは、根室湊《ねむろみなと》に向かう東回りの蝦夷船に乗り込んだ。羅臼に帰り着いたときには、すでに浜には雪が舞っていた。

佐次郎と五之助は、江戸土産をたっぷり提《さ》げて、アイヌの長老の小屋をたずねた。

「箱館の商人より、五両高く買います」

長老は蓄えてあった陰茎六本を、百五十両で売り渡した。

「これからは毎年、箱館の商人よりも高値でおれたちが買います」

佐次郎と五之助はアイヌの長老との間で、箱館よりも一本あたり五両高く買い入れると話をまとめた。

根室湊には、江戸の両替商と取引のある廻漕問屋、大田屋があった。

「来年からは根室の大田屋まで運んでくれれば、そこでカネを払います」

「分かった。息子を根室まで差し向ける」

条件を細部まで取り決めたあと、ふたりは真冬がくる前に根室湊に出た。そして大田屋の当主を相手に、アイヌの品の江戸廻漕話を取りまとめた。

「おめたち、歳はわけえのに大したもんだ」

大田屋の当主は、大いに佐次郎と五之助を気に入った。

「江戸への船が出るまで、おらんとこさ泊まればええ」

大田屋の当主は十日の間、ふたりを客間に泊めた。

明くる年から、アイヌの長老は取り決めを守った。毎年、二十本の陰茎を根室湊まで届けた。

商いが始まって六年が過ぎたとき、大田屋の当主が根室から江戸に出てきた。

「おめたちを見込んで、話がある」

大田屋が持ちかけてきたのは、ロシアとの抜け荷で手に入れた品々の売りさばきだった。

「根室と江戸との間は、うちの船で行き来をさせるでよ。ひとにばれる気遣いはねえべ」

ロシアが運んでくるのは、色鮮やかな宝石などの装飾品と毛皮、そして薬品である。なかでも薬品は種類が多く、しかも効き目は目を見張るほどに強かった。

「おめたちで、江戸に大田屋の出店を拵えろや」

大田屋当主の勧めを受け入れて、ふたりは霊岸島河岸に大田屋を開いた。五之助と佐次郎が、ともに二十六歳の夏だった。

以来、二十四年が過ぎた。

根室の大田屋は息子に代替わりをしたが、江戸とのやり取りは続いている。

アイヌも代替わりをした。いまでは五之助の遊び仲間が、長老の座に就いていた。

膃肭の陰茎売りも、ロシアからの禁制品密輸も、上首尾に運んでいる。大田屋は公儀役人の五家とも、かかわりを持っていた。

どの役人も膃肭の陰茎と、ロシアの薬品が欲しいばかりに、大田屋とのかかわりを深めていた。

大田屋江戸店の当主は五之助だが、商いの切り盛りはすべて佐次郎が行っている。

奉公人は七名で、全員が根室の大田屋から送り込まれてきた蝦夷者である。

「蝦夷の厳しさに比べれば、江戸は真冬でも極楽《ごくらく》だべさ」

極寒の僻地《へきち》で育った男たちは、我慢《がまん》強い。しかも大田屋の裏稼業をわきまえており、口はすこぶる堅い。

蝦夷の地に暮らす家族や血縁者は、江戸からの仕送りをあてにして暮らしている。もしも江戸の奉公人が口を滑らせたら、蝦夷の者は皆殺しの目に遭わされるのだ。

そのことが骨身《ほねみ》に染みている大田屋江戸店の奉公人は、なにがあっても口を割ることはなかった。

太助と誠三に痛めつけられた手代は、名を喜平次《きへいじ》という。大田屋の内情を吐いた、初めての奉公人だった。

十九

永代橋《えいたいばし》西詰の橋の真下で、喜平次は目かくしと手首を縛っていた細縄をほどかれた。大田屋のお仕着せ姿だが、胸元がだらしなくはだけていた。

ふうっ……。

大きなため息を、喜平次は立て続けに四度も吐いた。髷の元結《もっとい》がゆるんでおり、喜平次自慢の銀杏髷《いちょう》がよれていた。

胸元がはだけて、襦袢《じゅばん》が襟元《えりもと》からのぞいているお仕着せ姿。

散々に水に濡れて、先端の銀杏がバラバラになっている髷。

真夜中の八ツ（午前二時）過ぎで、橋下の周りは深い闇に包まれていた。さりとて、身だしなみには人一倍に気を遣ってきた喜平次である。たとえ闇のなかとはいえ、いまのような、だらしない格好で外にいるのは初めてだった。

ふうっ……。

またしても、深いため息を吐いた。

ものごとをてきぱきと、手際《てぎわ》よく片付けるのは喜平次の自慢のひとつだ。そんな男が、五度もため息を吐いた。こんなことも、かつて一度もなかった。

八ツを過ぎて、潮目《しおめ》が変わったらしい。下げ潮が、いつの間にか上げ潮の流れになっていた。

空には分厚い雲がかぶさっており、月星の明かりはひとかけらもなかった。が、永代橋の太い橋杭《はしぐい》は、闇のなかでもぼんやりと透《す》けて見えた。

大川を東西に結ぶ永代橋は、長さが百二十間（約二百十六メートル）もある。それだけの長さの橋板を支える橋杭は、尋常な数ではない。

四間（約七・二メートル）の間隔で、三十基の橋杭が大川に突き立てられていた。

潮目の変わった流れが、橋杭にぶつかっている。大潮《おおしお》はまだ先だが、真夜中の潮の流れは相当に速い。

バチャッ……バチャッ……。

潮の流れは同じ調子で杭にぶつかり、その都度《つど》、律儀に水音を立てた。

ふうっと、六度目のため息を吐いた喜平次は、背中を丸めたまま、闇に溶け込んだ大川に目を向けた。

橋杭の形から、喜平次はここが永代橋だと見当をつけた。が、新大橋だろうが永代橋だろうが、いまの喜平次にはどうでもよかった。

かどわかしに遭ってから、すでに二日目に入っていた。

どこのだれに、かどわかされたのか。

喜平次には、まったく見当がつかなかった。しかし素性の分からない相手に、喜平次は大田屋の内情をすっかり白状していた。

喜平次から訊き出したことを基にして、得体のしれない連中がなにかことを仕掛けるだろうと、喜平次は判じた。

このまま大田屋に帰ったりすれば、きつい詮議をされるに決まっている。その挙《あげ》句《く》に、喜平次が口を割ったことを、大田屋五之助と佐次郎に知られることになるのだ。

そうなったあとは……。

もちろん、喜平次は殺される。のみならず、在所の身内が、皆殺しの目に遭わされる。

他の者への見せしめとして、佐次郎はかならずそうする。

このまま行方《ゆくえ》知れずになったとしても、佐次郎は在所の身内に手を下すに決まっていた。

身内の者の無事を願うなら、できることはたったひとつしかない。みずからの手で、命を絶つことである。

拷問《ごうもん》にかけられても、口を割らなかった。喜平次の死体がそのあかしを示せば、在所の者は無事だ。無事のみならず、手厚い褒美をもらえるだろう。

そのことも、佐次郎はいつも口にしていた。

喜平次の身体には、方々に痛めつけられた跡が残っている。それを見れば、佐次郎も五之助も、喜平次は口を割らなかったと判じてくれるだろう。

そのためには、できる限り早く、死体を人目につくように仕向けることだ……そう考えた喜平次は、首吊りを選んだ。

大川に入水《じゅすい》しても、死体が浮かぶまでにはひまがかかる。しかも川を流されるうちに、身体が膨れて拷問の跡が分からなくなるかもしれないのだ。

首吊りなら、きっとすぐに見つけてもらえる。身体につけられた拷問の跡も、くっきり残ったままだ……。

喜平次の足下には、手首を縛っていた細縄が残っていた。首に巻きつけてぶら下がるにも、充分の長さがある。

連中が使った細縄は、丈夫《じょうぶ》で切れる気遣いは皆無だった。

思案を定めた喜平次は、すぐさま動き始めた。おのれの命と引き換えに在所の者が褒美をもらえると思えば、もはや死ぬことに怖さはなかった。

一刻も早く、死体を見つけてもらえますように。

戸板に載せられて、むしろをかぶせられますように。

そのふたつを願って、喜平次は細縄で大きな輪を拵えた。そして縄の端を、橋杭の上部にぎゅっと縛りつけた。

闇のなかで喜平次は、おのれの手で拵えた輪に首を入れた。

二十

四月十一日の夜明けごろは、まだどんよりと曇っていた。が、六ツ半（午前七時）を過ぎると、分厚い雲が千切《ちぎ》れ始めた。

春の天気は気まぐれである。五ツ（午前八時）ごろには、江戸の空は真っ青に晴れ上がっていた。

深川の東、六万坪の彼方《かなた》から昇る朝日は、五ツ過ぎには永代橋にも届き始める。やわらかな初夏の陽光が、大川の川面をまばゆく照らした。

「おいっ、あれを見ねえ」

永代橋を潜《くぐ》っていたはしけの船頭が、橋杭を指差して声をあげた。橋の西詰真下の橋杭から、男がぶら下がっていた。

「あれは首吊りだあ」

「そいつあ、おおごとだ」

川上に向かって橋を潜り抜けるなり、はしけの船頭は長い棹を振り回した。

「おうい、橋番さんよう」

船頭の叫び声を聞いた通行人が、橋番に報《しら》せた。永代橋西詰の橋番は、六十を超えた老爺《ろうや》である。小屋から、歩くのも億劫《おっくう》そうにして出てきた。

「首吊りが、橋の真下にぶら下がってるぜ」

船頭が大声で異変を伝えた。が、耳の遠い橋番には聞こえないらしい。

「大変だ、とっつぁん」

橋を行き交う通行人が、老爺に聞かせた。首吊りがぶら下がっていると言われて、橋番の血相《けっそう》が変わった。

いきなり腰をしゃんと伸ばすと、小屋に飛び込んだ。壁に吊るしてあった呼子《よぶこ》を手に取ると、先に立って橋番小屋わきの石段を駆け下りた。

何人もの野次馬が、老爺のあとに続いた。

喜平次は、川端《かわばた》に突き立った橋杭の上部からぶら下がっていた。

春空を昇りつつある陽が、大川の川面を照らしている。その光が、喜平次を下から照らしていた。

風もないのに、ゆらゆらと身体が揺れていた。息の根が止まってから、すでに三刻（六時間）が過ぎている。細縄からぶら下がった喜平次は、身体の方々が硬直しているように見えた。

「こいつは大変だ」

死体を見上げた橋番は、野次馬たちのほうに振り返った。

「あんたらで手分けして、あのひとを橋杭からおろしてくれ」

その言葉に応ずるかのように、喜平次の身体が揺れた。

「冗談《じょうだん》じゃねえ」

「そんな気味《きみ》のわるいことは、まっぴらだ」

「おれたちにそんなことを言う前に、目明《めあか》しを呼ぶのが先じゃねえか」

野次馬から口々に言われた橋番は、手にしていた呼子をくわえた。

ピイ――。

鋭い笛の音が、橋板にぶつかって響き渡った。大川を行き交うはしけが、何杯も動きを止めた。

永代橋西詰の土手下に、喜平次の死体がおろされていた。戸板にはむしろが敷かれており、喜平次はその上に載せられていた。

「ほとけがぶら下がったのは、真夜中過ぎの見当だろうぜ」

喜平次の硬直具合を確かめた目明しが、見当を口にした。

永代橋西詰から霊岸島、箱崎町にかけての十三町をあずかっているのは、豊海橋《とよみばし》南詰の目明し、弥次郎《やじろう》である。弥次郎の宿《やど》がある霊岸島は、八丁堀《はっちょうぼり》とは目と鼻の先だ。

八丁堀は、南北両町奉行所の与力・同心の組屋敷が塀を連ねる役人の町だ。八丁堀の近くに目明し宿を構える弥次郎は、江戸御府内でも一、二の腕利きだと評判の高い目明しだった。

月に何度も変死体を目にしている弥次郎は、ほとけの様子から死因、亡くなった刻《とき》などに、およその見当がつけられた。

「息の根が止まったわけは、首吊りに間違いねえだろう」

喜平次の首には、くっきりと細縄の跡がついていた。

「あとは、ほとけの素性だが……」

死体のわきにしゃがみ込んだ弥次郎は、喜平次が着ているお仕着せの襟元を裏返しにした。お仕着せの襟裏には、仕立てた呉服屋の名が縫い付けてある。

「兵吉《へいきち》、こっちに来ねえ」

呼ばれた手下《てか》が近寄ってきた。背丈は五尺一寸（約百五十五センチ）だが、目方は二十貫（約七十五キロ）もある。兵吉が急ぎ足で歩くと、身体が左右に揺れた。

「この縫い付けは、どこの呉服屋でえ」

弥次郎は、裏返しにした襟元を兵吉に見せた。赤い糸で『た』の一文字が縫い取りされていた。

「越前堀《えちぜんぼり》のたじまやでやす」

ひと目見ただけで、兵吉は言い切った。

たじまやは、呉服屋《ごふくや》ではない。越前堀に架かる亀島橋《かめじまばし》たもとの、太物問屋《ふとものどんや》の大店だ。並の者よりも二回り身体が太い兵吉は、すこぶる動きはのろい。が、弥次郎が抱える六人の下《した》っ引《び》きのなかでも、図抜けた物知りで通っていた。

とりわけ御府内の呉服屋・太物屋・古着屋には通じており、屋号を聞いただけで所在地をぴたりと言い当てることができた。

「だったらおめえは、すぐさまたじまやに出向いてくれ」

「がってんでさ」

細かな指図をされずとも、兵吉は弥次郎の意図を汲《く》み取ることができる。太い身体を揺らしながら、兵吉は土手の石段へと向かい始めていた。

二十一

四月十一日、夜の五ツ半（午後九時）過ぎ。大田屋の十二畳間の四隅《よすみ》には、大型の遠州《えんしゅう》行灯《あんどん》二張《ふたは》りが灯《とも》されていた。上物の菜種油を使ってはいるが、行灯の明かりはいまひとつ頼りなかった。

部屋の真ん中には、差し渡し一尺もある大きな火鉢《ひばち》が出されている。熾《お》きた炭火が、強い赤色を放っていた。

「喜平次の死因は分かったのか」

「いや、定かには……」

佐次郎が語尾を濁した。

「なんだ、それは」

火鉢に手をかざした五之助が、番頭を見て語気を強めた。

「あんたらしくもない、はっきりしない物言いじゃないか」

「死因は首吊りだと、はっきりしています」

「だったらいつものように、なぜそうだと言い切らないんだ」

「喜平次が首吊りをしたのが、生きていたときなのか、死んだあとで吊るされたのかが、草庵《そうあん》先生には定かには分からないらしい」

佐次郎は、火箸《ひばし》で炭火をいじった。炭にかぶさっていた灰が落ちた。

薄明かりのなかで、炭の赤味が強くなった。

「肝心なことが分からないのか」

剛毅《ごうき》で知られた五之助が、めずらしく吐息を漏らした。

草庵は、大田屋と同じ町内で開業している医者である。月々、二十両という高額な食い扶持《ぶち》を、草庵は佐次郎から受け取っていた。

それと引き換えに奉公人の診療はもとより、表ざたにはできない大田屋がらみの刃傷沙汰《にんじょうざた》の後始末も、すべて引き受けていた。

たじまやのお仕着せから、豊海橋南詰の弥次郎は喜平次の身元を割り出した。首吊りの末に命を絶ったと判じた弥次郎は、戸板に載せた喜平次を大田屋に運んだ。

腕利きの弥次郎は、常にいくつも事件を抱えている。変死体の素性さえ分かれば、手早く運んでさっさとケリをつけたかった。

「てまえどもの奉公人に、間違いはございません」

運ばれてきた者が喜平次だと見定めた佐次郎は、草庵とともに死体を受け取った。医者が同席したことで、死体の引渡しはとどこおりなく運んだ。

診療所に運び込まれた喜平次の死体は、草庵の手で細かに検視《けんし》が行われた。

死んだあとで、首吊りを装《よそお》って橋杭に吊るしたのであれば、それは喜平次がなにも口を割らなかったあかしである。

四月九日に喜平次をかどわかしたのが何者なのかは、まだ分かってはいない。しかし死人をあえて吊るしたりするのは、調べにあたる目明しに、喜平次はみずから首を吊ったのだと、下手人一味《げしゅにんいちみ》が思わせたいからだ。

そうではなしに、もしも生きたままの喜平次が、首を吊ったのだとしたら……。

下手人連中に脅かされて、喜平次が無理やり首を吊らされたのか。

もしくはすべてを白状してしまった喜平次が、わが身の行く末に望みを失ったがゆえに、みずから首を吊ったのか。

肝心なことに、判断がつかないでいた。

喜平次の死体をあらためた草庵は、身体の傷跡は拷問のものだと断定した。

「これだけの傷をつけられたということは、この者は口を割らずに踏ん張ったと考えるのが理にかなっておる」

草庵は、喜平次は口を割っていないとの所見を佐次郎に伝えた。

「時期が時期だけに、草庵先生の見立てを鵜呑《うの》みにはできない」

抜け荷改めに対する公儀の動きが、日を追って厳しくなっている。五之助のつぶやきに、佐次郎も渋い顔でうなずいた。

火鉢のわきには、喜平次のふところにねじ込まれていた財布が置かれていた。

紺色と茶色の、あまり見かけない縞柄の財布だった。

二十二

四月十二日の朝から降り始めた雨は、季節外れの寒気をはらんでいた。

北国生まれの大田屋五之助は、本来であれば寒さには強い男だ。しかし江戸で長く暮らすうちに、身体は寒さへの備えを忘れつつあるようだ。

「火鉢に炭火をいけてくれ」

四月も中旬だというのに、五之助は若い者に炭火の支度をさせた。

真っ赤に熾きた炭火に手をかざしても、身体の芯から生ずる悪寒《おかん》は消えない。炭火のうえで両手をこすり合わせながら、五之助は目を閉じた。

寒さを感じているのは、雨降りのせいではないと、いきなり察した。五之助に生まれながらに備わっている本能が、危《あや》うさの襲来《しゅうらい》を悪寒の形で教えているのだ。

江戸で長く暮らすなかで、寒さには弱くなっていた。極寒の蝦夷に比べれば、江戸は南国も同然である。

ぬるい冬を何十年も過ごすうちに、身体の仕組が少しずつ変わっていた。それゆえ、寒さにはめっきり弱くなった。

齢《よわい》を重ねたことも、寒さに我慢がきかなくなったわけのひとつかもしれない。

しかし本能のささやきには、いまだに身体が鋭く応じていた。

五之助はこどもの時分から、わざわいをもたらす事態が生ずる手前で強い悪寒を覚えてきた。

このたびの震えは、わしになにを教えようとしているんだ……。

炭火の真上で強く手をこすり合わせながら、五之助はこども時分からの出来事を思い返していた。


身体が初めてそれを感じたのは、十歳の五月だった。

いつものように昆布採りに向かおうとしたが、身体が震えて起きられなかった。

「風邪《かぜ》だべさ」

五之助は湯呑みに半分注《つ》がれた白湯割《さゆわ》りの焼酎《しょうちゅう》を、一気に呑んだ。村に伝わる風邪の特効薬は、おとな・こどもの区別はなしに、白湯で薄めた焼酎だった。

いつもなら呑み干すなり、ひたいとわきの下が汗ばんだ。その汗が、風邪のわるいものを流し去るというのが、昔からの教えだった。

ところがその朝は、焼酎を呑むとさらに震えが強くなった。手足がガタガタと大きく震える。胸の前で両腕を交差させようとしても、震えがひどくてうまくできない。

「なんか、わるいものでも憑《つ》いたべか」

おとながふたりがかりで、五之助を押さえつける騒ぎとなった。

震えは、ほどなく収まった。が、その日の昆布採りは取り止めとなった。

それから四半刻（三十分）も経たないうちに、空一面に分厚い雲がかぶさった。

「雲の動きが尋常ではねえ」

「雪あらしか？」

「ばか言うでねって。もう、五月だべ」

「そうは言っても、あの雲の動き方は雪あらしの前触れだべさ」

まさしくそれは、雪あらしの前触れだった。五月初旬だというのに、あっという間に雪が舞い始めた。しかも、ただの時季外れの雪ではなかった。干し網を吹き飛ばす強風が、陸《おか》から海に向かって吹き荒れた。

突然の雪あらしは、半日も続いた。過ぎ去ったときには、陸に逃げていた小舟に三寸（約九センチ）もの雪が積もっていた。

朝の晴天につられて出漁していた漁船三杯が、雪あらしに遭遇《そうぐう》して海に沈んだ。

五之助は命拾いをしたが、そのときは察することができなかった。

二度目は、江戸に出てきたあとである。

五之助と佐次郎は、橋場《はしば》の貸元雪椿《ゆきつばき》の京助《きょうすけ》に膃肭《オンネウ》（オットセイ）の一物を卸していた。

京助の在所は、加賀国湯涌村《かがのくにゆわくむら》である。五之助の在所ほどではないが、真冬は雪に閉ざされる暮らしだった。

京助が心底から五之助に胸襟《きょうきん》を開いたのは、こども時分の風邪薬のことに、よもやま話が及んだときだった。

「あたしも佐次郎も、風邪をひいたら湯で薄めた焼酎を呑まされたもんですだ」

「そいつは驚いた」

京助も同じものを呑まされていた。

これがきっかけで、膃肭の取引は一段と滑《なめ》らかになった。そして一物を納めに行ったついでに、賭場で遊ぶことも始まった。

が、深入りはせず、勝っても負けても、勝負をするのは五回に限っていた。

「あんたは勝負がきれいだ」

五之助の張り方と気性を、京助は大いに気に入った。

「そのうちに、他の貸元にも顔つなぎをしてやろう」

一物の売り先として、他の貸元衆を引き合わせるという。貸元が堅気《かたぎ》の者に他の貸元を引き合わせるのは、並のことではない。

「ありがとうごぜえやすだ」

五之助は深くあたまを下げて礼を伝えた。

引き合わせは京助の賭場で、と決まった。ところがその当日、出かける直前になって身体の芯から震えがきた。

「焼酎を白湯で薄めてくれ」

若い者が用意した風邪の特効薬を、五之助は湯呑み一杯分も呑み干した。しかし震えはますますひどいことになった。

「こんな調子では外出《そとで》は無理だ」

話す声まで震えていた。

「もしも粗相《そそう》をしては、親分の顔に泥《どろ》を塗ることになる」

五之助は佐次郎を差し向けて、とりあえずの詫びを伝えさせようとした。出かけてから一刻半（三時間）が過ぎた真夜中になって、佐次郎は顔色を失くして帰ってきた。

「京助親分の賭場に、手入れが入った」

佐次郎が橋場に着いたのは、約束の刻限よりも半刻（一時間）近く早い、五ツ半過ぎだった。

橋場の町は、五ツ（午後八時）を過ぎれば人通りはなくなる。賭場が盛るのは、その刻限からあとのことだった。

京助の賭場の前には堀が流れており、自前の船着場を構えていた。客のために拵えた船着場である。

賭場の客の多くは、屋根船を仕立てて遊びに来た。町から人影が消えたとはいっても、どこにひとの目が光っているか分からない。自前の船着場から真っ直ぐ賭場に入れば、人目につく気遣いは無用だった。

とはいえ五之助と佐次郎は、いつも歩きで賭場をたずねた。屋根船を仕立てるのは、年寄じみていて、性《しょう》に合わなかったからだ。

佐次郎はいつも通り、堀に架かった小橋に足を踏み入れようとした。が、妙な胸騒ぎを覚えて橋の手前で踏みとどまった。

橋のたもとでは、五ツ半から屋台の蕎麦屋が商いをしていた。

蕎麦でも食って、胸騒ぎを覚えたわけを確かめよう……。

そう決めた佐次郎は、しっぽく蕎麦を注文した。

「へい、お待ち……」

親爺《おやじ》がどんぶりを差し出したとき、賭場の船着場に御用船《ごようせん》が横付けされた。

六尺棒《ろくしゃくぼう》、刺股《さすまた》、梯子《はしご》を持った捕《と》り方《かた》が、板を鳴らして桟橋《さんばし》を駆け上がった。

賭場の周囲は暗がりになっている。客のために、わざと明かりを落としているのだ。その闇のなかで、捕り方の吹く呼子の鋭い音が響《ひび》いた。

蕎麦屋の親爺は、飛び上がって驚いた。

四半刻も経たぬ間に、縄を打たれた渡世人《とせいにん》と、賭場の遊び客が引き立てられてきた。小橋の周辺は、野次馬で埋まっていた。

一部始終を佐次郎から聞いた五之助は、不意に十歳の春の出来事を思い出した。

もしもあの日、昆布採りに出ていたら、雪あらしに遭遇したに違いない。

もしも今夜橋場の賭場に出かけていたら、捕り方に縄を打たれていたはずだ……。

ここに至り、悪寒は凶事《きょうじ》を知らせる本能のささやきだと察した。しかしそう感じたことは、佐次郎にも明かさなかった。

口外《こうがい》すると、二度と本能がささやいてはくれないという気がしたからだ。

その後も何度か、強い悪寒に襲われた。

その都度、すんでのところで危うさから逃れることができた……。

悪寒は、火鉢の炭火が白い灰をかぶったところに収まった。収まるなり、唐突《とうとつ》に悪寒を覚えたわけに思い当たった。

喜平次の財布である。

昨夜、喜平次の死因について、あれこれと話をした。

「これだけの傷をつけられたということは、この者は口を割らずに踏ん張ったと考えるのが理にかなっておる」

佐次郎から聞かされた、草庵の見立てである。強い悪寒を覚えたいま、あれは草庵の見立て違いだと断じた。

喜平次は口を割っている。

あの男は、知りうる限りのすべてを吐いた。それを佐次郎に知られるのが怖くて、みずから首を吊った。

こう確信した五之助は、幾つもの疑問を思い浮かべた。

喜平次をさらったのは、大田屋の内情を吐かせようとしたからだ。

ならば、それはなぜだ。そして、だれだ。

外歩きの手代は、ほかにもいるのに、なぜ、喜平次をかどわかしたのか。

五之助には、思い当たる節《ふし》はなかった。

わけを探る手がかりは、喜平次のふところにねじ込まれていた、財布だけだ。

灰をかぶった炭火に手をかざし、五之助は何度も強くこすり合わせた。悪寒はきれいに失《う》せていた。

パン、パン。

五之助は二度、手を叩いた。

若い者の足音が、廊下《ろうか》から聞こえてきた。

二十三

四月十二日の四ツ（午前十時）過ぎ。浦賀奉行所の庭のつつじが、小雨に濡れていた。

「宅間様……」

配下の者が、執務部屋のふすまの外から呼びかけてきた。

「なにか」

「四ツ半（午前十一時）より、お奉行主宰《しゅさい》の評定《ひょうじょう》が催《もよお》されます」

「分かっておる」

宅間はふすまを開こうともせず、脇息《きょうそく》に寄りかかったままで応じた。

「評定に備えましての、入用な書類などはございましょうか」

「無用だ。すべてわしが手元に調えてある」

「それでは、刻限近くになりましたらお迎えにまいります」

「うむ」

配下の者が下がると、宅間はまたもや庭に目を戻した。

奉行所庶務頭宅間伊織の執務部屋は、いまは障子戸を開けば正面に庭が見える造りである。禄高五百石の身分にしては、あてがわれている執務部屋は拵えがよかった。

庶務頭は、奉行所出入りの商人の差配を一手に担う役柄である。出入り商人のみならず、請願で奉行所をおとずれる者もまた、庶務頭を通さなければ、なにごとも運ばない。

宅間の麴町屋敷には、俸禄《ほうろく》の数倍に達するまいない、いや付け届け品がもたらされた。宅間は用人の野本に言いつけて、持ち込まれる山海の珍味、諸国の名産・銘酒、名の通った道具（書画骨董《しょがこっとう》）のなかから、格別な品をより分けさせた。

麴町に帰宅した折りに、宅間当人がそれらの品を吟味した。そして明らかに高価だと分かるものだけを、浦賀に持ち帰った。

「縁続きの者からの到来品にござりまするが、てまえには過ぎた品と存じますゆえ、なにとぞお使いくださりますように」

歴代奉行や上役に、宅間は辞を低くして献上した。

「わしに差し出すことはない。そのほうの手元にとめおけば、いずれは役に立つこともあろうが」

とりあえずは受け取りを拒《こば》みながらも、奉行や上役の目は宅間の献上品を凝視《ぎょうし》していた。

「なにとぞ、お手元におとどめおきくださりますように」

重ねて頼み込み、宅間はまんまと献上を成し遂げた。上司たちの受けが、わるかろうはずもない。加えて、宅間は能吏《のうり》である。

巧みにまいないを受け取りながらも、役目遂行《すいこう》に示す手腕《しゅわん》は、だれの目にも鮮やかに映《うつ》っていた。

この春、庭を正面に見る執務部屋を宅間があてがわれても、同輩からのそしり声はひとつとしてあがらなかった。

奉行主宰の評定がなにかを、宅間は先刻承知していた。

今年に入ってから、野島崎《のじまざき》沖の外海《そとうみ》（太平洋）には、幾度も外国船が出没していた。

野島崎には沖合い四里（約十六キロ）まで光を届かせる灯り屋《あかりや》（灯台）がある。この灯り屋は公儀直轄の施設で、塔には高い倍率の遠眼鏡《とおめがね》も備え付けられていた。

監視は明け六ツ（午前六時）から暮れ六ツ（午後六時）まで、一年中休みなしである。遠眼鏡を扱う者は、夜目にも遠目にも長《た》けていた。のみならず、槍術《そうじゅつ》・剣術・柔術《じゅうじゅつ》など、武芸にも秀《ひい》でた選《よ》りすぐりの徳川家直参《じきさん》である。

浦賀奉行の手元には、野島崎灯り屋からの監視報告書が届けられていた。宅間は奉行の許しを得て、すでに報告書に目を通していた。

「遠からず、浦賀奉行所には大きな組織替えがなされるであろう」

報告書を読み終えた宅間に、奉行は機密事項を漏らした。二カ月前に奉行に献上した、極上物の利休《りきゅう》下駄の効き目だった。

利休下駄は、木地《きじ》の美しさが身上の日和《ひより》下駄である。奉行の道具好きが分かっていた宅間は、野本に言いつけて桐の利休下駄を買い求めさせた。

鹿革《しかがわ》の鼻緒《はなお》がすげられた、一足三両という途方もない高値の極上品である。ひと目見るなり、奉行は目を細めた。

高値だったが、その後の奉行の振舞いで充分に算盤は釣り合った。

浦賀奉行所の組織替えとは、つまるところ強力なてこ入れを意味した。

去年までは、わが国近海に出没する外国船はロシアの交易船がほとんどだった。舷側《げんそく》に大砲を備えてはいるが、戦《いくさ》を目的とした軍艦ではなかった。

しかも江戸湾に近づく気配は毛頭《もうとう》なく、蝦夷地から南下してきても、せいぜいが常陸国《ひたちのくに》の海岸あたりまでだった。

ところが今年に入って出没を繰り返している外国船は、舷側のみならず舳先《へさき》も艫《とも》も武装した、明らかな軍艦だった。

しかも艫にはためく旗は、かつて見たことのない柄である。

野島崎の灯り屋は、外国船からも確認できているのだろう。いまのところどの軍艦も、海岸に近寄る素振《そぶ》りは見せず、沖合いからの様子見にとどまっていた。

しかし野島崎を回り込めば、すぐ先は浦賀水道である。もしも夜陰に乗じて浦賀奉行所の鼻先を潜り抜けられたならば、江戸城攻撃を防ぐのは困難である。

浦賀奉行所は、江戸城防衛の最前線の砦《とりで》なのだ。

いまの浦賀奉行所は、外敵の襲撃を想定しての布陣《ふじん》ではなかった。あくまでも諸国大名の謀反《むほん》を抑え込むことと、江戸からの大名内室《ないしつ》の逃亡を防ぐことが主たる目的なのだ。

奉行が口にした「大きな組織替え」とは、幕閣主導による奉行所運営を意味している。そうなれば、宅間は任を解かれて、江戸に呼び返されるのは目に見えていた。

もはや、あれをやるしかないか……。

宅間は野本から聞かされた話を、あたまのなかで反芻《はんすう》しはじめた。

「大田屋の喜平次が、ぜひとも殿の助力がほしいと、再三、懇願してきております」

三月初旬の帰宅の折りに、野本は声をひそめて喜平次の懇願の仔細を耳にいれた。

「ロシア商人どもは、わが同胞《どうほう》の遊女《ゆうじょ》をほしいとせがんでおるようです」

喜平次の懇願というのは、遊女をかどわかして、ロシア商人に売り渡すという話だった。

「なんだ、それは」

宅間は顔をしかめた。

「ロシア人に女をあてがうなどは、女衒《ぜげん》以下の、唾棄《だき》すべき所業ではないか」

「お気に障りましたならば、この話はここまでといたします」

野本はあとの口を閉じた。

「おまえが聞いた話だ、とりあえずは終《しま》いまで聞かせろ」

顔をしかめながらも、宅間は先を促《うなが》した。野本は顔色も変えずに、続きに戻った。

「女であれば、夜鷹《よたか》であろうが、下谷《したや》界隈の蹴転《けころ》であろうが、ロシア商人にはお構いなしであると申しております」

野本はあえて「お構いなし」と、町人言葉を使って次第を話した。

夜鷹も蹴転も、二百文ほどのゼニで相手をする、もぐりの娼婦《しょうふ》である。日本人の女に執心のロシア商人は、四十までなら文句を言わないと言っている様子だった。

「女ひとりにつき、当家にはロシア金貨十枚を支払うと申しております」

喜平次が預けて帰った金貨を、野本は当主に差し出した。一両小判よりもはるかに小さな円形だが、目方は小判よりも重かった。

「ロシア金貨は、一枚およそ八匁（約三十グラム）もございます」

「八匁とは、また重たいのう」

宅間は金貨を手のひらに載せて、重さを実感した。

天保小判一枚は、三匁（約十一・三グラム）である。ロシア金貨を重さで比べれば、一両小判の二倍半はあった。しかも輝き具合から判ずるに、天保小判よりも金の含有量《がんゆうりょう》は多そうだった。

「気乗りのしない話だが、返事はしばらくおまえのところで預かりおくと、大田屋の手代には言うがよい」

「御意《ぎょい》のままに」

宅間はロシア金貨を、野本に返そうとはしなかった。

「宅間様」

ふすまの外から配下の者が呼びかけてきた。

「分かっておる」

ぞんざいに答えた宅間は、億劫そうに立ち上がった。

庭のつつじは、たっぷりと雨を浴《あ》びて嬉《うれ》しそうだった。

二十四

「急ぎの御用だとうかがいましたが」

五之助の正面に座った徳蔵《とくぞう》は、正座で背筋を伸ばしていた。

「あんたに頼むほどのことでもないが、いやな胸騒ぎがして仕方がないものでね」

もう少し近寄ってくれと、五之助は徳蔵を招き寄せた。静かに立ち上がった徳蔵は、三歩詰めてから音も立てずに座った。

五之助が呼び寄せた徳蔵は、裏仕事の玄人である。

背丈は五尺二寸（約百五十八センチ）、目方は十四貫（約五十三キロ）の、どこにでもいそうな男の身体つきである。

徳蔵はどんな身なりをしても、人ごみのなかに容易に溶け込むことができた。

眉毛は薄《うす》くて、あたまは毎日剃刀《かみそり》をいれている禿頭《とくとう》である。

薄い眉墨《まゆずみ》を引くことで、どんな形でも描くことができた。あたまを剃《そ》りあげているのは、かつらをかぶれば、髪型を自在に変えられるからだ。

ひとに覚えられにくい身体つきは、だれかを尾行するには打ってつけである。しかもかつらをかぶり、わずかな化粧を施すだけで、徳蔵は男女を問わず、あらゆる生業《なりわい》の者に化《ば》けることができた。

いつもは光を消して、ぼんやりとした目をしている。しかし目を凝らすと決めたときには、一町先を行く、隠居《いんきょ》のほくろまで見分けることができた。

徳蔵の技は、尾行や変装だけではなかった。

絵筆を持たせれば、たちまち相手の顔の特徴を描く技量を持っていた。絵心は、似顔絵を描くだけにはとどまらない。建物の特徴をつかむことにも、器《うつわ》や反物の形・柄を描くことにも長けていた。

それに加えて、徳蔵は匕首遣いの達人なのだ。刃渡り五寸の匕首を、立ち合う相手の胸元に突き立てる。ときには、首の太い血筋《ちすじ》を断ち切る。

いずれにしても徳蔵が突き出す匕首は、敵の急所に一撃を加えて仕留《しと》めるのだ。変装の技に秀でていて、絵心があり、しかも敵を仕留める匕首遣いの達人。

徳蔵は持てる技のすべてを使いこなして、請け負った仕事を成し遂げた。

請負仕事の中身は、一切選ばない。

ひとさらいでも、ひとごろしでも、徳蔵は眉ひとつ動かさずに請け負った。

徳蔵と依頼主との間の決め事は、数は少なかったが、絶対に違《たが》えることはできなかった。

「この財布の素性を細かに調べ上げてくれ」

五之助が手渡したのは、喜平次の亡骸とともに返された財布だった。

「細かにとは、どこまで細かに調べればよろしいので」

「どこまでとは限《き》りをつけず、分かる限りのことが知りたい」

「急ぎますので？」

「すぐにも知りたい」

「見せていただきましょう」

徳蔵は受け取った財布を、細々《こまごま》と見始めた。手で触り、においもかいだ。裏返して縫い目まで確かめてから、五之助に目を戻した。

「五日の間に調べ上げます」

「分かった」

五之助は、請負料が幾らかは訊かなかった。たとえ十両だと言われても、言い値を呑むつもりだ。

徳蔵が調べを引き受けても、五之助の胸騒ぎは一向に治《おさ》まりそうになかった。

二十五

雨模様の霊岸島河岸を、徳蔵は番傘《ばんがさ》の柄《え》を片手で握って歩いていた。向かっているのは霊岸橋である。

朝から降り続く雨が、地べたにぬかるみを拵え始めている。が、徳蔵はぬかるみにはまるで気を払わずに歩いていた。

五尺二寸の徳蔵は、歯の高さが三寸の足駄《あしだ》を履いている。歯には充分の高さがあるために、ぬかるみも気にせずに歩けていた。

大田屋から堀沿いの道を西に二町歩けば、御城につながる堀に架かった霊岸橋である。

この霊岸橋をさらに西に渡れば、八丁堀だ。南北両町奉行所の、与力と同心の組屋敷が連なっている一角である。

八丁堀には奉行所役人の屋敷があるだけで、一軒の商家もなかった。ゆえにこの通りを行き来する町人は、組屋敷に用のある者に限られていた。

不用意に霊岸橋を西に渡り、八丁堀の通りに入ろうものなら、六尺棒を手にした中間に大声で誰何《すいか》される。

「そのほうの名はなんと申すのか」

「何用あって、ここに入ってきたのか」

「手にしておる包みはなにか」

中間の居丈高《いたけだか》な振舞いを嫌う町人は、滅多《めった》なことでは八丁堀には近寄らなかった。

ところが徳蔵は、その八丁堀に向かって歩いていた。いまの徳蔵は着流しで、あたまは禿頭のままである。

どこから見ても、町人である。雨降りのなかで中間の誰何を受けたりしたら、なおさら厄介《やっかい》だ。にもかかわらず、徳蔵は落ち着いた顔つきで霊岸橋へと向かっていた。

ほとんどの町人が行き来をいやがる八丁堀の通りを、徳蔵は好んで歩いた。

御城近くの大名小路《だいみょうこうじ》ならともかく、八町（約八百七十二メートル）もの長きにわたり、武家屋敷だけで一軒の商家もない場所は、八丁堀ぐらいのものだったからだ。

無用の町人が行き来をしないだけに、通りは常に静かである。野良犬もここの通りは苦手らしく、ただの一匹も姿を見せない。

犬がいないために、道端に糞《ふん》が転《ころ》がっていることもなかった。

徳蔵が八丁堀を目指していたのは、通りを歩きながら物思いを進めたかったからだ。

ふところには、五之助から預かった財布が収まっていた。

この財布の素性を調べろというのが、五之助から呼び出しを受けた用向きだった。

「細かに調べ上げてくれ」

五之助は尋常ならざる顔つきで、財布を徳蔵に手渡した。肝の据わっていることが売り物の五之助は、滅多なことでは人前で表情を動かしたりはしなかった。

それは徳蔵に対しても同じだった。徳蔵はこれまで何度も、五之助からきわどい探りの依頼を受けていた。

ひとには見せない素顔を、徳蔵にだけは気を許して垣間《かいま》見せることもあった。

しかしつい さきほどのように、「素《す》の表情」を見せたのは初めてだった。隠し切れずにふっと見せた、いわば五之助の隙だったのかもしれない。

注文は単純な調べである。手がかりは皆無だが、財布の現物があった。徳蔵が本気になって腰を上げれば、二日のうちには突き止められるだろう。

このたびの注文は、さほどにむずかしい探りではなかった。

ところが五之助は、いつになく張り詰めた表情を何度も見せた。

見せる気はないのに、ついうっかりと見せてしまう……徳蔵と向き合ったときの五之助は、めずらしく隙だらけだった。

釣り合いがとれていない様子を見て、徳蔵は裏に隠されたものの大きさを感じ取った。

いったい、この財布のかかわりで、なにがあったのか。

雨脚が一段と強くなっていた。

徳蔵が右手に握っている番傘が、バラバラと音を立てて雨に打たれていた。堀の水面《みなも》には、無数の丸い紋が描《えが》かれていた。

二十六

嘉永六（一八五三）年四月二十日。

アメリカ海軍東インド艦隊司令長官で、遣日《けんにち》特派大使を兼務するペリー提督《ていとく》は、艦長室で目を閉じて黙考《もっこう》を続けていた。

琉球国那覇《りゅうきゅうこくなは》を発《た》ったあと、ペリーが目指しているのは小笠原《おがさわら》諸島である。アメリカと支那《しな》との二国間交易を展開している商船団は、小笠原諸島の位置を海図に残していた。

鯨《くじら》を追って太平洋・大西洋を行き来している捕鯨《ほげい》船団も、小笠原諸島を海図に明示していた。

その海図の写しは、ペリーの眼前に広げられていた。小笠原という島々があることも、その所在位置も、海図には明記されている。が、ペリーはこの航路を行くのは初めてだった。

ふうっ。

艦長室には、自分のほかにはだれもいない。それゆえに漏らすことができた吐息だった。

ペリーが率《ひき》いている艦隊は、旗艦《きかん》サスケハナ号のほか、ミシシッピ号、サラトガ号、プリマス号の四艦である。

かつて一八一二（文化九）年の米英戦争に従軍したペリーは、海での戦闘において卓抜《たくばつ》な軍功を挙げた。以後も順調に出世を重ね、一八三七（天保八）年には、アメリカが初めて建造した蒸気軍艦フルトン二世号の初代艦長に就任した。

そののち一八四六（弘化三）年のアメリカ・メキシコ戦争においては、メキシコ湾艦隊副司令官に抜擢《ばってき》された。この戦闘においてもペリーは見事な操艦を示し、米国海軍を勝利に導いた。

「ペリーは、蒸気機関に精通《せいつう》している」

ペリーの評価は高まる一方で、いつしか『蒸気船の父』と称されるに至った。

そのペリーを遣日特派大使に任命し、親書《しんしょ》を託したのは、アメリカ合衆国第十三代大統領ミラード・フィルモアである。

「日本国皇帝に拝謁《はいえつ》したのち、我が国との通商条約締結を果たしてくるように」

大統領から直接下命されたペリーは、名誉の任務と受け止めた。

託された親書は、艦長室の金庫に厳重に保管されていた。

『アメリカ合衆国は、大西洋から太平洋にまで達する広大な国である。我が国カリフォルニアの地は、正に貴国と相対している。我が蒸気船にてカリフォルニアを発すれば、十八日を経て貴国に達することを得る。

我がカリフォルニアは、毎年およそ金六千万ドルラル、銀若干《じゃっかん》、水銀若干、宝石若干種など、諸貴種の物件を産する。日本もまた豊富肥沃《ひよく》の国にして、幾多《いくた》貴重《ちょう》の物品を出すことを承知している。（中略）

貴国の従来の制度が、支那人および和蘭《オランダ》人を除くの外《ほか》は、交易を禁じていることは承知している。然《しか》れども世界中の時勢の変化にともない、施策に変革は必要である。（中略）

さらに我が水師《すいし》提督に命じて、一件の事を殿下に告明せしむ。合衆国の船《ふね》は、毎年、カリフォルニアより支那に航するもの、甚《はなは》だ多し。また捕鯨のため、合衆国人で日本海岸に近づく者も少なからずある。もしも台風あるときは、貴国の近海にて破船に遭うこともある。それらの海難に遭ったときは、貴国において難民を救助し、財物を保護し、アメリカ本国より救助船を差し向けるまでは、難民の世話を貴国に願うものである。

日本国には石炭は豊富であり、また食料多きことは、すでに承知している。我が国の蒸気船が太平洋を航するに際しては、石炭・食料および水を得んが為に、日本に入ることを許されんことを請う。（下略）』

金庫に保管されている親書には、おおむねこのような記載がなされていた。

鎖国を続ける日本に開国を迫ると同時に、アメリカとの友好通商条約の締結を求める記載が随所にちりばめられていた。

「（貴国のことは）承知している」の語句には、強い恫喝《どうかつ》がこめられていた。

表面的には友好親善を求めつつも、場合によっては戦闘も辞さず……アメリカ出国前に、大統領との間で交わした会話である。

ペリーは東海岸のチェサピーク湾ノーフォーク港を、昨一八五二（嘉永五）年十一月下旬に出航した。

艦隊は大西洋マデイラ島、セントヘレナ島を経たのちに、アフリカ大陸南端のケープタウンに寄港した。

いずれも燃料の石炭と、水および食料の補給を行うためである。太平洋を一気に横断するカリフォルニアと支那とを行き来する商船のなかには、太平洋上には適切な補給港が見当たらなかったからだ。

ペリーがあえて大西洋周りの航路をとったのは、太平洋上には適切な補給港が見当たらなかったからだ。

商船とは異なり、ペリー艦隊はいずれも軍艦である。しかも旗艦サスケハナ号と僚艦《りょうかん》ミシシッピ号の二艦は、新鋭の蒸気軍艦だった。燃料が尽きれば、洋上で身動きができなくなるのだ。

風まかせの帆船のように、自由に航路を決めることはできなかった。

ケープタウンを出たあとは、セイロン、シンガポール、香港、上海、琉球と寄港を続けた。どの港においても、艦隊が支払いに用いた大型のドルラル銀貨は、値打ちものとして大いに喜ばれた。

琉球国那覇を出航するまでは、順調な航海が続いた。日本国に向かう最終の寄港地小笠原への航路で、風向きが大きく変わった。

随艦《ずいかん》のサラトガ号とプリマス号の二艦は、帆船軍艦である。いずれも九百トン前後の大型帆船ゆえに、風に恵まれなければ船足が極端に遅くなった。

小笠原まで、海図上では残り十二日の航海である。が、風は強い逆風でサラトガ号、プリマス号ともに、一日五十海里《かいり》（約九十三キロ）を帆走《はんそう》するのが精一杯だった。

こんなのろい船足では、到底十二日間では行き着けない。倍の日数を使ったとしても、到着できるかどうか、危ないところである。

日本国皇帝に親書を手渡す期日は、なにも決まってはなかった。ゆえに到着期日に遅れることを案ずることはなかった。

去年六月に在米オランダ商館を通じて、日本国訪問は打診してあった。が、日本国皇帝からも政府からも、回答は一切なかった。

「日本国政府役人は、サムライ老中といいます。まことに保守的な彼らは、当方からの打診をショーグンやエンペラーには伝えず、握り潰しているのかもしれません」

去年十一月の出航前に、ペリーはオランダ商館事務官からそう耳打ちされていた。

日本国政府との交渉は、手ごわいことになる……ペリーはそう肚《はら》をくっていた。

しかし艦長室で吐息を漏らしたのは、行く手に待ち受ける交渉の手ごわさを案じてのことではなかった。

四艦の軍艦は、いずれも舷側に大砲を搭載していた。四艦合わせれば、五十門を超える武器だ。

いかに日本国サムライが武芸に秀でていたとしても、彼らが得手とするのは接近しての白兵戦《はくへいせん》だ。射程距離が長い大砲が相手では、勝負にならないだろう。しかも四艦とも、最新鋭の大砲および銃器を多数搭載している。サムライ相手の戦闘となっても、いささかも臆することはなかった。

ペリーが案じているのは、石炭や食料の残量である。

「石炭は残り二十日分を切りました」

「水、食料ともに、節約して使ったとしても二十日以上は保証できません」

艦隊下士官からの報告は、文書の形で艦長室のデスクに置かれていた。

報告書のわきには、琉球で入手した日本国の暦《こよみ》が置かれていた。月の満ち欠けを基にした、太陰暦《たいいんれき》である。

小笠原で手早く補給を行ったのち、ペリーは一気に浦賀水道を通過し、江戸湾に進入する計画を立てていた。

江戸湾進入は、六月三日。

暦を見ながら、ペリーはその日を浦賀水道通過日と定めた。太陰暦の月初は新月《しんげつ》で、月光に乏《とぼ》しいからだ。

暗闇《くらやみ》で大砲を放てば、相手に与える恐怖感は増大する……戦闘経験の豊かなペリーは、新月の進入を決めていた。

出航前に入手した『日本国レポート』は、固いクリップボードに挟《はさ》んである。その報告書に加えてペリーは、ここまでの寄港地香港および那覇で、江戸の情報を入手してきた。

小笠原でも、新たな情報が手に入るだろう。

「日本国政府役人の老中は、ものごとを即断しない。自分たちでは判断せず、先送りをしようとして躍起《やっき》になる」

いままで収集した情報は、ことごとく老中たちの優柔不断《ゆうじゅうふだん》を指摘していた。

これまで経てきた幾多の戦闘で、ペリーは数多くの「決断しないリーダー」と対峙《たいじ》してきた。解決策は、単純明快である。

「言うことをきかなければ、大砲を四、五発ぶっ放せばいい」

軍艦に搭載した大砲の轟音《ごうおん》は、相手に決断を迫る最良の武器だった。

なんとか小笠原まで、石炭・食料・水がもってくれ……。

部下のいない艦長室で、ペリーはもう一度、吐息を漏らした。

二十七

佐吉が寺田屋からの呼び出しを受けたのは、四月十五日の八ツ半（午後三時）過ぎである。

「すぐに戻ってくるようにと、おっしゃっておいでです」

小僧の言伝《ことづて》はこれだけだった。

余計なことを小僧に伝えないのは、寺田屋の流儀である。小僧は、だれからの伝言であるかも口にしなかった。

番頭の呼び出しだと見当をつけた佐吉は、すぐさま身支度を終えた。

逐電した奉公人与助が首吊りをした。その後の仔細を、寺田屋の当主と番頭は佐吉から聞き取りたいのだろう。

高下駄を履いた佐吉は、小僧と一緒にゑさ元を出た。

幾日も雨が続いており、地べたはどこもぬかるみになっている。小僧は雨でも高下駄ではなく、駒下駄《こまげた》履きだ。

佐吉に遅れまいとして、懸命に歩みを速めている。お仕着せの裾《すそ》には、点々と跳《は》ねがくっついていた。

寺田屋まで二町の辻に差しかかったとき、佐吉は通りの端で歩みをとめた。遅れ気味だった小僧は、強い跳ねをあげながら駆け寄ってきた。

「慌てなくていい」

小僧に話しかける物言いは、優しかった。雨模様のなかを、小僧は寺田屋と浜町のゑさ元の間を行き帰りしたのだ。

道端に立った佐吉は、紙入れから一匁の小粒銀ひと粒を取り出した。

「雨のなかをご苦労さん」

佐吉から駄賃《だちん》を握らされた小僧は、雨のなかで飛び上がって喜んだ。無給の小僧には大金である。

「ありがとうございます」

番傘をさしたまま、身体をふたつに折って礼を言った。お仕着せの首筋に雨粒が落ちたが、小僧は気にもとめてはいなかった。

おとなからもらう駄賃が、小僧には唯一の実入りである。小粒銀がひと粒あれば、しばらくは外出を言いつけられた折りに、買い食いができる。

よほど嬉しかったのか、小僧は何度も何度も佐吉にあたまを下げた。

寺田屋に帰り着いたとき、小僧は佐吉より先に店に入り、大声で帰宅を告げた。小僧なりの、精一杯の気遣いだった。

「お帰りなさい」

同輩《どうはい》の手代が、佐吉を迎えに出てきた。

「旦那様が、奥でお待ちです」

言われた佐吉は顔つきを引き締めた。

出先での仔細は、帳場の奥で番頭に話すのが仕来《しきた》りである。ところが当主の永承が、奥で待っているという。

尋常ならざることが生じたのかと、佐吉は気を引き締めて座敷に上がった。

永承は庭に面した居室で、佐吉の帰りを待っていた。

「雨のなかをご苦労だった」

口数の少ない永承が口にすることは、ねぎらいでも重みがある。佐吉は膝に両手を置いて、当主の言葉を受け止めた。

「話に入るまえに、茶を一服《いっぷく》やりなさい」

頃合《ころあ》いを見計らって、奥付きの女中が茶菓を運んできた。

茶は遠州森町《もりまち》の上煎茶。菓子は本郷三丁目岡本《おかもと》のきんつばだった。大粒の小豆《あずき》と和三盆《わさんぼん》を惜しまずに使ったのが、岡本のきんつばである。

「このきんつばは、わしの口もほしがる」

甘味《かんみ》の苦手《にがて》な者でも、みずから求めて口にするほどの味だった。

菓子皿のきんつばを佐吉が食べ終わるのを見て、永承は膝元の手文庫《てぶんこ》を開いた。取り出したのは、一通の封書《ふうしょ》である。

「今朝方《けさがた》、土佐の津呂湊《つろみなと》から届いた」

永承は封書を佐吉に渡した。

「拝読させていただきます」

封書に記《しる》されていることは、さほどに長くはなかった。行数にして、たかだか十五行である。

ところがそんな短いなかに、仰天《ぎょうてん》するようなことが記されていた。

『去る四月十四日の日暮れ近く。室戸岬の沖合い五千尋《ひろ》（約七・六キロ）を、途方もなく大きな黒い船が、黒煙を吐きながら通過した。日暮れたあとも、さらにもう一杯の黒い船が通過した模様だが、定かには分からなかった』

封書に書かれていたあらましである。

佐吉は、息を呑んだような顔つきで、封書を畳み直した。

二十八

駿河国焼津湊の焼津屋と、土佐国津呂浜の鯨組《くじらぐみ》とは、長年にわたって親しい交わりを続けていた。

津呂浜は土佐国東端、室戸岬で鯨漁を生業とする漁村だ。鯨は黒潮に乗って四六《しろく》時中《じちゅう》、室戸岬の沖合いに姿をあらわした。

鯨組はその呼び名の通り、鯨漁を目的とした漁師の集団である。室戸岬には『津呂組』『浮津組《うきつぐみ》』と呼ばれる、ふたつの鯨組が構えられていた。

駿河の焼津屋が親しく交わっているのは、津呂組である。津呂組の網元《あみもと》と焼津屋の当主が交誼《こうぎ》を深め始めたのは、ともに先々代からのことだった。

焼津浜も室戸岬の津呂浜も、海に面した漁村であるのは同じだ。しかしふたつの浜は、二百里（約八百キロ）近くも離れていた。

それほどの隔たりがありながら、焼津屋と津呂組とは、すでに五十年以上も深い交わりを続けている。

そのわけは、ふたつの浜が黒潮でつながっていたからだ。

黒潮の流れは驚くほどに速い。

「黒潮いうたら、ごうごうと凄い音を立てて流れちゅうきにのう」

夜明け直後に、室戸岬の漁師が黒潮に流された。日暮れ前には、紀州の有田《ありた》湊《みなと》に流れ着いていたという。

それほどに速い黒潮は、西から東に向けて流れている。津呂浜の鯨組と焼津屋とは、この黒潮でしっかりと結ばれていた。

とはいえ両者が長年昵懇《じっこん》の間柄を保っているのは、黒潮でつながっているからだけではなかった。

焼津屋は鰹節造りの老舗。

津呂組は、鯨獲りの集団。

両者の生業がまるで違っていたがゆえに、商いで争うことはなかった。そして周りに異変が生じたときには、すぐさま報せあう間柄を保つことができていた。

黒船が土佐沖を走り過ぎたのは、この四月十四日である。津呂組の鯨漁が長い休みに入った直後の出来事だった。

鯨組の見張り役『山見《やまみ》』は、潮吹きを見つけるのが役目である。見張り役が詰める山見小屋は、はるか彼方の水平線まで見渡せる山の中腹に構えられていた。

山見は世襲《せしゅう》とされた。遠目が利く者は、瞳が真鍮《しんちゅう》色をしている。真鍮目は、同じ血筋で代々が受け継ぐ。ゆえに山見役は、世襲とされていた。

夜明けから日没まで、晴れた日の山見役は海を見詰めた。

目を水平線の上一寸の高さに貼り付けておく。この高さでなければ、遠くの潮吹きは発見できないからだ。

鯨漁が休みとなる四月から十月の間も、山見役は毎日海を見続けた。本番に備えての、遠目の鍛錬である。

鯨漁が続いている間の山見役は、一瞬たりとも気が抜けなかった。沖合いはるかな海面に上がる潮吹きは、わずかな高さでしかない。

しかも一度見逃したら、次の潮吹きまで四半刻（三十分）近くかかるのも、めずらしくはなかった。

腹ごしらえの握り飯を頬張《ほおば》りながらも、鯨漁本番中の山見役は、海面から両目を離さなかった。

しかし休漁中の山見は、所詮《しょせん》は本番に備えての稽古《けいこ》である。

「山で吸う一服の美味さは、こたえられんきにのう」

存分に煙草が吸えるのも、稽古だからこそ許されることだった。

今年の鯨漁休み初日の夕暮れ前。山見小屋には、三人の山見役が詰めていた。

「そろそろ日暮れぜよ」

「夕焼けがきれいじゃきに、明日も上天気になるにかあらん」

「今日はここまでにして、そろそろ道具を片付けようかのう」

帰り支度を始めたとき、山見のひとりが水平線を指差した。

「なんぜよ、あれは」

なんぜよと言われた仲間ふたりは、ひたいに右手をかざして海原の果てを見た。

「えらい煙じゃ」

「海が焦《こ》げちゅうみたいじゃのう」

山見役の三人が、それぞれ驚きの甲高《かんだか》い声を発した。

山見小屋から黒煙の上っている地点までは、ざっと五千尋の隔たりがあった。それほど離れているのに、しかも夕暮れどきで遠くはぼんやりとかすみ始めているというのに……凄まじい勢いで立ち上る黒煙は、はっきりと見極めることができた。

「うわっ」

「なんぜよ、その声は」

「もう一杯、別の船があらわれた」

「これがたまるか」

黒煙を吐きつつ海原を突っ走る船は、二杯もいた。

「後ろにひっついちゅうがも、わしには船に見えるけんど、違うやろうか」

「おんしゃの言う通りじゃ」

「あれはでっかい帆《ほ》掛《か》け船じゃ」

山見役の三人は、室戸岬からよその土地に出たことがなかった。

黒煙を吐き出しながら海を疾走《しっそう》する、蒸気軍艦……そんなものがこの世にあるなどとは、想像もつかなかった。

『去る四月十四日の日暮れ近く。室戸岬の沖合い五千尋を、途方もなく大きな黒い船が、黒煙を吐きながら通過した。日暮れたあとも、さらにもう一杯の黒い船が通過した模様だが、定かには分からなかった』

津呂浜から伝えられた話は、焼津屋の当主にすらも理解を超えた内容だったのだろう。

手紙を受け取った焼津屋の驚きが、佐吉にも強く伝わってきた。

二十九

永承から手渡された書状を一読して、書かれている中身に驚愕した。驚きがあまりに大きかったために、佐吉はうかつにも思い違いをしでかした。

土佐の津呂組と焼津屋とが昵懇であることは、かつて何度も永承から聞かされていた。焼津屋当主の口からも、じかにそれを聞いた覚えが佐吉にはあった。

ゆえにいま読んだ書状は、焼津屋から江戸に送られてきたものだと思い込んだ。

永承に目を合わせようとした、その刹那《せつな》。佐吉は不意に違和感を覚えた。急ぎ、もう一度、書状を開いた。そして署名を見た。

「これは……」

あとの言葉に詰まった佐吉は、戸惑いに満ちた目を永承に合わせた。

「気づいたようだな」

「はい」

答えてから、佐吉は両目に力を込めた。

「焼津屋さんには申しわけないが、津呂組当代の五郎右衛門さんとは、わたしのほうがより昵懇にさせてもらっている」

永承と十一代目五郎右衛門とが、どれほど深い交誼を結んでいるのか。永承は、いまはそのことを明かす気はなさそうだった。

が、ひとつの大きな教訓を佐吉に垂れた。

「ひとは、おのれが聞きたいようにしか聞かない。見たいようにしか見ない」

思い込みを持ってものごとと対峙すれば、かならず過《あやま》ちをおかす。その道理を、永承は佐吉に説《と》いた。

「土佐からの報せにもある通り、得体《えたい》の知れない大型船が、この国の近海を勝手気ままに行き来している」

浦賀奉行所にも、遠からずこの報せは届くに違いない。

室戸岬には、土佐藩の代官所が構えられている。公儀と土佐藩との間柄は、表面上はまことに睦《むつ》まじい。

室戸岬沖にあらわれた黒煙を吐く大型船の仔細は、かならず土佐藩を通じて江戸に伝えられるだろう。

「いまではすでに、公儀の耳には届いていると断ずるほうが理にかなっている」

永承は膝元の湯呑みを手に持った。

「このさきは間違いなく、浦賀奉行所に重きが置かれる。そうなれば、江戸から多くの能吏が浦賀に差し向けられる事態を引き起こすに違いない」

両国橋で捕らえた与助への詮議。これが端緒で、思いもしなかった展開となった。

宅間伊織と大田屋の闇に包まれたつながり。これの解き明かしが、寺田屋には最重要の課題となっていた。

大田屋は抜け荷に手を染めており、宅間は職務権限を利用して手助けしている……。

永承もこれを推察していた。

宅間家を大事な得意先としてきた寺田屋である。宅間に連座していたと誤解されぬように、万全の構えを整えること。

寺田屋には必須の大事だった。

「途方もない力が加わり、いまの世は大きく動こうとしている。いわば時代の潮が変わったかに等しい烈《はげ》しさだ」

永承は引き潮をたとえにして、心構えを説いた。

「ただその場にあるだけの物は、引き潮が根こそぎさらって大海へと運び去る」

時代の流れを確かな目で見据え、思い込みを排した目で判断を下すように。

永承の戒《いまし》めを、佐吉は背筋を張った身体で受け止めていた。

三十

浦賀奉行所は、江戸からは海路でおよそ十二里（約四十八キロ）の隔たりがあった。

御城と任地とは大きく離れていたが、浦賀奉行は老中差配である。ゆえに江戸の南北両町奉行同様、役職の格は高かった。

四月十八日、四ツ半（午前十一時）。江戸を早朝に出た八丁櫓船が、浦賀船番所に横付けされた。

何杯もの廻漕船が、荷物改めの順番を待っていた。八丁櫓船はそれらの大型船を押しのけるようにして、岸壁に舫《もや》い綱《づな》をくりつけた。

八丁櫓船は、公儀が建造を禁止した法度《はっと》櫓船である。しかし横付けされたのは、永代橋東詰の公儀御船蔵《おふなぐら》の公用船だ。

水押《みよし》には、差し渡し二尺（直径約六十センチ）もある、樫板で拵えた葵御紋《あおいごもん》が取り付けられていた。

八丁櫓船はその名の通り、八人の漕ぎ手が一斉に櫓を使う快速船である。多少の風波はものともせず、公儀八丁櫓船は江戸湾を行き来した。

この朝船番所に横付けされた船は、とりわけ速い船足を求めたのだろう。通常の漕ぎ手に加えて、さらに控えの漕ぎ手四人が乗船していた。

前触れなしの、いきなりの横付けである。浦賀船番所の吟味役同心ふたりは、あたふたと船着場に駆け寄った。

公儀八丁櫓船は、屋根付きである。葵御紋の描かれたお仕着せ着用の舵取り《かじと》船頭が、障子戸に手をかけた。

同じ身なりの別の漕ぎ手は、障子戸の前に履物を揃えた。

畳表《たたみおもて》も青々とした、極上の草履《ぞうり》二足である。乗船してきた公儀役人は、二名だった。

船に駆け寄った同心二名は、桟橋に座した。吟味役が出迎えの形を整えたのを見極めてから、船頭は障子戸を開いた。

先に下船したのは、背丈五尺三寸（約百五十九センチ）の太めの武家だった。

「老中松平伊賀守《いがのかみ》様家臣、祐筆《ゆうひつ》の横田《よこた》雄介《ゆうすけ》にござる」

横田に続いて下船したのは、同役の岡田《おかだ》直助《なおすけ》だった。

「てまえは御老中様より浦賀奉行殿あての書状を持参いたしておるゆえ、直ちに奉行殿に取り次ぎ願いたい」

横田、岡田の両名ともに、浦賀奉行よりははるかに格下である。とはいえ、老中からの書状を託された、幕閣差し回しの使者である。

奉行を『様』ではなしに、『殿』と呼んだ。

時刻は四ツ半。江戸に向かう大型の弁財船《べざいせん》積荷改めで、船番所はもっとも混み合う時分である。

船着場には、四杯の大型船が長い岸壁に停泊していた。

突然の老中使者を迎えて、水夫《かこ》たち全員がその場に座らされていた。顔は伏せているが、だれもがなにごとが起きたのかと、耳をそばだてていた。

使者の口上を伝えた横田も、水夫が耳を澄ましているのは察していた。

「船番所にて待機いたしておるゆえ、直ちに奉行殿に取り次ぎを願いたい」

余計なことは口にしなかった。

「かしこまりました」

栈橋に手をついていた吟味役同心ふたりは、敏捷な動きで立ち上がった。

ひとりは奉行所与力に、報せに走った。

残るひとりが、御城からの使者ふたりの船番所客間への案内を受け持った。

横田と岡田が建家に入ったのを見定めてから、船番所番人は水夫たちに立ち上がることを許した。

「いったい、なにごとやねん」

「出迎えたお役人がぺこぺこしとったさかい、船から降りたお武家はんは、ごっつうえらいひとやで」

上方から江戸に向かう弁財船の水夫たちが、口々に思ったままを話し始めた。

「そら違うで」

半纏を着た表仕《おもてし》（航海士）が、仲間の言い分に異を唱《とな》えた。

「なにが違うねん」

違うと決め付けられた水夫が、目を剝いて口を尖らせた。

「あのお武家はんふたりが、えらいわけやないねん」

「ほんなら、なにがえらいんやねん」

「あのひとらが持ってきよった、御老中からの書状がごっついんや」

ひとしきり講釈《こうしゃく》を垂れてから、表仕は思案顔になった。

「江戸から八丁櫓を飛ばしてくるとは、なにやらどえらいことが起きてるのんかもしれんなあ」

「なんやねん、どえらいことというのは」

「ひょっとしたら、だあれも見たこともないようなごつい船が、江戸湾に向かってきよるんかもしれんで」

表仕が口にした当てずっぽうは、言った当人も知らなかったが、正鵠《せいこく》を射ていた。

船番所奥の浦賀奉行所では、老中の使者を迎える支度で大騒動となっていた。

三十一

浦賀奉行所与力が役付き同心に召集《しょうしゅう》をかけたのは、四月十八日八ツ（午後二時）の直前だった。

「直ちに二十畳広間に、ご参集なされますように」

与力の指図が、役付き同心に伝えられた。

奉行所には寄合《よりあい》や評定のための広間が、三つ設けられていた。今回与力が召集したのは、二十畳の広間である。

奉行所のなかで、もっとも奥まった建家に設けられたこの広間は、慶事に用いられることはない。

部屋のいずれの面も庭には面しておらず、外の光はまったく届かない。この広間を使うときは、昼間でも行灯《あんどん》と燭台《しょくだい》が用意された。

外部と遮断されているがために、部屋は暗い。が、その代わり、広間で交わされるやり取りが外に漏れる気遣いはなかった。

「二十畳間に集まるように……」

広間の名を聞いただけで、召集された者は気を張りつめた。いま二十畳間に向かっている宅間の顔つきも引き締まっていたし、足取りは重たかった。

それに加えて、八ツを過ぎての召集なのだ。

当直者のほかは、役所を下がることができるのが八ツという刻限である。よほどのことがない限り、八ツ以降に寄合が持たれることはなかった。

重要な評定では始まりに先立ち、祐筆がしたためた『次第文書《しだいもんじょ》』を配るのが作法だった。

評定の内容が重要であればあるほど、集まる顔ぶれは年配者が多くなった。歳とともに、視力は落ちる。が、体面をおもんぱかる武家は、書類が見えにくくなったとは断じて口にしなかった。

秋を過ぎれば、八ツどきを境にして急ぎ足で陽が落ちる。部屋の明るさが足りなければ、書状の読みづらさは倍加した。

評定は八ツの手前までにというのは、武家相互の了解事項だった。

ところが与力は、八ツ過ぎの召集をかけてきた。しかも、暗い二十畳広間に、である。

四ツ半に御船蔵の八丁櫓船が横付けされた一件は、もちろん宅間も知っていた。乗船していたのが老中松平伊賀守家臣だったのも、同輩から耳打ちされていた。

前触れなしにおとずれた老中からの使者が、奉行に面談を求める……これだけでも、きわめて異例な事態だった。

その使者が乗ってきたのが、公儀八丁櫓船。しかも船足の速さを保つために、控えの漕ぎ手を四人も乗せていたのだ。

前触れなしの老中使者の来訪。

八丁櫓船の横付け。

控えの漕ぎ手の同乗。

どのひとつからでも、尋常ならざる事態の出来《しゅったい》は容易に想像できた。

三重、四重に、重苦しさを募らせる条件が折り重なっている。広間に向かう宅間の足取りが重たいのも、無理はなかった。

奉行所の役付き同心は、庶務頭の宅間を含めて九人である。二十畳間は、広さとしては充分だった。

昼でも薄暗い廊下の突き当たりに、広間は設けられている。足をとめた宅間は、大きく息を吸いこんだ。ゆっくりと吐き出してから、前方の広間に目を向けた。

吐き出した息が、口の中に逆流しそうになった。

広間出入り口の鴨居には、真紅の房《ふさ》が掛けられている。評定主宰者は与力ではなく、奉行だった。

三十二

「御老中松平伊賀守様よりの書状によれば、土佐国室戸岬沖合いを、異様な形をした黒い船が通過したとのことだ」

老中から届けられた書状の中身を、奉行はみずからの口で話し始めた。

「見慣れぬ船を発見したのは、室戸岬にふたつある鯨組のひとつ、津呂組の山見であるとのことだ」

奉行は手元の冊子《さつし》に目を落とした。室戸岬の鯨組について細かに書き記した、土佐藩提出文書の写しである。

　奉行はその写しを与力に手渡した。

　かしこまって受け取った与力は、写しの内容の説明を始めた。

「山見とは、小高い山の中腹に設けられた小屋より鯨の潮吹きを求めて、海原の果てを終日見張る役目の者を指しておる」

　山見は代々世襲であり、その目の確かさは衆人《しゅうじん》が認めるところであると、与力は説明を続けた。

「ゆえに鯨組の山見が見定めたというのであれば、万にひとつの見間違いもないと、土佐藩は御公儀に申し出た」

　言葉を区切った与力は、提出文書の写しのなかから、一枚の絵図を取り出した。土佐藩室《むろ》津代官所の役人が津呂湊まで出張《でば》り、山見に描かせたという図である。両手に持った与力は、その図を高く掲げた。

　宅間を含む九人の同心が、低いうめき声を漏らした。

　土佐藩の役人に話をした山見は、絵心が備わっていたのだろう。そしてその原図を基にして新たに描き写した公儀絵師は、一段と描写に磨《みが》きをかけていた。

　与力が掲げた写しの絵には、同心たちが思わず尻を浮かしたほどの強さがあった。

絵図に描かれているのは、水平線の彼方を西から東に向けて航行している、二杯の船だった。

その船を発見したのは、高さ十五丈（約四十五メートル）の山見小屋からである。山の中腹に設けられた山見小屋からは、半円を描いて広がる海の果てまで見渡すことができた。

絵図に描かれている二杯とも、船の真ん中から黒くて太い煙を吐き出していた。

水平線近くを航行しているにもかかわらず、船体が異様に大きい。しかも漆黒《しっこく》の太い煙を吐き出しているのだ。

「この絵図を見て、そのほうたちが思ったままを述べよ」

与力は九人の配下を順に見回した。宅間と目が合うと、そこで止まった。

「まずは宅間から申してみよ」

庶務頭の宅間は、九人の中では最年長である。評定では、おおむね最初に意見を求められた。

「津呂組の山見とは、先年の視察の折りに膝を交えて話をいたした覚えがございます」

「おおっ……さようであったの」

謹厳《きんげん》で知られている与力が、めずらしく声の調子を高くした。

年下の同心たちが、膝を動かして宅間に目を向けた。奉行までも、宅間を見ていた。

いまから五年前の二月二十八日に、元号が弘化から嘉永へと改元された。公儀は改元を為すたびに、種々の祝賀行事を執《と》り行う。

宅間が土佐藩に視察に出向いたのも、改元祝賀行事の一環としてだった。

徳川家が江戸に開府してから百五十年ほどは、土佐藩山内家《やまうちけ》と公儀の間柄はぎくしゃくとしていた。関ヶ原《せきがはら》の合戦《かっせん》以前の山内家が、豊臣《とよとみ》方だったがゆえである。

山内家初代一豊《かずとよ》が没するなり、公儀は徹底して土佐藩を課役責《かやくぜ》めにした。米びつがカラになった土佐藩は、大坂商人から莫大なカネを借り入れた。同時に、藩士にも窮乏《きゅうぼう》生活を求めた。

何十年もの長きにわたり、藩は財政困窮《こんきゅう》に直面した。公儀に強要された課役に応じるためである。

隙を見せて改易《かいえき》の憂き目に遭えば、藩士が食い詰めることになる……取り潰《つぶ》された外様《とざま》大名を幾つも見ている土佐藩藩主は、公儀に恭順《きょうじゅん》を示すことで藩士を守った。

土佐藩と公儀の間柄が好転したのは、開府から百五十年が過ぎた宝暦《ほうれき》年間に入ってからのことだ。

しかし良好な間柄になったとはいえ、公儀はほぼ毎年、土佐藩に視察役人を差し向けた。林業視察の翌年には、漁業視察という具合に、年ごとに出張る役所が異なった。

宅間が視察に出向いた年は、土佐藩の漁業視察が名目《めいもく》だった。

「土佐の室戸岬には、鯨を獲る漁民の集落がある。そこで食する鯨肉の、いかに美味であることか」

漁業視察に出張るのは、浦賀船番所と中川船番所の役人である。室戸岬に出張った役人は、同地で食した鯨肉の美味さを話し、同輩を大いに羨望《せんぼう》させた。

土佐の鯨漁は、十一月朔日《さくじつ》から三月晦日《みそか》までだ。宅間が浦賀を発ったのは、嘉永元（一八四八）年十月中旬である。室戸岬の津呂湊に入ったのは、鯨漁が始まった直後の十一月初旬のことだった。

視察といっても、鯨肉を食するのが唯一の目的である。案内する土佐藩室津代官所の官吏も、それは充分に心得ていた。

浜でさばいたばかりの鯨肉と、辛口《からくち》の地酒。そして肉置《ししお》きのいい、浜の女。

宅間が逗留した十日間は、文字通り上げ膳据え膳の歓待が繰り返された。

「与力殿が申されました通り、鯨組の山見衆は全員が世襲でござります」

目のよさは血筋である。瞳が真鍮色をしていることから、山見は地元では『真鍮目』と呼ばれていた。

「あの地の山見であれば、二里（約八キロ）沖合いの鯨の潮吹きをも見逃すことはござりません」

山見衆の話を聞かせながら、宅間は毎夜を共にした乳の大きかった女を思い出していた。

三十三

宅間が言い切った言葉は、奉行に強い衝撃を与えた。

「その山見なる者の眼力がどれほど確かなものか、そのほうは身をもって吟味をいたしたのか」

問い質す奉行の口調は、いつになく厳しかった。宅間が口にしたことが、あまりにも途方もないことだったからだ。

「いたしましてござります」

宅間はすぐさま返答した。が、奉行にではなく、与力に向かってである。禄高五百石の庶務頭では、奉行に直接返答することは許されていなかったからだ。

宅間の返答を、与力は奉行に伝えようとした。その与力の口を抑えた奉行は、強い目で宅間を見据えた。

「構わぬ、宅間。わしに直答《じきとう》いたすことを許す」

下級役人に奉行が直接の返答を許すのは、きわめて異例のことである。それほどに宅間が口にした山見の一件は、奉行の気を動かしていた。

「おそれながら申し上げます」

深い辞儀のあと、宅間は顔を上げて奉行を見た。奉行は目で話の先を促した。

「てまえが津呂浜に逗留いたしておりました十日の間に、二度の鯨漁を目の当たりにいたしましてございます」

奉行、与力はもとより、八人の下級役人の目が宅間を見詰めていた。

宅間が案内されたのは、津呂組の本山見小屋、樽石《たるいし》だった。

室戸岬には『津呂組』『浮津組』のふたつの鯨組がある。宅間が逗留した津呂組は、室戸岬の西側の海を漁場としていた。

津呂組の本山見小屋は、浜から三町（約三百二十七メートル）陸地に入った小山の中腹に設けられていた。

海面からの高さは、十五丈。この樽石の本山見小屋から水平線までは、およそ四里の隔たりだとされていた。

「わしの指の先の、空と海とが一緒になりゆうあたりをよう見てつかあさい」

小屋の先端に立った山見頭は、右腕を海に向けて突き出した。人差し指がピンッと伸びている。

宅間は言われるままに、山見頭が指し示す海に目を凝らした。

十一月初旬の、四ツ（午前十時）過ぎである。よく晴れた日で、陽光を浴びた海はキラキラと輝いていた。

どれほど目を凝らしても、光る海面に変わった様子は見えない。

「わしにはなにも見えぬぞ」

宅間の口調は尖り気味だった。

「ほいたら、これを……」

山見頭は遠眼鏡を宅間に手渡した。

三段に畳む拵えの遠眼鏡で、一杯に引き伸ばすと二尺五寸（約七十六センチ）の長さになる。

土佐藩藩主山内家から下された逸品《いっぴん》で、長い胴には鹿革が薄く巻かれていた。

浦賀船番所にも、監視用の遠眼鏡は用意されていた。かつて何度も手にしたことのある宅間は、扱いには慣れていた。

受け取るなり、筒を一杯に引き伸ばした。左手を筒先に添え、接眼部を右手で持った。

山見たちは黙《もく》したまま、宅間の所作《しょさ》を見詰めている。浦賀奉行所の役人が、いかほど遠眼鏡の扱いに慣れているかを値踏《ねぶ》みしているかのようだ。

「うむっ」

気合を発してから、宅間は遠眼鏡を利き目の右目にあてた。

「いま一度、どの方角を見るのかを指し示してくれ」

宅間のわきに立っていた山見頭は、辰巳《たつみ》(南東)にある海面を指差した。

遠眼鏡で指を追った宅間は、思わず吐息を漏らした。

肉眼ではなにも見えなかった海原に、四杯の勢子船《せこぶね》が出ていた。

捕鯨《ほげい》の折りに、鯨に立ち向かう漁師は羽指《はざし》と呼ばれる。一杯の勢子船に乗っているのは、十三、四人の漁師たちだ。

艫にいて、舵を操る船頭がひとり。

左右両舷に四丁ずつ置かれた八丁櫓の漕ぎ手が八人。

控えの漁師が三、四人。

舳先に立って、銛《もり》を手にして身構えている羽指がひとり。

これが勢子船の漁師である。二尺五寸一杯に遠眼鏡の筒を引き伸ばしても、漁師たちの顔は米粒ほどにしか見えなかった。

ところが山見頭の目は、その勢子船の漁師たちを肉眼で捉《とら》えていた。

「そのほうには、あの勢子船が四杯とも見えておるのか」

「見えちゅうがは、わしだけやないですきに」

小屋にいる四人の山見全員が、肉眼で勢子船の動きを捉えているという。

高さ十五丈の小屋から勢子船までは、真っ直ぐに測ったとしても一里半（約六キロ）の隔たりは優にありそうだった。

一里半も先の船の動きを、肉眼で捉えることができる……にわかにはそんなことを、宅間は信じることができなかった。

浦賀奉行所には、物見役《ものみやく》が十六人いた。全員が目のよさを買われて、物見の役目に就いていた。

事務方の役人に比べれば、確かに物見役は遠目が利いた。座興《ざきょう》として、物見役が遠目比べを行うこともあった。

宅間もその場に居合わせたことはあった。船番所に向かってくる弁財船の『帆《ほ》印《じるし》』を、いかに早く言い当てるかを競う座興だ。

一番の遠目利きだと称されている男でも、四半里（一キロ）先の帆印を言い当てることはできなかった。

津呂組の山見は、一里半も先の勢子船が見えるというのだ。

「ならばわしの目の前で、そのあかしを立ててみよ」

宅間は強い口調で指図した。

昼の端を不敵にゆるめた山見のひとりは、大きな采《さい》を手にとった。白い厚紙を細く切って房をつくり、長い柄をつけたハタキのようなものである。

「しっかり遠眼鏡で、勢子船の動きを見ちょってつかあさい」

言うなり山見は、采を右に振った。

山見が振る采は、本来は鯨の居場所を勢子船や網船に報せる道具である。が、いまは鯨が海にいるわけではなかった。

浦賀奉行所の役人をもてなすための、いわば演習である。ゆえに山見が振る采は、右に左にと大きく動いた。

バサッ、バサッと音を立てて采が振られた。その動きに即応して、沖合い一里半にいる勢子船が動きを変えた。

遠眼鏡を取り落としそうになったほどに、宅間は驚いた。

紛れもなく、山見には勢子船が見えていた。

が、宅間の驚きはそれだけではなかった。

「勢子船の漁師にも、こちらの采が見えておるのか……」

ひとりごとのような、つぶやきを漏らした。

采は厚紙の長さが三尺（約九十センチ）以上もある大型である。しかしいかに采が大きくても、勢子船は一里半も離れた海上にいるのだ。

そんな遠くの海上から、白い采の動きを見極めるとは……。

鯨組の持つ底知れぬ技に接して、宅間は身震いを覚えた。

「これがあのことやったら、なんちゃあやないですきに」

山見頭は、気負いのない口調で言い切った。

「一里半も先の動きをか……」

話を聞き終えた奉行は、心底から感嘆《かんたん》を覚えた様子だった。

「法度櫓の八丁櫓を土佐の鯨組に許したのも、無理はないということだの」

「御意のままに」

宅間は両手づきの形で、奉行にあたまを下げた。

奉行から目で指図を受けた与力は、宅間におもてを上げさせた。

「宅間はこの場にとどまれ。他の者は持ち場に戻ってよい」

「ははっ」

八人の役人が、短い返事とともに立ち上がった。宅間は両手を膝に置き、与力の指図を待っていた。

三十四

奉行の指図があったのだろう。

奉行、与力、宅間の三人が膝を交えた場に、茶菓が運ばれてきた。

奉行が口にする茶は、隣国駿河から取り寄せた極上の煎茶である。浦賀奉行所には、奉行が飲む茶の葉を吟味し、適した熱さでいれる茶坊主《ちゃぼうず》が配されていた。

菓子は京からの下り物の干菓子《ひがし》である。

直接の返答を許したことといい、部下に茶菓を供することといい、奉行の指図は異例ずくめだった。

「鯨組報告の正しさの度合いがいかほど高いかは、そのほうの話からもよく分かった」

奉行は湯呑みを手にして、上煎茶に口をつけた。茶からは淡い香りと、ほのかな甘味が感じられた。

茶坊主が吟味しただけのことはある、まさしく極上の煎茶だった。

湯呑みを膝元に戻した奉行は、与力にわずかなうなずきを示した。与力は黒船の描かれた半紙を手にして、宅間に上体を向けた。

「この絵に描かれた船は、勢いの強い煙を吐き出しておる」

与力は半紙を広げて膝元に置いた。宅間はもう一度、その絵を見詰めた。

「先刻のそのほうの話から察するに、鯨組の山見たちが見間違いをおかしたとは、到底考えられぬことだの」

「見間違いなどは、断じて生じ得ぬことと存じます」

宅間は強い口調で言い切った。

「山見に就いている者は、ひとりではござりませぬゆえ」

さきほど言い及ばなかった山見の仔細を、宅間は奉行と与力に聞かせ始めた。

鯨組の山見は、三人で一組を編んで当番にあたる。そして海原を東・中央・西に三分割し、各自が見張りを受け持つのだ。

肉眼で監視するのは、水平線からわずか一寸上までである。

鯨の潮吹きは大型のマッコウクジラといえども、さほどに高く吹き上げるものではない。しかも見張るのは、山見小屋から一里半から二里も隔たった海である。

たとえ鯨が二丈（約六メートル）の高さに潮を吹いたとしても、山見小屋からは水が跳ねたほどにしか見えない。

さりとて海原だけを見詰めていては、目が疲れて潮吹きを見逃してしまう。

十一月から三月までの漁期は、夜明けから日没まで、津呂組・浮津組の双方が山見を続けている。

もしも潮吹きを見逃したら……。

津呂組が見逃せば、鯨は室戸岬を越えて浮津組の漁場に入り込む。西から東に向かう鯨の潮吹きを見落としたら、獲物は浮津組の海へと移るのだ。

鯨を見逃すのは、山見には末代までの恥辱《ちじょく》とされた。ゆえに当番に就いた山見は、水平線の上一寸のあたりを見据え続けた。

獲物を発見すれば、すぐに残りふたりの山見に教えた。鯨の種類を確かめるときには、三人とも遠眼鏡を用いた。

「辰巳の海にザトウクジラ、一頭」

「ザトウクジラ、よおし」

発見した鯨の姿を、三人の山見は帳面に描いた。

「ザトウクジラ一頭に間違いなし」

確かめ合いが終わると、当番の組長が合図を手に取った。

合図のひとつは『白木綿』である。

もうひとつは菅《すげ》や茅《かや》を菰《こも》に編んだ『苫《とま》』だ。鯨の種類に応じて、白木綿と苫とを使い分けた。

獲物を常に三人で見極め、そののち絵に描いて確かめ合うのが山見の定めである。

見間違いをおかす隙はなかった。

「聞けば聞くほどに、抜かりのない仕組であることが分かるの」

奉行と与力はうなずき合って、鯨組の山見の確かさに感心した。

「ならば宅間……」

与力は半紙を手に取っていた。

「山見たちが見た船は、このように黒くて大きく、しかも凄まじい勢いで煙を吐き出していたというわけであるな」

「御意のままに」

樽石の小屋に幾日も顔を出して、帳面に鯨を描くさまを目の当たりにしていたのだ。山見が描いた絵の正確なことには、宅間は全幅《ぜんぷく》の信頼を寄せていた。

「ならば宅間、この黒い船はいずこに向かって走っておると思うか」

「東を目指しております」

宅間は即答した。

水平線を背にした船は、舳先を半紙の左に向けて走っていた。

半紙に描かれているのは、津呂組の本山見・樽石から見た海である。宅間が幾度も顔を出したのも、この樽石の山見小屋だ。

小屋の正面に広がる海は、左手が東だった。室戸岬から見て、江戸は東である。

「この黒い船は、九分九厘《りん》、江戸を目指して走っているかと存じます」

宅間は脳裏にひらめいたことを、そのまま口にした。

奉行、与力ともに、同じことを考えていたようだ。

「そのほうが土佐に出張ったときは、道中すべて船旅であったのか?」

与力に問われた宅間は、しっかりうなずいてから詳しい行程を口にした。

「浦賀を出ました船は、大坂天保山《てんぽうざん》の湊にて荷を降ろしました」

浦賀で乗船した弁財船は、大坂天保山で舫われた。宅間は大坂にて乗り換えて、土佐国浦戸湊《うらどみなと》まで五百石積みの弁財船を使った。

高知《こうち》城下に数日滞在したあとは、再び浦戸湊から室戸岬津呂浜まで船で向かった。

「浦賀から室戸岬までの船旅には、幾日を要したのか」

「十四日にございます」

船旅の日数を聞き取った与力は、顔つきを引き締めた。

「ならばこの黒い船は、遠からず浦賀水道に姿をあらわすやもしれぬぞ」

「ははっ」

神妙な顔つきを拵えつつも、宅間は別の思案をめぐらせていた。

三十五

鯨組のあらましを宅間が浦賀奉行に進講《しんこう》したのは、四月十八日である。

土佐に出張ったときは、道中すべて船旅であったのかと、説明の終盤において与力に問われた。

宅間はきっぱりとうなずいた。のみならず、旅の行き帰りに要した日数、行程も口頭で詳述した。

浦賀から室戸岬までの所要日数を問われたときには、十四日と答えた。与力はその返答を受け入れたが、まこととは違っていた。

浦賀から上方に向かう弁財船は、下田湊に立ち寄るのが常である。

下田湊を出たあとの弁財船航路は、大別すればふたつだ。ひとつは伊豆《いず》半島の西海岸沿いに北上し、次の寄港地を沼津《ぬまづ》や清水《しみず》とする海路である。

大坂に戻る前に、駿河特産の茶や米をこれらの湊で積み込んだ。

「大坂のお大尽は、宇治《うじ》よりも駿河の茶が好きやさかい」

沼津や清水で積み込む駿河の茶は、大事な積荷だった。

もうひとつは、寄港を省《はぶ》いて大海原を突っ切る航路だ。

伊豆半島先端の石廊崎《いろうざき》を通過したあと、船頭は渥美《あつみ》半島の伊良湖岬《いらごみさき》を目指した。この湊には上方に送り出す瀬戸焼《せとやき》や、半田《はんだ》の醸造酢《じょうぞうす》が集められていた。

江戸に荷を運んだ帰り船は、伊良湖岬で上方向けの荷を満載《まんさい》することが多かった。一日でも早く大坂に帰りつくために、船頭は海のど真ん中を突っ走った。

西海岸伝いに走るか。

駿河湾と遠州灘を横切るか。

いずれの航路をとるにしても、浦賀船番所を出たあとは下田湊に立ち寄った。水や食料の補給をするとともに、長い船旅に備えて船乗りに一夜の休みをとらせるためである。

「ええお相手が待ってるがね」

上方に上るときも、江戸に下るときも、ほとんどの船が下田湊に寄港した。それらの船の船客と水夫を目当てに、湊周辺には大見世《おおみせ》・中見世・小見世が三十五軒も軒《のき》を接して建っていた。

夜になれば、一斉に提灯《ちょうちん》に灯がともされる。そのさまは、江戸の吉原《よしわら》や品川の遊郭《ゆうかく》を思わせる賑《にぎ》わいだった。

下田には下田奉行所があった。

江戸に向かう船の荷物改めを行っていたころは、海の関所《せきしょ》として二百人以上の役人が詰めていた。

浦賀奉行所に役割が移されたあとも、奉行所は残された。が、さしたる用務はない。ゆえに役人は、大いに暇《ひま》をもてあましていた。

土佐に向かったとき、宅間は下田奉行所に立ち寄った。

庶務頭の宅間は、浦賀奉行所の公印を自在に扱うことができた。奉行所の公用半紙、奉書《ほうしょ》もまた取り扱いを任されている。

『格別の便宜《べんぎ》を図られたい』

偽《にせ》の公文書を作成した宅間は、下田奉行所与力に提示した。庶務頭よりも与力は格上だが、宅間は浦賀奉行所の庶務頭である。

位負けした与力は、宅間が提示した公印の押された奉書を疑うわけもなかった。

「いかようにも、当奉行所の者にお指図くだされ」

「しからば……」

当地逗留中は、庶務役野川《のがわ》を手伝いにつけてほしいと申し出た。野川は三年前まで浦賀奉行所に勤務しており、その折りは宅間の部下だった。

下田奉行所与力は、宅間の頼みを快諾《かいだく》した。

「いかような御用でも、てまえにお申しつけください」

かつての上司から名指しをされた野川は、顔を紅潮《こうちょう》させていた。

「そのほうを見込んで、口外無用の大事な任務を申しつける」

宅間は、下田湊の廻漕問屋のあらましを問い質した。

意気込んでいた野川は、拍子抜けしたような顔つきになった。口外無用と言い渡された割には、問いが呆気ないものだったからだ。

しかし野川はすぐさま顔つきを元に戻し、『廻漕問屋照覧《しょうらん》』を手にして戻ってきた。

「大小あわせまして、十七軒の廻漕問屋がございます」

野川はあごを引き締めて返答した。

「おまえは、明日は非番か？」

「御用とあらば、いかようにも他の者と当番を交代いたします」

もとより、大した任務のない奉行所である。しかも与力からは、格別に便宜を図るようにと申し渡されていた。

野川はすぐさま、翌日一日の非番を取りつけた。

「本日は廻漕問屋見廻りをいたすゆえ、町人に扮装《ふんそう》するぞ」

奉行所逗留二日目の朝。宅間は町人装束を身につけた。下田奉行所の備品蔵には、大中小の寸法別、木綿・唐桟《とうざん》（舶来の綿織物）・麻などの織物別に町人装束が多数備わっていた。

奉行所が海の関所を担っていた当時の、名残《なごり》の備品である。

「町人変装の市中見廻りは、浦賀奉行所以来のことであります」

意気込んだ野川は、背筋をピンと伸ばして市中に出た。最初の辻で、宅間は野川を呼び寄せた。

「おまえのように、胸を張って往来を行き来する町人はおらんぞ」

きつい叱責を与えたが、下田の町には不案内である。仕方なく先を歩かせて、終日廻漕問屋の様子を見て回った。

奉行所に戻ったあとは、市中見廻りの印象と、照覧の記載事項を重ね合わせて吟味した。が、なにを吟味しているかは、ひとことも野川には説明しなかった。

説明できることではなかったからだ。

宅間は下田湊の廻漕問屋のなかから、ロシアとの抜け荷の手先に使えそうな一軒を探していた。大田屋五之助の頼みを受けてのことである。

宅間家は五代続く浦賀奉行所庶務頭である。献残品も役目相応の到来があり、暮らしの費《つい》えに詰まることはなかった。

さりとて禄高はこの先どこまでいっても増えることはない。よほどの手柄でも挙げない限り、加増は考えられなかった。

大田屋は宅間の自尊心を巧みにくすぐりながら、大金儲けの企《たくら》みを持ちかけてきた。

浦賀奉行所役人の地位を使っての、ロシアとの抜け荷手助けである。始まりにおいては、大田屋に強く求められて腰を上げた。

宅間の胸算用《むなざんよう》を大きく上回る実入りを手にしたあとは、みずから先に立って抜け荷手助けに動いていた。

「これまでの鹿島灘《かしまなだ》沖は、公儀の監視が厳しくなっております。ロシアの連中は、ほとんど監視の目のない下田沖で取引をしたいと言ってきております」

下田湊から二千尋（約三キロ）の沖合いに出れば、そこはもはや大海原である。とはいえ、百石積みの帆船であれば、二千尋の隔たりは楽に行き来ができる。

内証が苦しくて、カネ次第で悪事に手を染めそうな廻漕問屋。それを見つけ出すのが、下田逗留の目的だった。

適した廻漕問屋の目星《めぼし》をつけた夜、宅間は野川を遊郭に誘った。費えは宅間持ちで、町人身なりの隠れ遊びである。

もっとも遊びの費えは、大田屋が全額を負っていた。

「遠からず大田屋五之助の使いの者が、奉行所におまえをたずねてくる。御上の御用を担っている者ゆえ、特段の便宜を図るように」

宅間は酒と女とカネで、野川を掌中《しょうちゅう》に落とした。もちろん、きつく口外無用を言い渡してのことである。

野川との密談を終えた翌朝、宅間は下田湊の飛脚宿《ひきゃくやど》から、五之助にあてて書状を送った。

江戸に向けての船が毎日出ている下田湊である。飛脚問屋は、わずか三日で大田屋に書状を届けた。

数日後に下田湊をおとずれた大田屋の番頭佐次郎は、廻漕問屋との談判を上首尾に成し遂げた。

宅間は廻漕問屋を物色するために、三日間、下田湊に逗留していた。

宅間が与力の問いに答えた、浦賀から室戸岬までの所要十四日。この日数には、下田湊での余計な三日間が含まれていた。

土佐と浦賀とのまことの所要日数は、十日もあれば充分だった。

しかし土佐に出向いたことのない与力は、宅間の言い分を了とした。

「十日のちより浦賀水道の監視を、イ号に高めよ」

与力の下知《げち》は、四月十八日のうちに奉行所の全員に周知徹底された。

『監視イ号』とは、夜通しの監視当番を灯り屋に配備するもっとも厳しい措置《そち》である。夜勤の当番には、奉行所のなかでも夜目の利く者ばかりが選りすぐられた。

四月二十八日から、浦賀奉行所は万全の体制で監視に臨んだ。幸いにも晴天が続き、夜間の監視もつつがなく運んだ。

「いまだ手配書の船は、浦賀水道にはあらわれておりません」

「あい分かったが、黒い船はかならずここにあらわれると与力様は言っておられる。監視には一層《いっそう》励むように」

役人は、五月中旬になっても部下と同じやり取りを続けていた。

三十六

五月二十日、四ツ（午前十時）過ぎ。宅間は執務部屋の障子戸を開き、庭を見詰めていた。

庶務頭の宅間には、座布団を敷くことが許されていた。官給の備品とはいえ、浦賀奉行所の役付き役人が腰にあてる座布団である。

生地は濃紺の絹布で、二寸（約六センチ）の厚みに綿が詰まっていた。

しかし宅間は、座布団に座ってはいなかった。畳に正座して背筋を張り、目は正面の庭を見詰めている。

見るからに堅苦しい姿勢だが、考え事をするときの宅間は、常にこの姿勢をとった。

今朝の五ツ（午前八時）に老中が差し向けた相談役二名と、奉行所のおもだった役職者が対面した。一昨日《おととい》から奉行所に着任していたが、今朝までは奉行・与力と膝詰めで監視体制の強化策を話し合っていた。

相談役はふたりとも、宅間よりは年下だった。禄高も宅間のほうが多い。にもかかわらず、老中の威光《いこう》を背負ったふたりは、宅間にあれこれと指図を下した。

胸のうちに湧《わ》き上がる怒りを抑えつけて、宅間は指図に従った。

庭を見詰めて、すでに四半刻（三十分）。姿勢を変えずにいるのは、怒りが深かったからだ。

これこそまさに、潮時《しおどき》やもしれぬわ。

宅間は背筋を張ったまま、ひとりごとをつぶやいた。

五月五日から四日間、宅間は麹町の屋敷に戻った。大田屋五之助が番頭を伴って麹町をたずねてきたのは、七日の朝早くだった。

「蝦夷から珍味が届きました」

五之助はふたの付いた小鉢に、塩漬けのウニを詰めて持参してきた。五之助の在所で獲れたウニを、甘塩漬けにした一品である。

酒によし、飯によしの塩漬けウニには、宅間も目がなかった。

「大田屋にも、炊き立て飯を用意しなさい」

すでに朝餉《あさげ》を終えていたが、宅間は再度、熱々のメシを炊かせた。二度も朝餉をとる気になったほどに、塩漬けウニを好んでいた。

朝餉が終わり、焙《ほう》じ茶が供されたあとで、五之助は巾着《きんちゃく》を宅間に差し出した。

「なんだ、これは？」

「中身をご賞味願いましょう」

五之助は目の端をわずかにゆるめた。何度見ても、宅間は背筋に寒気《さむけ》を覚えた。が、さとられぬように気遣いながら、巾着の中身を取り出した。

五枚の丸い金貨が出てきた。

「ロシアの金貨です」

金貨一枚で、天保小判三枚分の値打ちがあると五之助は付け足した。

「女ひとりにつき、金貨十枚を払うと言っておりますが、強い掛け合いをすれば二十枚までは上乗せさせられるでしょう」

たとえ歳のいった夜鷹でも、構わないと言っています……五之助は、また凄みのある笑いを浮かべた。

監視役人の操る帆船など、ロシア船はまるで相手にしていない。連中が本気で大砲を放ったら、監視船は一発で撃沈《げきちん》されるだろう。

宅間はロシア船の凄さを、幕閣のだれよりも知っていた。

ロシアとの抜け荷で財産を築き、先行き不明の浦賀奉行所とは決別する……いまが潮時かと、宅間はもう一度、ひとりごとをつぶやいた。

若造《わかぞう》の相談役に、なにが分かるか。

言葉を吐き捨てたとき、宅間の顔色は赤みを帯びていた。

庭から一匹のハエが飛んできた。

平手《ひらて》で叩き潰した宅間は、右手で摘《つま》んで庭に捨てた。

若造めが。

目の奥で、炎《ほむら》が燃え立っていた。

干《ひ》潟《がた》

三十七

五月二十三日は、七ツ《なな》（午後四時）過ぎから強い雨模様となった。

手前の五日間、江戸は強い夏日に焦《こ》がされ続けてきた。久しぶりの雨は、地べたにも草木にも、そしてひとにも、格好のお湿《しめ》りとなった。

浜町《はまちょう》河岸《がし》沿いの路地も、大粒の雨が地べたを叩《たた》いていた。

軒《のき》と軒とがくっつき合うように、平屋《ひらや》が続いている。風が通り抜けない行き止まりの路地には、ここ数日の晴れ続きで、暑気《しょき》が居座《いすわ》りを続けていた。

七ツ過ぎからの雨は、粒が見えるほどに強い降り方だった。番傘《ばんがさ》の渋紙《しぶがみ》にぶつかった雨は、バラバラと大きな音を立てた。

「どれだけ打ち水をしてもちっとも効《き》き目はなかったが、やっぱり天から降る雨のやることは桁《けた》が違う」

「あたしもこのひと雨で、二年は寿命が延びたというもんだ」

路地の地べたを叩く雨を肴《さかな》に、年配者ふたりが夕暮れ前の冷酒《ひやざけ》を楽しんでいる。

わずか四半刻《しはんとき》（三十分）のうちに、頑固《がんこ》に居座りを続けていた暑気をあっさりと雨が追い払った。

暑さを追い払うだけではなく、雨は人の目もさえぎってくれた。

まだ陽《ひ》が高いうちに、後兵衛《ごへえ》配下の面々がゐさ元《もと》に集まってきた。酒を酌《く》み交《か》わしている年寄ふたりにも、ゐさ元に集まる男たちの動きは見えていなかった。

「昨日、一昨日《おととい》と、二日続けて妙な動きがありやしたもんで」

五月二十三日の暮れ六《む》ツ（午後六時）前。後兵衛と佐吉《さきち》を前にして座った六人のなかで、芳兵衛《よしべえ》が、話の口火を切った。

この日の集まりは、後兵衛の指図《さしず》ではなかった。配下の六人がつなぎをつけあい、ゐさ元に集まっていた。

徳蔵《とくぞう》のおかしな動きを察知した太助《たすけ》と誠三《せいぞう》も、一刻《いっこく》も早く浜町に集まりたいと思っていた。

うまい具合に七ツ過ぎには雨降りとなった。

この雨なら人目がさえぎられる。

そう判じた六人と太助、誠三は、示し合わせたかのように、暮れ六ツ前にはゐさ元に集まっていた。

「おめえから話をしねえ」

芳兵衛に促《うなが》されたしじみ売りの四五六《しごろく》が、後兵衛のほうに膝《ひざ》を動かした。

「深川《ふかがわ》の夜鷹《よたか》が、六人も行方《ゆくえ》知れずになったてえんでさ」

仔細《しさい》を後回しにして答えを先に言うのが、四五六の流儀《りゅうぎ》である。後兵衛は口を挟《はさ》まず、説明を待った。

「深川の夜鷹は元締《もとじ》めもご承知の通り、十間堀《じっけんぼり》の利三《としぞう》親分の仕切りでやす」

後兵衛はわずかにうなずき、先を促《うなが》した。

「あの親分が束《たば》ねる夜鷹をかっさらったのはどこの命知らずだと、みんなが呆《あき》れ顔をこさえてる始末でやして」

「かどわかしだというのか」

後兵衛が初めて口を開いた。

「利三親分の下《もと》から、断りもせず逃げ出してえと思ってる夜鷹は、ひとりもおりやせん」

四五六の言い分に得心《とくしん》したらしく、後兵衛はわずかなうなずきを見せた。

ゑさ元は屋根葺《ぶ》きに、本瓦《ほんがわら》を使っている。瓦にぶつかる雨音は、変わらず強かった。

五ツ《いつ》(午後八時)を過ぎれば、江戸の道は闇《やみ》に溶《と》ける。そんな暗い路端《みちばた》で客をひく女が、夜鷹である。

「二百文《もん》ぽっきりで、いい思いをさせてあげるからさあ」

誘いにのった客と、人通りのない路地や物陰で、立ったままコトに及んだ。色里《いろざと》で遊女と肌を重ねるには、客間が数部屋しかない小見世《こみせ》といえども、相応の手順を踏まなければならない。

手間もかかるし、祝儀《しゅうぎ》だの菓子代だのと、余計《よけい》な費《つい》えも入用《いりよう》だった。

手っ取り早く遊びたい客は、暗い堀端《ほりばた》を歩いて夜鷹に袖《そで》を引かせた。

安いカネで遊びたい客は、幾《いく》らでもいた。が、素性《すじょう》はまるで分からなかった。

「ばかやろう、これで二百文を取るなんぞは、ふてえ了見《りょうけん》だ」

決めた払いを渋る客はめずらしくなかったし、夜鷹を脅《おど》してゼニを巻き上げにかかる者まで出てきた。

渡世人《とせいにん》が夜鷹を束ねるようになったのは、必然の成り行きだった。

夜鷹は上がりのなかから冥加金《みょうがきん》（みかじめ料）を渡世人に払う。その代わりに、客との揉《も》め事を片付けてもらうのだ。

「おめえさんだって、いい思いをしたんだ。払うものは払って、きれいにこの場を別れようじゃねえか」

「このうえ、まだなにか言いてえなら、おめえの身体《からだ》に言い分をきかせてもらうぜ」

尖《とが》った目つきの渡世人を前にした客は、おとなしく小粒銀《こつぶぎん》で払いを済ませた。

十間堀の利三はふたつ名の通り、深川十間堀に賭場《とば》を構えた貸元《かしもと》である。二十人の若い者を配下に抱《かか》えており、月に二度開く賭場も大いに盛っていた。

深川は堀の町である。埋立地を縦横に結ぶ堀のあちこちに、夜鷹が棲《す》みついていた。

それらの夜鷹の多くを束ねているのが、利三である。

「どうせなら、うちのほうがいいぜ」

利三配下の若い者は、新顔の夜鷹の世話を買って出た。

「よそよりもみかじめ料が安いし、世話は行き届いているぜ」

誘っても首を縦《たて》に振らない夜鷹には、客に化《ば》けた渡世人を差し向けた。散々《さんざん》に言い争っているさなかに、若い者が顔を出して揉め事を収めた。

見え透《す》いたやり口だが、効き目はあった。

「ここで稼《かせ》ぎたいなら、長いものに巻かれたほうが得だぜ」

利三は、まさしく長いものだった。

深川には利三のほかにも、貸元は何人もいた。が、利三が世話をしている夜鷹に、ちょっかい出しをする渡世人は皆無《かいむ》だった。

利三配下の若い者は、腕に覚えのある命知らず揃《そろ》いで通っていた。

「ひとのモノに手出しをするような、行儀《ぎょうぎ》のわるいのはいけねえな」

利三の物言いは、怒りが深いほど穏《おだ》やかになる。物静かな口調《くちょう》で言い渡された
あとには、死んだほうが楽だと思う仕置《しお》きが待ち構えていた。
凄《すさ》まじい仕置きの仔細を、利三は若い者の口を使って周囲に撒《ま》き散らした。
叩き斬《き》った手足を、わざと人目につく場所に投げ捨てさせることもした。
十間堀が世話をしている者に手出しをしたら、どうなるか……。
夜鷹にしろ賭場の客にしろ、利三の持ち物に手出しをしようと考える者は、大川《おおかわ》
の東側にはひとりもいなかった。

「夜鷹の行方知れずに調子を合わせて、大田屋《おおたや》が妙な動きを始めたんでさ」

太助と誠三が話の続きを引き取り、後兵衛のほうに膝《ひざ》をずらした。

ふたりは大田屋に雇《やと》われた徳蔵を見張っていた。

徳蔵は永代橋《えいたいばし》を東に渡った。東詰《ひがしづめ》を南に折れたあとは、大島町《おおじまちょう》に向かった。

堀と路地とが入り組んでいる大島町は、いたるところに行き止まりがあった。路
地の先が、橋も架《か》かっていない堀になっていたりするからだ。

「ここが野郎の目くらまし場だなと、ピンときやした」

船の扱いを得手《えて》とする誠三は、御府内《ごふない》を流れる川と堀に明るい。深川を流れる無
数の堀の仔細も、誠三はすべてあたまに刻《きざ》み付けていた。

「徳蔵がへえった芳郎店《よしろうだな》は、ふたつの堀が交わる根元に建ってやしてね。下《した》っ引《ぴ》きをまくには、お誂《あつら》えの造りなんでさ」

芳郎店に徳蔵が入るのを見届けた誠三は、堀の対岸に先回りをした。誠三の見当は図星《ずぼし》だった。

裏店《うらだな》の端に出た徳蔵は、長屋の壁に立てかけてあった杉板を堀に架けた。裏店の住人たちが、互いに行き来をするための橋代わりの板である。

向かい側に渡った徳蔵は、板を手元に引き寄せて長屋の床の下に隠した。

堀に囲まれた長屋に暮らさない限り、橋代わりの杉板があるなどとは知らない。あとをつけてきた者は、堀にぶつかって思案顔を拵《こしら》えた。

飛び越えるには、堀の幅が広過ぎた。

あたりを見回しているうちに、半町《ちょう》（約五十五メートル）先に架かっている丸太の橋を見つけた。得心顔になった者は、堀伝いに丸太橋にたどりつき、迷うことなく堀を渡った。

徳蔵が杉板を隠した場所とは、まるで違う裏店へと入っていくはめになった。

「頃合いを見はからって、あっしは徳蔵が行方をくらました路地にへえってみやした」

路地の片側には、錠前《じょうまえ》のかけられた蔵が四棟並んでいた。どの蔵も、裏手は大川の枝川《えだがわ》に面していた。

「一番端の蔵の裏手で、植え込みに引っかかってたこれを拾ったんでさ」

誠三は一本の手拭《てぬぐ》いを、後兵衛に差し出した。

「これは、木俣《きまた》屋の手拭いだろう」

後兵衛はひと目見ただけで、手拭いの出所を言い当てた。

白粉《おしろい》の香りが染《し》み込んでいる手拭いは、並の形よりは二回りも大きい。木綿《もめん》は厚手で、生成《きな》りの無地だった。

「お察しの通り、夜鷹がくわえている手拭いに間違いありやせん」

客引きをする夜鷹は、手拭いをくわえて顔を隠《かく》している。そのために、並の手拭いよりは寸法が大きかった。

本所《ほんじょ》の木俣屋は、その生成りの手拭いをほぼ一手に扱っていた。本来の用途は、蔵前《くらまえ》の搗《つ》き米屋職人の汗拭いだった。

蔵前には二百軒近い搗き米屋がある。精米職人の数だけでも千人以上を数えた。

木俣屋は職人の汗拭《ふ》きに、生成りの大判手拭いを拵えた。大きいことと、余計な柄《がら》がないのが、夜鷹に好まれた。

店には迷惑な話だろうが、夜鷹の手拭いといえば木俣屋と決まっていた。

「大田屋と夜鷹のかどわかしとが、つながっているということか？」

「あっしらは、そう睨《にら》んでおりやす」

座の面々は、芳兵衛の言葉に揃ってうなずいた。

「すぐに蔵の見張りを始めろ」

後兵衛の指図で、六人は背筋を張った。

「様子がはっきりしたら、十間堀のとはおれが掛け合う」

後兵衛の目が、いつも以上に窪《くぼ》んでいた。

大事に立ち向かうと決めたときに、身体に生ずる兆《きざ》しである。

太助と誠三の顔つきも引き締まっている。

佐吉も背筋を伸ばしていた。

屋根を打つ雨音が、いつの間にか小さくなっている。いかにも夏の雨らしい、気の短い降り方だった。

三十八

雨は大田屋の屋根も強く叩いていた。

五之助《ごのすけ》は店の普請《ふしん》に、費えの糸目をつけてはいない。釉薬《うわぐすり》をふんだんに塗《ぬ》られた瓦は、太い雨粒を小気味よさげに弾《はじ》き返した。

「ロシアは二十人の女をほしがっている。六人では格好がつかない」

あたかもニシンでも数えるような口調で、五之助は言い放った。

「深川では、もう無理だ。あとは大川の西側で揃えるしかない」

応じる佐次郎《さじろう》もまた、モノを集めるような口ぶりだった。

「どこで集めても構わない。要は一日も早く調《ととの》えることだ」

五之助は膝元の書状を手に取った。宅間《たくま》から二十日の夕刻に届けられた至急便だった。

浦賀奉行所《うらがぶぎょうしょ》と江戸との間には、日に二度の馬による至急便が行き来している。宅間はその便に、麹町《こうじまち》屋敷あての書状を紛《まぎ》れ込ませた。

至急便取扱いは庶務頭《しょむがしら》の差配《さはい》である。屋敷向けの書状を送り出すぐらいは、いかほどのことでもなかった。

麹町に届けられた書状は、その日のうちに大田屋五之助の手に渡った。

『来《きた》る六月三日は、相談役が非番である。この日であれば、吟味方《ぎんみがた》の者に手を回すことができる。女を乗せた船を、六月三日に差し向けろ』

宅間の書状を受け取るなり、五之助は夜鷹のかどわかしを佐次郎に指図した。しっかりと受け止めた佐次郎は、徳蔵を呼び寄せた。

徳蔵への指図には、五之助も居合わせた。

「二十人のかどわかしは、容易なことではありません」

徳蔵は禿頭《とくとう》を撫《な》でながら、光る目を佐次郎に向けた。

「二十人という数をこなすのも大変ですが、かどわかしたあとの世話が難儀《なんぎ》です」

どこに二十人を押し込むのか。

女の声は甲高《かんだか》くて、通りがいい。声を出させぬように猿轡《さるぐつわ》を噛《か》ませるにしても、幾日もは無理だ。

メシの支度《したく》はどうするのか。

厠《かわや》はどうするのか。

着替えの備えは？

数え上げればきりがないほどに、かどわかしたあとの世話は難儀だった。

「六月三日に浦賀通過ということは、大田屋さんは三日の未明に品川を船出する段取りでしょう」

できる限り、船出に近い日に女を集める。そうすれば、押し込んでおく備えが少なくてすむ……これが徳蔵の言い分だった。

五之助はその思案を撥《は》ねつけた。

「六月三日は、なにがあってもしくじれない。女の隠し場所には心当たりがある。

かどわかしは、すぐにも始めろ」

大島町の蔵は、大田屋の持ち物である。蔵の裏手は大川につながっており、夜なら人目につかない。

蔵は一尺《しゃく》（約三十センチ）もある漆喰壁《しっくいかべ》で、声が漏《も》れる気遣《きづか》いはない。用足しは桶《おけ》にさせて、夜の大川に捨てさせる。

徳蔵は渋い顔を崩《くず》さぬまま、五之助の指図を受け入れた。

しかしあれから三日、徳蔵からは音沙汰《おとさた》もない。


「もう一度、ここに徳蔵を呼びつけてくれ」

五之助の眉毛《まゆげ》の端が、吊《つ》り上がっている。逆《さか》らうのはまずいと察した佐次郎は、しっかりと二度、うなずいた。

部屋の気配《けはい》が張り詰めている。

五之助の飼い猫は、部屋に近寄ろうとはしなかった。

三十九

五之助を前にしているにもかかわらず、徳蔵は不機嫌さを隠そうとはしなかった。

「五月下旬とは思えないような、夜の冷え方だ。この時季の雨は、身体に冷えを忍《しの》び込ませる」

佐次郎はみずからの手で、熱々の焙《ほう》じ茶をいれて徳蔵にも供《きょう》した。

「とりあえず、それを飲んではどうかね」

佐次郎が勧《すす》めても徳蔵は表情を動かさず、湯呑《ゆの》みに手を伸ばそうともしなかった。

五之助、徳蔵、佐次郎の三人が、床《とこ》の間《ま》つきの十二畳間に居合わせていた。

床の間を背にして、五之助が座っている。向かい合わせの正面に徳蔵、わきに並ぶ形で佐次郎が座していた。

佐次郎がいれた焙じ茶に、五之助が口をつけた。煎茶よりも焙じ茶が好みの五之助は、分厚くて大きな信楽焼《しがらきやき》の湯呑みが気に入りである。

煮えたぎった湯でいれた焙じ茶は、湯呑みに注《つ》いだあとも冷めてはいない。湯呑みの底を手のひらに載せた五之助は、ズルッと音をさせて焙じ茶をすすった。

「あんたの都合もきかず、何度も呼び出したことには詫《わ》びもするが……」

五之助はまたズルッと大きな音をさせて、もう一服、熱い茶をすすった。

「いつまでも、そんな顔をしていることもないだろう」

五之助の大きな手のひらに、分厚い湯呑みが載っていた。

十二畳の客間の明かりは、遠州行灯《えんしゅうあんどん》二張《ふたは》りだけである。灯芯《とうしん》が長くて太い上物《じょうもの》だが、二張りの明かりだけでは、いかにも頼りない。

客間は薄暗かった。

そんなぼんやりとした明かりのなかでも、はっきりと分かるものがふたつあった。

ひとつは湯呑みから立ち上る、強い湯気だ。長い付き合いの佐次郎は、五之助の焙じ茶好きを充分にわきまえていた。ぬる茶が嫌《きら》いなことも知っている。

五月下旬だが、今夜の雨には肌寒さを覚えた。ゆえに佐次郎は、いつも以上に熱い茶をいれていた。

もうひとつ暗がりでも明らかなことは、徳蔵が不機嫌なことだった。

「せっかく佐次郎がいれた茶だ。冷めないうちに口をつけたらどうだ」

五之助が強い口調で勧めた。勧めというよりは、指図に近い。

「いまは結構です」

きっぱりと断った徳蔵は、正面の五之助を見詰めた。

五之助に口答えをする者は、徳蔵をおいてほかにはいない。佐次郎といえども、ここまであけすけに口答えはしない。

居心地わるそうに、佐次郎が尻《しり》を動かした。

部屋に戻っていた猫が、また出ていった。


五之助の指図には、いつもなら徳蔵も素直に従った。

「生かしたまま、目玉に鍼《はり》を突き刺せ。息が途絶えるときまで、だれに殺されたかを忘れさせるな」

「早く殺して楽にしてくれと、おまえを拝《おが》み倒すような、なぶり殺しにしろ」

どれほどむごい指図でも、徳蔵は引き受けた。むごさを好む性癖《せいへき》を、持っているわけではない。しかし五之助から下された指図には、その通りに従ってきた。

しかし今夜の徳蔵は、違った。

仲町《なかちょう》の女と一緒にいるところに、いきなり呼び出しの使いが押しかけてきた。

「よくよくの事情がない限り、使いは寄越《よこ》さないでいただきたい」

それを断ったうえで、五之助に明かした居場所である。女の手料理で一杯と考えていた矢先に、使いのふたりが顔を出した。

五之助の用向きは、会うまでもなく分かっている。

「一日でも一刻でも早く、夜鷹をもっと数多く捕《つか》まえろ」

この催促《さいそく》に決まっていた。

三日前の談判では、早く早くとせっつく五之助を、徳蔵は何度も諫《いさ》めた。

「これ以上の手荒な夜鷹狩りは、かならず十間堀の貸元を敵に回すことになります」

十間堀の利三が、どんな貸元なのか。そのあらましを、徳蔵は細《こま》かに話した。

「十間堀の貸元とだけは、ことを構えたくはありません」

仔細は明かさなかったが、徳蔵はきっぱりとした物言いで、急ぎ仕事の、これ以上の夜鷹狩りはまずいと五之助に説《と》いた。

「おまえはわたしには逆らうことができても、その十間堀の利三とやらには尻尾《しっぽ》を振るというのか」

意固地《いこじ》になった五之助は、なにがあっても夜鷹狩りを早くやれと命じた。話の仕《し》舞《ま》いには、徳蔵もうなずいた。

しかし性急なかどわかしをする気など、徳蔵には毛頭《もうとう》なかった。どれほどせっつかれようが、夜鷹狩りをするのはほかのだれでもない、徳蔵当人なのだ。

五之助は、大田屋の若い者を手伝いにつけるという。徳蔵は、きっぱりと断った。

「荒事《あらごと》に素人《しろうと》を使うのは、しくじりの元です」

強い調子で拒《こば》まれた五之助は、返事をしなかった。

それでも、徳蔵の言い分は呑み込んだ。

談判を終えた徳蔵は、仲町の女のもとに行った。五之助とのザラザラしたやり取りの、気分直しをしようと考えてのことだ。

ところが。

「旦那様《だんなさま》が、なにをおいてもすぐに顔を出してほしいとのことです」

使いの若い者は、こめかみをヒクヒクさせながら同行を求めた。

呼び出しを拒んだら、相当な厄介《やっかい》事が生ずる。五之助と命のやり取りをする覚悟がなければ、呼び出しは断れなかった。

「顔は出すが、すぐには無理だ」

若い者を追い返した徳蔵は、酒もメシも途中にして下帯《したおび》を外《はず》した。女のなかでしたたかに果ててから、大田屋に出向く支度を調えた。

「急ぎ仕事の夜鷹狩りは、かならずきつい揉め事を引き起こします」

口を開いた徳蔵は、でこぼこをつけず、平べったい調子で言い置いた。調子をつけないほうが、凄《すご》みが増した。

「おまえの言い分は、なんべんも聞いた。わたしの指図は変わらん」

ここ数日のうちに、少なくとも十人の夜鷹を狩り集めろと、徳蔵に言い渡した。

「手伝いが入用なら、若い者をつけるぞ」

若い者を、徳蔵の見張りにつけると言わんばかりである。

「手は足りています」

五之助から目を逸《そ》らさずに言い返した。

「足りているなら、早く狩り集めろ」

剃刀《かみそり》のような物言いが、徳蔵めがけて放たれた。もはや、仲間内のやり取りではなくなっていた。

「それでは」

五之助の許しも得ぬまま、徳蔵は立ち上がった。静かな動きなのに、行灯の明かりが大きく揺れた。

四十

大島町の蔵の見張りは、五月二十四日の夜から始まった。見張りについたのは、四五六と市太郎《いちたろう》のふたりである。

しじみ売りの四五六は、夜明けから四《よ》ツ（午前十時）までが、毎日の商《あきな》いだ。夜の見張りを続けても、稼業《かぎょう》に障《さわ》りはなかった。

市太郎は黒船橋《くろふねばし》のたもとで、一間《けん》（約一・八メートル）幅の屋台を出す銭売《ぜにう》りが稼業だ。

本所と深川の銭相場は、毎朝五ツ（午前八時）に扇橋十万坪《おうぎばしじゆうまんつぼ》の『深川銭座《ぜにざ》』が定めた。銭売りたちはその日の相場に基づいて、商いを始めるのだ。

市太郎が黒船橋のたもとに屋台を出すのは、永代寺《えいたいじ》が四ツの鐘を撞《つ》き終わったあとで、商いは九ツ《ここの》（正午）までの一刻《いっとき》（二時間）だ。

四五六も市太郎も、稼業柄、昼過ぎから夕刻までは仮眠をとることができる。三刻ほど眠っておけば、夜通しの見張りについても居眠りをする気遣いはなかった。

後兵衛は見張り役に決めたふたりを、浜町の荻野屋《おぎのや》に差し向けた。荻野屋は裏稼業の面々に、さまざまな装束《しょうぞく》を即座に仕立てる『衣装屋』である。

あるじの碌蔵《ろくぞう》は、伊賀忍者《いがにんじゃ》の血筋《ちすじ》だとうわさされていた。

「真夜中に白装束を着るてえんで？」

碌蔵から白を勧められたとき、四五六は素直には聞き入れなかった。

「ついてきなさい」

碌蔵の物言いには、相手を従わせる強さがある。四五六と市太郎は、碌蔵のあとについて裏庭に進んだ。

荻野屋の裏庭には、小さな土蔵が三棟も構えられていた。碌蔵は真ん中の蔵に四五六と市太郎を招き入れた。

分厚《ぶあつ》い扉《と》を閉じると、蔵のなかは闇に包まれた。

「目が慣れれば、ぼんやりながらも白壁が見える」

碌蔵は、なにごとも言い切るのが流儀らしい。ふたりは闇のなかで目を凝《こ》らした。

百も数えないうちに、碌蔵が言った通りのことが起きた。闇に溶けていた蔵の白壁が、少しずつ見え始めた。

「いま見えているのは、闇夜の丑《うし》三つ時《どき》（午前二時過ぎ）の蔵の壁だ」

白壁に近寄った碌蔵は、黒布と白布のふたつを垂《た》らした。白壁を背にしたときには、白布のほうが見分けがつかなくなった。

壁を離れて闇のなかに戻った碌蔵は、もう一度、二種類の布を垂らした。今度は白布が闇のなかに浮かび上がった。

「夜陰《やいん》に紛《まぎ》れこむからといって、なんでも黒装束がいいと判ずるのは早計に過ぎる」

闇のなかに、碌蔵のきっぱりとした物言いが響《ひび》いた。

伊賀忍者の血筋てえのは、まことの話にちげえねえ……。

四五六は、強くそれを感じた。

荻野屋の仕立て職人は五人。碌蔵が吟味しただけあり、全員が図抜《ずぬ》けた腕を持っていた。

わずか半日のうちに、四五六と市太郎の身体にぴたりと張りつく、白黒二種類の装束が仕上がった。

「闇のなかを動く者と、白壁に張りつく者とを、あらかじめ定めておくほうがいい」

碌蔵の教えを、ふたりはしっかりと身体の芯に刻み付けた。

見張りを始めた五月二十四日は、昼間の上天気が夜まで続いていた。

空一面に、夏の星がちりばめられている。

が、幸いなことに、いまは五月の下旬である。月末に向けて、月は夜ごとに細くなっていた。

大川の川開きは、五月二十八日だ。花火まで、余すところ四日である。大川の河岸は町木戸《まちきど》が閉じる四ツ（午後十時）間際まで、涼《りょう》を求める者で賑《にぎ》わっていた。

永代寺が四ツの捨て鐘を打ち始めると、ざわめきも人影も、大川端から一気に引いた。

四五六と市太郎が蔵から一町（約百九メートル）離れた杭《くい》に川舟を舫《もや》ったのは、四ツ半（午後十一時）ごろだった。

蔵のなかに潜《ひそ》んでいる者たちは、真夜中を過ぎない限りは、姿をあらわさないと見当をつけてのことだった。

見張り初日の今夜は、四五六が白で、市太郎が黒をまとっていた。

「おめえが先に行きねえ」

「がってんだ」

黒を着た市太郎が、闇のなかを蔵に向けて駆けた。荻野屋の仕立てた黒装束は、見事に暗がりに溶け込んでいる。

たかだか四半町《しはんちょう》（約二十七メートル）ほど離れただけで、四五六の目に市太郎はまったく見えなくなった。

市太郎が駆け出したあと、四五六はゆっくりと二百を数えた。闇に目を凝らし続けているが、なにも変わったことは生じていない。

黒装束の市太郎が、どこに潜んでいるか。

四五六には分からなかった。分からないということは、市太郎が無事なあかしである。

大きく息を吸い込んだ四五六は、全力で蔵の白壁をめがけて走った。壁にぴたりと身体をくっつけてから、息を整えた。

ふところには匕首《あいくち》を忍ばせている。もしも襲われたらすぐに立ち向かえるように、抜き身にしてあった。

息を整えながらも、四方に気を配《くば》った。どこにも、ひとの気配はなかった。

小さな息遣いのまま、四五六は白壁伝いに一歩ずつ進んだ。目指す蔵は、まだ半町も先だ。ふたたび息を整えた四五六は、思いっきり身体を白壁に張りつけた。

壁から身体が離れたら、闇のなかで白装束はすぐに見つかる。蔵の壁が、大事な隠れ蓑《みの》である。

尺取虫《しゃくとりむし》が葉を這《は》うようにして、四五六は目当ての蔵に向かった。

蔵まで残り四半町のところで、四五六は歩みをとめた。周囲のどこかに市太郎が潜んでいるはずだ。

息をとめてから、四五六は目を凝らした。

黒装束の拵えが見事なのか、市太郎の身の伏《ふ》せ方が巧《たく》みなのか。

まったく気配が伝わってこなかった。

このあたりにはいねえのか……。

市太郎を見つけられない四五六は、音を立てぬように気遣いつつ、息を漏らした。

プツッ。

四五六の胸元に、大豆《だいず》の粒がぶつかった。市太郎が投げたものだ。闇のなかで互いの居場所を教えあおうと、取り決めた合図だった。

四五六は豆が飛んできたほうに目を凝らした。市太郎は、目の前の地べたに這いつくばっていた。

思わず四五六が顔をゆるめた、そのとき。

ギギッ。

蔵の扉が、小さな軋《きし》み音を立てた。

四五六は、ふところの匕首に手をあてた。

四十一

蔵の扉の蝶番《ちょうつがい》にまで、徳蔵は気を配っていた。油をたっぷりとくれられていた蝶番は、わずかな軋み音で、分厚い扉を開いた。

見張りについた初の夜である。四五六も市太郎も、白と黒の装束にはいまひとつ慣れてはいなかった。

とはいえふたりの身体には、探《さぐ》りの本能を呼び覚ます血が流れている。扉が開かれるわずかな音を耳にするなり、四五六は白壁に張りついた。右手は匕首の柄《つか》を握っていた。

市太郎は地べたにへばりついた。息遣いの音が漏れぬように、少しずつ吐《は》き出した。

鼻の前には、小石が幾つも転《ころ》がっている。わずかに吐いた鼻息が石ころにぶつかり、市太郎の顔に跳《は》ね返った。

蔵から出てきたのは、見張りの男と夜鷹風の女がひとりずつである。

男は天秤棒《てんびんぼう》を肩に担《かつ》いでおり、肥桶《こえおけ》を前後に吊るしていた。

女は暗がりのなかでも、夜鷹だとはっきり分かった。顔を隠している大きな手拭いが、女の生業《なりわい》をあらわしていた。

男女ふたりは、地べたに伏せた市太郎からわずか一間先を歩き過ぎた。肥桶のにおいが、地べたに伏せた市太郎の鼻に強く突き刺さった。

うっかり息を吐き出したりしたら、見張りの男に気づかれかねない間合いである。市太郎は息をとめて、糞尿《ふんにょう》のひどいにおいをやり過ごした。

蔵に閉じ込められている女は、相当の人数らしい。

男は川の手前で周囲を見回した。ひとの目がないことを確かめてから、女をわきに呼び寄せた。

「手早く用足しをすませろよ」

女に指図を与えてから、男は肥桶を大川にあけた。においは地べたに伏せた市太郎と、白壁に張りついた四五六の鼻をついた。

「なにをぐずぐずしてやがんでえ」

肥桶ひとつをカラにした男は、尖った声を女に投げつけた。女が一向《いっこう》に、用足しをする動きを見せなかったからだ。

あたりをはばかり、男は小声である。しかし口調は鋭く尖っていた。

「そんな怖《こわ》い声を出さなくても、ちゃんと聞こえてるからさあ」

女はいささかも慌《あわ》てず、しなをつくりながら男に近寄った。

男はもうひとつの肥桶に手をかけていた。ひどいにおいが、男のわきの肥桶から立ち上っている。

女はまるで気にもとめず、男に近寄った。

「なんでえ、おめえは」

男はまだ二十歳《はたち》そこそこの若者である。女に詰め寄られて、うろたえ気味の声を出した。

「そんな邪険《じゃけん》な声を出さないで」

男に顔がくっつきそうなほど近寄ったあと、女は相手の股間《こかん》に右手を伸ばした。

「にいさんって、とってもいい道具を持ってるじゃないか」

女は伸ばした右手で、男の股間を撫で回した。男が声を漏らした。

「あたしは一日でも男を食べないと、身体の虫が暴《あば》れ出すのよ」

身体のうずきを退治して……。

男によりかかり、耳元でささやいた。

肥桶を摑《つか》んでいた手は、とっくに放れている。男の息遣いが荒くなった。

「どうしろと言うんでえ」

上ずった物言いで、女に問いかけた。

「そんなこと、口で言わなくたって分かるでしょう」

女はさらに甘い声でささやいた。

右手は股間を撫で回し続けている。

「だったら、そこの壁に寄りかかろうぜ」

男は蔵の白壁を指差した。

身体をこわばらせた四五六は、やもりのようにへばりついたまま、蔵の端までずれた。

女に一物《いちもつ》を撫で回されて、男はすっかりのぼせ上がっている。荒い息遣いで、女を壁際まで引っ張ってきた。

「そんなに慌てないで《じ》」

女は巧みに男を焦らしている。壁際に近寄るとき、扉に目を向けた。

肥桶の中身を大川にあけたあと、見張りの男はすぐに蔵に戻るつもりだったらしい。

しかも年若いがゆえに、見張りの手順にも長《た》けてはいなかったようだ。

蔵の扉はきちんと閉じてはおらず、わずかに隙間《すきま》ができていた。見張りと一緒に出てきた女が、わざと拵えた隙間だった。

「早くすまさねえと、なかの連中が妙に思うからよう」

女を強く引き寄せると、蔵の壁に押しつけた。そのあとは左手で、おのれの着物の裾《すそ》をたくしあげた。

闇のなかで、ふんどしが剝《む》き出しになった。

「おめえもはやく、前を開きねえ」

「分かってるわよ」

女はわざとゆっくりとした手つきで、着物の前を開こうとした。

じわっ、じわっと蔵の扉が開かれていた。蝶番に油が回っていることを、扉を開いている者は知らないのだろう。軋み音を立てないように、一寸《すん》（約三センチ）刻みの開き方だった。

扉に一尺の隙間ができたとき、女がひとり出てきた。

ふんどしをほどいた見張りの男が、いきり立った一物を握ったとき、ふたり目の女が隙間から抜け出した。

「威勢がいいじゃないか」

女は男の耳元に、熱い息を吹きかけた。着物の前に、カチカチに硬くなった一物が押しつけられた。

「たまらねえぜ」

男が声を漏らすと同時に、三人目の女が扉の隙間から顔をのぞかせた。

夜鷹たちの動きにはまるで気づかず、男は女を求めていた。蔵の前に一杯の川舟が着けられたことにも、男は気づかなかった。

舟を漕《こ》いできた男は、素早い身のこなしで河岸に上がった。身につけているのは黒装束である。

男の一物が女の潤《うるお》いに吸い込まれたとき、黒装束の男は蔵の前に立った。

扉から抜け出した女たちが、立ちすくんだ。

「ばかやろう」

男の一喝《いっかつ》で、気配が凍《こお》りついた。

四十二

四五六と市太郎がゑさ元に帰り着いたのは、丑三つ時に近かった。

「ご苦労だった」

ふたりをねぎらった後兵衛は、女中に言いつけてトリ南蛮《なんばん》うどんを作らせた。

昼間は座っているだけで汗ばむほどの暑さだった。

しかも四五六と市太郎は、見張りの途中で思いがけない出来事に出くわしていた。ゑさ元に帰り着いて、ようやく人心地《ひとごこち》がついたのだろう。しかし身体の芯は冷えていた。それを察したがゆえに、後兵衛は熱いうどんの調理を言いつけたのだ。

つゆが熱々《あつあつ》のトリ南蛮うどんは、ゑさ元の名物献立《こんだて》のひとつである。真夏でもこのトリ南蛮を注文する客が、めずらしくはなかった。

真夜中に起こされながらも、女中は手早くうどんを拵えた。ろうそくの明かりを浴《あ》びたつゆの表面には、トリの脂《あぶら》がギラギラの膜《まく》を張っていた。

「話は、うどんを食べ終わったところで聞かせてもらおう」

「へいっ」

四五六と市太郎は、すぐさま箸《はし》をつけた。

後兵衛《たい》に話を聞かせなければと、ふたりとも気が急《せ》いていた。が、まずはうどんを平らげることだ。

せっかく後兵衛が、眠っていた女中を起こしてまで拵えさせたトリ南蛮である。つゆの一滴《てき》といえども、残すのははばかられた。

しかし。

「ふう……このうどんは、滅法《めっぽう》つゆが熱くできていやす……まったく、なんてえ熱さだ」

美味《うま》いと言いながらも、ついつい、つゆの熱さに毒づきをこぼした。

「終わったら、呼びに来てくれ」

ふたりが落ち着いてうどんを食えるように、後兵衛は居室に引っ込んだ。四五六は、ふうっと大きな息を吐き出した。


見張りの若い者は、われを忘れて夜鷹とコトに及んでいた。

「ばかやろう」

一喝したのは徳蔵だった。

夜鷹のひとりが、見張りをたらしこむ。

男とコトに及ぶのは、御手《おて》の物《もの》の夜鷹だ。

そのさなかに、他の女たちは蔵から抜け出す。そして見張りの男を、棍棒《こんぼう》のようなもので殴《なぐ》りつけて逃げ出す。

これが夜鷹たちの企《たくら》みだった。

若い見張りを、夜鷹のひとりがくわえ込むところまでは、計略通りに運んだ。

が、いきなり徳蔵が顔を出したことで、企《くわだ》てはおじゃんになった。

若い者を怒鳴《どな》りつけたあと、徳蔵は目の前にいた夜鷹三人に当《あ》て身《み》を食らわせた。力は加減していたが、鳩尾《みぞおち》を狙《ねら》い澄まして叩き込んだ当て身である。

蔵から抜け出していた女三人は、その場に崩れ落ちた。

「倒れている女を、なかに運び入れろ」

見張りの男は、縮んだ一物を剝き出しにしたまま、徳蔵の指図に従った。

「女は大事な売り物だ。どこにも傷をつけるんじゃねえ。傷をつけたら、おめえの身体に償《つぐな》いをさせるぜ」

真夏の暑気《しょき》でも凍りつくような物言いで、徳蔵は見張りに指図を与えた。

「まったくおめえは、大したタマだぜ」

見張りをたらしこんだ夜鷹を見て、徳蔵は苦笑《にがわら》いを浮かべた。

「もうちょいと遅かったら、あたしもそれなりに楽しめたのにさあ」

夜鷹は手拭いをくわえると、裾を直して蔵のなかへと戻っていった。

不意に徳蔵が河岸に駆け上がってきた、その刹那《せつな》。

四五六は蔵と蔵の隙間に、おのれの身体を押し込んだ。

市太郎は息を詰めたまま、蔵の裏手まで這い進んだ。

徳蔵といえども、夜鷹に仕置きをすることで精一杯だったのだろう。四五六と市太郎には、気づかず仕舞いだった。

「今度のことがきっかけで、徳蔵は夜鷹の見張り番を増やすにちげえありやせん」

顛末《てんまつ》を話し終えた四五六は、この先の見当を口にした。

「その通りだろう」

短く応じたあと、後兵衛は腕組みをして目を閉じた。

大田屋との戦いをどう進めるか。

その思案をめぐらせているのだ。目は閉じていたが、まぶたの裏は時折り動いた。

今夜は、方々《ほうぼう》で騒動が起きているらしい。丑三つ時の浜町に、呼子《よぶこ》の鋭い音が響き渡った。

四五六は肩を動かした。

市太郎は尻を浮かせた。

「おれたちには、なんのかかわりもない捕物《とりもの》騒動だろう」

目を開いた後兵衛は、落ち着かないふたりを強い目で見据《みす》えた。

また呼子が鳴ったが、四五六も市太郎も微動《びどう》だにしなかった。

四十三

夜鷹が押し込まれた蔵のなかで、見張りの斗助《とすけ》は生き死にの境目をさまよっていた。

「助けてくれえ」

「できねえな、それは」

斗助のうめき声を、凍りきった徳蔵の声が押し潰《つぶ》した。

「だったら、せめて……」

残る気力を集めて、斗助が言葉を続けた。

「せめて、がどうした」

徳蔵の声音《こわね》は、さらに薄情さを増している。ふたりを遠巻きにした夜鷹たちが、怯《おび》え混じりの吐息《といき》を漏らした。

「せめて、ひと思いに始末をしてくれ」

「あいにくだが、おれは慈悲という言葉を知らねえ。息の根をとめて楽にするには、まだまだおめえは苦しみ方が足りねえ」

溢《あふ》れんばかりに魚油《ぎよゆ》が入っている瓶《かめ》を手にした徳蔵は、斗助の前に立った。腰掛《こしかけ》に縛《しば》りつけられた斗助は、徳蔵から離れようとしてもがいた。

徳蔵は縛りにも長《た》けていた。二重になった荒縄《あらなわ》は、もがけばもがくほど斗助の身体を締めつけてゆく。息苦しさと激痛が、同時に斗助に襲いかかった。

斗助の動きがとまった。

「もがけばそれだけ苦しくなると、おめえにはそう言ったぜ」

徳蔵は夜鷹たちに聞こえるように、声の調子を高くした。百目《ひゃくめ》ろうそくを二本灯《とも》しているのも、斗助の苦しむさまをはっきりと見せつけるためである。

斗助の前に立った徳蔵は、足袋《たび》で斗助の右足を踏みつけた。底には猪《いのしし》の毛皮を貼り付けた、滑《すべ》り止めの特製足袋である。

猪の剛毛《ごうもう》が、斗助の足に突き刺さった。

「ぎゃあっ」

斗助は断末魔《だんまつま》のような悲鳴をあげた。

右足を剝き出しにされたあと、斗助は足の生爪《なまづめ》を小型のやっとこで五本そっくり剝《は》がされていた。

生身の指先を、徳蔵は足袋の底で踏みつけた。いっとき麻痺《まひ》していた痛みが、踏みつけられてぶり返した。

斗助は声を限りとばかりに、悲鳴をあげた。

「おめえの声は、甲高くて癇《かん》に障るぜ」

徳蔵は足袋の底で踏みつけていた足に、魚油を垂らした。強い粘り気があって、しかも生臭《なまぐさ》いのがいわし油だ。

瓶から垂れ落ちた魚油は、右足全体にまとわりついた。

「夜鷹の姐《ねえ》さんたちは、目をしっかりと見開いてなよ」

調子を一段と張り上げた徳蔵は、灯されていた百目ろうそく一本を手に取った。

「この抜け作がひでえ目に遭《あ》うように、おめえたちが仕向けたんだ」

野郎の始末がどうつくか、突き当たりまで目を逸らすんじゃねえ……言い置いてから、徳蔵は斗助の前に戻った。

百目ろうそくの明かりが、ゆらゆらと揺《ゆ》れている。あとの成り行きに察しのついた斗助は、またもや身体を前後左右に動かした。

たちまち荒縄が斗助を締めつけた。

「これでもまだ、おめえは死ぬことはできねえぜ」

徳蔵はろうそくの炎《ほのお》を斗助の足下に近づけた。魚油は火付きのよい油ではない。

ぶすぶすと音を立てて、くすぶり始めた。大きな炎が立っているわけではないが、油は燃えていた。

「ぎゃあああっっ」

斗助の悲鳴が、蔵のなかを暴れ回っている。土間《どま》にぶつかり、壁にぶち当たった悲鳴が、音を重なり合わせて響いた。

生臭《なまぐさ》いにおいが漂《ただよ》っている。

魚油の燃えるにおいと、斗助の足の皮膚が焼かれているにおいだ。

「殺してくれえ……」

斗助の悲鳴は、助けてくれではなかった。

夜鷹たちは呆《ほう》けたような顔つきである。惨状を見続けることができず、耳をふさいでしゃがみ込む者もいた。

「座っちゃあ、ならねえ」

徳蔵の尖った声を聞くなり、夜鷹は弾けた豆のように立ち上がった。

「おめえたちが妙な了見を起こしたら、もうひとりこんな目に遭うやつが出る。そいつを忘れるんじゃねえ」

夜鷹を睨《ね》めつけてから、徳蔵は斗助の前に戻った。魚油の瓶を高く掲げると、中身を斗助の右足にこぼした。

斗助はもはや、悲鳴を大きくする力すら失っていた。

四十四

五月の晴れた朝は、流れる風に木々の香りが含まれていた。川風も同じである。

大川を渡る朝の風は、強い潮の香りを含んでいた。

「朝の川風のなかに潮の香りが強くなりゃあ、その日一日、うんざりするほど暑い」

川漁師《かわりょうし》の言い伝えは正しい。

五月二十五日の朝六ツ半（午前七時）。

大川を渡る風は、吸い込んだだけで塩辛《しおから》さを覚えた。

「今日みてえな日は、昨日よりもっと暑い一日になりやすぜ」

潮風を吸った船頭《せんどう》が、げんなりした声を漏らした。

川面《かわも》に弾き返された朝日が、船頭の顔をまともに照らしている。まだ六ツ半だというのに、朝日はすでに白い光を放っていた。

船頭は六ツ半をわずかに過ぎたころ、十間堀の船着場に猪牙舟《ちょきぶね》を横付けした。土地の貸元、十間堀の利三が拵えた桟橋《さんばし》である。

早朝に横付けされた猪牙舟を見て、利三配下の若い者が目つきを尖らせた。

後兵衛はまだ舫《もや》われてもいない猪牙舟から、いささかも身体を揺らさずにおりた。見事な身のこなしを見て、若い者はわずかに目つきを和《やわ》らげた。

「浜町の後兵衛がたずねてきたと、貸元につないでもらいたい」

いつの間にか後兵衛は、ぽち袋をたもとから取り出していた。

若い者は『浜町の後兵衛』の名に、聞き覚えがあった。しかもぽち袋を握らされたのだ。

「がってんでさ」

威勢のいい返事を残して、船着場から石垣の河岸へと駆け上がった。

後兵衛が握らせた祝儀袋には、小粒銀三粒（約二百五十文）が入っている。賭場の若い者は、祝儀袋を手に持っただけで中身の見当がつけられた。

小粒銀三粒は、取次ぎの駄賃《だちん》としては破格である。若い者の駆け上がり方が素早いのは当然だった。

河岸に駆け上がったかと思ったら、たちまち走り戻ってきた。

「親分がお待ちでやす」

物言いがていねいになっている。祝儀の効き目というよりは、大事に迎えろと利三から指図を受けたに違いなかった。

十間堀の河岸には、柳《やなぎ》が植えられている。堀の風を浴びて、柳の枝が横に流れた。

船着場の若い者が、利三が座っている帳場までの案内役を務めた。後兵衛が先を歩き、佐吉が後ろに従った。

「六ツ半にあんたが来るとは、よほどの用がありそうだな」

長火鉢《ながひばち》の前に座ったまま、利三は後兵衛と佐吉を迎え入れた。夏だというのに、長火鉢には炭火がいけられている。

五徳《ごとく》に載った鉄瓶《てつびん》は、ゆるい湯気《ゆげ》を吐き続けていた。

「後ろにいるのは、うちの大事な得意先の佐吉さんだ」

後兵衛は振り返りもせず、背後に控えた佐吉を顔つなぎした。佐吉が利三に軽い会釈《えしゃく》をしたのを、後兵衛は気配で感じ取っていた。

後兵衛と佐吉が座布団《ざぶとん》をあてたのを見計《みはか》らって、若い者が茶を運んできた。熱々の焙《ほう》じ茶で、茶請《ちゃう》けは昆布《こんぶ》としいたけの佃煮《つくだに》だ。

夏場の朝は飛び切り熱い茶をすすって、部屋に淀《よど》んだ暑気を追い払う。これが利三の流儀だった。

後兵衛は用向きを話し始める前に、焙じ茶に口をつけた。

「美味い茶だ」

後兵衛は正味《しょうみ》で焙じ茶の美味さに感心した。利三は美味くて当然という顔で、後兵衛を見た。

茶の美味さを存分に引き出す男を、利三は茶の番として雇い入れていた。

長火鉢を挟んで向き合った後兵衛と利三は、余計な口をきかずに茶を飲み続けた。

利三と後兵衛は、さほどに親しいわけではなかった。が、付き合いはすでに二十年を超えていた。

船宿の客のなかには、賭場遊びをしたがる者もいる。素性が確かで、ふところ具合に詰まっていない客に限り、後兵衛は利三の賭場へと案内した。

利三は後兵衛に、一文の割戻《わりもど》しも払わなかった。カネにきれいな後兵衛の気性《きしょう》を知り尽くしていたからだ。

その代わり、荒事《あらごと》などの助《すけ》っ人《と》を頼まれたときは、損得抜きで後兵衛の加勢をした。

互いに間合いを詰めない付き合いが、いつしか二十年を超えていた。

焙じ茶を飲み干したのは、後兵衛が先だった。座布団の上であぐらを組み直してから、後兵衛はゆるぎのない目を利三に向けた。

「あんたの夜鷹がすでに何人も、かどわかしに遭っているだろう」

「なんであんたが知ってるんだ」

「かどわかしの下手人《げしゅにん》がだれか、あたしには分かっている」

短い言葉のやり取りの間、後兵衛と利三は目で斬り結んでいた。

話の進む先を思うにつけ、後兵衛は一瞬たりとも利三に甘い顔はできない。

目を見詰め合ってのやり取りは、敵同士《かたき》の果たし合いのようだ。

息苦しくなったのか、佐吉もあぐらを組み直した。

四十五

威勢のいい朝日が、十間堀の水面《みなも》を照り返らせている。宿《やど》の前の河岸に、利三、後兵衛、佐吉の三人が立っていた。

「話は堀端で聞こう」

長火鉢の前から立ち上がった利三が、後兵衛と佐吉を外に連れ出したからだ。

「どうぞ、ここに」

利三配下の若い者ふたりが、杉板で拵えた長い腰掛を運んできた。まだ仕上がったばかりで、杉の香りが強く漂っている。

最初に腰をおろしたのは利三だ。利三の右に後兵衛が座り、左に佐吉が腰をおろした。

「お待たせしやした」

三人が腰をおろすなり、若い者が新しい焙じ茶を運んできた。茶請けは、素焼《すや》きの皿に盛られた固焼きせんべいである。

「あんたらも、好きにやってくれ」

せんべいを手に取った利三は、犬歯《けんし》でせんべいに噛みついた。上下にしごくと、バリッと乾《かわ》いた音を立ててせんべいが嚙み砕《くだ》かれた。

四十五歳の利三は、犬歯の丈夫《じようぶ》さが自慢である。

おれに逆らったら、このせんべいと同じ目に遭うぜ……固焼きせんべいを音を立てて嚙みちぎるのは、利三一流の脅し方である。

初対面の者には、利三は長火鉢の前でこれをやった。が、後兵衛とは長い付き合いである。いまさら脅しは無用なのだ。

若い者に茶請けを運ばせたのは、利三がせんべいを口にしたかったからだろう。

「あんたも食いねえ」

勧められた佐吉は、一枚を手に取った。

門前仲町《もんぜんなかちよう》の大木屋《おおきや》が念入りに焼き上げた、固焼きである。形はさほど大きくはないが、生地《きじ》が詰まったせんべいは持ち重りがした。

利三と同じように嚙み砕くには、歯が丈夫でなければ無理だ。

そんな固焼きせんべいを勧められた佐吉は、歯の丈夫さと根性の据《す》わり具合を試《ため》されているような気になった。

生半可《なまはんか》な気持ちでは、このせんべいを歯で嚙むのは無理だからだ。手でふたつに割り、小片《かけら》を口にすればいいのだが、佐吉にも男の見栄《みえ》があった。

「いただきます」

佐吉は犬歯ではなく、前歯に力を込めた。前歯で噛むのは、犬歯以上に難儀だ。上下の前歯で挟むなり、せんべいを握った右手に力を込めた。

瓦を叩き割るのも、杉板を真っ二つにするのも、手刀《てがたな》の力ではない。手に込められた気合が、瓦も杉も打ち砕く。

佐吉が通う道場の師範が、常から口にしている極意《ごくい》である。それを佐吉は思い返した。

バリッという音とともに、せんべいが割れた。口中のせんべいを舌《した》で奥歯に移した佐吉は、ガリッ、ガリッと小気味《こきみ》のよい音をさせて、せんべいを噛み砕いた。

利三の目に、強い光が込められた。茶とせんべいを勧めたときとは、顔つきが変わっていた。

佐吉を称《たた》えているのではない。

両目は強い敵意のような、尖った光を帯びていた。

佐吉は、おのれの出すぎた振舞《ふるま》いに気づいた。バリバリとせんべいを噛んでいた佐吉が、不意に顔を歪《ゆが》めた。

「いててっ……」

こどものような甲高い声を発して、せんべいを持った右手で頬《ほお》を押さえた。

「申しわけありません」

佐吉はなんともきまりわるそうな目で、利三を見た。

「どうした？」

尖った目のまま、利三が問いかけた。

「親分の前で格好をつけようとしたばかりに、歯を傷《いた》めてしまいました」

面目《めんぼく》ありませんと、佐吉はもう一度詫びた。

「そいつぁ、難儀だな」

目の光を消した利三は、自分の湯呑みを手に持った。ほどよくぬるくなった、焙じ茶が入っている湯呑みである。

「こいつを含んで、じっとしてればいい」

利三はおのれの湯呑みを、佐吉のほうに差し出した。

「そんな痛みは、あっという間に退《ひ》くだろう」

謎《なぞ》かけをするような目の色を浮かべている。佐吉は軽くあたまを下げた。

「ありがとうございます」

噛みかけのせんべいを皿に戻した佐吉は、両手で湯呑みを受け取った。

「ありがたく、いただきます」

ゆっくりと茶をすすり、口のなかのせんべいを茶とともに呑み込んだ。

「前歯で噛んだ度胸《どきよう》も、噛んだあとの落とし前のつけ方も、なかなかの息遣いだ」

利三の目は、佐吉の器量を認めていた。

四十六

三日後の二十八日は、大川の川開きである。真夏が目と鼻の先にまで迫っていた。

「いまの時季の朝方は、堀の水面が一番きれいに見える」

利三が指し示した十間堀は、朝日を浴びて水面が輝いていた。

「おれの耳に届く厄介事は、どれもこれも早起きだ。朝早くに持ち込まれる話は、どれも厄介ぶりの根が深い」

利三が手で形を示すと、わきに控えていた若い者が素早く煙草盆《たばこぼん》を運んできた。片手で受け取った利三は腰掛に置き、キセルを手に持った。

灘《なだ》の下り酒と、薩摩《さつま》の刻み煙草が利三の好物だ。

橋場《はしば》のキセル名人正太郎《しょうたろう》が拵えた、龍虎細工《りゅうこざいく》の銀ギセルである。龍虎の威勢に負けぬように、火皿は大きかった。

利三は親指の腹の力を加減して、煙草をほどよい固さに詰めた。

種火《たねび》で煙草に火がつくと、強く吸い込んだ。火皿が真っ赤《まっか》になっている。

ふうっ……。

吐き出した煙が、佐吉のほうに流れた。薩摩煙草の甘い香りをかいだ佐吉は、鼻をひくひくさせた。

煙草の煙を喜ぶのが、利三への世辞《せじ》になると察してのことだ。

図星だった。

「根の深い厄介事は、堀を見ながら聞くのがおれの流儀だ」

佐吉に話しかけた声には、親しさのようなものが感じられた。

「ここならどんな話をしても、ひとの耳と目を案ずることはない。宿のなかでやり取りするよりも、よほどに安心だ」

キセルの先で、利三は四方を示した。若い者がふたりずつ、周りを固めている。船着場にも若い者が見張りに立っていた。

「それでゑさ元の……おれの夜鷹に手出しをするのは、どこの跳ねっ返りだ」

利三は、右側に座っている後兵衛に目を向けた。

佐吉に話しかけたときとは、目の光り方が違っている。堀の上空を舞っている鳥をも、射落としそうな眼光だった。

「大田屋という廻漕問屋が、あんたの夜鷹狩りを指図している黒幕だ」

後兵衛は静かな声で言い切った。

「廻漕問屋だと？」

利三の語尾が上がった。

ものごとの呑み込みの早さでも、知恵のめぐりのよさでも、利三は図抜けた男である。しかしその利三ですら、廻漕問屋と夜鷹狩りとのかかわりには、察しがつかなかった。

「大田屋というのは、どこの廻漕問屋だ」

「霊岸島《れいがんじま》です」

後兵衛に代わって佐吉が答えた。

「どんな荷を運んでいる」

「蝦夷《えぞ》から膃肭《オンネウ》（オットセイ）を持ち込み、大店《おおだな》の当主や大名連中に高値で売りつけています」

膃肭と聞いた刹那、利三の目にはいままでとは別の光が浮かんだ。

妙案が浮かんだときのこどもの目が、いまの利三と同じような光り方をした。

「大田屋が扱うのは、膃肭だけじゃあねえだろう」

裏街道をいく利三である。大田屋の扱い品を聞くなり、話の先行きが読めたようだ。

「あんたの謎解きを聞かせてくれ」

後兵衛が問いかけると、利三はまたもやせんべいをガリッと噛んだ。

「膃肭を扱うには、蝦夷の地と深いかかわりを持ってなければ無理だ」

せんべいを呑み込む前に、利三は後兵衛の目を見詰めた。

渡世人のなかにも、ぼろ儲《もう》けがしたくて膃肭を江戸に運び込もうと企んだ者も少なからずいた。しかしことごとく、しくじった。

ひとつは蝦夷の地の寒さに、相応の備えがなかったことだ。威勢を売り物にする若い者を何人も差し向けたが、どの貸元も手下《てか》の命と、投じた路銀《ろぎん》を失った。

もうひとつのしくじりのわけは、膃肭を仕込む先のアイヌは、他所者《よそもの》を相手にしなかったからだ。

利三は膃肭に手を出したわけではない。が、仕込みにしくじり、命を落とした貸元を何人も見ていた。

しくじった貸元は、だれもがおのれのカネだけではなく、周りからも集めていた。それが返せなくなり、命でツケを払っていた。

「大田屋は九分《ぶ》九厘《りん》、蝦夷の地に生まれた男だろう」

後兵衛は利三から目を逸らさず、わずかにうなずいた。

「蝦夷の地にかかわりがあって、アイヌからブツを仕込めるだけの力量のある男だ。向こうにいたときには、これも九分九厘間違いのないはずの見当だが、抜け荷に手を染めていただろう」

おれの夜鷹を、抜け荷相手のロシア人に売り渡す気だな？

断じた利三は、目の両端が吊り上がっていた。

気配が変わったのを、見張りの若い者たちは素早く察したらしい。

両手を腰にあてて身構えた。

早起きのカモメが、佐吉の真上で啼《な》いた。

四十七

ひとたび利三の怒《いか》りに火がついたあとは、代貸《だいがし》といえども燃え盛る炎を消しとめて、執《と》り成《な》すことはできない。

「近江《おうみ》先生を呼んでこい」

「ひとり残らず、出入り支度をいますぐに始めさせろ」

怒りが強ければ強いほど、利三の顔色は青くなる。血のめぐりが早すぎて、顔を朱に染める暇《ひま》がなくなるのだろう。

「がってんでさ」

桟橋の見張りだけを残して、配下の全員が素早く出入りの支度に取りかかった。

「お願いがございます」

話しかけられた利三は、怒りを宿したままの目を佐吉に向けた。瞳が細くなっているのは、利三が怒りの極《きわ》みにあるあかしだ。

瞳が糸のように細くなっているときの利三は、どれほどむごい仕打ちでも、平然とおのれの手でやってのけた。

利三が佐吉に向けたのは、そんな目である。ひと睨みされれば、喧嘩《けんか》なれした若い者でも小便をちびるほどの凄みをはらんでいた。

佐吉は臆《おく》することなく、利三の睨みを受け止めた。

「言ってみねえ」

目つきをゆるめずに、利三が促した。

「親分のお怒りはもっともですが、大田屋にすぐさま押しかけることは、なにとぞお控《ひか》えください」

利三が下した指図を、引っ込めてくれという頼みである。利三の目つきが、さらに凄みを増した。

後兵衛はしかし、わきから口出しをせず、成り行きを佐吉にあずけていた。佐吉の度量の大きさを高く買っていたからだ。

「おめえさんは、おれが下した指図にいちゃもんづけをしようってえのか」

決して大声ではなかった。しかし利三が佐吉に向かっておめえさんと、さんづけで呼んだのは、桟橋で見張りに立っている若い者にも聞こえた。

見張りのふたりは、呼ばれる前に駆け寄ってきた。

利三が「おめえさん」と呼びかけるのは、返答次第ではその場で始末をするときに限られていた。

佐吉の背後についた若い者は、唐桟《とうざん》の前を大きくはだけている。胸に巻いたさらしの下の匕首《あいくち》の柄《つか》を、いつでも握れるようにと身構えていた。

「そんな気は毛頭ございません」

佐吉はきっぱりとした口調で、利三の言い分を押し返した。

「あるのか、ねえのかは知らねえが」

利三の顔が、朝日を浴びている。青白い顔色が、際立《きわだ》って見えた。

「お怒りはもっともですが、大田屋にすぐさま押しかけることは、なにとぞお控えください……たったいま、おめえさんはこう言ったぜ」

「申しました」

そっくりなぞり返した利三に、佐吉は逆らわなかった。

「押しかけるのを控えろというのは、出入りの支度をしろと言ったおれの指図に、あやをつけてるんじゃねえのか」

「違います」

「だったらどこが違うのかを、おれに分かるように言ってみろ」

「はい」

「返事次第では、ただじゃあすまねえと肚《はら》をくって答えろよ」

「はい」

気負わずに、短く佐吉が答えたとき、黄色く塗られた一杯《いっぱい》の川船が近寄ってきた。船にはこどもが十人も乗っていた。

扇橋《おうぎばし》たもとの両泉寺《りようせんじ》に向かう船で、乗っているのは寺子屋《てらこや》通いのこどもたちである。

利三、後兵衛、佐吉の三人が早朝から揃っており、佐吉の背後には、唐桟の前をはだけた若い者ふたりが立っているのだ。

見かけない光景を目の当《ま》たりにして、こどもたちが騒ぎ始めた。

「あの若いひとたちって、なんだかおっかない顔をしてるぜ」

「ほんとうだ、胸にいっぱいさらしを巻いてらあ」

ひとりのこどもが、佐吉の背後に立った若い者ふたりを指差した。

「胸にさらしを巻いてるのは、トセイニンだって、ちゃんが言ってた」

「なんだよ、トセイニンって」

「おっかないひとのことに決まってるじゃないか」

こどもの遠慮のない声が、利三たちのほうに流れてきた。舌打ちをした若い者が、川船のこどもたちを睨みつけた。

「うわあ、おっかねえ」

「金太《きんた》がおっきな声で話すからだよ」

こどもたちが、声をひそめた。船に乗っているこどもに、若い者の睨みは効《き》いたらしい。

まずい気配を察した船頭は、櫓《ろ》を軋ませて利三たちの前を過ぎ去った。

「こどもにだけは勝てねえ」

利三が苦笑いを浮かべた。

いきなりあらわれた川船が、張り詰めていた気配を大きくゆるめたようだ。

「あんたの話の続きは、なかで聞くぜ」

利三から、おめえさんという物言いが失《う》せていた。

四十八

五月二十六日と日付が変わった直後の、真夜中過ぎ。

「道具に抜かりはないか、いまのうちにもう一度確かめておけ」

「へいっ」

蔵のわきの闇のなかで、盗人《ぬすっと》かぶりの男が黒装束の武家に短い返事をした。

尻《しり》っ端折《ぱしょ》りにした腰のあたりには、細縄が三巻き吊り下げられていた。細縄ひと巻きは二間（約三・六メートル）。大柄な男でも、縛り上げるには充分の長さである。

太ももにぴたりと張りついた股引《ももひき》は、敏捷《びんしょう》に動いても衣擦《きぬず》れの音を立てない。

細紐《ほそひも》が編み上げになっているわらじの底には、猪の剛毛が貼り付けられている。土間が滑りやすくなっていても、このわらじなら難なく駆けることができた。

股引もわらじも、武家の近江が誂えさせた忍び装束である。伊賀の里が在所の近江には、伊賀流忍び術の心得があった。

「おちか殿は、首尾《しゅび》よくかどわかされたのであろうな」

闇のなかで秀次郎《しゅうじろう》は、間違いないと請《う》け合《あ》った。

「太郎《たろう》と章助《しょうすけ》のふたりが、姐《あね》さんが連れ去られるのを見届けておりやす」

「ならばよいが」

近江は秀次郎の耳元に顔を寄せた。

「それにつけてもおちか殿は、男まさりの豪胆《ごうたん》さを持ちあわせておるの」

「へい」

秀次郎の返答は短い。ふたりが口を閉じると、闇が一段と濃くなった。

川端から利三の居室に移ったあとは、後兵衛と佐吉に茶が供された。

「たとえ仇《かたき》がたずねてきたときでも、茶の一杯は振《ふ》る舞《ま》うもんだと、おれは代貸時分にしつけられた」

利三は膝元に置かれた茶を佐吉に勧めた。

「末期《まつご》の茶にならねえように、しっかりと話を聞かせてくれ」

凄みを利《き》かせながらも、口調はさきほどよりは落ち着いていた。

「いただきます」

勧められた茶に口をつけてから、佐吉は話に戻った。

「お見立ての通り、大田屋は親分の大事な夜鷹を、ロシア人との抜け荷の払いに充《あ》てる気だと思われます」

大事な夜鷹と佐吉が口にしたときは、利三の目が燃え上がったかに見えた。が、その炎《ほむら》はつかの間に消えた。

「それゆえに、手荒な振舞いに及んで夜鷹を傷つけることは断じてしないはずです」

たとえ蔵に閉じ込めてはいても、きちんと世話はしていると佐吉は言い切った。

「夜鷹狩りの黒幕が大田屋だとバレていることを、大田屋当人はまだ気づいておりません。今日からまだ数日は、夜鷹狩りを続けるに違いありません」

奉行所の役人が、大田屋と深いかかわりを持っていると、佐吉は明かした。大田屋成敗《せいばい》を首尾よく果たすためには、利三には隠し立てができないと判じてのことだ。

「奉行所の役人が、抜け荷屋とつるんでいるのか」

裏街道を歩く利三にも、大田屋と宅間のつながりは驚きだったようだ。佐吉は強い調子でうなずいた。

利三はすぐには得心しなかった。

「なんだっておめえは、そこまで強く言い切れるんだ」

もはや利三には、佐吉をおめえさんと呼ぶ気はなさそうだった。

「てまえは献残屋《けんざんや》寺田屋《てらだや》の手代《てだい》でして、その方はてまえのお得意様です」

献残屋については、ひとことの説明も利三には無用だった。裏の社会で生きる利三は、献残屋の仕組を熟知していた。

「その方は大仕事を成し遂げたうえで、奉行所を辞する肚積もりのようです」

宅間と大田屋の親密な関係を挙げて、佐吉は自分がつけている見当の正しさを裏打ちした。

利三も、近ごろの公儀の動きにはただならぬものを感じていた。

南北両町奉行所には、利三が鼻薬を嗅《か》がせている同心《どうしん》が何人もいた。

「海の彼方《かなた》から夷狄《いてき》が攻めてくるのではないかと、近ごろの幕閣のおえらがたは尻が落ち着かない様子です」

利三のもとには複数の同心から、上《うえ》つ方《かた》の落ち着かない様子があれこれと伝えられていた。

海の彼方から夷狄が攻めてくる。

同心から聞かされていた話と、佐吉がいま聞かせたことがぴたりと重なりあった。

「おおかたその役人は、夷狄の足音を聞いたばかりに、役所から逃げ出す前の大儲けを企んでいるのだろう」

利三は奉行所同心から聞き込んだ話を、佐吉と後兵衛に聞かせた。

佐吉が口にした見当と、利三の仕入れた同心の話。ふたつを重ね合わせたら、隙間がきれいにふさがった。

「ゑさ元の手の者が見てきたことを、もういっぺん聞かせてくれ」

「おやすいことだ」

夜鷹が押し込まれている蔵の仔細を、後兵衛は絵図に描かせていた。拙《つたな》い市太郎の絵だが、蔵と大川の位置は、はっきり描かれていた。

蔵の数と大きさも、文字で記されていた。

「この蔵に夜鷹が押し込まれているのか」

「うちの市太郎はそう言っている」

市太郎の調べに間違いはないと、後兵衛の口調が断言していた。

茶を飲み干した利三は、おいっ、と小声を発した。若い者ふたりが足音も立てずに廊下《ろうか》を駆けてきた。

「おちかと近江先生と……」

ひと息おいて、秀次郎の名を挙げた。

「三人とも、ここに来るようにとつなぎをつけろ」

「へいっ」

返事の途中で、若い者はすでに立ち上がっていた。

おちかは利三のおんなで、三軒先の仕舞屋《しもたや》に暮らしている。

忍びの技の心得がある近江単作《たんさく》は、利三配下の者に素手《すで》の格闘技を伝授している。戦いの技を教えるのみならず、見張りにおける身のこなし方も稽古《けいこ》をつけていた。

秀次郎は、利三がもっとも信頼を寄せている『耳』である。

「いまの秀次郎ならば、伊賀者を相手にしても互角の勝負ができるだろう」

近江から課せられた見張りの厳しい稽古を、秀次郎はすべてこなした。素手の戦いでも、十本に一本は師匠《ししょう》の近江と互角に渡り合えるまでの技量を身につけていた。

おちか、近江、秀次郎の三人が揃うと、利三は佐吉と後兵衛に顔つなぎをした。

「夜鷹を横取りしている下司《げす》の素性が、ゑさ元のおかげで分かった」

あらましを三人に聞かせてから、利三は今後の段取りの指図を始めた。

「ゑさ元のにはすまねえが、ここから先はおれの手に任せてくれ。夜鷹を取り返すのは、おれの仕事だ」

「任せよう」

後兵衛はためらうことなく応じた。もとより佐吉に、異存のあるはずもなかった。

「大田屋は、今夜も夜鷹狩りをするというのが、佐吉さんのつけた見当だ」

おれもそう思うと、利三は同意した。

「おめえを呼んだのは、ほかでもねえ」

夜鷹に化けて、今夜捕まってくれ。

利三の指図を、おちかは顔色も変えずに引き受けた。

「近江先生と秀次郎には、おちかに先回りして蔵を見張ってもらいたい」

見張りの様子次第では、そのまま蔵に踏み込んでもいい。踏み込む合図は、おちかが吹く犬笛《いぬぶえ》と決まった。

犬笛は、ひとの耳には聞こえない高い音を発する笛で、これも忍びの道具である。常人《じょうじん》には聞こえなくても、近江には聞き取ることができた。

「蔵の内にいる見張りの人数も、犬笛で知らせてもらおう」

「任せてくださいな。抜かりなく、しっかり吹きますから」

おちかが笑みを浮かべると、肉厚の唇《くちびる》が艶《つや》っぽくめくれた。

「市太郎なる者の話が確かであれば、ほどなく夜鷹をさらった船が着くはずだ」

近江が言い終わるのを待っていたかのように、櫓の音が聞こえた。

ギイッ……ギイッ。

調子の揃った音は、櫓の漕ぎ方が達者なあかしである。

五月二十六日、真夜中過ぎ。

辰巳《たつみ》の空を星が流れた。

四十九

五月二十六日の明け方近く。

夜鷹を押し込めている蔵まで一町の川面で、徳蔵は艫《とも》のほうを振り返った。

「船をとめろ」

徳蔵の指図は小声だが、口調は険しかった。

「こんなところに、なんだって……」

暗がりのなかで、漕ぎ手は口を尖らせた。櫓を握っている男は、大田屋五之助が徳蔵の目付役として差し回してきた鉄吉《かねきち》である。

五之助に雇《やと》われた男は、徳蔵に対しての物言いに遠慮がなかった。

「余計なことを言わずに、櫓を放せ」

徳蔵の口調は鋭い。船に乗せられた夜鷹たちが、思わず首をすくめた。

「ちえっ」

鉄吉はあからさまに舌打ちをしたが、櫓は放した。徳蔵から漂い出ている禍々《まがまが》しい気配には、鉄吉も感ずるところがあったらしい。

「余計な声を出すなよ」

徳蔵の指図は夜鷹だけではなく、鉄吉にも向けられていた。

二十五日の早朝、徳蔵は大田屋五之助と激しくやりあった。

「斗助を始末していいと、おまえはだれの許しをもらったのだ」

五之助は、やけどしそうに熱い物言いを、徳蔵に投げつけた。

「出来のわるいガキを始末するのに、いちいち許しなどもらう気はありやせん」

徳蔵は背筋を張って、五之助の言葉を弾き返した。

「だれに向かって、おまえはそんなことをほざいているんだ」

五之助は手にしたキセルを、徳蔵に投げつけようとした。

「それはいけません」

同席していた佐次郎が、静かな物言いで止めた。気を昂《たか》ぶらせたときの五之助には、落ち着いた物言いが一番効くことを、長い付き合いで分かっていたからだ。

五之助を押しとどめてから、佐次郎は徳蔵を強い目で見詰めた。

「斗助がどんなしくじりをおかしたかは知らんが、あいつは蝦夷者だ」

犬や猫を始末するようなわけにはいかないぞと、きつい口調で叱《しか》りつけた。

「なにゆえ斗助を始末したのか、旦那様にも得心がいくように顚末を聞かせろ」

徳蔵を睨みつけながらも、佐次郎は目配《めくば》せを送った。

徳蔵の力量のほどを、佐次郎は知り尽くしている。斗助を始末するからには、相応のわけがあったであろうとも、充分に察していた。

が、いまの五之助は、斗助を始末されたことで尋常《じんじょう》ではなくなっていた。斗助をことのほか可愛《かわい》がっていたのは、五之助が蝦夷から呼び寄せたからだ。

「分かりやした」

佐次郎の執り成しを呑み込んだ徳蔵は、いま一度居住まいを正してから五之助に目を合わせた。

五之助の目は、まだ怒りで燃え立っていた。が、徳蔵はその目には取り合わず、落ち着いた口調で顚末を語り始めた。

「押し込んでおいた夜鷹のひとりに、斗助はまんまとたらし込まれやして……危うく、女たち全員に逃げられるところでやした」

逃げようとしたら、どんな目に遭うか。

女たちの見せしめにするためにも、斗助を始末するほかはなかった。見ている前で見張り役を始末したことで、女たちは勝手な振舞いには及ばなくなった……。

徳蔵は平らな口調で、斗助を始末したいきさつを五之助と佐次郎に聞かせた。

「斗助が間抜けな振舞いに及んだことは、いまの話で呑み込めたが……」

五之助の口調は、相変わらず尖っていた。

「敵が相手ならともかく、身内の者を勝手に始末することは断じて許さん」

それを肝《きも》に銘《めい》じておけと念押ししてから、五之助は鉄吉をつけることを言い渡した。

「荒事の腕では、おまえにひけをとらん男だ。二度と勝手な振舞いに及ばんように、おまえに鉄吉を張り付ける」

徳蔵にモノを言う隙を与えず、五之助は鉄吉の張り付けを決めた。

「櫓の操り方も、鉄吉は玄人《くろうと》だ」

言い終えた五之助は、徳蔵の顔も見ずに部屋を出た。

徳蔵の目の奥が燃え立っているのを見たのは、佐次郎だけだった。

「いつまでこんなところで、待ってなきゃあならねえんだ」

焦《じ》れた鉄吉が、小声を尖らせた。

「おれが得心するまでだ。余計な口を開くんじゃねえ」

徳蔵の物言いは、大川も凍りつきそうなほどに冷たかった。

徳蔵は今夜のかどわかしがあまりに上首尾に運んだことを、蔵を目前にしていぶかしんでいた。

今夜の獲物は夜鷹三人だが、なかのひとりは極上のタマだった。

手拭いをくわえて、手にはゴザを持っていたがために、徳蔵も夜鷹だと決めつけた。しかしその女からは暗がりのなかでも、艶っぽさが伝わってきた。

着ているものを替えて髪を結《ゆ》い直し、化粧をほどこせば、吉原《よしわら》の大見世《おおみせ》にでも出せそうに思えた。

そんな上物《じょうもの》の女が、大して逆らいもせずに徳蔵に取り押さえられたのだ。

連夜の夜鷹狩りで、十間堀も女の守りを固めているはずだ。しかし今夜は、見張りがひとりもいなかった。

「拍子《ひょうし》抜《ぬ》けするほどに、たやすい夜鷹狩りだったぜ」

鉄吉は歯を見せたが、徳蔵はそのたやすさをいぶかしんだ。

もしも敵がひそんでいるとすれば、夜鷹を押し込んだ蔵の周りだ……そう断じたがゆえに、徳蔵は船着場の一町手前で櫓を漕ぐのをやめさせた。

身体全体に気を集めて、徳蔵は前方の蔵を凝視《ぎょうし》した。が、どれほど気を張って睨みつけても、不審な気配は感じられなかった。

二十六日は、夜空の月が細い。蔵の周りを照らす明かりは皆無で、漆喰の白壁までも闇に封じ込まれていた。

辰巳の方角の空では、ひっきりなしに星が流れている。徳蔵はゆっくりと百まで数えた。

なにも感ずることがないのを確かめてから、鉄吉に船を漕ぎ出すように命じた。

鉄吉は、まさしく櫓の扱いに長けている。漕ぎ始めたが、櫓は軋む音を立てなかった。

ふうっ。

夜鷹のひとりが、徳蔵に気づかれないほどに小さな吐息を漏らした。

五十

蔵のなかは真っ暗で、糞尿の悪臭がどこに動いても追いかけてきた。

「ここに集まってきねえ」

徳蔵の声が、蔵のなかに響き渡った。さほどに大きな声ではないが、通りはいい。

すでに捕《と》らわれていた女たちは、徳蔵のむごさを肌身《はだみ》に覚えているのだろう。小声の指図だが、たちまちのうちに徳蔵の周りに集まった。

星明かりしかない夜空の下を、おちかは船で運ばれてきた。堀も大川も、両岸に民家の明かりは皆無だった。

おちかの目は、暗がりに慣れていたはずだ。しかし分厚い扉を閉じたあとの蔵は、鼻を摘《つま》まれてもその手が見えないほどの闇に包まれていた。

徳蔵のもとに寄ろうとしたが、暗くて土間が見えない。おちかはいま立っている場所から、一歩踏み出すことをためらった。

しかし目は、漆黒《しっこく》の闇にも慣れるらしい。

先に捕らわれていた女たちは、足下を気にせずに徳蔵に近寄った。

おちかは一歩ずつ、踏み出した先の地べたを確かめながら進んでいたが……。

カチ、カチッ。

火打ち石を叩き合わせる音のあと、いきなり蔵のなかが明るくなった。

鉄吉が石を打ち、瓦灯《がとう》に明かりを灯《とも》したのだ。いわし油のなかにイグサの灯芯《とうしん》を浸《ひた》した、粗末で頼りない明かりが瓦灯である。

長屋の台所で灯しても、瓦灯は手元の明かりにしかならない。ところが深い闇に閉ざされた蔵のなかでは、瓦灯の明かりをおちかはまぶしく感じた。

不意に灯された瓦灯がまぶしくて、おちかは右手を目の前にかざした。

「なにをやってやがるんでえ」

徳蔵はきつい目でおちかを睨みつけた。

「こんな瓦灯がまぶしいてえなら、消してもいいんだぜ」

「消さないでくださいな」

徳蔵の周りに集まっている女たちは、尖った目をおちかに向けた。

「ごめんなさい、慣れてなくて」

小声で詫びてから、おちかは急いで徳蔵に近寄った。

「いまからおめえたちに聞かせることは、二度は言わねえ」

徳蔵は目の前に集まった夜鷹を、順に見回した。おちかで目をとめたあと、話に戻った。

「あと幾日か、この蔵で聞き分けよくしていれば、そのあとはおめえたちに大店のご内儀《ないぎ》も顔負けの暮らしをさせてやる」

淀みのない口調で、徳蔵はきっぱりと言い切った。

大店のご内儀も顔負けの暮らし。

真《ま》に受けた夜鷹たちは、吐息を漏らした。

十間堀の利三に飼われているいまは、百文のゼニですら好きに遣えない暮らしだ。

身体の具合がわるかろうが、月のモノがひどかろうが、客引きを勘弁してはもらえない。

氷雨《ひさめ》が降る夜でも、ゴザを抱えて堀端に立たなければならないのだ。

「この暮らしから抜け出したけりゃあ、たっぷり客を取って借金をけえし終わるか、早桶《はやおけ》に突っ込まれて土のなかに埋められるかのどっちかしかねえ」

　夢だの望みだのという言葉は、今日限り忘れたほうがいいぜ……。

　利三に、こう言われ続けている夜鷹たちである。たとえ嘘《うそ》でも、大店の内儀顔負けの暮らしと聞かされると、嬉《うれ》しさゆえに吐息を漏らした。

　身体の芯に封じ込めていた「夢」と「望み」を、不意に思い出したがゆえの吐息だった。

「だがよう、あめえ話ばかりじゃねえ。塩辛くて、顔が歪みそうなことも言うぜ」

　徳蔵はまたもや夜鷹たちを順に見たが、おちかとは目を合わさなかった。

「もしも聞き分けのねえことをして、ここから逃げ出そうなどと了見違いを起こすやつがいたら、そのときは容赦《ようしゃ》しねえ」

　全員を、佐渡《さど》の金山人足《きんざんにんそく》の慰み者《なぐさ》として売り飛ばす……。

　大店の内儀うんぬんはともかく、佐渡に売り飛ばすという徳蔵の言い分を、疑う夜鷹はいなかった。

　話を聞きながら、おちかは下腹に強い力を込めた。

　物言いといい、目の配り方といい、徳蔵の力量は抜きんでていると察せられたからだ。

　いま蔵の外では、近江と秀次郎がおちかの合図を待っている。ふたりとも手練《てだれ》には違いないが、果たして徳蔵と渡り合うことができるだろうかと、おちかは案じた。

蔵のなかは、徳蔵の陣地である。いつなんどき、蔵に踏み込まれてもいいように、徳蔵は備えに抜かりはなかった。

船の櫓を握っていた男は、徳蔵よりは気の配り方が甘いとおちかは判じた。とはいえ、立っているだけで漂い出ている気配から、荒事には長《た》けていることが強く感じられた。

もしもいま、近江と秀次郎が蔵のなかに踏み込んできたとしたら。

徳蔵は一瞬たりともためらわずに、夜鷹を盾代《たてが》わりに使おうとするだろう。

近江は夜鷹もろとも、徳蔵を斬り捨てようと動くに違いない。夜鷹の盾など、近江には屁《へ》の突っ張りにもならない。

攻め込んだからには、かならず敵を始末する。始末の邪魔になるものは、たとえ女であっても逡巡《しゅんじゅん》しない。

これが近江の流儀だった。

人質として役に立たないと分かったあとは、徳蔵は夜鷹全員を道連れにするに違いない。

剣の技量では、近江のほうがはるかに上だ。しかし徳蔵が生きる世の荒事と、近江が極めてきた剣術の道とは、質がまるで違う。

破れかぶれの手負いとなった徳蔵は、どんな非道なこともためらわずにやり抜くだろう。

いまはまだ、踏み込んでも勝ち目が薄い。

おちかは、そう判じた。

徳蔵は、あと幾日か聞き分けよくしていれば……と、夜鷹に聞かせた。口にしたことがたとえ偽《いつわ》りだとしても、今夜なにかが起きるとは、おちかには思えなかった。

しばらく、踏み込むのは見合わせて。

そのことを、犬笛で報《しら》せなければならない。

話を終えた徳蔵は、瓦灯の明かりを消していた。いまはまた、蔵のなかは深い闇に閉ざされている。

足下を確かめながら、おちかは土間の隅《すみ》へと動いた。

蔵の扉は、大川に面していたはず……おちかは、南の壁に向かって一歩ずつ進んだ。

突き出していた右手が、蔵の壁に触れた。

その場にしゃがみ込んだおちかは、息を詰めて周りの気配を探った。

夜鷹も徳蔵も鉄吉も、近くにいる気配はない。それでもおちかは、ゆっくり五十を数えて、気配が動かないことを確かめた。

四十九……五十……。

だれも近寄ってくる気配はなかった。

おちかは帯に挟んだ犬笛を取り出した。口に銜《くわ》えて、息を吹き込もうとしたとき、

「なんでえ、それは」

闇のなかに、徳蔵の声が響いた。

おちかの動きが止まった。

五十一

蔵の隅に、新たな瓦灯が一灯だけ灯された。

帯から取り出した犬笛を確かめようというのだ。徳蔵がその気になれば、百目ろうそくでも灯すことはできた。

あえて頼りない明かりの瓦灯にしたのは、ほかの夜鷹の目を案じたからだ。いきなり強い明かりを灯したりすると、闇に馴染《なじ》んだ瞳を傷めてしまう。それを

思って、瓦灯にしたのだ。

しかし夜鷹の身体を案じての気遣いではなかった。

やがてロシア人に売り飛ばすとき、女が疵物《きずもの》だと難癖《なんくせ》をつけられないためである。ひとの身を気遣うことなど、徳蔵には皆無だった。

「おめえがさっき、ぐだぐだ言ったことがよく聞こえなかったぜ」

頼りない瓦灯の明かりのなかでも、徳蔵が放つ禍々しい気配はおちかに伝わった。

怯えた様子を見せたほうがいい……。

男の性《さが》を即座に見抜くことに、おちかは図抜けて長けていた。

強がったりはせず、怯えて見せるほうが徳蔵には効き目がある。もしも強がったりしたら、この男の底に潜むむごさを余計に引き摺《ず》り出すだけ……おちかは、そう判じた。

「あたしの持病の特効薬だと、さっきからそう言ってるじゃないですか」

怯え切った、すがるような口調で、徳蔵に応じた。

「なにをおめえは、そう言ったんでえ」

徳蔵は、粘《ねば》りのある物言いで応じた。

おちかの抑《おさ》えた色香《いろか》を、敏感に感じ取ったらしい。女には辛口の徳蔵である。しかし自分でも気づかぬまま、おちかには気を動かしているようだ。

「あたしは疝気《せんき》持ちなんです」

おちかは帯より下をゆっくりと撫でた。

発作的《ほっさ》に、大小腸などの下腹部に強い痛みを覚えるのが疝気である。下腹部というなかには「女の秘所」も含まれていた。

疝気治療と称してみだらな振舞いに及ぶ、たちのよくない医者もいるほどだ。

おちかはそのことを逆手《さかて》に取り、徳蔵に帯の下を撫でて見せつけた。

「おめえの疝気持ちと、この妙な笛みてえなものと、どんなかかわりがあるんでえ」

問いかける口調には、さらに粘り気が強くなっていた。

「疝気の痛みは、いつ襲いかかってくるかもしれません。急に痛みだしたときには、それを口に銜えて強く吸うんです」

笛には、疝気の痛みを鎮める特効薬の薄荷《はっか》の粉が入っていると明かした。

薄荷は諸国の山野に自生している。茎《くき》と葉からは、薄荷油を搾《しぼ》り取ることができた。

薄荷の強い香りは香料にもなったし、消炎・鎮痛薬の素《もと》として医者は重用《ちょうよう》した。

徳蔵はもちろん、薄荷がなにであるかを知っている。犬笛を銜えると、強く吸った。

おちかが明かした通り、薄荷の粉が口いっぱいに広がった。

犬笛の存在を知っている者は限られていた。その使い方を会得《えとく》している者は、さらに数が限られている。

徳蔵は犬笛を知らないはず。

こう読んだ秀次郎は、もしも徳蔵に犬笛を見咎《みとが》められたら、薄荷を吸い込む道具だと言い張るようにと、言い逃れ方をおちかに伝授していた。

秀次郎の読みは当たり、徳蔵は犬笛を知らなかった。薄荷の味を確かめた徳蔵は、笛をおちかに返した。

「二度とおれの目を盗んで、妙な真似《まね》をするんじゃねえぜ」

徳蔵は両目の力を強めて凄んだ。

「そんな気は毛頭ありませんが、痛みに襲われたときは薄荷は吸わせてもらいますよ」

「好きにしねえ」

ぶっきらぼうな言葉を残して、徳蔵はおちかから離れた。瓦灯の明かりを落とすことは忘れなかった。

闇が戻ってきたあとも、おちかはしばらくは動かなかった。周りにだれもいないと感じ取れたあと、犬笛を銜えた。

たとえ銜えている姿を見られても、もはやそれを案ずることはなかった。

おちかは半日がかりで、秀次郎から犬笛の吹き方を特訓されていた。息の吹き入れ方で、耳には聞こえぬ音に高低の調子をつける技も身につけた。

ふうっと笛に息を吹き入れた。音は出ないが、笛は鳴っている。手応《てごた》えはしっかりと感じられた。

男はふたり。

いまはまだ、踏み込んできては駄目。

おちかは犬笛で、それを報せた。

笛の音が、分厚い漆喰の扉を突き抜けてくれますように……。

強く念じながら、報せを三度繰《く》り返した。

五十二

利三は、ことの始末を近江と秀次郎に任せきりにはしていなかった。

夜鷹は利三の大事な「財産」である。その夜鷹を闇に乗《じょう》じてかどわかす一味を、利三は捨て置きはしなかった。

「だれでもいいから、かっさらってこい」

配下の者に、大田屋手代のかどわかしを命じた。

「がってんでさ」

若い者たちは、すぐさま動き始めた。

夜鷹のみならず、おちかまで納得ずくとはいいながらも敵にさらわれているのだ。もしも利三の指図通りに動かなかったら、どんなにひどい仕置きを受けるか。

利三のむごさを分かっている配下の者は、敏捷に動いた。

大川の川開きを翌日に控えた、五月二十七日。四ツ（午前十時）には早くも、真夏を思わせる陽が地べたを焦《こ》がし始めた。

「あのお仕着せを着た野郎だ」

河岸の大石に腰をおろしていた時次《ときじ》と灰吉《はいきち》が小声を交《か》わした。

縞柄《しまがら》のお仕着せを着た大田屋の手代は、ふたりには目もくれずに前を通り過ぎた。

手代との間合いを四半町（約二十七メートル）ほど空《あ》けて、ふたりは大石から立ち上がった。

堀に浮かんだ一杯の屋根船《やねぶね》が、若い者ふたりに従って動き始めた。

大田屋の手代は、河岸を西に歩いていた。

明日の大川開きで、江戸は夏本番を迎える。手代が西に向かって歩いているのは、大川につながる堀の河岸だ。

強い陽に焦がされている河岸の道は、明日の花火見物の桟敷《さじき》造りが進んでいた。

「あにさん、すまねえが……」

船着場のそばで、時次が手代に近寄った。あとに従っていた屋根船が、船着場に横付けされた。

呼びかけられた手代は、時次のほうに振り返った。身のこなしに隙がないのは、大田屋の手代ゆえだろう。

「往来で呼び止めてすまねえが、あにさんは大田屋さんの手代さんでやしょう？」

「それがなにか？」

「やっぱり大田屋さんのひとでやしたか」

顔をほころばせた時次は、ふところから封書《ふうしょ》を取り出した。

「あっしは橋場の賭場の若い者でやすが、うちの親分がどうしても大田屋さんから例のモノを譲ってもらいてえと言いやしてね」

時次は膃肭をほのめかせた。大田屋が一手に扱う高値《たかね》の精力剤である。

「うちの親分から折り入っての頼みだてえんで、これを言付《ことづ》かってきやした」

時次は封書を手代に差し出した。

夏日《なつび》の照りつける河岸沿いの道だ。行き交うひとの姿も多い。

手代はいぶかしがることもせず、時次の差し出した封書を受け取ろうとした。その一瞬の隙を見逃さず、時次はこぶしを手代の鳩尾《みぞおち》に叩き込んだ。

荒事に慣れた男が繰り出した、固いこぶしである。急所に打ち込まれた手代は、前のめりに崩れかけた。

時次はすかさず胸で手代を受け止めた。

駆け寄ってきた灰吉が、手代の片方の腕を摑み、自分の肩に回した。

「なんてえ暑さだ」

河岸の道を行き交う者に聞こえるように、灰吉が声を発した。

「ちげえねえ」

時次は軽い調子で応じた。

「四ツからこの暑さじゃあ、気分がわるくなるのも無理はねえ」

しっかりしろよと手代に話しかけるようにして、ふたりは船着場へと石段を下った。

お仕着せ姿の手代を、若い者が両側から抱えている。夏日が照りつける四ツどきゆえ、その格好を不審に思う者はいなかった。

船着場では、船頭が障子戸《しょうじど》を開いて待ち受けていた。船は杭《くい》に舫《もや》ってはおらず、すぐに離れられる格好である。

屋根船には三畳間が載っていた。最初に時次が乗り、手代の腕を摑んだ。灰吉は自分の肩で手代を押し込んだ。

カタンと音を立てて障子戸が閉まるなり、船頭は棹《さお》を使って船着場から離れた。鳩尾に当て身を食らわせてから屋根船が離れるまで、二百も数えない間の早業《はやわざ》である。

大川に向かう屋根船を気にする者は、河岸にはひとりもいなかった。手代を仰向《あおむ》けに転がしたふたりは、最初にお仕着せの帯をほどいた。

十間堀に着いたあとは、組の若い者が戸板に載せて運び入れる算段である。手代に歩かせることはない。

縞柄のお仕着せを脱がせ、ふんどし一本にしてから両手・両足を細紐で縛り上げた。

仕上げに猿轡《さるぐつわ》をきつく嚙ませてから、灰吉は手桶に汲《く》んだ堀の水を手代の顔にぶっかけた。

時次のこぶしは、相当に深く鳩尾に叩き込まれたらしい。手桶の水を二杯ぶっかけたところで、ようやく手代は正気《しょうき》に戻った。

顔をのぞき込む時次と灰吉に、手代は驚いたようだ。身体を動かそうとしたが、縛られていて身動きがとれない。

それでも懸命に手足を動かそうとしてもがいた。

「無駄なあがきはよしときな」

灰吉は握ったこぶしで、ふんどしを殴った。力を加減してはいたが、なにしろ急所だ。

うぐっ。

猿轡を嚙まされているだけに、悲鳴もあげられずに手代は悶《もだ》えた。

屋根船は、堀から大川に出ている。船頭は棹から櫓に持ち替えていた。

大川を泳ぐ魚も、明日が川開きだと知っているらしい。背の蒼《あお》いボラが、はしゃぐかのように高く飛び跳ねた。

五十三

利三が仕置き場に顔を出したのは、正午の鐘が鳴り始めた直後だった。

「なにか唄《うた》ったか」

利三の低い調子の声が、仕置き場の土間にこぼれ出た。

「いまのところは、なにも……」

答えた灰吉を、利三は睨みつけた。

「いまのところは、だと？」

利三の語尾が上がり、目の端が険しく吊り上がった。

あいまいな物言いは、利三にはご法度《はっと》である。とりわけおちかの様子が分からないいまは、機嫌《きげん》がすこぶるわるかった。

「申しわけありやせん」

時次が代わりに口を開いた。

「やろうはまだ、なにひとつ吐いちゃあおりやせん」

細竹をムチ代わりに握った時次が、顔つきをこわばらせて答えた。

できていなければ言い逃れをせず、はっきりと口にする……利三に仕《つか》えるときの鉄則である。半端《はんぱ》な答え方では灰吉のみならず、時次にも怒りの矛先《ほこさき》が向けられそうだった。

「運び込んで、どれだけになる？」

険しい目つきのまま、利三は問いを重ねた。

「四半刻（三十分）は、とうに過ぎやした」

時次は即座に応じた。

「四半刻過ぎても、なにも唄わないというのか？」

利三の物言《ものい》いが違っていた。

いつもなら唄わねえのかと伝法《でんぽう》に言う。ところがいまは唄わない、と、硬い口調だった。

灰吉と時次の顔つきが強く引き締まった。利三の怒りの深さが、硬い物言いにあらわれていたからだ。

「ここからは、おれがじかに訊《き》く」

利三は大田屋の手代に目を移した。

「おれは十間堀の利三だ」

戸板に縛りつけられた手代を斜めに見下ろして、利三はみずから名乗った。

「おれが大事に飼っている夜鷹に手出しをしているのは、あんたの一家だな？」

利三は穏やかな口調で話しかけた。手代は口を閉じたまま、利三を見詰め返した。

「根性の据わった、いい面構《つらがま》えだ」

口調を変えぬまま、利三は手代を褒《ほ》めた。手代は眉ひとつ動かさなかった。

「あんたの根性の据わり具合を買って、ひとつ約束をしよう」

利三は戸板のほうに歩み、手代を真下に見下ろす場所で立ち止まった。

「おれの巣から横取りした夜鷹を、あんたの一家がどうする気なのか……」

利三は唇を舐《な》めた。内に募《つの》らせた怒りの強さで、唇が乾いているのだろう。

しかし穏やかな物言いゆえ、戸板に寝かされた手代には利三の怒りは伝わってはいないようだ。

相変わらず強い光を宿したまま、利三を見詰め返していた。

唇を充分に舌で湿らせてから、利三は話を続けた。

「あんたが素直に聞かせてくれたなら、褒美《ほうび》代わりに苦しまずに済むように、ひと息で始末をしてやろう」

顔色も口調も、利三はまったく変わっていない。あたかも世間話をするかのように、穏やかに話しかけた。

手代の表情が、初めて大きく動いた。利三を見詰め返す目の奥に、怯えのような色が浮かんだ。

利三はその色を見逃さなかった。

「おれがことのほか大事にしている女も、あんたのところに捕らわれている」

利三は灰吉と時次に指図して、手代のふんどしを外させた。

「手足がぴくとも動かないように、しっかり縛りつけろ」

「へいっ」

若い者ふたりは敏捷に動いた。たちまち素っ裸《すっぱだか》にされた手代が、戸板の上で大の字にされた。

両手両足ともに、麻の細縄できつく縛りつけられている。灰吉も時次も、縛りは得手だった。

「あんたがどれほど強がってみせても、魔羅《まら》ときんたまは正直だ」

利三は縮こまった手代の股間を見下ろした。

「強がるのはあんたの勝手だが、どのみちペラペラと唄うことになる」

利三は灰吉に向かってあごをしゃくった。

灰吉は指図の意味が分からず、うろたえた。

利三の目が強く光った。

またもや察したのは、時次だった。

「へいっ」

短く答えた時次は、土間の隅に置かれていた小樽《こだる》を手にして駆け寄った。

利三は小樽を手代の顔のわきに置き、腰をおろした。

「これほど苦しむぐらいなら、殺して楽にしてくれと、あんたはおれに頼むことになる」

手代の目に浮かんでいる怯えの色が、一段と濃くなった。利三の凄みは本物だと察したのだろう。

利三は手代の目の奥をのぞき込んだ。

「身体のどこをどうやっていたぶれば、どれだけ痛みと苦しみを覚えるか……おれは町の藪医者《やぶいしゃ》よりも、それを詳《くわ》しく知っている」

ふところから千枚通しを取り出した利三は、手代の向こう脛《ずね》に軽く突き刺した。

「ギャアッ」

抑えの利かない悲鳴が、手代から飛び出した。灰吉が顔をしかめた。

「これは、まだ序の口だ」

利三の顔色が小豆色《あずきいろ》に変わっていた。むごさを募らせたときの、利三の顔色である。

「あんたの魔羅を見ながら、ゆっくりと身体に訊かせてもらおう」

利三はいつの間にやら、いたぶりを楽しむような口調になっていた。

千枚通しを抜いた利三は、一寸ほど下にずらした脛に、また突き刺した。

手代の悲鳴が、仕置き場の板壁に激しくぶつかった。

厚い樫板《かしいた》で利三が壁の普請をさせた仕置き場である。手代の悲鳴は外には漏れず、樫板の壁にいつまでもぶつかり続けていた。

五十四

利三の仕立てた屋形船常磐丸《やかたぶねときわまる》は、小回りの利く十二畳の小型船だった。五月二十八日の暮れ六ツ（午後六時）過ぎ。永代橋の橋杭周辺では数え切れないほどの船が、大川に錨《いかり》を投じていた。

「どの船の客も、美味《うま》そうに呑み食いしてやがるぜ」

「どんな稼ぎ方をすりゃあ、ああいう身分になれるのか、おせえてもらいてえやね」

永代橋の真ん中で立ち止まった職人ふたりが、屋形船を指さしてぶつくさこぼした。

五月二十八日は、大川の川開きである。今夜の打ち上げ花火が、江戸の夏の始まりだ。

「こうまで人出がすげえんじゃあ、花火が始まるまでは、とってもここに踏ん張ってるのは無理だぜ」

「気の弱いことを言うんじゃねえ」

職人の相方《あいかた》が、口を尖らせた。

「あと半刻(一時間)もしねえうちに、花火は始まるんでえ。それぐらい、両足を橋板に張り付けて踏ん張りねえな」

強い口調で相方を叱りつけた男は、真下に見えている常磐丸を指さした。

「見ねえ、あのちっこい船を」

常磐丸は、周りの屋形船の半分ほどの大きさに過ぎなかった。

「あんなチビ太《た》だてえのに、でけえ屋形船にまるで負けてねえじゃねえか」

「ちげえねえ」

つい今《いま》し方《がた》、弱音《よわね》を吐いた男が常磐丸に熱い目を向けた。

「おれっちも、負けちゃあいられねえってか」

「花火が始まりゃあ、ここの真正面に打ち上がるんだ。半刻ばかりの辛抱《しんぼう》は、なんてえことはねえ」

職人ふたりは、達者に動いている小型の常磐丸に負けてなるものかと、腕に力を入れた。

常磐丸はしかし、ただの小型船ではなかった。利三が配下の者に探りを命ずるときに使う、別誂《べつあつら》えの屋形船なのだ。

入用とあれば、利三は相手の賭場や持ち船を焼き払うのもためらわなかった。

屋形船には、酒肴《しゅこう》を供するための調理場が設《しつら》えられている。小型の常磐丸にも、もちろん調理台もあったし、へっつい（かまど）も据え付けられていた。

が、使い道は酒肴の調理ではない。

敵を襲撃するときの「いくさ火」を保《たも》っておくためのへっついだった。

「橋をくぐった先の蔵に向けて、走らせろ」

利三に指図された船頭は、舳先《へさき》の向きを川下へと変え始めた。

「いまは、その動きは目立ち過ぎます」

佐吉が利三の指図に異を唱《とな》えた。

「おれに指図をする気か」

利三は尖った目で佐吉を睨みつけた。配下の若い者なら、小便をちびらせてしまうほどに凄みのある目つきだ。

佐吉は真正面から利三の目を受け止めた。

「親分がどれほど、おちかさんや大勢の女の身を案じておいでかは、てまえにも充分に察しがつきます」

利三への敬《うやま》いをこめて、佐吉は言葉をつないだ。

「察しがつくなら、おれの指図に口を挟むのは無用にしておけ」

「それはできません」

佐吉は一歩も引かない。

十二畳の屋形船には、利三配下の若い者八人が詰めていた。利三と佐吉を加えれば、十人である。

利三と佐吉のやり取りで、十二畳間の空気が張り詰めていた。

「おれの指図の、なにが気に入らないんだ?」

利三の語尾がピクッと上がった。若い者八人が、目を尖らせて佐吉を見た。

「あと四半刻もすれば、両国橋《りょうごくばし》に浮かべたはしけから花火が打ち上げられます」

「あんたに言われなくても、今夜が川開きの花火なのは知っている」

にべもない口調で、佐吉の言い分を弾き返した。佐吉は丹田《たんでん》に力を込めて利三を見た。

「それをご存知でしたら、宵闇《よいやみ》がかぶさり始めた川面にいる船が、舳先をどちらに向けているかもご承知でしょう」

佐吉は皮肉な口調ではなく、利三が気づくように落ち着いた調子で話しかけた。

怒りを募らせてはいても、ものごとを察する働きが鈍《にぶ》っているわけではない。

利三は佐吉の言い分に得心した。

「いま大島河岸の蔵に向かったりしたら、目立つということだな」

「ひどく目立ちます」

「分かった」

利三は船頭への指図を引っ込めた。

永代橋周辺に浮かんでいる船は、申し合わせたかのように舳先を川上に向けていた。花火が打ち上げられるのは、川上の両国橋あたりだからだ。

おちかと夜鷹が捕らえられている蔵は、川下である。そこに向かうには橋を潜《くぐ》り、石川島人足寄場《いしかわじまにんそくよせば》のほうに走ることになる。

大川の河口から両国橋に向けては、無数の船が走っていた。が、花火はまだこれからというときに、川下に向かって走る船は皆無である。

もしも常磐丸が川下に向けて永代橋を潜ったりしたら、橋に群がる見物人の目を引くに決まっていた。

「花火が終われば数え切れないほどの船が、一気に大川を行き交うことになります」

それらの船に紛《まぎ》れ込めば、蔵の様子を探りに近寄ったとしても、見張りの者に怪しまれることはない……佐吉の言い分に、利三は深く得心したようだ。

「おい」

時次に向かって、右手を突き出した。

「へいっ」

素早い動きで、時次は利三の膝元に煙草盆を差し出した。

ふうっ。

吐き出した一服の煙が、真っ直ぐに立ち上った。常磐丸は障子戸を閉め切っており、川風が流れ込んではいないからだ。

二服目をキセルに詰めながら、利三は拷問《ごうもん》にかけた大田屋の手代、辨吉《べんきち》の振舞いを思い返していた。

二度目の千枚通しの刺し方は、相当に深かった。

身体各所の急所を、利三は知り尽くしていた。向こう脛に刺した千枚通しは、辨吉の足を激しく引きつらせた。

刺された痛み以上に、引きつりが辨吉を観念させた。

「知っていることは、なんでも話します」

悲鳴を引っ込めた辨吉は、千枚通しを引き抜いてくださいと利三に懇願《こんがん》した。

ぐいっとさらに深く突き刺してから、利三は千枚通しを引き抜いた。

「素直に唄えば、おれも約束は守ろう」

この千枚通しを、首筋の急所に深く突き立ててやろう。まばたきをする間もなしに、息の根が止まる……利三は辨吉の目に、千枚通しの尖端《せんたん》を見せつけた。

「そうしてもらえれば、ありがたいです」

観念した辨吉は、問われる前に自分から辨吉だと名乗った。そして、ロシア人との抜け荷の代《しろ》に、夜鷹を渡す段取りだと明かした。

「奉行所のお役人が、この抜け荷に一枚嚙んでいますから、御公儀《ごこうぎ》に捕らえられる気遣いはありません」

時折り、ぶり返す痛みに顔を歪めながらも、辨吉は知っている限りのことを白状した。

聞き終わった利三は、辨吉の細縄をほどかせた。

「あんたの話がまことなのは、目の色でよく分かった」

聞きたいことは、すべて聞き出した。命まで奪っても仕方がない……利三は本気で、辨吉を解《と》き放つ気になっていた。

「せっかくですが、命乞《いのちご》いはしません」

辨吉はきっぱりとした口調で、利三の情《なさ》けを拒んだ。

「あたしが洗いざらい白状したことは、すぐに分かります」

いまさら大田屋には戻れない。さりとてどこに姿をくらませようとも、大田屋五之助はかならず辨吉を見つけ出すだろう。

裏切り者への仕置きのむごさを、辨吉は知り抜いていた。

「なぶり殺しにされるよりは、この場で楽に始末されるほうがいいです。なにとぞ、お慈悲《じひ》でひと思いに……」

辨吉は首筋を右手で叩いた。

「おれも十間堀の利三だ。口にしたことに嘘はない」

辨吉の背後に回った利三は、首筋に千枚通しの尖端を強く突き刺した。まさにまばたきする間もなく、辨吉は戸板の上に倒れ込んだ。

利三が五服目の煙草を吹かし終えたとき、両国橋の方角で轟音《ごうおん》が轟《とどろ》いた。

「始まったな」

つぶやきも、灰吹きにぶつけたキセルの音も、花火の轟音に押し潰されていた。

五十五

花火のお開きを告げるのは煙火《えんか》だ。

バリバリバリッ。

花火とはまるで違う鋭い音が、夜空から降ってきた。『いかずち』と名付けられた煙火である。

いかずちの轟音がきっかけとなって、見物客たちが動き始めた。

「今年もきれいに晴れた夜空で、なによりだったぜ」

「二十八日の夜に、降るわけはねえさ」

深川に向かって永代橋を歩きながら、左官職人の太一《たいち》がわけ知り顔で言い切った。

「降るわけがねえとは、どういうことでえ」

ひとの群れに背中を押されながら、仲間が問いかけた。

「花火が打ち上げられるからに、決まってるじゃねえか」

「二十八日が花火なのは分かってるさ。いま見たばかりだ。おれが訊いてるのは、なんで今夜は降らねえかってことだ」

「だからよう」

太一は焦《じ》れた口調で応じた。

「空のてっぺんにいる雨の神様だって、今夜の青牡丹《あおぼたん》は見てえに決まってるからさ」

「ほんとうかよ、それは？」

信じられないという顔つきで、仲間は口を尖らせた。

「うちのじっつぁんが言ってたことだ、間違いはねえ」

太一は語気を強めた。

「どんだけ雨の神様の機嫌がわるくても、いかずちの一発が鳴るまでは雨を降らすのを勘弁してくれるてえんだ」

「いまのいままで、おれはそんな話を聞いたことはねえ」

得心のいかない仲間が、さらに口を尖らせたとき。

「あら……降ってきたみたい」

「いやだあ」

「あたしの浴衣《ゆかた》は、今夜が仕立て下ろしなんだから」

橋のなかほどで、三人連れの娘が甲高い声をあげた。太一にも仲間の耳にも、娘の声が届いた。

「だからそう言ったんだ」

太一は永代橋の上で足をとめて、仲間を睨みつけた。

「おめえが妙なことを言ったから、雨の神様は気をわるくされたんだ」

この雨は大降りになるぜ、と太一は見当を口にした。

橋の上にいた多くの者は、川開き見物にあわせて浴衣を着ていた。花火が終わったいまは、橋の周りに明かりはなかった。

浴衣の多くは、川開きの今夜のために誂えた新品である。

「せっかく仕立てたばかりだてえのに」

「半端な濡れ方をしたら、きたねえしみができちまうぜ」

宴《うたげ》のあとの闇に包まれた永代橋を、見物客の群れが駆けおり始めた。

いきなりの雨は、大川に浮かんだ川船をも慌《あわ》てさせた。

屋根のついている屋形船には、降り始めた雨を見物しているゆとりがあった。

「花火に続いて、こんなに強い雨音が聞けるとは、願ってもない夏の趣向《しゅこう》だ」

屋形船を誂えた大尽《だいじん》は、脇息《きょうそく》に寄りかかって屋根を叩く雨音を楽しんでいた。

猪牙舟の多くは、だしぬけに降り出した驟雨《しゅうう》に慌てた。

花火が始まるまでの夜空は、すこぶる上機嫌に見えた。ゆえにどの猪牙舟の船頭も、客に差しかける傘の支度をしていなかった。

「こいつあ、ひでえ降りだ」

「のんびり風流なんて言ってられない」

「とにかく雨から逃げ出してくれ」

客に急《せ》かされた猪牙舟は、先を争うようにして永代橋の周りから逃げ出した。

「船をわきに逃がしやす」

常磐丸の船頭は、利三に断りを告げた。なにをするにも、利三の許しを得るのが船頭の流儀だった。

「なにか起きたのか？」

「この雨にうろたえた猪牙舟が、ぶつかってきそうでやすから」

利三に伝えながら、船頭はすでに櫓を握っていた。

花火のさなかに船頭は常磐丸に黒い布をかぶせていた。屋形船がまるごと覆《おお》われる、特製の黒布だ。

花火が終われば大川には闇がかぶさる。黒布をかぶせた常磐丸は、闇に溶け込むことができる……夜陰《やいん》に乗じて常磐丸で襲撃をするとき、船頭はいつも黒布をかぶせていた。

空見《そらみ》のできる船頭だが、今夜の驟雨は読み切れなかった。ゆえに花火が仕舞いになる前に、黒布をかぶせていた。

雨に慌てた猪牙舟は、目一杯に櫓を漕ぐに決まっている。闇に溶けた常磐丸に気づかず、もしも全力漕ぎのまま猪牙舟がぶつかってきたら……。

猪牙舟の三杯や四杯がぶつかったところで、頑丈な拵えの常磐丸は、びくともするものではない。が、猪牙舟は大破するだろう。

川開きの夜の大川で、衝突騒ぎが起きたらことは厄介である。船頭は、そんな騒動が生ずるのを嫌い、船を端に寄せようとしたのだ。

「おめえに任せたぜ」

渋い声で応じた利三は、煙草盆を引き寄せた。いきなりの雨で、まだ五ツ半（午後九時）過ぎだというのに、深い闇に包まれている。

煙草盆の種火が、赤く光っていた。

五十六

雨は文字通りの驟雨だった。

降り始めたのは、花火が終わった直後の五ツ半前である。夜だというのに、まるで夕立《ゆうだち》を思わせるような激しい降り方だった。

ところがその雨は、四半刻（三十分）少々で呆気《あっけ》なく上がった。

「天の水桶が、きっと底までカラになったんだろうさ」

常磐丸のなかで、若い者がうなずきあった。

降り止んだあとは、空にかぶさっていた雲が急ぎ足で姿を消した。

四ツ（午後十時）の鐘が鳴り始めたときには、星空が戻っていた。

「どうしやしょう？」

雨がすっかり上がったのを見定めた船頭は、利三に指図を仰いだ。

つい先刻の雨で、大川にいた無数の猪牙舟は一杯残らず船宿へと逃げ帰った。

風流を決め込んでいた大型の屋形船も、雨の激しさには嫌気《いやけ》がさしたのだろう。

まだ激しく降っているさなかに、それぞれの船宿へと舳先を向けた。

船頭が利三に問いかけたときには、常磐丸の周りに一杯の船影もなかった。

「ここを動かなくていい」

「がってんでさ」

船頭と利三の息遣いは、ぴたりと合っている。言葉のやり取りは短いものだった。

「踏み込むまでには、まだ一刻（二時間）以上も間がある」

常磐丸に詰めている若い者に、利三は穏やかな物言いで話しかけた。口調があまりに和らいでいたがために、若い者たちは戸惑《とまど》いの色を浮かべていた。

「どうした時次」

「へっ？」

名指しをされた時次の声がひっくり返っていた。

「おれの顔に、なにかついているか？」

「そんな……滅相《めっそう》もありやせん」

時次は顔の前で右手をバタバタとあおいだ。他の者も、慌てて顔つきを元に戻した。

「一合なら、冷や酒をやっていい」

利三は若い者に酒を許した。が、徳利《とつくり》を取りに動こうとする者は皆無だった。利三の様子があまりに変わっていることに、佐吉を含めた全員が戸惑っていた。花火が始まる前の利三は、すぐにも夜鷹が押し込められている蔵に踏み込まんばかりの苛立《いらだ》ちを見せていた。

気をはやらせた利三を、佐吉は身体を張って押しとどめた。

花火の打ち上げが続いている間、利三は眉間《みけん》に深いしわを刻んだままだった。常磐丸のなかは、息苦しさを覚えるほどに気配が張り詰めていた。

花火が終わるなり、雨が降り始めた。

船頭が常磐丸を川端に寄せたときも、利三はまだ機嫌がよくなかった。常磐丸の屋根を、大きな雨粒が激しく叩いた。その音を聞いているうちに、利三は尖っていた気持ちを和《なご》ませた。

雨音が辨吉を思い出させたからだ。

今日の未明にも、四半刻足らずの驟雨があった。ひとがすでに深い眠りに落ちていた、丑三つ時（午前二時過ぎ）のことだ。

耳聡《みみざと》い者は気づいたが、多くの者は夜が明けてから未明に雨が降ったことを知った。

みずからの手で仕置きを加えた辨吉を、利三は自分の寝間《ねま》に運ばせた。

戸板を持った若い者のだれもが、辨吉は死んだと思っていた。それほどに辨吉は、身体をぐったりとさせていた。

が、利三が千枚通しを突き立てたのは、殺《あや》める急所ではなかった。一刻の間、息もしなくなるほどに深く気絶するツボだった。

千枚通しの突き刺し方が、いささか強かったのだろう。辨吉が気づいたのは、驟雨の始まった丑三つ時だった。

「おめえさんは……」

辨吉が口にした、最初の言葉である。

「一刻半（三時間）が過ぎても正気に返らないあんたを、案じ始めていたところだ」

利三の穏やかな物言いを聞いた辨吉は、肘《ひじ》をてこ代わりに使って身体を起こした。

「あっしを、ひと思いに仕留《しと》めてくれたんじゃあなかったんで……」

気絶からさめた辨吉は、いまひとつ次第が呑み込めていないようだった。

「あんたの命は、おれが預かる」

大田屋が手出しをしようとしたら、組をあげておまえを守ると断言した。

「おめえは命乞いをせずに、自分から首を差し出した。できるようで、なかなかできることじゃねえ」

利三は辨吉のいさぎよさと、肝の据わり具合を買っていた。

「もう一度言うが、おめえの命はおれが預かるぜ」

屋根を叩く雨音が、利三が口にした言葉ともつれあった。

利三の言ったことが、辨吉の胸の奥にまで染み込んだ。

「預かっていただいて……」

ひと息をおいて、ありがとうごぜえやすと辨吉は続けた。

静かに立ち上がった利三は、膳に載せた徳利と盃《さかずき》を運んできた。

「うちの組の仕来《しきた》りだ」

利三が徳利の酒を盃に注《つ》ぎ、辨吉に差し出した。辨吉は両手で受け取り、味わいながら呑み干した。

利三と辨吉が親子になった。

「おめえも承知の通り、大田屋は夜鷹狩りに精を出している」

利三が話し始めたことに、辨吉は深くうなずいた。

「明日……というよりは、もう今日だが」

利三は雨に叩かれて強い音を立てている、寝間の天井《てんじょう》を見上げた。

「花火で大賑わいをしていても、今夜も徳蔵は夜鷹狩りを続ける気か?」

辨吉はきっぱりとうなずいた。

「ロシア人と約束した人数には、まだまだ届いておりやせんから」

返答を聞いた利三は、おちかの身を案じた。

不意に顔つきを険しくした利三を見て、辨吉はあとの口をつぐんだ。


常盤丸の彼方に、佃島《つくだじま》漁師の夜釣り船が見えていた。舳先からは大きなかがり火の籠《かご》が突き出している。

「雨が散々に大川をぶっ叩いたからよう。今夜の夜釣りは大漁だぜ」

時次は遠くのかがり火を見詰めていた。

「雨が叩くと、魚が釣れるてえのか?」

「釣れるさ」

灰吉の問いに、時次は即座に応じた。

「土佐の漁師から聞いた話だが……」

時次が話すことに、若い者たちは耳をすましていた。

「鰹《かつお》船は竜吐水《りゅうどすい》(放水用のポンプ)を船に積んでるてえんだ」

鰹の群れに出くわした漁船は、竜吐水の水を海面に撒き散らす。鰹は海面を叩く水を、餌《えさ》だと思って集まってくる。

漁師はそんな鰹を、餌もつけていない釣り針で引っかける。

漁師から聞いた話の受け売りを、時次は皆に聞かせた。

船端に寄りかかった利三は、煙草を吹かしていた。

「徳蔵は、約束を重んずる男です」

夜鷹は抜け荷に使う大事な品である。

たとえ気に障る振舞いに及んだとしても、徳蔵は夜鷹に手出しはしないと、辨吉は請け合った。

その言葉を思い出すことで、利三は気を鎮《しず》めていた。

もうすぐ迎えに行くぜ。

胸の内でつぶやいた利三は、灰吹きにキセルをぶつけた。

夜空の星がまたたいた。

五十七

「戻ってきやしたぜ」

常磐丸の障子戸の隙間から外の様子を見張っていた時次が、ささやき声で報せた。夜目の利く時次は、月明かりのない大川の岸壁に、徳蔵が操る川船が横付けされる様子を細部まで余さず見ていた。

「あの野郎……」

隙間から目を外さぬまま、時次は怒りのうなり声を漏らした。

「どうした、時次」

時次の尖った声が気になったらしい。灰吉が案じ顔で問いかけた。

「今夜もまた、夜鷹を三羽も狩り集めてきやがったぜ」

川船には徳蔵と配下の若い者のほかに、三人の夜鷹が乗っていた。

「場所を代われ」

時次がのぞいていた隙間に、利三が目をあてた。時次ほどではなかったが、利三も夜目の利く男である。

ざっと岸壁の様子を眺《なが》めたあと、船頭のほうを振り返った。

「おれが合図をしたあとは、思いっきり櫓を漕いで向こうに見えている川船にぶつけろ」

「がってんでさ」

応えた船頭は、櫓を握って身構えた。

船頭への指図を終えてから、利三はもう一度隙間に目を戻した。

「徳蔵はまったく隙のない、大した身のこなしようだが……」

言葉を区切った利三は、ふうっと短い吐息を漏らした。相手を見切ったときに、利三はこの吐息を漏らす。

「手下の男は、ど素人に毛が生《は》えたような若造だ」

すでに五月二十九日と、日付が変わっていた。空の月は、糸のように細い。星明かりだけの闇だというのに、利三は若い者は未熟者だとはっきりと見切っていた。

「あんな若造がしんがりを務めているなら大いに好都合だ」

みずから指図をして臨《のぞ》むことになる荒事に、利三は気を昂ぶらせている。隙間からのぞきながら、何度も舌で唇を舐めた。

「いいぞいいぞ……その調子で、しっかりと嫌々《いやいや》を続けろ」

川船から陸《おか》に上がるのを、三人の夜鷹は渋っている。その様子を、利三はよしとしていた。

徳蔵は先に陸に上がっていた。川船に残っているのは、素人の若造である。

夜鷹の三人も、若い男の未熟さを見抜いているのだろう。陸に上がれと指図をされても、ひとりとして言うことをきく女はいなかった。

焦れた若造は、船を揺らして声を荒らげたらしい。夜鷹三人は、揺れる船にしゃがみ込んで若造をなじり始めた。

「いまだ、船を出せ」

利三は小声ながらも鋭い口調で指図を与えた。

船頭は返事をする間も惜《お》しんで、櫓を漕ぎ出した。利三に腕を見込まれた船頭である。

常磐丸は川船目がけて突進を始めた。

櫓には充分に油をくれてあった。しかも櫓を握った男は、軋み音も立てずに船を疾風《はやて》のごとく漕ぐことのできる達人船頭だ。

常磐丸は舳先を真っ直ぐ川船に向けて突進を続けた。

十間堀の利三のふたつ名が示す通り、利三は深川界隈《かいわい》の堀川には細部にまで通じていた。

船着場の拵えはどうなっているのか。

川底・堀底までの水深はいかほどか。

川筋ごとに異なる、月の大きさと潮の流れの間柄はどうなっているのか。

これらのすべてが、利三のあたまに刻み込まれていた。

いま常磐丸が向かっている岸壁は、川底までの水深は四尋《ひろ》（約六メートル）だと分かっている。川船の横腹に真正面からぶつければ、夜鷹も若造も大川に投げ出されるだろう。

常磐丸には川筋での荒事に備えて、浮き輪が十人分用意されていた。

「ぶつけたら、おめえたちはおれと一緒に陸に跳び上がれ。夜鷹の世話は、あんたが受け持ってくれ」

利三は佐吉に、夜鷹に浮き輪を投げて拾い上げるようにと言いつけた。川に落ちた若造の始末は、船頭が受け持つことになった。

「がってんでさ」

「分かりました」

利三配下の者と佐吉が、引き締まった声で応じた。

利三が指図を与えていた間も、常磐丸は川船目がけて突進を続けた。

互いの隔たりが三間（約五・四メートル）まで狭《せば》まったとき、陸にいた徳蔵は向かってくる常磐丸に気づいた。

月が細くて闇が深かったこと。

蔵の周りに敵が潜んでいないか、それを確かめることに、徳蔵はすべての気を払っていたこと。

徳蔵に使われている若い者は、夜鷹とのやり取りに気を取られていたこと。

そして常磐丸船頭の技量が、飛び抜けて優れており、音も立てずに近寄ったこと。

これらが重なり合ったことで、わずか三間の隔たりに迫るまで、徳蔵ですら常磐丸に気づかなかった。

「おいっ、ぶつかるぞ」

徳蔵が怒鳴り声を発したときには、常磐丸の舳先は川船の横腹に激突する寸前だった。

ドシンッ。

川船が岸壁の石垣にぶつかる鈍い音が、最初に立った。続いて川船の船板が砕け散る、バリバリッという音がした。

うわっ。

きゃあぁ〜。

若い者と夜鷹の悲鳴が重なり合ったとき、利三たちはすでに舳先から陸に跳び上がっていた。

五十八

陸に跳び上がったのは、利三のほか四人の配下だ。が、利三はその四人には徳蔵に手出しをするなと指図した。

徳蔵は抜き身の脇差《わきざし》を手にしていた。

「この男は、匕首でどうにかできる相手じゃねえ」

配下の者を下がらせてから、利三は腰に差していた脇差を引き抜いた。

二本を腰に佩《は》いた武家には、脇差はいわゆる小刀《しょうとう》である。武家の真剣勝負にあっては、脇差はその名の通り脇役でしかない。

しかし渡世人の出入り（喧嘩）では、脇差が主役を務めた。刃先の長い太刀《たち》は、振り回すだけでも力がいるからだ。

武家は太刀を用いての闘いに臨むために、剣術稽古に励《はげ》んだ。その鍛錬《たんれん》を通じて、重たい太刀の使い方を体得した。

渡世人の出入りでは、多くの者が敏捷に動ける匕首を使った。刃先が長くて重たい太刀では、身軽に動く者を相手にするには不利だった。

二本を佩く武家には、太刀の添え物でしかない脇差が、渡世人には匕首をも打ち負かす武器となった。

利三の脇差は、鮫鞘《さめざや》に収まっていた。

常磐丸から陸に跳び上がったとき、時次は龕灯《がんどう》を手にしていた。五十匁《もんめ》（約百八十八グラム）のろうそくを灯す、大型の龕灯である。

時次は明かりの筒先を徳蔵に向けた。

闇が切り裂かれて、徳蔵の禿頭《とくとう》がくっきりと浮かび上がった。

「おれが大事に育てている夜鷹を横取りして、ロシアの毛唐《けとう》に差し出そうてえのか」

鮫鞘の脇差を手にしている男には不似合いな、物静かな口調だった。

「おめえはどっちの手で、おれの夜鷹をいたぶったんでえ」

「知りたければ、おれの身体に訊くしかないだろう」

口を開いた徳蔵も、利三に負けぬほどに落ち着いたしゃべり方だった。

「言ってくれるぜ」

唇を舐めた利三は、脇差を抜き払った。時次が手にしている龕灯の明かりは、利三のほうにも散っている。

抜き身となった脇差の刃《やいば》が、龕灯の光を浴びて鈍い色に輝いた。

「やり合おうてえのか？」

利三の目が細くなった。斬り合いに臨んで、気持ちがさらに昂ぶっているのだ。

「そうするしかないだろう」

徳蔵は手にした脇差を、大上段《だいじょうだん》に振りかざした。刃の長さは利三も徳蔵も同じで、二尺（約六十センチ）もない。

大上段に構えるには、刃の長さが短かった。

利三は上唇を舐めるなり、真っ直ぐに突きを入れた。大上段に構えた徳蔵の技量を、見切ったと思ったからだ。

徳蔵はわざと脇差を振りかざして、利三の突きを誘っていた。脇腹めがけて突いてきた刃を、わずかな動きでかわした。

突きが的《まと》を失い、利三の身体が大きく崩れるのを狙ったのだ。

しかし脇差の勝負にかけては、利三のほうが一枚も二枚も上手だった。徳蔵がわざと大上段に構えたのを、初めから見抜いていた。

徳蔵は身体を左に動かして、利三の突きを避《よ》けた。そして利三の首筋めがけて脇差を振り下ろした。

徳蔵の動きを読み切っていた利三は、振り下ろされた刃を、自分の脇差の峰《みね》で弾き返した。

チャキッ。

鋭い音とともに、火花が散った。脇差の刃と峰がぶつかりあったからだ。

徳蔵は利三の首を断ち切らんばかりの勢いで、脇差を振り下ろした。その刃を、利三は鋼《はがね》の峰で弾き返した。徳蔵の勢いが凄まじかっただけに、弾き方もまた強かった。

徳蔵はよもや峰で弾き返されるとは思ってもいなかった。それゆえに、脇差の握り方にはゆるみがあった。

振り下ろしてくると、読み切っていた相手の脇差の動きである。峰で受け止めたあとは、下から上に向けて渾身《こんしん》の力を込めて弾き返した。

徳蔵の脇差は、手を抜けて遠くに弾き飛ばされた。そのあとの利三は、出入り慣れした男ならではの敏捷な動きを見せた。

脇差を失い、素手《すで》になった徳蔵の胸元に利三は刃先を突きつけた。

「眉ひとつでも動かしたら、心ノ臓《しんのぞう》に突き立てるぜ」

利三の刃先は、まさに心ノ臓の真上にあった。観念した徳蔵は表情を消して、真っ平らな顔つきになっている。

その無表情な徳蔵に、時次は容赦なく龕灯を向けた。

徳蔵の禿頭が、汗で光っていた。

「後ろ手に縛り上げろ」

利三の指図で、灰吉が素早く動いた。ふところから麻《あさ》の細縄を取り出し、徳蔵の両手首を後ろで縛り上げた。

動けば動くほど、麻縄が手首に食い込む縛り方である。

利三は右手に握った脇差で心ノ臓を狙ったまま、左手で徳蔵の身体をまさぐった。

　探したのは蔵の鍵である。鋳物《いもの》で拵えた大きな鍵を、徳蔵はさらしに挟んでいた。

「おめえが開けてこい」

　利三は鍵を灰吉に手渡した。

「あっしも一緒に行きやしょうか」

　時次の問いは、きつい目で撥《は》ねつけられた。

「長らく闇のなかに放り込まれていたんだ。龕灯の明かりを浴びたら、目が潰れる」

　利三の物言いは、おちかの身を案じていた。余計なことを言ったものだと、時次はきまりわるそうにうつむいた。

　龕灯が揺れた。光がまぶしかったのだろう、徳蔵は目を閉じた。

　細い月を横切るように、星が流れた。

五十九

　深川は堀川の町だ。ひととモノが自在に行き来できるように、縦横に堀と運河が作事《さくじ》されていた。

公儀は御府内各町の夜の行き来は、町の大木戸で制限を加えた。明けの六ツ（午前六時）に木戸を開き、夜の四ツ（午後十時）には大木戸を閉じさせた。

こうすることで、夜中の町に盗賊などが忍び込めないように図ったのだ。

深川には陸の大木戸のほかに、堀川にも川木戸を設けていた。これも明け六ツで開き、夜の四ツで閉じた。

川の両側に柱を突き立てて、観音開《かんのんびら》きの戸を開け閉めした。この川木戸を操るのは大木戸と同じで、川木戸を設《もう》けた町に雇われた木戸番である。

川開きの夜に夜鷹を奪い返そうと決めた利三は、十間堀と大川との間の川木戸の仔細を配下の者に調べさせた。

通り過ぎる川木戸がもっとも少ない経路でも、三カ所を通ることは避けられないと分かった。

川木戸番として雇われる番太郎《ばんたろう》は、陸の木戸番同様に食い詰め者か、年寄と相場が決まっていた。

町の木戸番は、番小屋で飴《あめ》だの焼き芋だのを商いして小遣い稼ぎができた。

川木戸番には、そんな実入りは皆無である。番太郎が寝起きする番小屋はあるが、ひとが寄ってくるような場所ではなかった。

川木戸番は、常に小遣いに飢えていた。

利三は若い者を動かして、三カ所の川木戸番を呼び集めた。

「川開きのあとで、よんどころねえわけがあって、船を走らせることになった」

船が近寄ったら、片側の木戸を開いてくれと番太郎三人に言い渡した。

十間堀の利三の名は、深川の裏側では知れ渡っている。陸の木戸番も川木戸番も、利三に逆らえないことはわきまえていた。

月に一度は、夜鷹にただ乗りをさせてもらっている。その借りもあった。

夜中に利三の船を通す。

どんな事情があるかは、川木戸番たちは聞きたくもなかった。が、川開きの夜となれば、川役人の見回りもいつになく厳しい。

「親分の船が行き過ぎるまで、木戸を半開きにしておくのは請け合いやすが、川役人の見回りには気をつけてくだせえ。役人の世話までは、あっしらの手に負えやせん」

番太郎の言い分を呑んだうえで、利三は三人に一分《ぶ》（四分の一両）の小遣いを握らせた。

五月二十九日の七ツ（午前四時）どき。

夜明け前で、もっとも闇が深くなるこの刻限に、利三は別誂えの船を十間堀へ向けて走らせた。

明かりをすべて落とした船は、闇のなかに溶け込んでいる。腕利きの船頭は、水音ひとつ立てずに棹を操った。

滑《なめ》らかに進む船の内は、ひとの熱気に充《み》ちていた。利三一家の面々と佐吉に加えて、奪い返した夜鷹におちか、そしてエビ反《ぞ》りに縛り上げられた徳蔵が転がされていたからだ。

隅に座ったおちかは、利三に身体を預けて目を閉じている。そのおちかの肩を、利三は愛《いと》しげに抱いていた。

走り始めてほぼ一刻（二時間）が過ぎたところで、船は十間堀の桟橋に横付けされた。いつもの倍以上もときがかかったのは、役人の見回りを避けるために、何度も石垣に船を寄せたからだ。

黒い布をかぶせた船は、闇とはすこぶる相性がよかった。

桟橋に横付けされるなり、宿に残っていた若い者が出迎えに飛び出してきた。

「お疲れさんで」

小声でねぎらってから、若い者は夜鷹を宿のなかに連れて入った。

おちかの手を握った利三が、陸に上がる者のしんがりを務めていた。

六十

「そうでしたか……」

徳蔵が利三の手に落ちたと聞かされた辨吉は、あとの言葉が出なくなった。

利三はせっつくことをせず、茶を飲みながら辨吉が口を開くのを待った。

湯呑みの縁《ふち》まで一杯に注がれていた焙じ茶を、底まで利三が飲み干したとき、

「それで……徳蔵さんは、なにか口を割りましたので？」

口にするのも辛《つら》そうにして、辨吉は徳蔵の様子を問うた。

「なにひとつ、しゃべっちゃあいねえ。敵にしておくのが惜しい男だ」

利三の物言いは正味だった。

どれほどひどい拷問が加えられたかは、辨吉にも容易に想像がついた。

生き死にの瀬戸際《せとぎわ》まで身体をいたぶられても、うめき声のほかはひとことも漏らしてはいないと、利三は言った。

あのひとなら、そうだろう。

拷問では徳蔵の口を開くことはできないと、辨吉は疑いもしなかった。

「わたしに徳蔵さんと話をさせてください」

辨吉の申し出に、肝の据わっているはずの利三が目を見開いた。

「あんたが、あの男からなにかを聞き出すというのか」

「違います」

辨吉は利三を見詰めたまま、即座に答えた。

「違うとは、どういうことだ」

察しがつかない利三は、答えの先を促した。

「大田屋五之助が企んでいることを、徳蔵さんに話します」

「企んでいるとは……夜鷹と金銀とを取り替える抜け荷のことか」

「はい」

辨吉は強くうなずき、膝元の焙じ茶に口をつけた。

「だがよう辨吉、そんなことは徳蔵だって先刻承知のことだろうが」

大田屋の企みを分かっているからこそ、夜鷹狩りをしたのだろうと、利三は続けた。

「その通りですが、徳蔵さんは大田屋を嫌っています」

大田屋五之助の尊大さを、徳蔵は腹の底では嫌っているに違いない……辨吉はこれを強く言い張った。

「親分に命を助けられたことで、わたしは自分がなにをしようとしていたか、その非道さを思い知りました」

　辨吉は膝を利三のほうにずらした。

「あこぎな金儲けには、わたしもきれいごとは言えません。散々にひどいことをやってきましたから」

　辨吉は話の区切りで焙じ茶をすすった。先に話を進めるために、下腹に力を込めた。

「露助《ろすけ》なんぞに、女を貢《みつ》ぎ物にしてはなりません。親分が夜鷹さんたちをどれだけ大事にしているか、ここにいてよく分かりました」

　辨吉は、さらに膝を前に出した。

「徳蔵さんにも、このことを話してみます。大田屋を嫌っているあのひとなら、きっとわたしの話も聞くでしょう」

　成り行きがどうなろうとも、いま以上にわるくはならないはずだと、辨吉は強く迫《せま》った。

「どうか徳蔵さんとの談判《だんぱん》を、わたしにやらせてください」

　辨吉の目が燃えていた。

「分かった、任せるぜ」

　利三は辨吉の申し出を受け入れた。

「徳蔵さんは誇り高い男です」

周りに他人がいたり、縄で縛られたままでは、話を聞くはずがない……辨吉の言い分に、利三も得心した。

「あんたとふたりだけにするが、小屋の外には若い者を張り付けておく。鍵もかける」

「それで結構です」

辨吉は利三がつけた縛りを受け入れた。

拷問小屋に入ったとき、徳蔵は身体をエビ反りに縛られたまま、土間に転がされていた。

ふんどしまではぎ取られた姿を見て、辨吉は思わず目を逸らした。

利三は若い者に目配せをして、徳蔵の縄をほどかせた。

「単衣物《ひとえ》でいいですから、着る物を渡してやってください」

辨吉の頼みを利三は聞き入れた。

「夜鷹のなにを持ってこい」

「へいっ」

若い者が手にしてきたのは、夜鷹が使う木綿の浴衣だった。

「これも一緒に、あんたに預けるぜ」

浴衣を辨吉に手渡したあと、利三は若い者を連れて小屋の外に出た。

ガチャンッ。

大きな音とともに、錠前が外からかけられた。万にひとつも、徳蔵が逃げ出すことのない用心である。

樫板で拵えた小屋の戸は、蹴飛ばしてもびくともしない頑丈さだった。

「これを羽織《はお》ってください」

ていねいな物言いで、辨吉は浴衣を差し出した。

「なんであんたが、ここにいる」

徳蔵は浴衣に袖を通そうともせず、低い声で問うた。

「わたしも、ここの親分にさらわれました」

徳蔵の目の底に光が宿った。が、辨吉はそれに気づかなかった。

徳蔵は浴衣を持つ手に力を込めた。

六十一

「水を一杯、飲ませてくれ」

徳蔵はこう告げた。散々に身体を痛めつけられていたのに、物言いはしっかりとしていた。

「おやすいことです」

弁吉の顔つきがゆるんだ。

徳蔵と話をさせてほしいと、利三に申し出たとき、

「そいつは構わねえが、あの男はただのひとことも口を開いていねえ。話をするのは、相当に難儀だぜ」

こう告げた利三の目は、両方とも強い光を帯びていた。

「敵ながらあっぱれな男だ。どれほど身体に訊いても短いうめき声を漏らすだけで、てめえの名前すら明かさねえ」

徳蔵の肝の据わり方に、利三は正味で感心していた。

「ひとことでもいいから、おめえの力で徳蔵にしゃべらせてみねえ」

利三にそう言われて、弁吉は小屋に入った。

大田屋では、弁吉は何度も徳蔵と顔を合わせていた。が、徳蔵は平の手代相手に無駄話をするような男ではない。

ゆえに弁吉は、徳蔵とはほとんど口をきいたことはなかった。それでも店で徳蔵を見かけたときは、身体全体から放つ凄みに強い畏《おそ》れを抱いていた。

自分など口をきいてもらえる相手ではないと、わきまえていたからだ。

そんな徳蔵が利三に捕らえられた。

徳蔵さんでも捕まるのか。

辨吉は大きく気持ちが軽くなった。

あらためて利三の底知れなさを思い知った。それと同時に、徳蔵に口を開かせて、命を救ってやれるのは自分しかいないとも思った。

あの利三ですら、口を開かせることに手を焼いている徳蔵。

拷問で身体を痛めつけられても、名前すら明かさなかった徳蔵。

そんな男が、辨吉に向かって水を一杯ほしいと口を開いたのだ。

やっぱりおれが相手なら、徳蔵さんは口を開いてくれる……嬉しくなった辨吉は、ついつい目元をゆるめた。

「ここには飲み水はありませんから、一杯もらってきます」

水をもらうまでは、そこを動かずに身体を休めていればいいと、辨吉は徳蔵に言い置いた。相手の身体をいたわる口調だった。

「恩に着るぜ」

徳蔵は浴衣を強く引っ張っていた両手から、力を抜いた。

ふうっと徳蔵が吐息を漏らした。

気持ちを休める吐息だと判じた辨吉は、徳蔵に微笑《ほほえ》みかけてから戸口に向かった。

　コン、コンッ。

　右手の中指を固く立てて、樫の戸を叩いた。

「なんでえ」

　分厚い板を通して、若い者のくぐもった声が聞こえた。

「飲み水を一杯、支度してください」

　戸の内から辨吉が大声で伝えた。外でひとの動く気配がしたあと、錠前が外された。

　戸が開かれると、利三が立っていた。

「徳蔵がほしいと言ったのか」

「はい」

　辨吉の答えを聞いて、利三は感心したというような色を両目に浮かべた。

「水がほしいと、そう言わせただけでも大したもんだ」

　利三が言い終わらぬうちに、若い者がどんぶりから溢れそうなほどの水を運んできた。

「たっぷり飲ませてやれ」

　足りなかったら、また戸を叩けと言い加えてから利三は戸を閉めさせた。

ガチャンッ。

外から抜かりなく錠前がかけられた。

辨吉は一滴の水もこぼさぬように気遣いつつ、土間を歩いた。

徳蔵は全身の力を抜き、背中を丸めて座っていた。

「ご注文通りに、水がきました」

いたわるような口調で話しかけて、どんぶりを差し出した。徳蔵は礼も言わずに受け取った。

ゴクンッ、ゴクンッ……。

よほど喉が渇《かわ》いていたのだろう。徳蔵は喉を鳴らして水を飲んだ。どんぶりの水が三分の一ほど減ったところで、徳蔵は口から離して辨吉を見た。

「おめえは……」

かすれ声で聞き取りにくい。辨吉は徳蔵に顔を近づけた。

「続けてください」

促された徳蔵は、目の光を消して辨吉を見た。辨吉にこころを開いたかのような目つきになっていた。

「おめえは、ここの貸元にさらわれたって言ったな？」

「言いました」

「そいつはどういうことだ」

どんぶりから口を離したまま、問いかけた。口調も目つきも穏やかである。

「貸元の若い衆に、大田屋からあとをつけられまして」

辨吉はここに連れ込まれるまでの仔細と、連れ込まれたあとに受けた拷問を話した。

「身体をいたぶられたときは、てまえも滅法、喉が渇きましたから、徳蔵さんが水を飲みたがったのもよく分かります」

辨吉は自分で言ったことにうなずきながら話を続けた。

辨吉の話に一区切りつくと、徳蔵はどんぶりの水を飲んだ。

ゴクンッ。

さきほどよりも大きな音がした。喉を伝い落ちたときには喉仏《のどぼとけ》が動いた。

「それでおめえは、大田屋のあらましを唄ったから、ここの貸元にやさしくされてるてえのかい」

「とんでもない」

辨吉は顔の前で右手を左右に大きく振った。

「大事なことはまだ、なにひとつしゃべってはいません」

辨吉は嘘をついた。徳蔵にまことを言うのは、負い目を感じてはばかられたからだ。

「なにも唄ってはいないてえのか?」

「てまえが大田屋の手代だということは、しゃべらなくても相手がすでに分かっていることです」

蝦夷から運んできた膃肭《オンネウ》（オットセイ）が、大田屋の大事な商い品……それしか話していないと辨吉は言い切った。

「それを聞いて安心したぜ」

言うなり徳蔵は、どんぶりの水を辨吉の両目めがけてぶっかけた。

狙いにあやまりはない。勢いのついた水が、辨吉の両目に飛び込んだ。ただの水だが、辨吉は激痛を覚えた。

「うわっ」

短い声を漏らした。そのわずかな声すら、口をふさがれて途中で押し潰された。

徳蔵は浴衣を両手で引っ張り、強さを確かめていた。辨吉が水を受け取りに行っている間に、浴衣を細身にしごいてあった。

素早く辨吉の首に浴衣を回した徳蔵は、渾身の力を込めて引っ張った。

グギッ。

いやな音を立てて、辨吉の頸椎《けいつい》が折れた。急所のひとつを攻められた辨吉は、その場で息絶えた。

拷問小屋から逃げ出せるとは、徳蔵はまったく考えていなかった。

大田屋五之助とは、そりが合わなかった。が、請け負った仕事をしくじったとあれば、みずからの命でケリをつけるしかない。

相手に寝返ろうとした辨吉を始末したのは、五之助への詫びの割増し代わりだった。

拷問小屋には、太い梁《はり》が通っている。その梁に徳蔵は浴衣を巻きつけた。

地べたから六尺（約百八十二センチ）のところで、首を通せる輪を拵えた。

拷問小屋だけあって、踏み台は幾らでもあった。充分な高さのある踏み台に乗り、徳蔵は自分の首を輪に差し入れた。

一瞬たりともためらわず、踏み台を蹴り飛ばした。

徳蔵の身体が梁からぶら下がった。

六十二

「徳蔵という男のきつい性根《しようね》を、おれは分かっちゃあいなかった」

辨吉の亡骸《なきがら》の横で、利三はおのれを責める言葉を口にした。

「徳蔵ほどの男が、命乞いをしたり、おれの慈悲を受け入れるわけはない。命はひとつという肚のくくりがあればこそ、おれの拷問にも口を割らなかった」

一杯の水をほしがっていると辨吉から聞かされたとき、徳蔵がなにを思っているかを察するべきだった……利三は右手をこぶしに握って、自分の膝をぶった。

「あの水は、この世に別れを告げるための末期の水だった。うかつにもおれは、それに気づかなかった」

利三は大きく見開いた目で、辨吉の亡骸を見詰めた。

一度は自分の手で、辨吉の命を奪おうとした。が、男のいさぎよさに強く打たれて、利三は殺めることを思い止《とど》まった。

そうまでしておきながら、徳蔵に餌食《えじき》として差し出してしまった。辨吉の命を助けてから間をおかずに潰した。

おもちゃにしたも同然である。

徳蔵という男の気性をしっかりと見抜いていたら、こんな幕引きにはならずに済んだはずだ……胸の内でおのれを責めながら、利三は膝をぶった。

わきに座った佐吉は、利三の気持ちが平らになるまで黙っていた。

北枕に寝かされた辨吉の枕元には、線香立てが置かれている。

大きなため息をひとつついてから、利三は新たな線香三本に火をつけた。

忍び込んできた隙間風が、線香の煙をゆらゆらと揺らした。煙は揺れているが線香を点《とも》したことで、乱れていた利三の気持ちは落ち着いたようだ。

「貸元に話があります」

佐吉が切り出すと、利三の両目に強い光が戻った。

配下の若い者と、何十人もの夜鷹を束ねる利三である。気持ちを瞬時に切り替える鍛錬に、怠《おこた》りはなかった。

「言ってみねえ」

利三に促された佐吉は、亡骸の横で居住まいを正した。

「大田屋は役人と組んで、ロシア相手の抜け荷を企んでいます」

「あんたから講釈されなくても、そんなことは承知だ」

辨吉を死なせたことが、利三にはこころの重荷らしい。佐吉に応じた口調は、錐《きり》の先のように尖っていた。

「貸元がご承知なのは、てまえも充分に分かっていますが、このたびの話はいささか入り組んでおります」

佐吉は変わらぬ穏やかな口調で話を続けた。

「続きはおれの部屋で聞こう」

長い話になりそうだと察した利三は、辨吉の亡骸に手を合わせてから立ち上がった。

佐吉も合掌《がっしょう》し、利三のあとを追った。

長火鉢の前に座った利三は、若い者に茶の支度を言いつけた。

八《や》ツ（午後二時）下がりの陽差しが、裏庭に降り注《そそ》いでいる。庭草に注ぐ夏の陽は八ツを過ぎても強い。

長火鉢の部屋にも、庭で弾き返された夏の光が差し込んでいた。真夏でも長火鉢には炭火がいけられている。利三自慢の銅壺《どうこ》には、たっぷりの湯が沸いていた。

徳利を差し入れれば、たちまち利三好みの熱燗《あつかん》が仕上がりそうだ。しかし辨吉が亡骸となったいま、しばらくは酒をやりたくないのだろう。

若い者が焙じ茶の注がれた湯呑みふたつを運んできた。ひとつを長火鉢の猫板《ねこいた》に置き、もうひとつは佐吉の膝元に置いた。

茶をすすった利三は、きつい目で若い者を睨みつけた。急ぎいれたのか、焙じ茶がぬるいのだ。

若い者は顔をこわばらせた。その顔を見て、利三は目の光を弱めた。

「二度目はないぜ」

短い言葉に、ぎっしりと利三の凄みが詰まっていた。

「へいっ」

精一杯に気を張った返事をして、若い者は下がった。

ズルッ。

茶をすする音には、ぬるさを我慢している利三の苛立ちがあらわれていた。

亡き辨吉への手向《たむ》けのつもりで、若い者の不調法《ぶちょうほう》を許したのだろう。我慢をしながら茶をすすっていたが、三口すすると湯呑みを猫板に戻した。

「あんたの話を聞こうか」

利三の口調は相変わらず不機嫌である。

佐吉もひと口すすった。

口を湿して、舌の回りをよくしようと考えたからだ。いまの利三は、不機嫌の極みにいる。

よほど肚をくって話さないと、途中で潰されるかもしれないと佐吉は考えていた。

口を開く前に、もう一度茶をすすった。

座敷の光がゆらゆらと揺れた。

六十三

「てまえどものあるじとも、よくよく話し合ったことです」

言葉の区切りで、佐吉は下腹に力を込め直した。一語ずつはっきりと口にすることで、佐吉はおのれを励ました。

これほどまで気を張って話す相手は、利三が初めてだった。

利三は、佐吉を見詰める目の光を強めた。早く先を話せと、目で強く促した。

「大田屋が企んでいる抜け荷には、浦賀奉行所の庶務頭が深くかかわっています」

佐吉は宅間伊織《いおり》の名を挙げた。

利三には中途半端な話は通用しないと、佐吉はわきまえていた。

「浦賀奉行所の庶務頭が、抜け荷に絡《から》んでいるというのか」

利三は声の調子を変えぬまま、佐吉が口にしたことをなぞり返した。物静かな口調の問いかけである。

「その通りです」

答えた佐吉は唾を呑み込んだ。

「あんたの稼業には、さぞかし大事な得意先だろうに」

献残屋の商いに精通している、利三ならではの応じ方である。

「それなりに大事なお得意先です」

佐吉は言葉を選んで答えた。

「そんな武家の名をおれに明かして、いったいなにをどうしようというんだ」

わずかに利三の口調が変わっていた。

ひとの善意などというお伽噺《とぎばなし》は、いっさい通用しない利三である。宅間伊織の名をあえて明かしたことを、利三はいぶかしんでいるようだ。

「このたびの抜け荷だけは、断じて許すことはできません」

佐吉は膝に置いた両手に力を込めた。

「てまえどもが営《いとな》んでおりますのは、きれいごとを言える生業《なりわい》ではありません。ひとさまの内証《ないしょう》の裏を、つぶさに見ております」

「いまさら、あんたがそうまで力《りき》むことでもないだろう」

利三は軽い口調でいなした。

寺田屋の商売を知り尽くしている利三にしてみれば、いまさらなにをと思ったようだ。

利三の口調が軽かっただけに、佐吉も肩の力を抜いた。

「法度破りの抜け荷に、質の良し悪しはもちろんありませんが、このたびのロシア相手の抜け荷は、たちがわるすぎます」

生身の夜鷹を、まるで品物のように毛唐に差し出そうとする大田屋は断じて許せない。

そんな抜け荷に、あろうことか奉行所の庶務頭が深くかかわっていた。

どれほど大事な得意先であったとしても、この所業を見逃すことはできない。すでに何人もが死んでいる。寺田屋に深いかかわりのあった者も命を落とした。

「ことのあらましを、奉行様に伝えます」

決めの言葉を言い切った佐吉は、深く息を吸ってから利三を見詰めた。

「なにとぞ親分のお力を貸してください」

佐吉はひと息でしゃべった。

利三の顔つきも、まさにひと息で変わった。

ぬくもりがすべて消え失せて、むごさだけが残ったような顔つきである。

肝の据わっているはずの佐吉が、思わず上体をこわばらせた。

「おめえはこのおれに」

怒りが沸騰《ふっとう》しているのだろう。利三の声がかすれ気味になっていた。

「御上《おかみ》に力を貸せと言ったのか」

低い声である。聞き耳をたてなければ、通り過ぎてしまうような、かすれ声だった。

「その通りです」

佐吉は気負いのない声で返事をした。

わざとそうしたわけではない。気を張り詰め切っていた佐吉には、この答え方しかできなかった。

「聞き違いはしたくねえから、もういっぺん訊くぜ」

利三の目が燃え立った。顔から血のぬくもりがひいていて青白くなっている。目だけは異様に赤く見えた。

「おめえはおれに、御上のイヌになれと言ったのか」

「言いません」

即座に佐吉は言い返した。

利三の目の光が、さらに強まった。

しかし佐吉は怯まず、見詰め返した。

「親分に御上のイヌになってもらいたいなどとは、ひとことも言っていません」

奉行に力を貸してほしいと頼んだだけですと、佐吉は力強く言い返した。

「渡世人のおれが奉行所の奉行に力を貸すてえのは、イヌに成り下がるてえことじゃねえのか」

「断じて違います」

「屁理屈《へりくつ》を言うんじゃねえ」

利三は初めて声を荒らげた。

「奉行に力を貸すのが、尻尾《しっぽ》を振って奉行所のポチになるのと、どこがどう違うんでえ」

利三の剣幕《けんまく》に驚いた配下の者が、部屋の外に駆け寄ってきた。廊下が若い者で埋まった。

「おめえの話に得心がいかねえときは、たとえおめえがゑさ元の親戚筋だったとしても容赦はしねえ。おめえを勝手に始末をしたとゑさ元がごねるなら、向こうと命のやり取りをするまでだ」

肚をくって返答しろと、利三は迫った。

虚仮《こけ》威《おど》しを吐く男でないことは、佐吉も充分に分かっている。

深呼吸をしてから、佐吉は口を開いた。

「つい今し方も言いましたが、大田屋はロシアとの抜け荷に夜鷹を差し出そうとしました。見返りに受け取るのは、あの国に溢れ返っているといわれる金銀でしょう」

佐吉は落ち着いた口調に戻っていた。

皇帝と呼ばれるロシアの帝《みかど》は、屋敷を金銀細工で埋め尽くしているらしい。その財宝を小出しにすることで、皇帝は配下の者を従わせている。

大田屋と抜け荷を企んでいるロシア人は、その金銀財宝と夜鷹とを取り替える気でいるに違いない……博識《はくしき》な永承は、こう推察した。

佐吉は聞いたままを利三に受け売りした。

「ロシア人になぶり者にされた挙句《あげく》、夜鷹は雪で埋もれた荒れ野に放り出されるでしょう。あの連中のむごさは、桁違いだと聞きました」

大事な夜鷹が雪の荒れ野に放り出される。

利三がその姿を思い描く間、佐吉は口を閉じていた。利三の顔に血の色が戻ったとき、佐吉はまた話を続けた。

「大田屋を成敗《せいばい》しただけでは、宅間は逃げのびかねません」

宅間と武家を呼び捨てにしたことに、佐吉の決意のほどがあらわれていた。

「大田屋は宅間と結託《けったく》して、利三親分の大事な夜鷹を抜け荷の売り物として相手に差し出す魂胆《こんたん》です」

宅間にまで成敗の網を広げるためには、利三の力添えが欠かせない。

「奉行所役人ながら、ひとを夷狄《いてき》との交易品としか考えない者など、断じて容赦なりません。相応の成敗を受けて当然です」

身体を張っている佐吉である。一言たりとも気を抜かずに話し終えた。

利三の目に燃え立っていた怒りの炎《ほむら》が、わずかながら鎮まっていた。

「おめえの言い分は分かったが、この場で返事をするほど軽い話じゃねえ」

今日一日、思案してみると利三は応じた。

「おめえはひとまず、ゑさ元にけえれ」

利三は佐吉の身を自由にした。

「よろしくお願い申し上げます」

佐吉は深くあたまを下げた。

「奉行に力を貸せてえのは、おれになにをさせる気でえ」

問いかけた利三の声も、元の調子に戻っている。立ち上がろうとしていた佐吉は、元の場に座り直した。

「奉行所の庶務頭が抜け荷の一味に加わっていますので、吟味も通り一遍《いっぺん》のもので済むはずがありません」

大田屋と宅間が結託して、夜鷹を差し出そうとした一件を、つぶさに話す必要がある。

しかしかどわかしの張本人徳蔵は、みずから命を絶った。

大田屋の内情を白状できたはずの辨吉もまた、命を落とした。

大田屋はしたたかに、知らぬ存ぜぬを押し通すに違いない。たとえ拷問にかけられても、白状に及ぶとは思えない。

宅間は拷問されればひとたまりもないだろう。武家といっても、二本を抜く気力もないような算盤《そろばん》だけに長《た》けた男だ。

しかし抜け荷の仔細も、夜鷹かどわかしの実態も、宅間はほんとうに知らないだろう。ゆえに拷問にかけられても、白状のしようがない。

しらを切り通す大田屋。

知らぬことは白状できない宅間。

このふたりの言い分を打ち負かせるのは、夜鷹の元締めで、みずから助け出しに出張《でば》った利三をおいてほかにはいない。

「なにとぞ、お力を貸してください」

佐吉は両手を強くこぶしに握って、あたまを下げた。

利三は無言で手を振り、佐吉に出ていけと示した。

廊下に詰めていた若い者が、わきによけて通り道を拵えた。

六十四

嘉永六年（一八五三）五月は小の月で、二十九日までである。

「月末《つきずえ》には当月の仔細を報せに戻ってくるように」

これが寺田屋永承と佐吉の取り決めだった。

普段の日々の動きについては、すべて佐吉に任されていた。が、月末は別である。

「一度、寺田屋に帰ります。その旨《むね》、親分にお伝えください」

利三配下の者に伝えた佐吉は、ゑさ元ではなく真っ直ぐに寺田屋へと向かうことにした。

川開きを終えた江戸は、夏一色である。

商家といわず民家といわず、軒下《のきした》には風鈴が吊り下げられている。

チリリン、チリリン。

風が通り過ぎると、町が一斉に涼やかな音を立てた。

五月二十九日、七ツ（午後四時）過ぎ。日暮れまで一刻（二時間）を残した町は、まだまだ達者である。

町を照らす西日が、たっぷりと威勢を残しているからだろう。

利三の宿《やど》を出た佐吉は、大通りを両国橋へと向かった。

船で寺田屋に戻るつもりなら、万年橋《まんねんばし》のたもとから乗合船《のりあいぶね》に乗ればいい。神田川《かんだがわ》をさかのぼる船は、万年橋と昌平橋《しょうへいばし》とを半刻ごとに行き来していた。

しかし今日の佐吉は、寺田屋に帰り着く前に自分の思案をまとめておきたかったのだ。

両足を交互に動かし、自分で歩くことで思案をまとめようとした。

身体を動かせば、知恵もめぐった。

高橋《たかばし》を過ぎると、道幅が大きく広がった。大路の両側には老舗《しにせ》が並んでいる。

小名木川《おなぎがわ》に架かる高橋を境目として、南岸の深川と北岸の本所では、町の様子は大きく違っていた。

「手早く撒かないと、また地べたが乾いてしまうだろうに」

商家の古株手代が、小僧に打ち水を指図している。日除《ひよ》けのれんの紺色《こんいろ》が、西日を浴びて光っていた。

「でも八ツ前にも、たっぷり水を撒いたんですよう」

小僧が口を尖らせると、手代は前髪の残っている小僧のあたまを軽く小突《こづ》いた。

「昨日の川開きを境目にして、江戸は真夏となったんだ」

夏場は一刻おきに、店の前に打ち水をする。

「店前《たなさき》に土埃《つちぼこり》を立てないのが、老舗と呼ばれる店の心構えだ」

手代に諭《さと》された小僧は、渋々の顔でうなずいた。が、手代がいなくなると、またもや頬を膨らませた。

「川開きを過ぎたからといったって、たった一日でお天道様《てんとうさま》の強さが変わるわけじゃないのに」

ふうっと吐息を漏らした小僧は、ぶつくさ口のなかでつぶやいた。それでも手桶の水をひしゃくにすくって地べたに撒いた。

考え事をしながら道を行く佐吉は、商家の店前はよけて歩いた。小僧が無造作に撒く打ち水を、足下に浴びたくないからだ。

強い西日は、両国橋の橋板もすっかり乾かしていた。

佐吉の履物は、尻鉄《しりがね》を打った雪駄《せった》である。

地べたを歩くときは、チャリン、チャリンと尻鉄が小気味よい音を立てた。その音がいい調子取りとなって、佐吉はあれこれと思案を巡らせることができた。

いま歩いているのは、乾いているとはいえ、杉の橋板だ。佐吉が尻鉄をぶつけても、橋はなんにも返事をしなかった。

チャリンという音が聞こえず、橋を渡っていてもいまひとつ調子が摑めない。佐吉は両国橋のなかほどで立ち止まった。

西空にいる天道は、ゆっくりとした歩みで空を降りていた。下り坂にいながらも、夏の天道の光はまばゆい。

大川の川面も、川の真上を飛ぶ鳥も、西日を浴びて黄金色《こがねいろ》に染まっていた。

夕暮れの眺めは、季節を問わずに美景である。わけても晴れた夏の夕暮れどきの、キラキラと夕日を弾き返す大川の眺めは、先を急ぐ佐吉の足をも止めてしまった。それほどに美しかった。

橋のなかほどで立ち止まった佐吉は、欄干《らんかん》に身体を預けた。

目の前には柳橋《やなぎばし》と、櫛《くし》の歯のように見える公儀御米蔵《おこめぐら》の船着場が広がっていた。

一番から八番まである船着場には、いずれも大型のはしけが横付けされていた。

武家の俸給は一年を三度に分けて支給される。

二月の春借米《はるかしまい》と五月の夏借米がそれぞれ年俸《ねんぽう》の四分の一。

十月の大切米《おおきりまい》が残り二分の一の支給だ。

五月の夏借米支給は、すでに終わっていた。が、徳川家《とくがわけ》直参《じきさん》家臣に支給される禄《ろく》米《まい》は、一年で百五十万石を超えるといわれる桁違いの量だ。

たとえ夏借米の支給は終わったとはいえ、公儀御米蔵にはひっきりなしに米が運び込まれていた。

米俵を肩に担いだ仲仕《なかし》が、はしけと蔵との間を行き来している。

「とっととはしけから降ろさねえと、夏の日でも暮れちまうぜ」

「そんな腰の使い方じゃあ、幾らも俵《たわら》は持てねえだろうが」

遠く離れた両国橋にまで、仲仕の怒鳴り声が聞こえていた。

「あっ……」

佐吉から短い声が漏れた。

夕暮れどきの眺めに見とれていた佐吉は、不意に思いついた。

敏捷な動きで欄干から身を起こすと、橋の西詰に向かって足を速めた。

両国橋西詰には、江戸の方々に向かう乗合船の船着場がある。佐吉は昌平橋行きの乗り場に向かい、船賃《ふなちん》を払った。

妙案《みょうあん》を思いついたいまは、一刻でも早く寺田屋に帰り着きたいのだ。昌平橋まで乗合船に乗れば、寺田屋はたかだか十町（約一・一キロ）の先だ。

乗船した佐吉は、舳先に座った。川風をまともに浴びる座だが、夏の夕暮れには特等席である。

強い西日が佐吉の顔を照らしていた。

思案の定まっている佐吉は、まばゆさも気に留めてはいない様子だった。

六十五

利三との顚末を聞き終えた永承は、両膝に手を載せて佐吉を見た。

「そのような話を聞かされながら、よくぞ利三さんはおまえになにも手出しをしなかったものだ」

永承の口調には、利三に対する称賛ともいえそうな響きが含まれていた。

「おまえの身柄を押さえなかったということが、利三さんの答えだろう」

手出しをせず、佐吉を自由の身にしたことを、永承はひとしきり褒めた。言葉を重ねて渡世人を褒めるなど、永承にはまずないことである。

「利三親分はてまえの申し出を受け入れてくれると、旦那様は判じておいでですね」

「九分九厘、それは間違いないが……」

永承の口調が変わった。

「おまえの申し出を受けたとしても、利三さんにはなんら旨味《うまみ》はない」

永承はきっぱりと断じた。

「男気《おとこぎ》を見せてほしいと言われて、利三さんはさぞや困惑《こんわく》したに違いない」

膝元の湯呑みを手に持った永承は、静かにひと口をすすった。あるじの好みを分かっている女中は、ほどよいぬるさで上煎茶をいれている。

茶をすすっても、永承はいささかも音を立てなかった。

「御上が大田屋を成敗して店を取り潰したとしても、それで利三さんの商売敵《がたき》が減るわけではない。利三さんがおまえの頼みを聞き入れてくれるとすれば、まさにそれは男気を示そうとしてのことだ」

永承の言い分に、佐吉は深くうなずいた。

「だとすれば佐吉、わたしも利三さんに男気で応ずるのが筋だ」

背筋を伸ばした永承は、佐吉を静かな目で見詰めた。澄み切った両目である。

佐吉も丹田《たんでん》に力を込めて、あるじの目を受け止めた。

「世の中の多くの者は、夜鷹稼業の元締めだと聞けば利三さんを色眼鏡《いろめがね》で見るだろう」

しかしそれは大きな誤《あやま》りだと、永承にしてはめずらしく強い口調で断じた。

「わたしは生業《なりわい》に貴賤《きせん》はないなどと、おためごかしをおまえに言う気はない。生業には歴然とした貴賤はある」

室町《むろまち》大通りの大店と、おわい船（糞尿運搬船）の船頭との間に貴賤がないわけがない……茶をすすりながら、永承は佐吉を見た。

眼光は鋭いが、澄み切っていることに変わりはなかった。

「しかし佐吉、いかなる生業に就《つ》いていようとも、器量は生業には左右されない」

生業に貴賤はないというのは、このことを指しているのだと永承は続けた。

「利三さんにとっては、夜鷹は大事な奉公人《ほうこうにん》だ。いかに大事に思っていたかは、夜鷹がかどわかされたと知ったとき、利三さんは可愛がっている女をおとりとして差し向けた。このことひとつで、利三さんの器量が察せられる」

おちかを夜鷹助け出しに差し向けたことを、永承は買っていた。

ふつうなら奉公人助け出しに、自分の女をおとりには使わない。カネで雇った別の女を差し向けただろう。

利三の器量に感じ入ったればこそ、辨吉もすべてを白状に及んだに違いない……。

一度も会ったことのない利三を、永承は評価していた。

「てまえも旦那様と同じ思いです」

居住まいを正した佐吉は、話し始める前に息を整えた。

「てまえにひとつ、思案がございます」

六十六

蔵前の札差頭取番頭《ふださしとうどりばんとう》と談判するというのが、佐吉の思案だった。

徳川家直参家臣の旗本《はたもと》および御家人《ごけにん》は、遠く寛文《かんぶん》時代の昔から俸給《ほうきゅう》の禄米売却を蔵前の札差に一任してきた。

当初の札差は米の売買代理人に過ぎなかった。が、元禄《げんろく》時代にはすでに武家相手の金貸しが札差のおもな仕事に変わっていた。

札差が用立てるカネは、年利一割八分の高利だ。が、常に金詰まり状態にある武家は、高い利息を承知で借りた。

俸給以外に金目のものがない貧乏御家人は、札差のほかには融通《ゆうずう》を受けられる相手がいなかったからだ。

武家に昇給はない。

ところが諸色《しょしき》（物価）は年とともに上がる。

実入《みい》りは増えずに、暮らしの費《つい》えはかさむばかりだ。金詰まりに陥《おちい》るのも当然だった。

足りないカネを札差から借りてしのごうとしても、一割八分の高利で五年も借りれば支払い利息が元金に届いてしまう。

直参家臣の窮状《きゅうじょう》打開策として、公儀は寛政《かんせい》元（一七八九）年九月に強権を発動した。武家が札差に抱え持つ借金の大半を棒引きにする、棄捐令《きえんれい》の発布である。

札差百九軒合計で、じつに百十八万両超の大金が帳消しにされた。なかでも八万三千両もの大金棒引きを強要されたのが、抜きんでた身代《しんだい》の大きさで知られた伊勢《いせ》屋四郎左衛門《やしろうざえもん》である。

献残品の売買で、佐吉はおよそ二カ月に一度は伊勢屋をおとずれていた。

棄捐令発布から六十四年が過ぎるなかで、伊勢屋四郎左衛門はさらに身代を大きくしていた。

当代と、当代を支える頭取番頭藤五朗《とうごろう》が、ともに商いにおいて凄腕《すごうで》だったからだ。

佐吉はこの伊勢屋頭取番頭に、ある役人への顔つなぎを頼み込む考えを抱いていた。

寺社奉行配下の筆頭与力大川清司郎《ひっとうよりきおおかわせいしろう》である。

南北両町奉行よりも寺社奉行は格上である。が、奉行の任期は長くはない。

執務を滑らかに運ぶために、奉行はきわめつけの能吏《のうり》を筆頭与力に配した。

いうなれば奉行の女房役である。

幕閣に近い寺社奉行から、大川清司郎は絶大な信頼を寄せられていた。

「おまえの思案に異存はないが」

永承の口調は、常に物静かである。佐吉は背筋を伸ばして、あとに続く言葉を待った。

「おまえの頼みを大川様につないでもらうためには、相応の見返りが伊勢屋さんにないことにはむずかしいと思うが」

その点はどうかと佐吉に質《ただ》した。

「いまの伊勢屋さんは、カネでは動いてはくれません」

佐吉は思い切りよく断じた。

どういうことかと、永承は目で問いかけてきた。

「六十四年前の棄捐令においては、伊勢屋さんの八万三千両という貸し金を御公儀は棒引きにさせました」

永承ももちろん、それを知っている。わずかにうなずいて、佐吉に先を促した。

「途方《とほう》もないカネを伊勢屋さんからむしりとりましたが、その顚末を御公儀は忘れてはおりません」

それがあかしにと、佐吉は言葉を続けた。

棄捐令で棒引きにされた総額は、百十八万両を大きく上回った。それは当時の公儀御金蔵《おかねぐら》に蓄《たくわ》えられた金貨のおよそ三分の一に迫ろうという大金だった。

どれほど無体《むたい》な強要であれ、札差は公儀の沙汰《さた》には逆らえなかった。が、おとなしく従ったわけではない。

借金が消えても、武家の金回りがよくなったわけではない。むしろ逆である。

唯一の金策先であった札差がこぞって追い貸しを拒んだことで、武家はさらに金詰まりに陥った。

よかれと判じて棄捐令発布を強行した老中松平定信《ろうじゆうまつだいらさだのぶ》は、なんと救済するはずの直参家臣から怨嗟《えんさ》の的とされた。

窮地に追い詰められた定信は、下げ渡し金の名目で五万両を札差会所に貸し付けようとした。

公儀がみずからの手で直参家臣にカネを融通することはできない。そんな措置《そち》を講じようものなら、諸国大名が黙ってはいないと分かっていたからだ。

それほどに、徳川家直参家臣に限らず諸藩の武家は困窮の極みにあった。

五万両の下げ渡し金は、つまりは公儀から家臣への迂回融資《うかいゆうし》だったのだ。

もちろん札差は猛反発をした。

下げ渡し金といいながらも、実態は公儀からの融資金に過ぎない。いずれは五万両を返済しなければならないのは明白だった。

百十八万両以上を帳消しにされたうえ、さらに五万両の借金を負う。しかもそのカネは札差が遣えるわけではなかった。武家に融通するための元金で、一両たりとも自在に遣うことはできなかった。

「いまそのカネを借用いたしましても、返済できる目処《めど》が立ちませぬゆえ」

札差会所は丁重《ていちょう》な物言いで受領を拒んだ。

「なんとしても札差を説得し、五万両の下げ渡しを果たしてまいれ」

当時の町方当番、北町奉行初鹿野河内守《はじかのかわちのかみ》から強い指図を受けた江戸町年寄樽屋藤《まちどしよりたるやとう》左衛門《ざえもん》は、札差会所頭取の伊勢屋四郎左衛門宅をおとずれた。

町年寄は町人の最高位である。その樽屋が伊勢屋をたずねたのだ。樽屋の乗り物の前には、幾重もの人垣ができた。

「もしもこのまま札差が折れなければ、徳川家が崩壊するやもしれぬ」

樽屋は伊勢屋四郎左衛門の人柄を見込み、大所高所《たいしょこうしょ》からの決断を迫った。

札差が栄華《えいが》を誇っていられるのも、つまりは武家の俸給、禄米売買を占有していられるからだ。

もしも直参家臣がこのまま干上《ひあ》がってしまったら、徳川家の土台が崩れる。

「旗本と御家人が世の中からいなくなっては、伊勢屋四郎左衛門といえども単なる米屋に過ぎなくなる」

いま徳川家を下支えできるのは、札差をおいてほかにはいない。このたびの下げ渡しについては、幕閣のなかにも札差への同情論が少なくはない。

「徳川家が崩壊してしまえば、札差も命を絶たれるは必定《ひつじょう》だ。なんとしても五万両を受領し、業腹《ごうはら》ではあろうが直参家臣への追い貸しに努めてもらいたい」

下げ渡し金の返済については、長らく放置したうえで沙汰止《や》みにする……樽屋は公儀の意向を口頭で伝えた。

一日の熟慮ののち、伊勢屋は独断で下げ渡し金受領を決めた。会所で諮《はか》っても埒《らち》があかないのは目に見えていたからだ。

「万にひとつ、五万両返済を御公儀が迫ってきたときには、わしが身を盾にする」

もしものときは伊勢屋の身代を抛《なげう》つ覚悟だと、伊勢屋は言い切った。

このひとことで、札差会所は下げ渡し金の受領に応じた。

伊勢屋の働きを多《た》とした公儀は、六十四年が過ぎたいまでも、五万両の返済を求めてはいなかった。


「夜鷹をロシア人との抜け荷の見返りに使うとは、言語道断《ごんごどうだん》の所業です」

佐吉にしてはめずらしく、永承の前で語気を強めた。

「仔細を隠さずに話せば、伊勢屋さんなら分かってくれるはずです」

蓄えが潤沢《じゅんたく》な伊勢屋には、金儲け話を持ちかけても聞く耳は持たないだろう。

が、公儀のきつい御法度である抜け荷に、奉行所役人が手を貸していると知れば……。

「あの伊勢屋さんなら、耳を貸してくれるに違いありません」

一刻も早く、頭取番頭の藤五朗にあらましを聞かせたい。

その許しがほしいと、永承に頼んだ。

「ならば佐吉、いまからでも伊勢屋さんに出向きなさい」

永承の許しを得た佐吉は、すぐさま身繕《みづくろ》いを始めた。

夏は昼間が長い。

蔵前に出向く支度を終えたとき、ようやく暮れ六ツ（午後六時）の鐘が流れてきた。

コウモリの群れが、暮れなずむ町を飛び交っていた。

六十七

佐吉の仕立てた猪牙舟《ちょきぶね》が柳橋に着いたのは、六ツ半（午後七時）過ぎだった。

佐吉が急ぎの用を抱えていると呑み込んだ船頭は、なんと猪牙舟に二丁櫓《ちょうろ》を設《しつら》えた。ふたりの船頭が同時に漕ぐのが二丁櫓だ。

そうでなくても舳先がイノシシの牙《きば》のように切り立った猪牙舟は、船足が速い。二丁櫓の猪牙舟は、陽の落ちた神田川を文字通りに疾走《しっそう》した。

「大いに助かりました」

早い到着を喜んだ佐吉は並の酒手《さかて》（心付け）の三倍、小粒銀三粒ずつを船頭ふたりに手渡した。

「いただきやした」

船頭は大声で礼を告げた。

柳橋には船宿が群れをなしていた。手すきの者は神田川の石垣に杉の腰掛を出して、夕涼みをしている。

その船頭たちに聞こえる大声で、猪牙舟のふたりは礼を告げた。

佐吉が見栄を張れるようにとの配慮だ。

船着場から石垣に上がった佐吉に、涼んでいた船頭たちが軽い会釈をした。気前のいい客は、どの船頭にも上客だった。

目顔《めがお》で応じた佐吉は、天王町《てんのうちょう》の伊勢屋へと足を急がせた。

伊勢屋四郎左衛門の店が雨戸を閉じるのは、五ツ（午後八時）が決まりである。

佐吉は五ツにはまだ充分に間のある刻限に、二十間間口の店前に着いた。

「今日はまた、ずいぶん遅い時分のお出ましですね」

佐吉を見知っている年かさの小僧は、おとなびた物言いで話しかけてきた。

「ご面倒《めんどう》ですが、頭取番頭さんにおつなぎください」

小僧に対しても、ていねいに話しかけるのが佐吉の流儀だ。小僧はしっかりとうなずき、急ぎ足で座敷に駆け上がった。

佐吉はいつも小僧に四文銭二枚の駄賃を渡している。小僧は駄賃に報いるべく、足早に頭取番頭のもとへと駆けた。

が、ほどなく戻ってきたときには、顔つきがひどく曇《くも》っていた。

「今日は月末なもので、頭取番頭さんの手があかないそうです」

思えば今日は二十九日。今年の五月は小の月で、今日が晦日《みそか》だった。

佐吉はうかつにもそれを失念していた。

多くの商家は月末には〆を行う。が、寺田屋は晦日ではなく、月初が締め日である。ゆえに佐吉はもとより永承までも、今日が晦日の締め日であることに思い及ばなかった。

「それは分かりましたが」

佐吉は小僧に一歩を詰めた。

「火急《かきゅう》の用があって出向いてきました。なにとぞ面談をお願いしたいと、いま一度つないでください」

佐吉はさらにていねいな口調で頼んだ。

ただごとではないと察した小僧は、帳場に駆け戻った。

案内されたのは客間ではなく、二階の掛け合い部屋だった。

追い貸しを求める武家が、代理人として差し向ける蔵宿師《くらやどし》。その蔵宿師と伊勢屋の手代が談判するのが、二階の掛け合い部屋だ。

調度品ひとつない四畳半の部屋で、佐吉は四半刻（三十分）も待たされた。

姿をあらわした藤五朗は、手代頭を伴《ともな》っていた。密談には応じないということだ。

「締め日に面談を迫るとは、よほどに火急の用向きでしょうな」

藤五朗の物言いは鋭く尖っている。

行灯の明かりが、剣幕に押されて揺れた。

六十八

「浦賀奉行所のお役人が、抜け荷に手を染めております」

札差伊勢屋の頭取番頭藤五朗の目を見詰めたまま、佐吉は強い口調で言い切った。

「奉行所の役人が抜け荷ですと?」

「はい」

藤五朗への返事も、きっぱりとしていた。

「あんたはなにか、定かなものを摑んでおいでなのか」

「この手に摑んでおります」

佐吉は膝に載せた手に力を込めた。

いささかの迷いもない佐吉の返答を聞いた藤五朗は、しばし口を閉じた。

背後に控えた手代頭は、身じろぎもせずにやり取りを見守っていた。

「たとえあんたが役人の抜け荷にかかわることで、岩よりも固いものを摑んでいたとしても」

藤五朗は五尺八寸（約百七十六センチ）の上背《うわぜい》がある、偉丈夫《いじょうふ》の番頭だ。背筋をぐいっと伸ばすと、座したままでも佐吉を見下ろす形になった。

「締め日で座る暇《いとま》もないわたしに面談を迫るというのは、了見違い、お門《かど》違いだと思うが」

「仰《おお》せの通りです」

佐吉は深くうなずいたが、あたまは下げずに話の続きを進めた。

「まつりごとを為す者の不埒《ふらち》な振舞いを、伊勢屋さんはなによりも忌《い》み嫌っておいでだと、てまえは呑み込んでおります」

ゆえにどこに出向くよりも先に、伊勢屋に話を持ち込んできたと告げた。

藤五朗は目を閉じて黙《もく》していた。

思案を終えて目を開くと、背後に控えている手代頭の名を呼んだ。

「成吉《せいきち》」

「はい」

呼ばれた手代頭は、藤五朗のわきにいざり出てきた。

「客間の支度を言いつけておきなさい」

「うけたまわりました」

指図を受けた手代頭は、急ぎ足で階段をおりていった。

トン、トン、トン……。

成吉の足音が消えたところで、藤五朗は佐吉を見詰めた。

「詳しいことは部屋をあらためて聞かせてもらうが、移る前にひとつ確かめておきたいことがある」

藤五朗の両目が底光りを始めた。

佐吉は掛け合いの場で、多くの光る目・強い目と向き合ってきた。なかには利三のような渡世人と、差し向かいで睨み合いを為したこともあった。

目の前の藤五朗の眼光は、かつて佐吉が出会ったことのない光を帯びていた。

札旦那《ふだだんな》（米の売却を依頼する武家）の数は四千人を超えるといわれる伊勢屋だ。図抜けて大きな身代を切り盛りする頭取番頭は、白洲《しらす》における吟味方《ぎんみがた》与力もかくやの目の光り方だった。

「当家《うち》の旦那様はあんたの言う通り、役人の卑《いや》しい振舞いは唾を吐き捨てんばかりに嫌っておいでだ」

そのことは、札差はもとより伊勢屋と商いのかかわりを持つ者なら、だれもが知っていると、藤五朗は続けた。

「寺田屋さんが知っているのは不思議ではないが、あんたがうちに来たのはそれだけではないはずだ」

藤五朗はさらに背筋を伸ばした。

あたかも身体ごと、佐吉にのしかかっているかに見えた。

「あんたが胸の内に抱え持っている正味のところを、いまこの場で聞かせてもらおう」

藤五朗は上体を佐吉のほうに乗り出した。

佐吉も背筋を張って藤五朗を見た。

「伊勢屋さんにお話をすれば、ただちにそれが大川清司郎様のお耳に入るはずだと考えたからです」

佐吉はためらうことなく、胸の内の思案を明かした。

佐吉の言葉を藤五朗が受け止めたとき、階段を上ってくる足音が聞こえた。

客間の支度が調《ととの》ったようだ。

「仔細は帳場奥の客間でうかがわせてもらおう」

「よろしくお願い申し上げます」

佐吉は両手に力を込めて、ていねいな物言いで応じた。

先刻の手代頭がふすまの向こう側から声を投げ入れてきたときには、藤五朗はすでに立ち上がっていた。

六十九

大川清司郎は伊勢屋の札旦那である。

しかし伊勢屋の他の札旦那と大川とは、大きく違うところがあった。

大川は一両の借金も伊勢屋に負ってはいなかったのだ。

大川家は代々の嫡男《ちゃくなん》が清司郎を襲名《しゅうめい》し、寺社奉行方筆頭与力の職に就いてきた。

初代清司郎がいまの職を拝命したのは、元禄十六（一七〇三）年。すでに百五十年も昔の話だ。

初代大川清司郎は、まことに見識に富《と》んだ人物だった。

「寺社奉行方の筆頭与力なる役職は、ことのほか悪《あ》しき誘いの手が差し伸べられる。それは疑いようもない」

幕閣に取り入りたい大名用人《ようにん》や、大店商家の当主・番頭は、寺社奉行方筆頭与力にすり寄ることに懸命《けんめい》だった。

南北両町奉行と寺社奉行は、禄高《ろくだか》は同じだ。しかし格は、寺社奉行のほうが一段上とされていた。

寺社奉行は五日ごとの幕閣評定《ひょうじょう》（閣議）に陪席《ばいせき》した。奉行は事務方筆頭の与力には、閣議のあらましを余さずに話した。

その後の事務処理を滑らかに運ぶためにも、与力には閣議の内容を伝える必要があったからだ。

寺社奉行とじかに話すためには、相応の家格が必要だ。

十万石未満の大名では、用人といえども寺社奉行との面談はかなわなかった。

たとえ一年の商いが五万両を超えていたとしても、町人が奉行と差し向かいで話をするなどあり得ない。

寺社奉行方与力は、そうではなかった。

奉行と話すことはできなくても、事務方の与力なら大店当主でも大名用人でも話はできた。

与力の耳に入れておけば、それを奉行の耳に届けることもできる。

奉行が聞き届ければ、適宜《てきぎ》閣議後の幕閣に奉行の口を通じて聞かせることもできる。

寺社奉行方与力は、公儀にすり寄りたい大名や商人には、格好の的となった。

初代大川清司郎は、慧眼《けいがん》にもその道理を見抜いていた。

「よこしまな考えを抱いた者は、相手の卑しさにつけ込もうとする。悪しき誘いを拒むには、我が身を豊かに保つのが最上の策だ」

貧《ひん》すれば鈍《どん》するという。

暮らしの費えに詰まりさえしなければ、悪しき誘いの罠《わな》に嵌《は》まることもない。そう断じた初代清司郎は、蔵前一の大店である伊勢屋四郎左衛門をみずからの足でおとずれた。

「この先も当家が寺社奉行方与力を安泰《あんたい》に務めるために、そのほうの力を借りたい」

単刀直入な物言いで、大川は伊勢屋に助力を求めた。

大川家先祖が蓄えていた金貨は、小判で七百両もあった。すべて、金の品位が高い慶長《けいちょう》小判である。

公儀は元禄八（一六九五）年に、御改鋳《ごかいちゅう》なる名の通貨改悪を断行した。二枚の慶長小判から、三枚の元禄小判を鋳造《ちゅうぞう》するという荒業《あらわざ》である。

この元禄改鋳で、公儀は五百万両に届く出目《でめ》（差益）を手に入れた。

大川の先祖が屋敷の蔵に蓄えてあったのは、改鋳前の慶長小判七百両である。供の中間《ちゅうげん》が運んできた小判を、大川は伊勢屋当主に差し出した。

「当節の元禄小判に直せば、いかほどの値打ちであるのか」

問われた伊勢屋は、ざっと千五十両の見当ですと、暗算で即答した。得心した大川は、伊勢屋を見詰めた。

「すべてそのほうに預けるゆえ、このカネを米相場で働かせてもらいたい」

大きな儲けを狙うのは無用。

一年で一割の儲けが出せれば、百両強の運用利益が手に入る。そのカネを大川家代々の当主に渡してもらいたい。

一割を超えた儲けは伊勢屋のもの。

一割を下回ったときは、大川家がかぶる。

大川と伊勢屋は互いに得心のうえで、この約定《やくじょう》を取り交わした。

過ぎた百五十年のなかで、何度か不景気の大波に襲いかかられた。

寛政元年に公儀が発布した棄捐令においては、伊勢屋は八万三千両もの武家への貸し金棒引きを突きつけられた。

それでも伊勢屋は潰れることもなく、大川と取り交わした約定は厳守してきた。

悪しき誘いの手は、カネに詰まった武家の卑しき心根《こころね》を狙う。

初代大川清司郎が見抜いた通り、内証の苦しい武家は卑しいことに手を染めた。

札差からカネの融通を受けながら、利息すら払わない武家のなんと多いことか。

カネに詰まった武家にげんなりし続けてきた伊勢屋は、一両の無心《むしん》もしない代々の大川清司郎を深く敬っていた。

七十

伊勢屋奥の十二畳間に案内されるなり、佐吉は客間が漂わせている風格を肌身で受け止めた。

ざっと見には、格別に凝った造作《ぞうさく》がなされているようには感じられなかった。

ふすまの絵は墨絵《すみえ》で、金銀が用いられてはいなかった。

天井も柾目《まさめ》は通っているが、使われているのは杉である。

畳《たたみ》は青々として薫《かお》り高い。縁《へり》は西陣《にしじん》ではなく、一本縁だ。

藤五朗が連れて入ったのは、見た目の派手さとはほど遠い十二畳の客間だった。

しかし武家屋敷の客間にも、大店の客間にも深く通じている佐吉である。

さすがは名を知られた、伊勢屋四郎左衛門の客間だ……。

勧められた座布団に腰を落とした佐吉は、胸の内で深く感心をした。

極上のモノに接したときは、無遠慮に息を吐き出すのもはばかられる気がするものだ。

客間からは、それに似た風格が感じられた。

「少々の間、中座《ちゅうざ》させていただく」

断りを告げて、藤五朗は客間を出た。

供された茶を味わいつつ、佐吉はあらためて客間を見回した。

今夜の答えがどう出ようが、伊勢屋さんをおとずれてよかった……。

上首尾を願いつつ、佐吉は遠慮気味に吐息を漏らした。

極上の菜種油《なたねあぶら》を灯した、遠州行灯の明かりは白い。その白い灯火《とうか》が佐吉をねぎらうかのように、青さの残った畳を照らしていた。


献残屋が出入りする客先は、武家でも商家でも、相応の格式を持っていた。

冠木門《かぶきもん》だけの構えで、客間もなく、泉水《せんすい》はもとより庭すらないような武家のもとには、貢ぎ物は届かない。

質素な生き方を尊《たっと》しとする、こころざしの高い武家は御府内にも少なからずいた。

そんな屋敷に暮らす当主は、武家同輩はもちろんのこと、同じ町内の町人からも大いに尊敬されていた。

しかし人柄のよさと貢ぎ物の到来とは、まったく別である。

「生きのいいアジが手にへえりやしたんで、殿様に食っていただきてえんでさ」

「今朝早くに掘ったばかりのタケノコでやすから、生でも食えやすぜ」

武家を慕《した》う町人は、季節ごとに旬《しゅん》の品物を届けた。

「遠慮なしにいただくぞ」

武家も相好《そうごう》を崩して、まだ土のにおいのする野菜などを受け取った。

こういう形の町人とのやり取りは、日常的にあった。武家が人柄を買われていればこそである。

しかし頼み事を抱え持つ商人や同輩武家が、その屋敷をたずねてくることは皆無だ。

人望は大いにあっても無役。

そんな当主が幕閣につながることなど、あるはずもないからだ。

献残屋が出入りする武家屋敷には、かならず堂々たる門が構えられていた。

わざと長らく待たせる客間は、おおむね泉水つきの庭に面していた。そして屋敷には、腕利きの用人が詰めていた。

「本日うけたまわったことは、てまえの口から、あるじの耳にいれさせていただく」

来客がたとえ格上武家の重役であろうが、用人は口調を変えずに応じた。

頭《ず》を高くして、横柄《おうへい》な物言いで接する。

役職に就いた武家の用人は、ほぼ例外なしに頭を高くしたまま応じた。

愛想《あいそ》やものわかりがいい用人は、頼み事をする者からは頼りないと敬遠された。佐吉が出入りしている武家屋敷の用人たちも、ひとりの例外もなく横柄至極《しごく》だった。が、人柄の善《よ》し悪《あ》しなど、佐吉には問題ではなかった。

居丈高《いたけだか》であっても、貢ぎ物を数多く下取りさせてくれる用人が佐吉には上客だった。

大店とて同じである。

頭取番頭がどれほど横柄な物言いをしても、寺田屋を潤わせてくれれば、それで佐吉には充分だった。

寺田屋を儲けさせてくれる先は、武家・大店の区別なく、客間の造りは豪勢だ。客を待たせている間に、客間の造りを見せつけるのが狙い……そう思いたくなるほどに、部屋の造作はきらびやかだった。

しかしどれほど贅《ぜい》を尽くした設《しつら》いでも、風格からはほど遠かった。

伊勢屋の客間は違った。

墨絵のふすまは、名のある絵師が仕上げたに違いない。絵を見ていると、墨の香りまで伝わってくる気がした。

杉の天井板でも、ただの杉ではない。

おそらく熊野《くまの》か秋田《あきた》、もしくは土佐《とさ》のいずれかの杉を使っているはずだ。

柾目の流れ方から、樹齢百年は優に超した大木だと、佐吉は見当をつけた。

百年を生きた杉なら、この先百年はもつ。

見た目の派手さを嫌った客間の設いから、佐吉は伊勢屋の風格を感じ取っていた。


湯呑みを手にしたまま、ふすまの墨絵に見入っていると……。

カタンッ。

小さな音を立てて、ふすまが開かれた。

藤五朗を従えるようにして、伊勢屋当主が客間に入ってきた。

身の丈五尺八寸（約百七十六センチ）、目方《めかた》十九貫（約七十一キロ）はありそうな、堂々とした体躯《たいく》である。そんな大柄な男が、すり足で座についた。

行灯の白い明かりがゆらりと揺れて、当主を客間に迎え入れた。

七十一

「抜け荷に手を貸している、奉行所の役人がいると聞いたが」

なんの前置きも言わず、伊勢屋は本題に切り込んできた。

煎茶が伊勢屋の膝元に供されていた。赤絵《あかえ》も美しい、伊万里焼《いまりやき》の湯呑みだ。

女中は佐吉の前にも同じ茶を出していたが、湯呑みは白無地の伊万里焼だ。

「あんたの言い分を、鵜《う》呑《の》みにはできないほどの大きな話だ」

伊勢屋は湯呑みに目を落としたが、手に持とうとはしなかった。

「藤五朗に聞かせた話に間違いはないか」

「まことでございます」

佐吉は即座に答えた。

「いまも言った通り、あらましは藤五朗から聞かせてもらったが」

伊勢屋は佐吉を真正面から見詰めた。

「ことの深刻さは尋常ではない」

佐吉を見詰める目の光は、鋭いわけではなかった。鋭いどころかむしろ逆で、物静かですらあった。

しかし並の静かさではなかった。

海底まで何千尋《ひろ》もあるような、深い海を思わせる目だった。

「手間だろうが、もう一度、あんたの口から次第を聞かせてくれ」

「かしこまりました」

佐吉は即座に答えた。伊勢屋の深い目が、佐吉に即答を促したのだ。

「お役人は、浦賀奉行所庶務頭の宅間伊織様です」

役宅は麹町四丁目で、禄高は五百石《こく》。屋敷の敷地は五百坪だと付け加えた。

伊勢屋のわきに座した藤五朗は、分厚い帳面を持参していた。伊勢屋の取引客の名を綴《と》じ合わせた、札旦那元帳《もとちょう》である。

藤五朗が持参したのは、麹町四丁目分の綴《つづ》りだった。町ひとつで、元帳の厚みは優に七寸（約二十一センチ）を超えている。

元帳の厚みが、伊勢屋の商いの大きさを示していた。

「こちらでございます」

該当する部分を開いたまま、藤五朗は帳面と天眼鏡《てんがんきょう》を差し出した。

伊勢屋は天眼鏡を右手に持った。偉丈夫だが、視力の衰えはいかんともしがたいらしい。

帳面を渡した藤五朗は、立ち上がって部屋の隅から燭台を持ち寄った。特大の百目ろうそくの燭台である。

行灯に綿糸《きんし》の灯芯を差し入れて燃やした藤五朗は、その炎で百目ろうそくに火をつけた。伊勢屋の頭取番頭が、いまは手代のような動きであるじに従っていた。

燭台の明かりで、綴りの文字が読みやすくなったのだろう。伊勢屋は天眼鏡を動かして、元帳の細かな文字を読み進んだ。

読み終えたあとは、綴りと天眼鏡を藤五朗に戻した。佐吉に目を向けたのは、湯呑みの茶をすすったあとだった。

「五百石もの禄を食《は》みながら、こともあろうに抜け荷に手を染めるとは」

あたまのなかで、伊勢屋は宅間の姿を思い描《えが》いているのだろう。口は閉じたままである。しかし静かだった両目が、湧《わ》き上がる怒りで強い光を帯びていた。

「それで……」

不意に目の光を消した伊勢屋は、穏やかな口調で話しかけた。

「ロシアとの抜け荷だそうだが、宅間様はいったいなにとなにとをやり取りする気でいるのかね」

伊勢屋は吐き捨てるような口調ながら、宅間様と呼んだ。五百石取りの札旦那ゆえだろう。

「ロシアと宅間様の仲を取り持っているのは、蝦夷物に限って扱う大田屋という廻漕問屋です」

「大田屋だと？」

伊勢屋の顔色が動いた。

大田屋の話を佐吉から聞くのは、わきに座した藤五朗も初めてである。

「大田屋というのは、霊岸島の大田屋か？」

分かっている限りの話を、佐吉はふたりに聞かせた。

「あの大田屋なら、それぐらいのことはやるだろう」

伊勢屋は得心のつぶやきを漏らした。

大田屋は伊勢屋の当主にも、膃肭《オンネウ》を売りつけている……伊勢屋の様子から、佐吉はそのことを察した。

「あの大田屋が一枚嚙んでいるとなれば、こちらがロシアに差し出す品物も、半端なものではないはずだ」

伊勢屋は思案顔で、あれこれと考えをめぐらせ始めた。が、品物を思い定めるには至らなかった。

「大田屋が差し出す品がなにか、あんたは知っているのか？」

「夜鷹です」

佐吉はまたもや即答した。前置きや講釈《こうしゃく》を伊勢屋は嫌うと判じての即答である。

「いかにも大田屋ならやるだろう」

夜鷹と聞いた伊勢屋は、深くうなずいた。

「そうはいっても、大田屋は夜鷹は配下に飼ってはいないはずだが」

「おっしゃる通りです」

「そうです」

「どこから手に入れる気だ」

「さらいました」

うむ……とつぶやいたあと、伊勢屋から言葉が出なくなった。

ろうそくと行灯が、息を合わせて揺れた。

七十二

「夜鷹を抜け荷の代《しろ》に差し出すとは」

身の内から湧き上がる怒りで、伊勢屋の目は燃え立っている。

その目を佐吉に向けた。

並の肝の太さであったなら、慌てて目を逸らしたに違いない。伊勢屋の両目には、それほどの怒りの炎《ほむら》が燃えていた。

佐吉が伊勢屋と差し向かいになったのは、今夜が初めてである。うわさには聞いていたが、いざ向き合うと、つい気圧《けお》されそうになった。

伊勢屋の全身から放たれている、貫禄《かんろく》の気配ゆえだろう。

その貫禄に、いまは怒りが加わっていた。

もちろん佐吉に対してではない。夜鷹を抜け荷の代にしようとしている大田屋に対してである。

伊勢屋の怒り方は尋常ではなかった。

佐吉は黙したまま、伊勢屋の光る目を真正面から受け止めていた。

不意に伊勢屋の目から、光が引いた。

「すぐに戻る」

頭取番頭の藤五朗に言い残して、伊勢屋は中座した。

当主が部屋を出ると、気配がゆるんだ。

「旦那様は商いの掛け合いでは、まったく容赦のないおひとだ」

あるじが座を外したのを受けて、藤五朗が伊勢屋四郎左衛門の人となりを語り始めた。

「売買の値決めでは、わたしでも息苦しさを覚えるほどに手厳しい」

藤五朗は口を湿そうとして、湯呑みを手に取った。ひと口すすったあとは、話し方が滑らかになった。

「掛け合いの相手の心ノ臓をえぐり取らんばかりに、旦那様が発する言葉の切《き》っ先《さき》は尖っている」

佐吉は、さもありなんとうなずいた。

向き合って座っただけで、伊勢屋の放つ貫禄にいささか気圧されていたからだ。

「あんたには信じがたいかもしれないが、あの旦那様が、ときに驚くほどの優《やさ》しさを見せられる」

続きを話す前に、藤五朗は茶をすすった。

奉公人が百人に届くという、桁違いに所帯の大きい伊勢屋だ。手代頭は五人、番頭は三人もいた。

これほどの大店であるにもかかわらず、商いの舵《かじ》は頭取番頭ではなく、四郎左衛門当人が握っていた。

店のことは番頭に任せるのが、あるじの器量の大きさだ。

商いの舵を放そうとしない伊勢屋を、札差仲間は陰で散々に言った。

伊勢屋の抜きんでた身代の大きさには、どの札差もかなわない。

抱え持つ札旦那の数も、伊勢屋は桁違いに多かった。

商いでは太刀《たち》打ちできないがゆえに、仲間は伊勢屋当主のあり方を陰口した。

「身代に責めを負うのは当主だ。船の舵は、その船のすべてに責めを負う船頭が握って当然だろう」

これが伊勢屋四郎左衛門の言い分である。

伊勢屋の言い分には誤りがあった。

船頭が船の責めを負うというのは正しい。しかし千石積みの大型弁財船《べざいせん》ともなると、針路《しんろ》を定める舵は畳四畳大だ。

舵を動かす樫《かし》の柄は、長さが八尺（約二・四メートル）もあった。

舵の柄を動かすには腕力がいる。

ゆえに弁財船には船頭の指図で舵を動かす舵取りが乗っている。

大店の頭取番頭は、商いにあっては船頭役を担っていた。当主とは、船には乗らず船乗りの世話をする船主である。

伊勢屋四郎左衛門はしかし、船主でありながら船頭も兼ねていた。頭取番頭の藤五朗は、みずから舵を切るのではなく、当主の指図で柄を動かす舵取りだった。

その役に藤五朗が甘んじているのは、伊勢屋の優しさを知っているからだ。

三年前の年の暮れ、藤五朗は伊勢屋とともに主《おも》だった札旦那へのあいさつ回りに出た。

蔵前近くにまで戻ってきたとき、伊勢屋は一軒の縄のれんの前で立ち止まった。

「身体を温めてから帰ろう」

伊勢屋が酒を楽しむのは、両国橋西詰の料亭と決まっていた。

入れ込みの縄のれんで一杯やろうと言い出した伊勢屋に、藤五朗は驚いた。

が、口にしたことはかならずやるのが伊勢屋である。気性を呑み込んでいた藤五朗は、先に立って店に入った。

酒は意外にも辛口《からくち》で美味かった。

三本目の徳利を藤五朗が差し出したとき、まだ十四、五の娘を連れた男が入ってきた。

酒の美味さで評判の店らしく、土間の卓はどこも埋まっていた。

伊勢屋と藤五朗は腰掛をずらして、ふたり分の場所を作った。

「おれには熱燗《あつかん》と煮物をくれ。こいつには番茶をくれてやりゃあたくさんだ」

男のぞんざいな物言いに、伊勢屋はわずかに眉を動かした。

そろそろ出ましょうか？

藤五朗は目で問いかけた。

見るからに渡世人風体《ふうてい》の男と、真冬だというのに単衣《ひとえ》の木綿物しか着ていない、まだ幼さの残っている娘。

女衒《ぜげん》と、その男に買われた娘であると、藤五朗にも察しがついた。

伊勢屋は藤五朗以上に察しのいい男だ。不愉快な成り行きを見る前に、藤五朗は、伊勢屋を連れ出そうと考えたのだ。

伊勢屋はきつい目で藤五朗を制した。

このまま、成り行きを見る気らしい。

藤五朗は小さな吐息を漏らし、差し出していた徳利を手酌《てじゃく》で自分に注いだ。

ふたりはまさしく女衒と、女郎屋《じょろうや》に売られていく田舎娘《いなかむすめ》だった。

女衒と娘は、川越《かわごえ》街道を五里《り》（約二十キロ）近くも歩き通してきたらしい。

「身体の隙間に染み通るぜ」

寒空のなかを歩き通してきた身には、熱燗の酒は百薬の長だ……盃を卓に置いた女衒は、箸で煮物を摘《つま》もうとした。

小芋の煮っ転がしで、甘味を利かせたこの店自慢の一品らしい。

女衒は芋を箸で挟んだ。が、店が使っているのは割り箸ではなく丸箸だ。

「なんて摑みにくい芋なんでえ」

ぶつくさ言いながらも、なんとか摘んだ。しかし口に入れる直前、芋は箸から逃げた。

旨味のぬるぬるをまとった小芋は、女衒と娘の真ん中の土間に落ちた。

「ちぇっ」

女衒は舌打ちをした。娘は土間に落ちた小芋を見て、ごくんっと喉を鳴らした。

溜《た》まった生唾を呑み込んだのだ。

年若い娘は明らかに飢《う》えていた。

女衒の目が意地悪そうな光を帯びた。

「食いてえんなら、拾って食ってもいいぜ」

娘は首を振って我慢した。

「なんでえ、おめえは」

女衒は箸を持ったままの手で、娘のひたいを乱暴に突いた。

「せっかく恵んでやろうとしたのによう」

チェッと大きな舌打ちをした女衒は、箸を置いて盃を手に持った。

娘は女衒を見詰めていた。

「なにをそんな目で見てやがんでえ」

女衒が声を荒らげると、周りの客がふたりを見た。気配を察した女衒は、娘に酌をしろと言って、徳利を押した。

娘はどうしていいか分からず、身体を硬くした。

「いやな女衒だぜ」

「その子もひもじいだろうに」

「せめて、あったけえおでんでも食わしてやるがいいじゃねえか」

周りの声が聞こえたのだろう。女衒はいきなり立ち上がると、小声を交わしている客を睨みつけた。

「大層《たいそう》におやさしいにいさんたちらしいが、この娘はおれが十五両で川越の在から買い込んできたんだ」

立ち上がったまま、女衒は手酌で満たした盃を呑み干した。

「この娘におでんを食わせる親切ごころを見せてえなら、おれの口銭《こうせん》込みで十八両をここに出しねえ」

あれこれ口出ししたいなら、十八両で買ってからにしろと息巻いた。

女衒の剣幕を恐れた娘は、大粒の涙をこぼした。が、泣き声は漏らすまいと懸命に踏ん張っていた。

「立って大声を出されては、せっかくの辛口がまずくなる」

伊勢屋は女衒を叱った。奉公人が震《ふる》え上がる声である。

「なんだとう?」

女衒は伊勢屋に嚙みつこうとした。

伊勢屋は藤五朗に目配せをした。

「かしこまりました」

藤五朗は手に提《さ》げていた巾着袋《きんちゃくぶくろ》を卓に置いた。紐をゆるめると、カネを収めた袋を取り出した。

錦織《にしきおり》の、ひと目で極上品と分かる拵えだ。

藤五朗は小判を数え慣れている。伊勢屋に差し出した手には、十八枚の小判が握られていた。

「あんたの言い値の十八両だ。その酒代もわしが払う。目障りだから出ていってくれ」

伊勢屋は女衒を追い払った。

娘は奥の女中見習いとして、いまも伊勢屋に奉公していた。

「夜鷹を抜け荷の代に使うのを、あれほどに旦那様がお腹立ちになったのも、これで分かってくれただろう」

「はい」

佐吉が静かに答えたところに、伊勢屋が戻ってきた。

両目の怒りは、すっかり失せていた。

七十三

六月一日四ツ（午前十時）過ぎ。

永承と佐吉は、利三の宿につながる橋を渡っていた。

「元締めとはわたしが話をする」

橋を渡り切る手前で、永承が念押しをした。佐吉は歩みの調子を変えず、強くうなずいた。

寺田屋からここまでふたりを運んできたのは、ゑさ元の屋根船である。

神田川沿いの船着場を離れた屋根船は、ゆるい船足を保った。永承と佐吉の話し合いを邪魔しないためだ。

「湯呑みの茶が揺れないように、櫓と棹の扱いを存分に気遣うことだ」

後兵衛から念を押された船頭は、うまい具合の下げ潮に船を乗せていた。四畳半の屋根船は、川面を滑って利三の宿に向かった。

ゑさ元の船頭はだれもが腕利きである。それを承知で後兵衛が念押しをしたのは、永承と佐吉の話し合いがことさらきついものだと察していたからだ。

永承が屋根船に乗り込んだのは、五ツ（午前八時）の鐘が鳴り終わったころである。

尋常に櫓と棹を使えば、利三の宿には半刻（一時間）もあれば行き着けた。

しかもいまは下げ潮である。潮に乗れば、さらに早く行き着くことができるだろう。

船頭はもちろんだが、屋根船を外出の足に使う永承もそれは承知だった。にもかかわらず半刻も早く船に乗り込んだのは、船の内で熟慮を重ねながら利三の宿に向かおうとしていたからだ。

世間を斜めに渡るのが利三の稼業である。そんな利三に、御上の手助けをしてくれと頼み込むための談判に、永承と佐吉は向かおうとしていた。

しかも佐吉は、伊勢屋四郎左衛門に迷いのない口調で請け合っていた。

「利三さんという元締めは、まことに御上の手伝いをすると言われたのか?」

真正面から問われた佐吉は、返答のまえにひと息おいた。が、それは答えをためらったわけではなかった。

「てまえの一命にかけましても、元締めには手助けを承知していただきます」

手伝うとの確約は利三からまだもらっていないことを、佐吉は正直に明かした。そのうえで、かならず承知してもらう肚で談判に臨むと告げた。

伊勢屋相手に、ごまかしは通用しない。

しかも伊勢屋は、寺社奉行配下の筆頭与力に面談を申し入れることを請け合った。もしも利三に手助けを拒まれたりすれば、伊勢屋の面目を潰すことになる。

さらにさらに。

ロシアとの抜け荷に浦賀奉行所の役人が荷担していると告げに、伊勢屋は出向くのだ。

利三の助太刀《すけだち》を取り付けないことには、伊勢屋を二階に上げて梯子《はしご》を外すも同然だ。

一命にかけてもと佐吉が口にしたのは、大げさではない。まさに佐吉は、おのれの命を賭《と》す覚悟を決めて伊勢屋に答えた。

伊勢屋とのやり取りの仔細を聞き終えた永承は、しばしの黙考《もっこう》ののちに佐吉を見詰めた。

「わたしが元締めと談判をしよう」

永承の物言いに気負いはなかった。その気負いのなさが、肚のくくりの固さを佐吉に告げていた。

「一切の駆け引きはしない。真正面から頼み込むのみだ」

船頭が船足を落とし、揺れないように気遣った船中で永承が口にしたのは、ただこれだけだった。

「てまえの命は、旦那様にお預けしました」

利三の宿が目の前に見えたとき、佐吉は永承の背後で声に出した。

永承の背中がわずかに動いた。

背筋を張ったというよりは、膨らんだように見えた。その動きに接した佐吉は、吐き出そうとした息を呑んだ。

旦那様も命を賭しておいでだ……。

永承の肚のくくりのほどを、佐吉は背中の膨らみから察した。

佐吉の歩みがすり足になった。

寺田屋の奉公人のなかで、自分は献残買いの腕は抜きんでていると佐吉は自負していた。

難儀に直面したとき、肝の太さにおいて負けることはないとの思いも抱いていたのだが。

昨夜の伊勢屋と頭取番頭の藤五朗。

いま目の前を歩いている永承。

桁違いに大きな度量を持つ男たちに、佐吉は立て続けに出会った。

永承にはこれまで身近に仕えながら、まことの度量のほどを察してはいなかった。

奉公人のために、あるじが正味で一命を賭すと肚をくくっている。

おのれの慢心を思い知ったいま、佐吉の歩みはすり足になっていた。

七十四

「あんたの言い分は聞かせてもらった」

利三は永承から目を離さずに応えた。

横並びになった永承・佐吉と、十間堀の利三とが向かい合わせに座っていた。利三の宿の、庭に面した三十畳の広間である。

夜になればサイコロと花札博打《ばくち》に興《きょう》ずる客が、この広間を埋めた。四ツ過ぎのいまは、広間に座しているのは三人だけだ。利三は若い者を広間から追い払っていた。

「こんな頼みをおれに聞かせたあんたも、それなりに肚はくくっているだろうが」

キセルを手に持った利三は、永承に向けた目の光を強めた。

「夜鷹を束ねつつ、賭場を仕切るのが渡世のおれが、はいそうですかと素直にきける話じゃあねえ」

利三が凄んだわけではないが、広間に差し込む陽差しが揺れた。

賭場に使う広間である。もしも捕り方が踏み込んできたときには、いち早く客を逃がす工夫が広間の造作にはなされていた。

雨戸は音も立てずに開け閉めができた。

その雨戸の先には庭が開けていた。

庭の潜り戸《くぐど》を出れば、表からは分からない路地になっている。その路地の先は、堀の枝川に通じていた。

常に二杯の屋根船が舫われた船着場が、枝川に設けられている。賭場を逃げ出した客は、二杯に分乗して捕り方の手から逃れた。

いま、広間の雨戸はすべて開け放たれていた。四ツどきの陽差しが、広間に差し込んでいる。向き合った三人とも、顔に陽を浴びていた。

「渡世人のおれが御上の御用を助ける……もしも、そんなことが仲間内に知れたら」

吹かし終えたキセルを、利三は勢いをつけて灰吹きに叩きつけた。

ボコンッ。

孟宗竹《もうそうちく》にぶつかったキセルが、鈍い音を立てた。利三が胸の内に抱えた思いをあらわすかのような、重たい音だった。

「おれの面子《メンツ》が丸潰れになるだけでは収まらねえ」

キセルを手に持ったまま、利三は永承を見据えた。

永承は小さくうなずいた。

「分かってもらえたなら、余計なことを言うまでもねえ」

利三は座り直して背筋を伸ばした。

「ここ一番の決め事をするとき、おれはサイコロの出目に問うことにしている」

おい、やっこ……利三の小声が消えぬうちに、配下の時次が広間に顔を出した。

急ぎ駆けてきたのだろうに、永承にも佐吉にも足音は聞こえなかった。

永承の顔つきが引き締まった。時次の忍び足に、並々ならぬ鍛錬のほどを感じ取ったからだろう。

若い者をここまでしつけているとは……引き締まった永承の顔が告げている思いを、利三は読み取ったようだ。

「支度をしろ」

重みに満ちた声で短い指図がなされた。

「へいっ」

敏捷な動きで広間から出た時次は、戻ってきたときには灰吉を伴っていた。

灰吉は文机《ふづくえ》のような卓を抱え持っており、純白木綿の二反巻《にたんまき》が天板《てんばん》に載っていた。

時次が持っているのは黒漆《くろうるし》仕上げの竹壺《たけつぼ》と、小鉢に入ったサイコロである。差し込む陽は、広間を明るくしている。

小型の竹壺は、漆の艶を際立たせていた。

利三と永承の真ん中に卓を置いた灰吉は、慣れた手つきで木綿をかぶせた。鏝《こて》をあてていねいに巻いた木綿には、どこにもしわがなかった。

木綿をかぶせ終わった卓に、時次は壺と小鉢を置いた。

利三は若い者ふたりに、目で下がれと指図した。ふたりは足音の立たないすり足で広間から出た。

堀と庭を渡った風が、広間に流れ込んできた。風は夏の香りをはらんでいた。

「あんたの好きなのをふたつ、選《よ》ってもらおう」

利三はサイコロが山盛りになった小鉢を永承の前に押し出した。

「ここ一番の勝負だ。あんたの得心がいくまで、存分にサイコロを吟味してもらおう」

利三の声は低くて重たい。

この勝負に永承がなにを賭けるのか。

それを問いもせず、利三はサイコロを選べと迫った。背筋を伸ばした利三の身体からは、殺気にも似た気配が放たれている。

広間に流れ込んできた風は、そんな利三を避けて広間の端へ吹き去った。

七十五

「勝負は一発だ」

左手に壺、右手にサイコロを持った壺振りの隣で、利三は低い声で告げた。

「結構です」

応じた永承の声も、かつて佐吉が聞いたことのない低い声である。

木綿の敷かれた卓を挟んで利三と永承が向き合っている。佐吉は永承の真後ろに座っていた。

結構ですと応じた永承の背中は、微動だにしなかった。存分に肚をくっているからに違いない。

揺れない背中には覚悟がある。

佐吉は息を詰めて永承の背中を見た。

利三の目配せを受けて、壺振りはサイコロを投げ入れた。

カランッとひと鳴りしたあと、カラカラッと乾いた音が続いた。

広間の物音は、このカラカラだけだ。張り詰めた気配が、佐吉に食らいついてきた。

ヒュウッ。

息詰まる気配を切り裂いて、壺が上下に動いた。

コトンッと軽い音を立てて、卓に壺が伏せられた。

「あんたが目を読んでくれ」

利三は両手を膝に載せていた。

「あんたの逆目《ぎやくめ》がおれの目だ」

利三がこれを告げたとき、初めて永承の背中が動いた。

佐吉は握ったこぶしに力を込めた。


「壺振りはうちの者を使うが、あんたはそれでいいか？」

永承がうなずくと、利三は手を叩いた。

パシッと鳴った。

先刻の時次同様、今度も音が消えるまえに、男が広間に姿を見せた。

利三は隣に座れと男に指し示した。


「へい」

瞳を動かさずに、男は答えた。両目は、高い空から獲物を狙う鷹《たか》のように見えた。

壺振りが正座したところで、利三は強く光る目を永承に向けた。

「この一番におれが賭《か》けるものは、あんたの頼みごとだ」

利三は変わらぬ低い声で、自分がなにを賭けるのかをあらためて告げた。

あんたの頼みごととは、御上の手先となって抜け荷成敗を助けるということだ。

勝負に負けたら、十間堀の利三が公儀のイヌになる。

まさに利三が何度も口にした通り、ここ一番の大勝負だ。いや、これ以上の勝負は、渡世人にはないかもしれなかった。

なにを賭けるかを明かしたあとで、利三は永承の目を見詰めた。

「わたしは寺田屋の身代を賭けましょう」

すでに肚を決めていたのだろう。永承はいささかの淀みもなく、この一番に賭けるものを利三に告げた。

呑み込もうとした佐吉の固唾《かたず》が、喉の途中につっかえた。

永承のことだ、半端なものを賭けはしないと佐吉は考えていた。

両替商には、一万両を大きく上回る蓄えを預けてある。

旦那様の気性なら、小出しにせずに蓄えのすべてを賭けるに違いない……佐吉の目一杯の思案を、永承はあっさり乗り越えた。

まさか寺田屋の身代を……。

つっかえた固唾は、滑り落ちぬままだった。

寺田屋は、江戸でも名を知られた献残屋である。しかも……。

「寺田屋さんの指し値であれば、買取値に不足はありません」

「寺田屋さんがご承知であるなら、てまえどもにも異存はございません」

永承が培《つちか》ってきたのれんの重さには、寺田屋の商い高以上の値打ちがあった。

その身代を賭けると、永承は気負いもせずに言い切った。

利三ですら、目を泳がせた。

「親分に公儀の手先となっていただくのです。てまえどもの身代を差し出したところで、算盤が引き合うとは思えませんが」

永承は物静かな口調で、自分の考えを明かした。

ひとたび怒りを覚えたのちは、むごい仕打ちを為すのもためらわない利三だ。怒りが深くなればなるほど、口調は静かになった。

永承の物静かな物言いから、利三は覚悟のほどを察したようだ。

「勝負は一発だ」

利三の物言いにも気負いはなかった。

「丁《ちょう》です」

永承が賭ける目を告げた。

「おれは半《はん》だ」

利三が応じた。

壺振りは壺に手をかけた。広間の気配が動き、光が揺れた。

壺の黒漆の艶が消えた。

「勝負」

壺が取り除かれると、二個のサイコロが木綿の上で目を見せていた。

二個とも、赤いひとつ目を見せていた。

「ピンピンの丁」

壺振りが出目を告げた。

佐吉が漏らした深い息が、広間に響いた。

壺振りは利三に一礼してから立ち上がった。広間を出るとき、つかの間、永承を見た。

深い敬いの色が壺振りの目に浮かんでいた。

「そうと決まれば」

利三が再び手を叩いた。時次と灰吉が足音を立てずに広間に駆けつけた。

「盃の支度だ」

「がってんでさ」

時次の返事が弾《はず》んでいた。

渡世人の宿には、盃の支度は欠かせない。幾らも間をおかずに盃と徳利が運ばれてきた。

「あんたの覚悟のほどは、よく分かった」

利三は手にした盃を永承に差し出した。

「いただきます」

両手で受けた盃に、利三は徳利の酒を注いだ。呑み干したあと、その盃を利三に返した。

徳利の酒が永承の手で注がれた。

利三は、さも美味そうに盃を干した。

佐吉から吐息が漏れた。

音を立てぬようにと気遣っていたが、利三にも永承にも丸聞こえだった。

七十六

大川屋敷の客間に通された伊勢屋が、座布団をわきにどけた、まさにその刹那。

ゴオオーン……。

五ツ（午後八時）を告げる鐘《かね》が鳴り始めた。大和屋の駕籠舁きの見当の確かさに、伊勢屋はあらためて感心した。

畳に座した伊勢屋が背筋を伸ばしたとき、身なりの整った女中が茶菓を運んできた。

供された伊勢屋が黙礼《もくれい》すると、女中は軽い会釈で応じた。与力屋敷の女中ならではの、上品な所作である。

女中が座敷を出たところで、伊勢屋は湯呑みを手にした。大川が顔を出すまで、今宵はしばらくかかると伊勢屋は判じていた。

茶に口をつけたとき、五ツの本鐘が鳴り終わった。物音のしない客間で、伊勢屋は大川にする話の組み立てをなぞり返した。

浦賀奉行所の庶務頭が、抜け荷に荷担している。不埒千万《せんばん》な振舞いを示す、確かなあかしも入手している……。

余計な前置きは省《はぶ》いて、いきなり本題に入ろうと、伊勢屋は駕籠の内で決めていた。大川と伊勢屋の間柄には、あいさつ抜きで本題に入れるだけの近さがあった。

しかし今夜の伊勢屋は、どう話を切り出せばいいか、迷ってしまった。

浦賀奉行所は、江戸湾を行き来する船舶吟味を行う船番所を兼ねていた。諸国に構えた幕府直轄奉行所のなかでも、重要さが際立っている役所だ。

そんな奉行所の五百石取りの官吏《かんり》が、こともあろうに抜け荷に手を染めているという訴えである。

いかに親密な間柄とはいえ、寺社奉行所の与力と町人（しかももっとも位の低い商人）の身分差を思えば、剛毅《ごうき》な伊勢屋といえどもつい尻込みしてしまうのだ。

ふうっ。

湯呑みを手にしたまま、伊勢屋は吐息を漏らした。周囲にひとの気配がなかったからだ。

庭に面した客間の障子戸は、すべて開け放たれていた。

築山《つきやま》を渡ってくる夜風を座敷に流し込むのも、障子戸が開かれているわけのひとつだ。

が、伊勢屋は真のわけを察していた。

今夜のお屋敷は、尋常ではない気の張り詰め方をしている。障子戸を開いているのは、庭の気配を感じさせるためだ……。


屋敷の門番は顔見知りの伊勢屋を見詰めたまま、素性を質した。

「蔵前天王町の札差、伊勢屋四郎左衛門にございます」

姓名を名乗りながら、伊勢屋は張り詰めた気配を感じ取った。門番に誰何《すいか》されるなど、初回の訪問以来のことだった。

玄関まで下男《げなん》に案内される道々、張り詰めていると感じたことに誤りはないと確信した。

屋敷のいたる所で、かがり火が焚かれていた。

慶事を祝う火ではない。

暗がりをなくして、屋敷の守りを固めんがためのかがり火だと察せられた。

玄関の両側にも、ひときわ大きなかがり火の籠が据え付けられていた。

寺社奉行所与力の組屋敷である。玄関には明かりが満ちているゆえ、かがり火は灯されてはいない。が、いつでも灯せるように、籠には松の薪が収まっていた。

玄関で履物を脱ぎながら、伊勢屋は不意に違和感《いわかん》を覚えた。

藤堂和泉守屋敷は、大川屋敷からさほど離れてはいない。それなのに大名屋敷の方角からは、いささかも張り詰めた感じが伝わってこなかったからだ。

いや、藤堂屋敷に限ったことではなかった。

正門から玄関まで、伊勢屋は敷石の上を歩いてきた。その間、大川屋敷と塀を接する武家屋敷からも、なんら張り詰めた感じは漂ってはこなかった。

尋常ではない張り詰め方をしているのは、大川様のお屋敷だけだ……その思いを胸に収めて、伊勢屋は畳に座した。

なにかがお屋敷で生じている……。

その思いを強くしながら座布団をわきにどけたとき、五ツの鐘が鳴った。

客間に茶菓を運んできた女中の所作には、伊勢屋はなんの違和感も覚えなかった。

さすがは大川屋敷の女中だと、感心しながら湯呑みを手に持った。

「待たせたの」

伊勢屋と向かい合わせに座した大川は、すぐに湯呑みに手を伸ばした。

「今宵はいささか、喉に渇きを覚えておる」

音を立てずに茶をすすったあと、大川は用向きはなにかと質した。

伊勢屋は丹田に力を込めて大川を見た。

「浦賀奉行所の庶務頭様が、抜け荷に手を貸そうとされています」

伊勢屋はひと息で言い切った。

息継ぎをしながらでは迷いが生じてしまうと、おのれの弱気を危ぶんでいた。

「いま一度申してみよ」

抑揚《よくよう》のない物言いで、大川は伊勢屋に指図した。

「浦賀奉行所の庶務頭様が、抜け荷に手を貸そうとされています」

伊勢屋は一言一句違《たが》えずに繰り返した。

無言の大川の目が光を帯びた。

泉水の魚が跳ねた。

七十七

伊勢屋を残したまま、大川は自室に戻った。ふすまを閉じてから座につき、机に置かれた文箱《ふばこ》を開いた。

大川の気に入りの、箱根寄木細工《はこねよせぎ》の文箱である。すずりには常に水が張られている。墨を手にした大川は、たったいま伊勢屋から聞かされた話を思い返しながら、ほどよき濃さまですった。

濃さに満足した大川は、墨を戻した。

極上の墨が放つ香りを吸い込み、小筆を手に持った。

浦賀奉行所庶務頭　宅間伊織
献残屋　寺田屋永承
廻漕問屋　大田屋五之助
半紙に三人の名を記《しる》した。

確かな物覚えは、大川の得意技のひとつである。三人の名をどう表記するのか、漢字も大川は聞き取っていた。

氏名・屋号に誤りがないことを確かめてから、文箱わきの小鈴を手にとった。

チリリン。

小さな音で、わずかに一度鳴っただけである。しかしその音で、直《ただ》ちに配下の者がふすまの向こうに控えた。

「山田《やまだ》にござりまする」

大川が屋敷にいる限り、常に身近に控えている山田三郎《さぶろう》が答えた。

「入れ」

山田を呼び入れた大川は、三人の名を記した半紙を手渡した。

「この三名について、分かる限りを抜き書きしてまいれ」

「うけたまわりました」

山田は半紙を二つ折りにしてふところに仕舞い、部屋を出た。

何用あって、この三人のあらましを抜き書きするのか……山田は余計な問いかけを口にしなかった。

大川屋敷の書庫には、最新版の武鑑《ぶかん》・屋号台帳が全冊揃っている。

山田は抜かりのない調べをする能吏だ。仕事ぶりに満足している大川は、抜き書きが仕上がるまでには少なくとも四半刻（三十分）はかかると判じた。

鈴ではなく、大川は手を叩いた。間をおかずに腰元が、ふすまの向こう側に寄ってきた。

「茶がほしい」

あるじの指図を受けた腰元は、宇治《うじ》の特撰《とくせん》銘茶上喜撰《じょうきせん》を調えた。

「これもじょうきせんであったか」

大川はあたまのなかで蒸気船と上喜撰の語呂合わせをした。

今日の七ツ（午後四時）過ぎ、本来ならばとうに役所退出の刻限を過ぎていたが、大川は奉行に呼ばれた。

その場で初めて、蒸気船なる語があることを知った。


公儀は御城二の丸に、建坪が百坪もある巨大な鳩《はと》小屋を構えていた。鳩小屋の世話はすべて御庭番《おにわばん》が受け持った。

公儀が諸国に放っている御庭番衆は、隠密《おんみつ》屋敷内に伝書鳩小屋を構えていた。火急の報せを大目付《おおめつけ》に伝えるためである。

たとえ江戸から二百五十里（約千キロ）離れた遠国からでも、伝書鳩なら三日で江戸城まで報せを届けることができた。

去る五月二十五日の四ツ（午前十時）過ぎ。土佐藩の室戸岬《むろとみさき》沖合いを、巨大な船四杯が東に向けて走り去った。

船の通過を見届けたのは、室戸岬の鯨組《くじらぐみ》の見張り当番、山見《やまみ》である。

最初に船を見つけたのは肉眼の見張りふたりである。

「えらいもんがまた行きゆうぜよ」

驚き声を聞いた頭《かしら》は、遠眼鏡で船を追った。

四杯中、二杯の船の真ん中には巨大な煙突が見えた。煙突は青空を塗り潰さんばかりに、猛烈な勢いで黒煙を吐き出していた。

残る二杯はすべての帆を張って、黒煙を吐く船を追っていた。

山見は四杯の船を絵に描《か》き留めた。

鯨を見張る山見は、だれもが絵心に長《た》けている。薄くて丈夫な土佐紙に、巨大船四杯の様子が細部まで描き留められた。

鯨組からの報せは、間をおかずに土佐藩室戸支庁に届けられた。

鯨組は公儀御法度の八丁櫓船を使っている。鯨に素早く近寄るためで、鯨組には八丁櫓が許されていた。

土佐藩は公儀に謀反《むほん》をおこす気はないことを示すために、御庭番を支庁代官所に受け入れていた。

「即刻、江戸に報さねばならぬ」

山見を召し出した御庭番は、特製の薄紙に船の絵を描き直させた。

土佐紙は薄手だが、伝書鳩の足に結わえる缶に詰めるには重すぎた。

特漉《とくす》きの隠密紙に船を描き、注釈を記して缶に詰めた。

大坂《おおざか》・清水湊《しみずみなと》の二カ所を経由して、室戸岬の隠密文書は六月一日の五ツ（午前八時）過ぎに江戸城二の丸に届けられた。

大目付は直ちに幕閣を集め、文書内容を読み聞かせた。

絵師と蘭学者が召し出されて伝書の絵を、絵師は大判の紙に描き直した。

蘭学者は描かれた船の煙突に着目した。

「黒煙を吐き出しております二杯は、沸騰した湯の力を用いて船を動かすという、蒸気船に間違いございません」

初回の黒船出現後に仕入れた蒸気機関の知識を、蘭学者は幕閣に進講《しんこう》した。

「煮えたぎった湯でものを動かすとは、いかなることなのか。もそっと分かりやすく話しなさい」

呑み込みのわるい老中のために、蘭学者は火鉢と土瓶を用意させた。そして土瓶の湯を沸騰させて、重たいふたを蒸気の力で持ち上げさせた。

「巨大な釜を用意いたしますれば、噴き出す蒸気の力で船でも動かすことができると、蘭学は説いております」

得体《えたい》の知れない蒸気船は、室戸岬沖を東に向けて走り去った。

室戸岬から遠く東には江戸がある。

「素性の分からぬ蒸気船は、江戸に攻め入ってくるやもしれぬ」

老中は江戸町奉行と寺社奉行にあらましを伝えて、厳重な御府内の警戒態勢をとるように命じた。

御城から下がってきた奉行は、大川に蒸気船の室戸岬通過の顚末を聞かせた。

抜け荷の話がまことなれば、蒸気船はロシアの船かもしれぬ……。

すっかり冷めた上喜撰を、大川は嚙みしめるかのように味わった。

山田が書庫から戻ってくる気配がした。

七十八

部屋に戻ってきた大川を見て、伊勢屋は胸の内で安堵《あんど》の吐息を漏らした。

四半刻以上も大川は中座をした。

わしの話の裏を取るために、武鑑などを調べていたに違いない。尋常な顔色・顔つきで戻ってこられたのは、きちんと裏が取れたからだ……こう判じて、伊勢屋は胸の内で安堵したのだ。

「仔細を明かすことはできぬが、いまは尋常ならざる事態が生じておっての」

新たに調えられた茶を大川は口にした。煎茶ではあるが、伊勢屋にも供されている。

「ロシアとの抜け荷を企んでおる不届き者は、断じて見過ごすことはできぬ」

大田屋五之助の名を口にしたときの大川は、濃い眉を逆立てていた。

「そのほうがわしに聞かせた話の真偽を、疑わねばならぬいわれはない」

「ありがたき幸せにございます」

伊勢屋は座したまま大柄な身体を折って、大川が示した信頼に礼を返した。

「とは申せ伊勢屋、そのほうの話はまことに大きい」

軽々しく判断できる内容ではないと告げて、大川は伊勢屋を見詰めた。

見詰めながら、口は閉じている。

大川と伊勢屋の付き合いは、きわめて深い。互いに相手の人柄を買っていたからだ。


大川は寺社奉行方筆頭与力という要職に就いている。奉給と運用益を得てはいるが、家格に見合った人数の家臣も抱えていた。

広い屋敷の暮らしを保つために、二十五人もの奉公人を雇い入れていた。

実は内証は楽ではなかった。しかし大川は、ただの一両とて伊勢屋に融通を求めることはしなかった。

当主の生き方は、大川家家臣にも染み通っていた。家臣の禄米取り扱いも、伊勢屋が請け負っていた。その家臣がひとりとして融通を求めないのは、当主と同じだった。

「大川様のご家来衆には、米一俵につき銀五匁《もんめ》を上乗せして買い入れなさい」

伊勢屋はこう指図して、大川家家臣を陰から支えていた。

大川はもちろん、伊勢屋の取り計らいを知っていた。

家臣を厚遇しながら、伊勢屋が大川に便宜・手助けを求めたことは一度もない。

「商人は儲けを追い求めるのが常道であろうに、なにゆえそのほうは損を承知で我が家中の者を厚遇いたすのか」

「大川様のいさぎよき生き方に、感銘を覚えているからにございます」

伊勢屋が大川の目を見詰めて返答したのは、二年前の大切米売却を終えたあとだった。

大川は家臣を含めて、この年もひとりとしてカネの融通を迫らなかった。

「お武家様はひとの上に立つお方です。大川様はご家来衆まで、背筋を張って生きておいでです」

伊勢屋が米を高く買い入れるのは、立派な武家の暮らしの手伝い……大川の問いに、伊勢屋は真正面から答えた。

このやり取りがきっかけで、深い付き合いが始まった。

「しかるべき相手にそのほうの話を伝えるゆえ、いまを限りに他言無用といたせ」

大川は伊勢屋の口を封じた。

「仰せの通りにいたします」

伊勢屋は畳に手をついて指図を受け入れた。

七十九

寺社奉行方筆頭与力の大川には、市内通行に乗物使用が許されていた。しかし乗物を使うには、規則に従わなければならない。

寺社奉行よりの指図、もしくは許しのある場合。

このことが乗物使用の定め第一に書かれていた。急ぎの用向きを抱えた今朝《けさ》は、奉行に許しを願い出ている暇がなかった。

火急の場合は、事後の届け出でも許された。が、大川は物々しい乗物行列ではなく、もっと身軽に出向きたかった。

大川の役宅《やくたく》から南町奉行所までは、陸路を行けばおよそ一里半（約六キロ）だ。どれほど足を急がせても、目的地まで半刻（一時間）は要した。

大川は健脚で、一里を半刻もかけずに歩けた。しかし寺社奉行方筆頭与力の外出には、小者《こもの》を含めて少なくとも五人の供《とも》を従えなければならない。

大川を加えた六人が足並みを揃えて歩くには、相応のときが必要だった。

川舟なら、相当に早く行ける。

和泉橋から尾張町《おわりちよう》三原橋《みはらばし》まで舟を使えば、残りの道を歩いたとしても四半刻で行き着ける。

大川は供を引き連れて、和泉橋たもとの船着場に向かった。ここには夜明けから暮れ六ツ（午後六時）まで、客待ちの猪牙舟が舫われていた。

「三原橋まで二杯《はい》だ」

「えっ？」

客待ちをしていた猪牙舟の船頭たちは、口開《くちあ》けの客が武家となったことで戸惑い顔を拵えた。

武家が猪牙舟に乗るのは、きわめてまれである。しかも六人連れなのに、舟は二杯だと。

船足の速さが自慢の猪牙舟だが、一杯に乗るのはひとりが常だ。

二杯で六人ということは、一杯に三人の客という段取りになる。しかも武家ばかり三人乗せることを思い、船頭は戸惑ったのだ。

いざ乗船となったら、船頭はさらに驚いた。

先を行く一杯には大川ひとりが乗り、後続の舟に供の五人が乗ると言われたからだ。

「乗せて乗れねえというわけじゃあ、ありやせんが……」

船頭がふたりとも口ごもったとき、供侍《ともざむらい》のひとりが近寄った。

まことに世慣れている武家は、船頭ひとりにつき、小粒銀二粒（銀二匁）の心付けを握らせた。

大店の旦那衆や見栄っ張りの職人に比べれば、銀二匁は多額ではなかった。

しかし武家はそもそも、猪牙舟には乗らない。たとえ乗ったとしても、心付けを握らせる武家は皆無に等しかった。

「いただきやす」

威勢のいい声で答えた船頭は、舫《もや》い綱《づな》をほどいた。

小者は長い柄のついた挟箱《はさみばこ》を肩に担いでいた。往来を歩くに不便はないが、猪牙舟では柄が邪魔になった。

しかも本来なら、見栄を張りたい客がひとり乗りをするのが常の猪牙舟だ。五人の武家が肩をくっつけ合って乗るさまは、滑稽《こっけい》ですらあった。

それでも船出の前に心付けを握らされた船頭は、嫌《いや》な顔も見せずに櫓を漕いだ。

明け六ツ（午前六時）からさほど経《た》っていない空は、まだてっぺんに濃紺色を残している。品川沖から届く朝日は、光のなかに赤味をたっぷりと残していた。

猪牙舟が大川に出ると、いきなり行き交う船が増えた。

漁に出る漁船は、目一杯に帆を張って南の海を目指していた。

品川沖の弁財船から荷降ろしを受ける大型のはしけは、艫《とも》の船頭三人が三丁櫓を操っている。

櫓を漕ぐ動きが機敏なのは、一刻も早く荷を受け取りたいからだろう。

ギイッ、ギイッ。

はしけの櫓の軋み音が、背筋を張って猪牙舟に座している大川の耳に届いた。

三丁櫓のはしけの進み方は、船足の速さが自慢の猪牙舟をも超えていた。

抜け荷を企む者どもの船は、先を行くはしけよりも速いに違いない……。

一刻の油断もならぬとあらためて感じた大川は、丹田に力を込めた。

船頭への心付けが功を奏したのだろう。

和泉橋から三原橋まで、二杯の猪牙舟はわずか四半刻（三十分）少々で走り抜いた。

「先を急ぐゆえ、足並みを揃えてついてまいれ」

供の五人に言い置いた大川は、整った息遣いで歩を進めた。南町奉行所潜り戸前に着いたのは、六ツ半（午前七時）をわずかに過ぎたころだった。

大川は奉行所門番に、寺社奉行所鑑札《かんさつ》を示した。

南北両町奉行所の鑑札は、漆黒に塗られた樫板に葵御紋《あおいのごもん》が焼きつけられている。

格上の寺社奉行所の鑑札は、朱塗りの板に葵御紋が金箔《きんぱく》で描かれていた。

「御役目、ご大儀にございます」

大川に一礼した門番は、潜り戸を開いて一行を招《しょう》じ入れた。

奉行が出仕《しゅっし》するのは五ツ（午前八時）だ。その刻限までは、鋲打《びょうう》ちされた正門は閉じられていた。

奉行所の中間は、大川たち一行六人を御用玄関まで案内した。公務を帯びて奉行所に出向いてきた武家用の玄関である。

「大川様の御用向きはいかに？」

「畑山安馬《はたやまやすまうじ》氏のご都合のほどを、うかがっていただきたい」

取り次ぎの者に、大川は筆頭与力畑山との面談を申し入れた。

事前のやり取りもなしに町奉行所筆頭与力との面談を求めるのは、きわめて異例なことである。

しかし格上の寺社奉行所の筆頭与力が、わざわざ出向いてきたのだ。

「暫時《ざんじ》、この間にて、お待ちくださりますように」

取り次ぎの者は、すり足を急がせて畑山の居室に向かった。

茶坊主《ちゃぼうず》が茶菓を運んでくるよりも早く、取り次ぎの者は戻ってきた。

「ご案内方、つかまつりまする」

大川は供を控えの間に残して、筆頭与力の執務室へ向かった。

廊下の途中で、茶菓を盆に載せた茶坊主とすれ違った。

茶坊主の抱え持った盆から、淡い煎茶の香りが漂い出ていた。

控えの間に詰めた供に、奉行所は上級のもてなしで応じていた。

八十

「ときもあろうこのときに、よりにもよって抜け荷を企むとは、なんたる不届き者か」

「しかも畑山氏、その首謀者は浦賀奉行所の庶務頭でござる」

大川は、小さく息を漏らした。

「まことにもって、不埒千万」

畑山は唇をきつく閉じ合わせた。

室戸岬沖合いを通過した黒い不審船の報には、畑山も大川ももちろん接していた。

いずこから来航した船なのか。

いずこに向かう船なのか。

我が国近海を通過した目的はなにか。

不審船が通過したことしか分かっていないいま、幕閣は大いにあたまを抱えていた。

しかし南町奉行所の畑山が「ときもあろうこのときに……」と口にしたのは、不審船のことではなかった。

もっと大きな問題を、公儀は抱え持っていたのだ。

嘉永六（一八五三）年のいま、我が国は長崎湊《ながさきみなと》ただひとつだけが、外国に対して開かれていた。

その長崎目がけて、多くの国が押し寄せていた。公儀は建前《たてまえ》としては、長崎に寄港できる国の数を限っていた。

しかし長崎湊の実態は、ほぼ野放し状態となっていたのだ。

我が国には金貨・銀貨が豊富にあった。

公儀直轄《ちょっかつ》の精錬所で造られた銅《あかがね》もまた、交易品の決済通貨として、長崎の蔵には大量に用意されていた。

諸外国の貿易商たちは、交易品の決済に際しては、法外な高値をふっかけた。

「ダメで元々。通れば丸儲けだ」

したたかな商人は、長崎湊の交渉相手を舐めてかかっていた。

言葉がうまく通じないこと。

諸外国の交易相場、金銀の為替相場にきわめて疎《うと》いこと。

そしてなによりも外国商人に舐められたわけは、諸藩の長崎勤番《きんばん》役人たちがなんでもほしがったということだ。

江戸から差し向けられた公儀役人は、諸藩が勝手に交易に走らぬように監視の目を尖らせていた。

しかし公儀役人は、きわめて少人数だ。

世界の主要湊で交易を繰り返している商人から見れば、公儀役人の目などは赤子《あかご》も同然だった。

「このライフル銃が一挺《ちょう》あれば、サムライ百人でも相手にできます」

「大砲一門には、五百人のヘイタイでもかないません」

巧《たく》みに片言《かたこと》の日本語を操った。が、いざ支払いの話となれば、まったく言葉が分からないふりをした。

そんな商人たちは、日本語を理解できる通詞《つうじ》を交渉の場に同伴していた。

「高値は承知だが、なんとしてもこの品は我が藩にほしい」

「他藩に買い取られる前に、我が藩で買い占めるのが良策でござろう」

藩の勤番役人が交わす内容は、商人には筒抜けになっていた。

まるで釣り合いのとれていない交渉の末、大量の金銀銅が外国に流れ出ていた。

日本人は、どんな品でも言い値で買う。

商人は言いたい放題の高値で、交易品を売りつけた。

公儀がどれほど監視の目を光らせても、武器も産物も諸藩に流れ込んだ。

「このような品を拵える国とは、ぜひにも友好的な間柄となりたいものだ」

藩主は外国産物の高品質に正味で驚いた。

湊は長崎しか開いていなかった。

しかしそれは『蟻《あり》の穴から堤《つつみ》も崩れる』の実践となっていた。

優秀な武器や、見たこともなかった産物を手にしたことで、藩主は鎖国に疑問を抱いた。

「もはや鎖国の世ではない」

「いかにも」

「開国して、諸外国と友好なる通商を始めるべきであろう」

かつては水面下で交わされていた開国論が、いまでは表舞台で取り沙汰されるに至っていた。

もちろん大目付は、開国論を口にする藩主にきつい監視の目を張り付けていた。

が、いまでは開国を唱える藩主の数が少数ではなくなっていた……。


「宅間なる者は、いずこかの藩と結託してことに及んではおるまいか」

宅間個人の狼藉《ろうぜき》とは考えにくいというのが、畑山の判断だった。

「いずれにせよ、直ちに手配りを始めさせていただく」

南町奉行所が動くと、畑山は約束した。

「夜鷹の元締めにも、献残屋手代にも、しかと手助けを申しつけよう」

畑山と大川は、深くうなずきあった。

五ツ（午前八時）を告げる太鼓が、奉行所に鳴り響いた。響きはまるで、出陣の触れのようだった。

八十一

六月二日八ツ（午後二時）下がりの深川十間堀を、ゆるい川風が渡っていた。

利三は自前の屋根船のなかで、男と向かい合わせに座っていた。

「うわばみのおめえに、いちいち酌をするのは面倒だ」

好きにやってくれと告げた利三は、五合徳利をそのまま相手に手渡した。

「構われんほうが、わしも気が楽にやれますきに」

男の物言いには、強い訛《なま》りがあった。

「おめえの在所の司牡丹《つかさぼたん》は、あいにく品切れだった」

「そらまた、惜しいことで」

男はぐい呑みに酒を注ぎ、利き酒をするかのようにひと口を味わい始めた。舌で吟味しているのは、男の顔つきで分かった。やがて顔の動きが変わった。左右の頬が交互に膨らんでいるのは、口のなかで酒を転がしているのだろう。頬の膨らみがしぼみ、ごくんと喉を鳴らして呑み込んだ。

「気に入ってもらえたらしいな」

「灘の酒にしては、ええ辛口ですわ」

利三はどこの酒とも言わなかったが、男は灘と言い切った。

「酒が分かったのか」

「分からいでか」

男の物言いがぞんざいになった。が、利三は気にもとめず、先を続けさせた。

「灘でとむらいがあるときは、かならずこの酒を用意しちゅうきに……播州《ばんしゅう》あたりの酒呑みは、これは葬式の酒じゃと言いよります」

赤穂浪士《あこうろうし》が討ち入りに出向く前に、蕎麦《そば》屋で意気固めに呑んだのもこの酒だったと、男は由緒《ゆいしょ》を話した。

「もったいぶってねえで、酒はなんだか言ってみねえな」

「剣菱《けんびし》にかあらん（間違いない）」

「大したもんだ」

図星をさされた利三は正味で感心した。

利き酒のひけらかしを男がやっても、今日の利三は上機嫌で聞いていた。

わけは、ふたつあった。

ひとつは今朝の四ツ（午前十時）前に、着流しの武家がたずねてきたことにあった。

「わしは南町奉行所の定町廻同心《じょうまちまわりどうしん》田野俊蔵《たのしゅんぞう》である」

利三と向き合うなり、武家はみずから先に名乗った。

背丈は五尺三寸（約百六十一センチ）で、肉置《ししお》きは引き締まっていた。この武家の羽織を着た着流し姿は、御府内のどの町にでもすぐに溶け込めるだろう。

御府内勝手次第の定町廻同心には、目立たず打ってつけの男だった。

「筆頭与力様より、じきじきのお役目お申し付けである」

田野は一枚の鑑札を持参していた。

「大田屋五之助一味の動静見張りに、そのほうの手助けがほしいとの仰せである」

御用手伝いに際しては鑑札提示を許すと、田野は言い添えた。

「本日暮れ六ツ以降、そのほうの手に見張りを委ねる。自在に見張りを続けてよいが、構えて手出しは無用と心得よ」

なにか不審な動きがあったときは、すぐさま近くの自身番《じしんばん》小屋に報せればいい。

利三からの報せがあったときは、直ちに奉行所の捕り方が動く段取りとなっている
……田野は渡世人の利三に、なんと見張りを一任すると告げた。

定町廻同心が、わざわざ宿までたずねてきたのだ。

「引き受けやしょう」

利三は鷹揚《おうよう》な物言いで田野に答えた。

田野が宿を出るなり、利三は使いをある男のもとに走らせた。

幸いにも男はねぐらにいた。

利三が上機嫌であるもうひとつのわけは、この男にあった。

男は伊之八《いのはち》という名の船頭で、在所は土佐国高知《こうち》城下である。

土佐藩は浦戸《うらど》湾の入り口となる種崎《たねざき》に、藩の造船所を構えていた。藩主の乗る御《ご》

座船《ざぶね》も、藩が公用で使う船船も、すべて種崎で建造していた。

城下を流れる鏡川《かがみがわ》桟橋から種崎までは、水路でおよそ四里（約十六キロ）あった。その四里の水路を一丁櫓の小舟で、潮《しお》に乗ったときはわずか一刻（二時間）で走りきるのが江廻《えまわ》りと呼ばれる船頭だ。

伊之八は十六から三十六までの二十年間、江廻りを続けた。

「長生きできても、せいぜい五十じゃ。わしは死ぬ前に、いっぺん江戸の吉原で腰が抜けるばあ遊んでみたい」

吉原のうわさは土佐にも届いていた。

江廻りは月の報酬が銀百二十匁（金貨二両相当）で、土佐では破格の実入りだ。ひとり者の伊之八は、実入りのほとんどを酒・博打・女郎遊びに遣った。

それでも二十年の間に、銀五百匁（約八両三分）の蓄えが残っていた。

有り金すべてを持って江戸に出たあと、真っ直ぐに吉原に向かった。

しかし道中で飯盛《めしも》り女相手に遊んだことで、ふところには銀百匁しか残ってなかった。

宿場の女郎相手なら遊べても、このカネでは吉原遊びはできない。

牛太郎《ぎゅうたろう》（遊郭《ゆうかく》の客引きの若い衆）に追い返された伊之八は、あてもなしに歩いているうちに深川十間堀に出た。

屋根船を出そうとしていた利三の船頭が、不意に桟橋に倒れた。胃ノ腑《ふ》に強い差し込みが起こったのだ。

通りがかった伊之八は、船頭を運ぶのを手伝った。

「助かったぜ」

「これけばのことは、なんちゃあないき」

伊之八は土佐弁丸だしで答えた。意味は呑み込めなかったが、伊之八の男気に利三は気を惹《ひ》かれた。

話しているうちに、伊之八が船頭だと分かった利三は、屋根船の櫓を任せた。

伊之八は今年で不惑《ふわく》を超した。利三とはすでに五年の付き合いになっていた。

この歳になるまで、利三は公儀の手助けをするなどとは考えたこともなかった。

利三は裏街道を走り続けてきた。公儀の手伝いをしたいまでも、その生業《なりわい》に変わりはなかった。

法の定めに従う表社会の仕来《しきた》りなど、裏街道ではなんの役にも立たない。生き延びる術はただひとつ、先を見通す眼力だった。

黒船四杯に脅《おど》されてうろたえる公儀の姿に、利三は心底げんなりした。

脅しに屈したら、すべてを失うのが渡世人の棲《す》む裏社会の掟《おきて》である。たとえ力で敵《かな》わないと分かり切っていても、断じてやってはならないのが周章狼狽《しゅうしょうろうばい》を敵に見せることだ。

武家の世も長くはねえな。

時代の潮《しお》はこの先引き潮に変わるだろうと、利三は渡世人の本能で感じ取っていた。

潮が引けば干潟《ひがた》が露出《ろしゅつ》する。なにもモノを作らず、仕来りだけで生きてきた武家の脆《もろ》さが白日の下にさらされるに違いない。

世の中、大きく変わるぜ。

利三は胸の内でおのれに言い聞かせた。

「今夜から、この屋根船をおめえに預ける」

利三がことの仔細を話している間も、伊之八は徳利の剣菱を呑み続けていた。

満ち潮

八十二

嘉永《かえい》六（一八五三）年六月三日、五ツ《いつ》（午前八時）過ぎ。一杯《いっぱい》の八丁《はっちょう》櫓《ろ》御用船《ごようせん》が品川《しながわ》沖を走っていた。

六月三日は夜明けの空からすでに、水平線を昇る天道《てんとう》は大きかった。五ツどきの品川の海面は、燃え立つ夏の天道が眩《まばゆ》く照らしていた。

その海を走る八丁櫓はしかし、家康《いえやす》の警護船でも、焼津《やいづ》湊《みなと》の鰹《かつお》船でも、室戸《むろと》岬《みさき》の勢子《せこ》船《ぶね》でもなかった。

長さ七間《けん》（約十二・六メートル）の船体を、目に鮮《あざ》やかな緋色《ひいろ》に塗装した公儀《こうぎ》御用船である。公儀が使う船とはいえ、八丁櫓船は御船奉行《おふなぶぎょう》の裁可《さいか》がなければ新造はかなわなかった。

夏日を正面から浴《あ》びて進む八丁櫓船は、先月初旬に進水したばかりの新造船、阿《あ》波丸《わまる》である。

いまの御船奉行は、伊予大洲藩《いよおおずはん》藩主である。新造船の名付けは御船奉行の専管事項だった。

「わしの任期中にあっては、八丁櫓新造船には四国諸藩の地名を船名といたす」

阿波丸の漕ぎ手八人は、揃《そろ》いの濃紺半纏《のうこんはんてん》を羽織《はお》っている。八人に加えて、さらに八人の控《ひか》え漕ぎ手が乗船していた。

えぃ、ほう……えぃ、ほう……。

船足をより速くするために、八人全員が立ち漕ぎである。舵取《かじと》り役と控え漕ぎ手は船板に座していた。

船客は南町奉行所の庶務役《しょむやく》ふたりである。ひとりは勘定掛《かんじょうがかり》の横田馬尾《よこたうまお》、もうひとりは祐筆《ゆうひつ》兼務の西川庄兵衛《にしかわしょうべえ》だった。

ふたりは同い年の三十二歳で、俸給《ほうきゅう》も同額である。しかし役目身分においては、祐筆兼務の西川が格上だった。

身分の差は、座り方にあらわれていた。舳先《へさき》に向かって左側、上座に西川が座していた。

背筋を張り、正面を見詰める姿勢を、西川は乗船時から続けている。船足が速まるにつれて、頬《ほお》に感じる潮風《しおかぜ》が強くなった。

西川は身じろぎもせず、前方を見詰めたままだ。阿波丸が刻限までに到着できるか否か、西川はただそれだけを考えていた。

西川が庶務頭《がしら》から火急《かきゅう》の召し出しを受けたのは、今朝《けさ》の明け六《む》ツ（午前六時）

直後だった。

「直《ただ》ちに浦賀《うらが》奉行所に出張《でば》り、宅間伊織《たくまいおり》なる庶務頭と面談いたせ」

庶務頭は指図《さしず》ののち、なにゆえ宅間と面談をするのか、仔細《しさい》を西川に聞かせた。

浦賀奉行所と南町奉行所では、浦賀のほうがはるかに格上である。しかも宅間伊織が抜《ぬ》け荷《に》に荷担していることを示す物証《ぶっしょう》は、まだなにもなかった。

とはいえ事態は緊急を要していた。

土佐室戸岬からは、不審な船が通過したとの報《しら》せも入っていた。

もしも宅間が抜け荷を企《たくら》んでいるとすれば、室戸岬沖を通過した不審船とのかかわりが強く案じられた。

「格別の用向きなきまま、南町奉行所の者が面談を求めたと知れば、脛《すね》に傷持つ者ならばかならず動く」

浦賀に留《とど》まり、宅間の動きを監視せよというのが、奉行の指図だった。

「なにゆえ、てまえにその任を？」

西川は直截《ちょくせつ》な物言《ものい》いで問うた。

「そのほうは、事務方なれど北辰流《ほくしんりゅう》の遣《つか》い手である」

万にひとつの事態に備えて、武芸達者を差し向けよと奉行は命じていた。

深く辞儀《じぎ》をした西川は横田と連れ立って、六ツ半（午前七時）過ぎに永代橋《えいたいばし》の公儀御船蔵《おふなぐら》をおとずれた。

「火急の用向きが生じましたがゆえ、ぜひにも二刻《ふたとき》（四時間）のうちに浦賀奉行所を目指していただきたく……」

西川が差し出した書状には、南町奉行の署名と公印が押されていた。

「都合よろしきことに、新造の八丁櫓一杯の用意がございます」

船も漕ぎ手も出せるが、二刻で浦賀まで行き着くのは至難《しなん》だと用船掛《ようせんがかり》は告げた。

「この先一刻以上の間、潮目《しおめ》は逆の上げ潮にぶつかります」

阿波丸には帆《ほ》の備えもあるが、夏場の昼前までは風も向かい風になる。

選《よ》り抜きの漕ぎ手八人と控え八人を用意するが、二刻の内の到着はきわめてむずかしいと、用船掛は見当を口にした。

「うけたまわりました」

西川は用船掛の言い分を了としたうえで、五ツ前にふたりを乗せた八丁櫓船は永代橋御用桟橋《さんばし》を離れた。

阿波丸の漕ぎ手は、交替で休むことなく船を走らせた。用船掛の見当は見事に的《まと》を射ていた。

神奈川《かながわ》沖を過ぎたころ、天道は空の真ん中に居座っていた。

浦賀まで残る隔《へだ》たりは、直進水路でおよそ二里《り》半（約十キロ）だ。

「八《や》ツ（午後二時）前には、行き着けやす」

舵取りが口にした見当を、西川は両目に力を込めて受け止めた。

阿波丸は休みなく漕ぎ進んだ。

浦賀まで残り四半里《しはんり》（約一キロ）に迫ったとき、海の様子が尋常《じんじょう》ではなくなった。

凄《すさ》まじい数の船舶が、浦賀水道を目指して進んでいた。

「あれはいったいなんだ」

「皆目《かいもく》、見当もつきませぬ」

西川と横田が顔を見合わせた。

阿波丸の進む彼方《かなた》には、巨大な船影らしきものが見えていた。

八十三

八ツどきを過ぎれば季節を問わず、天道は西を目指して徐々に空を下り始める。

そして下るにつれて、陽の威勢は次第に薄れるのを常とした。

しかし六月三日は、八ツを四半刻《しはんとき》（三十分）過ぎたあとも、天道の威勢は失《う》せてはいなかった。

それがあかしに、浦賀の海はひときわ眩く照り返っていた。海に弾《はじ》き返された真夏の陽光が、阿波丸の緋色の船体を鮮やかに輝かせていた。

「船を停《と》めなさい」

西川の指図で八人の漕ぎ手は櫓を逆に漕ぎ、即座に停船させた。

阿波丸の前方百五十尋《ひろ》（約二百二十七メートル）のあたりに、四杯の不審船が停船していた。

なかの二杯は明らかに帆船《はんせん》である。しかし帆船とはいえ、弁財船《べざいせん》や樽廻船《たるかいせん》などの和船とはまったく形が違っていた。

いまも長崎《ながさき》の出島《でじま》には、オランダ商船（南蛮船《なんばんせん》）が入港していた。

「奉行所書庫には、長崎出島に寄港する帆船の絵図が多くござる」

長崎奉行は『交易月報《こうえきげっぽう》』の形で、出島に来港する帆船の仔細を江戸に届けていた。

出島には長崎奉行所が抱《かか》える絵師がいる。湊に舫《もや》い綱《づな》を結ぶたびに、絵師は帆船を描《か》いた。

絵師の描いた絵図は、交易船の身上書といえた。

南町奉行が御城《おしろ》から持ち帰る月報の写しを、奉行所は書庫に収めている。祐筆の西川は役目柄、南蛮船の身上書を見ることができた。

「あの船もいわゆる南蛮船の類《たぐい》であろうが、いささか奇妙だ」

絵図に描かれている南蛮船に比べて、前方の帆船は帆の数がはるかに多いと、西川は自分の考えを口にした。

絵図を見たことのない勘定掛の横田は、神妙な顔でうなずいた。

「そのほう」

西川は阿波丸の舵取り役に、帆柱《ほばしら》の数を数えよと命じた。

御用船から不審船まで百五十尋の隔たりがある。帆柱が多そうだとは、西川の肉眼でも察しがついた。が、正確には分からなかった。

船乗りは遠目《とおめ》が利《き》く。とりわけ舵取り役は御城の物見《ものみ》が務まるほどに、遠くの仔細を見極《みきわ》めることができた。

「船首と艫《とも》に、それぞれ主柱が一本ずつ。なかほどには補軸も一本立っておりやす」

二杯の帆船それぞれに、帆柱は三本ずつ立っていると告げた。

「西川殿、これを」

横田は携行《けいこう》してきた布袋から折りたたみ式の遠眼鏡《とおめがね》を取り出し、西川に差し出した。

奉行所には捕《と》り方《かた》の監視備品として、折りたためる遠眼鏡が備わっていた。横田は抜かりなく、その一つを借り受けていた。

西川は一礼して受け取り、筒を伸ばした。

「帆柱は三本に違いないが、帆の数は数えきれぬほどにある」

帆の数を数えていた西川だが、途中でやめた。

和船は巨大な帆が一枚だが、南蛮船は小さな帆を何十枚も帆桁《ほげた》から吊《つ》り下げていた。

ひと通り四杯すべての船を見渡したのちに、西川は横田に遠眼鏡を戻した。

横田も西川同様の動きで、四杯の船を順に見回した。

「奉行所の監視船が、数杯しか見あたりませぬが」

「わしもそれを思っていたところだ」

西川と横田は思案顔でうなずきあった。

夏日に照らされてギラギラと照り返っている海には、無数の船が散っていた。

ほとんどが漁船だが、大型のはしけのような船もそこここに見て取れた。

漁船にもはしけにも、奉行所役人の姿があった。

「西川様」

舵取りが、差し迫った物言いをした。

「なにかあったのか？」

西川の問いに、舵取りは右手を突き出して応じた。筒を向けたのは、横田から再び受け取った遠眼鏡の筒を、西川は一杯に伸ばした。舵取りが突き出した人差し指の方角である。

「うっ」

西川は武家らしくもない声を漏《も》らした。

横田は顔つきを引き締めて、遠眼鏡を向けている船を見詰めた。が、不審船までは百五十尋の隔たりがあるのだ。遠目の利く舵取りには船の仔細が見えていても、横田には無理だった。

「あの船は軍船《いくさぶね》だ」

顔を引きつらせたまま、西川は横田に遠眼鏡を渡した。横田は答える間も惜《お》しんで、船に筒先を向けた。

「なんとっ」

横田もまた、武家とも思えぬうろたえ気味の声を漏らした。

遣い手ではあっても、ふたりとも事務方である。盗賊や悪漢を相手に斬《き》り結びも辞さぬ捕り方とは、大きく心構えが違っていた。

遠眼鏡で見た軍船の舷側《げんそく》には、大砲が何門も構えられていた。

西川と横田が見たとき、軍船は大砲の砲先を、あろうことか八丁櫓の御用船に向けていた。

二人がともに声を漏らしたのは、大砲を見たからだ。

海面を埋め尽くしている御用船以外の船は、どれほど数が多かろうとも無害に見えたのだろう。

軍船は手出しをする気配《けはい》は見せなかった。

ゆえに足下にまで近寄った船にも、目立つことおびただしかった。

御用船は船体が緋色で、いかにも水軍が操る戦闘船のごときである。

しかも八丁櫓で、いかにも水軍が操る戦闘船のごときである。

たとえ百五十尋の隔たりがあろうとも、軍船には明らかな敵に見えたのだろう。

「どういたしやしょう？」

舵取りは落ち着いた声で西川に指示を求めた。

「うかつに近寄っては危ない」

この場から離れて、浦賀奉行所へ向かいなさい、と舵取りに下知《げち》した。

「面舵《おもかじ》いっぱい」

舵取りの声で、八人の漕ぎ手が素早く櫓を握った。

ギイッ。ギイッ。

たっぷり油をくれた櫓は、軋《きし》みの音も軽やかである。

八丁櫓の御用船には舵取り役がいたし、もちろん艫には舵もついていた。

しかし面舵いっぱいを指図された漕ぎ手たちは、櫓の漕ぎ方だけで舳先を大きく右に向けた。

御用船の舳先が、浦賀奉行所に向いた。

「全速前進」

舵取りが新たな指図を与えた。

緋色の八丁櫓船は、水押《みよし》で海を切り裂いて前進を始めた。

ギラギラの海を、御用船の舳先が真っ二つに割っていた。

八十四

浦賀奉行所の船着場《ふなつきば》には、東西に四町《ちょう》（約四百三十六メートル）も延びた巨大な岸壁が作事《さくじ》されていた。

諸国から江戸を目指して江戸湾に入ろうとする船を停船させ、積荷を吟味《ぎんみ》するのが浦賀奉行所の大事な役目だ。

江戸から海を渡って諸国に出てゆく船の吟味もまた、浦賀奉行所に委《ゆだ》ねられていた。

入り鉄砲と出女《でおんな》に対する厳しい詮議《せんぎ》は、陸《おか》の関所《せきしょ》のみならず、浦賀船番所《ふなばんしょ》や、小名木川《おなぎがわ》の中川《なかがわ》船番所でも行われていた。

「いったいいつになったら、うちの船を出させてくれる番になるんでえ」

「でけえ声を出すんじゃねえ」

大柄な水夫《かこ》が、すぐわきで怒鳴《どな》っている船乗りにきつい目を向けた。

「順番をどうこう言うなら、おれっちのほうがずっと先だ」

長い岸壁には、七杯の大型弁財船が舫われていた。

船乗りたちはだれもがこめかみに青筋を立てて、近くを通りかかった奉行所小者《こもの》に嚙《か》みついた。

小者はしかし、知らぬ顔で取り合おうとはしない。我慢の切れた船乗りたちは、役人ではなく水夫同士で言い争いを始めていた。

どの船も今日の正午前に、この岸壁に横付けしていた。いつもなら、どれほど厳しい詮議をされても、舫ってから四半刻の後には岸壁を離れることができた。

諸国の公儀船番所のなかで、浦賀は一番の岸壁の長さがあるといわれていた。それも道理で、接岸される船は弁財船だけでも一日に四十杯を超えた。

手際よく荷物改《あらた》めを行わないことには、岸壁の沖合いには順番待ちの船が群れを作ることになる。

「出帆を許す」

役人は四半刻を超えぬうちに、差し渡し五寸（直径約十五センチ）もある許可判を押して離岸を許可した。

ところが今日は船番所が昼休みを終えた九ツ半《ここの》（午後一時）以降、一杯の船も離岸の許可判をもらっていなかった。

岸壁には吟味役の姿がなかった。

「八ツをとうに過ぎてんだ。あと半刻（一時間）のうちに船出をしねえと、陽のあるうちに品川まで行き着けねえやね」

「まったく、お役人はなにをやってやがるんでえ」

「なにをやるどころじゃねえ、どこにもお役人が見あたらねえぜ」

船乗りがてんでに口を尖《とが》らせている岸壁に、御用船をおりた西川と横田は立った。

「これ、そのほう」

西川は六尺棒《ろくしやくぼう》を地べたに突き立てて動こうとしない中間《ちゆうげん》に、きつい声で呼びかけた。

中間は返事もせず、地べたに六尺棒の端を突き立てた。

ゴンッと乾《かわ》いた音が立った。

口を尖らせていた水夫たちが、一気に黙った。奉行所の中間は、たとえ武家であろうとも不審者と判じたのちは、詮議に容赦《ようしや》をしないのが定めである。

「なに用あって、いずこに向かわれるおつもりか、まずは姓名をうかがいたい」

西川に呼びかけられた中間は、逆に素性《すじよう》を誰何《すいか》してきた。

「きさま、中間の分際《ぶんざい》で」

気色《けしき》ばんだ横田は、中間に詰め寄ろうとした。その動きを制して、西川はふところから南町奉行所鑑札《かんさつ》を取り出した。

中間によく見えるように、西川は相手の目の高さに鑑札を掲《かか》げた。

「南町奉行所庶務役祐筆、西川庄兵衛である」

西川は横田をわきに立たせた。

「こちらは同輩の勘定掛、横田馬尾氏《うじ》だ」

火急の用向きあって御用船で出向いてきたゆえ、直ちに庶務頭の宅間伊織殿に取り次げと命じた。

中間はしかし、一歩たりとも動こうとはしなかった。

「小職は岸壁警固の責めを負っておりますゆえ、この場を離れることはできません」

中間はぐいっと胸を張った。

「西川様および横田様は、ご自分で奉行所にお出ましくだされ」

中間は西川・横田よりも大柄である。六尺棒を強く握ったまま、ふたりを見下ろした。

道理は中間の言い分にあった。

西川はこのうえのやり取りはせず、中間の前を離れた。

浦賀奉行所は南町奉行所よりも格上である。しかも沖合いには得体《えたい》の知れない軍船が四杯も停泊しているという、異常事態の真《ま》っ只中《ただなか》である。

中間相手にことを荒立てても、得るものはなかった。

西川は横田を促して、奉行所につながる石段を登り始めた。

百二十段の石段を登った先に、浦賀奉行所玄関が構えられていた。

血相を変えた役人たちが、あたふたと駆け回っているに違いない……長い石段を登りながら、西川は奉行所の大騒動を思い描いた。

ところが。

玄関は静まり返っていた。

奉行所の番犬とおぼしき大型犬が、鋭い目を西川に向けただけである。

人影はまるでなかった。

西川と横田はうなずきあい、玄関に立った。

それでもひとが出てくる気配がない。奉行所玄関とも思えない不用心さだ。

「ごめん」

横田が尖った声を投げ入れた。

どこからも声が返ってこなかった。

ウウウッ。

番犬が低い声でうなった。

八十五

ジャン、ジャン、ジャン……。

浦賀奉行所のはるか彼方から半鐘《はんしょう》の三連打が流れてきた。もしも江戸と同じ決まりならば、半鐘を打っている火の見やぐらから五町（約五百四十五メートル）先が火事だと告げている。

横田は耳たぶに手をあてて、半鐘が鳴っている方角を探《さぐ》ろうとした。

が、すぐに諦《あきら》めた。

方々《ほうぼう》から三連打が聞こえ始めたからだ。

「この半鐘を聞きつけて、奉行所のなかから小者でも飛び出してくるでしょう」

横田の言い分に西川も得心《とくしん》したのだろう。両手を垂《た》らした西川は、こぶしを握ってひとが出てくるのを待った。

ところが。

三連打を打つ半鐘は増えているにもかかわらず、だれかが玄関先に出てくる気配はまるでなかった。

聞こえているのはかまびすしい半鐘の音と、番犬の吠《ほ》え声だけだった。

「こうして待っていても埒《らち》があかぬ」

履物《はきもの》を脱《ぬ》いで建家《たてや》に入ろうと西川が断を下した。横田にも異論はないらしい。小さくうなずくなり、横田が先に履物を脱ぎ始めた。長い道のりを歩けるように、履物には編み上げ紐《ひも》がついている。

奉行所玄関の式台に腰をおろした横田は、手早く履物の紐をほどいた。

横田のわきに腰をおろした西川は編み上げの紐をほどきながらも、建家内の気配に耳を澄ませていた。

相変わらず物音はしない。

奉行所周辺で生じている騒動を思えば、理解しがたい静けさだ。

「奉行所内に、異変が生じているやもしれませぬ」

「いかにも」

短く応じた西川のほうが、先に式台を踏んで廊下《ろうか》に上がった。

あとに続いた横田には、腰に佩《は》いた二本が重たいらしい。しきりに太刀《たち》の鞘《さや》に左手を添えていた。

「建家の内に進んでみましょう」

西川が先を歩き、横田が続いた。

日頃の剣術稽古《けいこ》の差が、建家内を進む歩き方にあらわれていた。

先に立って奉行所の廊下を歩いている西川は、肩の力を抜いていた。いかなる動きにもすぐに対処せんがためである。

「どなたかおいでになられませぬか」

時折り廊下の真ん中で足を止めては、西川は大声を発した。しかし返答はなかった。

奉行所の奥にまで歩き進んでいるらしい。玄関先で聞くことのできた半鐘の三連打が、いまは失せていた。

「ひとの気配のなさは、尋常ではありませぬな」

横田が小声を漏らした、まさにそのとき。

すぐ先の部屋のふすまが開かれた。

横田が顔をこわばらせた。

八十六

部屋から出てきた者と、八丁櫓御用船で出張ってきた二名が向き合う形になった。

浦賀奉行所の武家も、廊下に立ったままの西川・横田の両名も、ともに予期していなかった鉢合わせである。三人とも、無言で見詰め合う形になった。

最初に口を開いたのは西川だった。

「てまえは南町奉行所庶務役祐筆、西川庄兵衛にござりまする」

相手の身分がまったく分かっていないのだ。西川は礼を失することのないよう、ていねいな物言いで名乗った。

横田も背筋を伸ばして、南町奉行所庶務役勘定掛、横田馬尾だと職名を告げた。

「そなたらふたりとも、江戸から出張ってこられたのか？」

明らかに部屋から出てきた武家のほうが、西川・横田よりも年長者である。おのずと年上らしい口調《くちょう》となった。

「ただいま、八丁櫓の御用船にて到着いたしたばかりです」

西川は一語ずつ、はっきりと話した。

八丁櫓船で出張ってきたと聞くなり、奉行所の武家は驚き顔を拵《こしら》えた。

「それにしても、江戸への至急報を放ってから、まだ半刻（一時間）も経《た》っておらぬというのに……」

そなたらの八丁櫓船は、目もくらむほどに船足が速いのかと、男は西川に問うた。

「すこぶる速くはございまするが、目もくらむとは、いささか大仰《おおぎょう》に過ぎるかと」

返答しながらも、西川は男とのやり取りに嚙み合わぬものを感じた。

「うっ、うん」

空咳《からぜき》をひとつくれてから、西川は男の目を見詰めた。

「この奉行所建家にも、下の船番所岸壁にも、尋常ならざる事態が生じているやに見受けられまするが、いったいなにごとでござりましょう？」

西川が問いかけると、男の表情がさらに大きく変わった。

「そなたらは……我が奉行所が放った至急報を受け取って出張ってきたわけではなかったのか？」

男の物言いは苛立《いらだ》ちを隠《かく》しきれないものに変わっていた。

「てまえどもは浦賀奉行所庶務頭、宅間伊織殿に面談賜《たまわ》りたくて今朝方江戸を出張ってまいりました」

西川が来訪の次第を明かした。

男は両目を大きく見開いて西川を見た。

「わしが宅間伊織であるが」

西川を見据えた宅間の目には、南町奉行所官吏《かんり》ふたりの来訪を強くいぶかしむ光が宿っていた。

「このような火急の折りも折りに、わしに面談を求めて出張ってこられるとは、いかなる仔細あってのことでござろうや」

宅間は語気を強めた。

「てまえどもは浦賀奉行所および周辺の海において、このような事態が生じていたとはいささかもあずかり知らぬままに出張ってまいりました」

西川が口を閉じると、代わって横田が宅間の前に出た。

「さきほど宅間殿は江戸に至急報を放ったとおっしゃいましたが、なにごとが出《しゅっ》来《たい》したのでございましょう？」

横田の問いに、宅間は愚《おろ》かな問いをといわぬばかりの目を向けた。

「異国の黒船が、我が奉行所の許しも得ずに浦賀水道を通り過ぎようとしておるのだ。そのほうらも江戸から八丁櫓で出張ってきたのであれば、あの船のわきを走ったであろうに」

軍艦のような船を見ておきながら、なにが出来したのかとは、おまえたちの目は節穴《ふしあな》か。

宅間の強い物言いが、そう告げていた。

「当奉行所にあっては、総員態勢であの不気味《ぶきみ》な黒船軍艦に対処しておる」

建家の内に人影がないのは、全員が出払っているからだと宅間は事情を明かした。

「ところで」

語調を変えた宅間は、西川と横田を順に見た。

「そのほうらの用向きは？」

そなたではなく、宅間はそのほうと呼び始めていた。明らかに西川と横田を下に見ている物言いだ。

用向きを質《ただ》す宅間の目は、強い光を帯びていた。

八十七

浦賀奉行所の庭に面した客間で、西川庄兵衛・横田馬尾両名と、宅間伊織とが向き合っていた。

西川と横田の膝元《ひざもと》には、宅間がいれた茶が供《きょう》されている。両名には絹布《けんぷ》の座布団《ざぶとん》も出されていた。

「江戸より、急ぎ潮路《しおじ》を渡ってこられて、さぞかし喉《のど》に渇《かわ》きを覚えておいでだろう」

宅間は瞳を大きく開いてふたりを見た。

「遠慮は無用にござるぞ」

強く勧《すす》められたふたりは、同時に湯呑《ゆの》みに手を伸ばした。宅間が言い当てた通り、西川も横田も喉に強い渇きを覚えていた。

ふたりは音を立てぬように気遣《きづか》いつつ、湯呑みの茶をすすった。

ほどよきぬるさにいれた、駿河銘産の煎茶《せんちゃ》である。

「まことに結構なお点前《てまえ》にござる」

煎茶の美味《うま》さを褒《ほ》めるのに、お点前はないだろう。奉行所勤めで世事《せじ》にうとい役人が、語彙《ごい》の少なさを露呈《ろてい》していた。

とはいえ横田が口にしたのは、年長者への追従《ついしょう》ではなかった。

思わず横田が正味《しょうみ》で褒めたほど、宅間のいれた煎茶は美味だった。

奉行所勤務の役人がいかに世間知らずであるかを、宅間は知悉《ちしつ》していた。

喉の渇いているふたりに煎茶を振《ふ》る舞《ま》い、思うがままに操ることなど、宅間には容易《たやす》きことである。

茶をすするふたりを、宅間は冷めた目で見詰めていた。

廊下で不意に出くわしたとき、宅間は無言のまま西川・横田と向き合った。

余計《よけい》なことは言わず、相手に先に口を開かせるのが鉄則……宅間はこの流儀《りゅうぎ》で、ここまで通してきた。

敵を知りおのれを知れば、百戦危《あや》うからず。

孫子《そんし》の兵法《へいほう》の一を、相手に先に口を開かせることだと宅間は意訳していた。

ゆえに執務部屋から出た廊下で西川・横田と向き合ったときも、宅間は口を閉じた。口の代わりに強い目でふたりを誰何した。

無言の見詰め合いは、呆気《あっけ》なく終わった。

「てまえどもは浦賀奉行所庶務頭、宅間伊織殿に面談賜りたくて今朝方江戸を出張ってまいりました」

見詰め合いには不慣れなのだろう。西川が口を開き、来訪の次第を明かした。

ふたりの落ち着かない様子から、宅間は用向きにおよその察しをつけた。

わざわざ江戸から出張ってくるなど、ろくな用向きではない、と。

しかしそれはおくびにも出さず、みずから先に立ち、庭の見える客間に案内した。そして客間の押し入れを開くと、座布団二枚を取り出した。

「暫時《ざんじ》、この間《ま》にて待たれたい」

宅間は座布団を勧めた。

奉行所にはかならず庭の見える客間が設《しつら》えられていた。身分の高い来客をもてなすための客間だ。

その客間の押し入れには、厚さが四寸《すん》（約十二センチ）もある絹布の座布団が常に収められていた。

庶務頭の宅間は、どこの奉行所も同じ仕組であることを熟知していた。

庭の見える客間で接客する。

分厚《ぶあつ》い絹布の座布団を出す。

宅間みずから動き、茶の支度《したく》をする。

この三つを同時にこなせば、浦賀に出張ってきたふたりは恐縮のあまり、簡単に手玉《てだま》にとれると宅間は判じた。

たとえ役所が異なろうとも、役人は目上の者には弱い。

この習性を巧《たく》みにつき、相手が恐縮するほどの厚いもてなしで臨《のぞ》もうと決めたのだ。

茶の支度を進めながら、宅間はさらにあれこれと思案を巡《めぐ》らせた。

西川と横田が浦賀に出張ってきたのは、今日の変事勃発《ぼっぱつ》とはまるでかかわりのないことだ……土瓶《どびん》の白湯《さゆ》を湯呑みに注《つ》いだ宅間は、壺《つぼ》の砂糖を匙《さじ》一杯分加えた。知恵を働かせるには甘味《かんみ》が入用《いりよう》だ。いまの宅間は、なによりも甘味を欲していた。

湯呑みの大きさに比して、匙一杯の砂糖は大盤振舞い《おおばんぶるまい》である。甘味に満ちた白湯を、宅間は嚙みしめるようにして味わった。

三度すすったあたりから、知恵の働きが増してきた。

西川は南町奉行所庶務役祐筆。

横田は同奉行所庶務役勘定掛だと、宅間に職名を告げた。

ふたりとも事務方の官吏で、吟味とは無縁の職だ。ところが南町奉行所は、そんな両名を八丁櫓船で差し向けてきた。

庶務頭の宅間伊織と面談させるために。

ふうっと大きな吐息を漏らした宅間は、湯呑みをのぞき込んだ。底が見えるまで呑み進めていた。

宅間はもう一度白湯を注ぎ、砂糖も匙に山盛りにして加えた。うまく砂糖が溶《と》けるように、別の匙でかき回していたとき……。

そうかっ。

不意に西川・横田の来訪目的がなんであるかに察しがついた。

大田屋五之助《おおたやごのすけ》が大きなしくじりをおかしたに違いない。

いまだ口を割ってはいないが、大田屋と自分との間にかかわりあいを感じさせるなにかが、奉行所の目にとまった。

しかしそれは、宅間のもとに捕り方を差し向けるほど確かなものではない。ゆえに吟味方ではなく事務方を差し向けて、様子を探ろうとしているのだろう。

西川・横田両名が持ち帰った心証に基づき、次の一手を繰《く》り出してくる肚《はら》づもりにちがいない。

事務方を差し向けることで、わしに余計な勘ぐりをさせまいとしているようだ。

ところが八丁櫓船を江戸から浦賀まで差し向けた。

これで肚が分かった。

八丁櫓を江戸から走らせるのは、尋常ならざることだからだ。

事務方派遣の真意が、八丁櫓船を使ったことで透《す》けて見える……。

宅間は事態が相当に差し迫《せま》ったものになっていると察した。

近ごろの五之助は、ためらいもせずに荒事《あらごと》を指図していた。

女の調達で、なにか大きなしくじりをおかしたに違いない。

五之助は肝《きも》の太い男だ。たとえ拷問《ごうもん》でいたぶられても、簡単には口を割ったりはしないだろう。

しかし……と宅間は思案を進めた。

南北両町奉行所は、きつい拷問を為すことで知られていた。

火盗改《かとうあらた》めと南北町奉行所は、江戸市中の警固で張り合っていた。

斬り捨ても許されている火盗改めは、捕らえた盗賊には容赦のない拷問を加えた。多くの盗賊が、拷問に耐えきれずに白状に及んでいた。

「火盗改めに後《おく》れを取るでない」

奉行のきつい叱咤督励《しったとくれい》が、町奉行所吟味方のきびしい拷問につながっている……

このことは、江戸から離れた浦賀奉行所にも聞こえていた。

遠からず五之助は口を割る。

大田屋五之助は捕り方に捕らえられたと、宅間は思い込んでいた。

かくなるうえは、西川・横田を言いくるめて、ひとまず江戸に帰そう。

どう言いくるめるか、そのことに知恵を絞るほかはない……こう思い定めたとき、土瓶の湯が沸《わ》き返った。

湯呑みに熱湯を注《そそ》いだ宅間は、ほどよく冷めるのを待ち始めた。

西川も横田も、よほど喉が渇いていたのだろう。宅間が黙している間、ふたりとも湯呑みを手から放さなかった。

「少しは落ち着かれましたかな」

頃合いもよしと見極《みきわ》めたところで、宅間が口を開いた。

江戸から出張ってきた両名は、急ぎ湯呑みを膝元に戻した。

鷹揚《おうよう》なうなずきを見せてから、宅間は横田に目を向けた。西川よりも横田のほうが、さらに与《くみ》しやすしと判じていた。

「喉の渇きが和《やわ》らいだところで」

横田を見る目に、宅間は力を込めた。

「当地までわざわざ出向いてこられた、その仔細をうかがおう」

言い終えるなり、宅間は丹田に力を込めた。背筋が伸びて、あごが引かれた。

「宅間様に……」

宅間殿という呼びかけが、宅間様に変わっていた。

「いささかうかがいたきことが」

横田の言葉に、廊下を駆けてくる足音が重なった。

ドン、ドン、ドンッ。

とても武家のものとは思えない、不作法きわまりない足音である。

三人の目が同時に、廊下に面したふすまに向けられた。

八十八

慌《あわただ》しい足音は、部屋の前で止まった。

「どなたか、おられますか」

奉行所上席の者が使う部屋だ。問いかけはていねいだった。

「宅間だ、そこに控えろ」

いかめしい口調で応じた宅間は、座を立った。江戸から出張ってきたふたりに聞かせるために、わざと上席の者ならではのいかめしい物言いで答えていた。

再び元の座に戻ったときの宅間は、当初とは異なり落ち着きを取り戻していた。

「手が足りぬものでの」

西川・横田の両名に目をあてた宅間は、息遣いもすっかり元に戻っていた。

両手を膝に載せ、背筋を伸ばして江戸からの使者を見詰めた。

しかし宅間には、みずから口を開く気はなさそうだった。

「ただいまの騒動は、なにごとでござりましたので？」

焦《じ》れた横田が宅間に問いかけた。

「いやなに、大したことではないが」

ことさらにのんびりとした物言いをしながら、宅間は横田を見た。

「浦賀に押し寄せてきた黒船四杯のうち、二杯があろうことか……」

宅間はわざとあとの口を閉じた。

先を聞きたい横田は、尻《しり》を浮かさんばかりに宅間に向かって前のめりになった。

西川は膝に載せた手を固くこぶしに握っていた。尋常を装ってはいても、西川もやはり内心は気が急《せ》いているのだろう。

宅間は老獪《ろうかい》である。一瞥《いちべつ》しただけで、若いふたりの心中を読み切っていた。

ゆえに口を閉《と》じたままでいた。

「黒船のうちの二杯が、いかがいたしましたので？」

口を開こうとしない宅間を、横田がせっついた。

「いまにも大筒《おおづつ》（大砲）を撃ち始めんかとばかりに、水夫《かこ》どもがせわしなく動き回っているとの報せであった」

「大筒の筒先を、この奉行所に向けているというのですか」

「いかにも」

宅間はこともなげな口調で応じた。

「ならば宅間様、さきほどのただならぬ足音は、奉行所の方々が砲撃に備えて待避していたのではありませぬか？」

「いかにも」

宅間は背筋を張ったまま、落ち着いた顔でうなずいた。

「わしにも早く身を隠せと告げに来おったが、あの者はまだ若いがゆえに浮き足立っておっての。申しておることが、よく分からなかった」

宅間は薄笑いを浮かべて横田を見た。

大筒の筒先を動かしているというところまでは、宅間はまことを告げた。しかし砲撃の支度を始めているとは、若い武家はひとことも言ってはいなかった。

「尋常ならざる様子です。直ちに持ち場にお帰りください」

武家はこれを宅間に告げただけである。

いまにも砲撃が始まりそうだというのは、西川と横田を浮き足立たせるための宅間の即興の作り話だった。

横田は奉行所役人とはいえ、事務方の官吏だ。咎人《とがにん》相手の荒事には、ただの一度も立ち向かったことがなかった。

西川は武道の鍛錬《たんれん》は、日々怠《おこた》りなくこなしていた。が、事務方官吏ゆえ、実戦の経験はなかった。

大筒の筒先が奉行所に向けられており、総員待避の号令が発せられている……。

宅間の作り話を聞いて、西川も横田も気を乱していた。しかし宅間が部屋から動こうとしない限り、座を立つことはできない。

いかに怯《おび》えてはいても、そこは奉行所の官吏である。身分の上下を尊《たっと》ぶことは、身体の芯《しん》に刻《きざ》みつけられていた。

「そなたらは、何用あってわざわざ浦賀まで出張ってこられたのだ?」

頃合いよしと見切った宅間は、怯えの著《いちじる》しい横田に問いかけた。

「宅間様の奉行所内での振舞いなどに、不審な思いを抱かせるものありとの訴えが、てまえどもの与力に届きまして」

真偽《しんぎ》のほどを確かめに来たのだと、横田はあっさり目的を吐《は》いた。

「さようか」

顔色も変えずに応じた宅間は、さらに胸を張ってふたりを見た。

「なにゆえあって、そのような訴えがあったかは分からぬが、いまはそなたらも承知の通り、尋常ならざる事態に直面しておる」

「いかにも」

横田は即座に応じた。背筋は真っ直ぐになってはいるが、すぐにも立ち上がりたそうである。

宅間は横田を真正面から見詰めた。

「取り急ぎこの場を離れて、そなたらは船着場に戻られるがよろしい」

八丁櫓は待機しているかと、宅間は西川に問いを発した。

「岸壁の端にて待機いたしております」

「よろしい」

短く応じた宅間は、八丁櫓で江戸に急ぎ戻れと告げた。

「いまの事態を、そなたらの口で奉行所与力様に伝えるのが先決だ」

わしはここを動きはせぬと、宅間は強い口調で言い切った。

「ただ事ならぬいまの事態を収束させたのちに、あらためて訴えの中身をうかがおう。一刻を争うのは、黒船襲来への対処をどうするかであろう」

宅間はこれだけのことを、一気に告げた。

言い分の筋道は正しそうに思えた。

奉行所に向けて、異国の黒船が大筒の筒先を向けているのだ。なにをおいても、老中《ろうじゅう》に仔細を伝えなければならない。

幸いなことに、西川と横田は八丁櫓の快速船に乗ってきていた。

「それではひとまず、てまえどもは江戸に帰らせていただきます」

立ち上がったふたりを、宅間はその場に座したまま見上げた。

「火急の折りだ、くれぐれも急がれよ」

「うけたまわりました」

一礼を残して、西川と横田は部屋から出ていった。

ふすまの桟《さん》が柱にあたり、トンッと大きな音が立った。

宅間の顔には、してやったりの笑《え》みが浮かんでいた。

八十九

宅間は物見の高台に向かった。そこに立てば奉行所と下の岸壁の両方が見渡せるからだ。

岸壁を見下ろした宅間は、八丁櫓を目で追った。混乱の極みにある岸壁だが、八丁櫓の居場所はすぐに分かった。

御用船船体の鮮やかな色味と、八丁櫓ならではの特徴ある船型は、目で探すのがきわめて楽だった。

浦賀奉行所の官吏の大半は、岸壁に詰めていた。その人混みを蹴散《けち》らすようにして、西川と横田は八丁櫓船に戻った。

急ぎ御用船が岸壁から離れたのを見定めてから、宅間は庶務掛部屋に戻った。

執務部屋に人影は皆無《かいむ》だった。

なんたることだ……。

宅間からため息が漏れた。

奉行所官吏には、世間の多くの者が敬《うやま》いの目を向ける。

「奉行所にお勤めであれば、さぞかし肚が据《す》わっておいででしょう」

「なにが生じようとも、うろたえることもございませんでしょうに」

奉行所官吏なら肝っ玉はでかく、変事勃発に直面してもうろたえることはないと、ひとは敬いの目を向ける。

ところが実態はまるで違っていた。

得体の知れない黒船襲来という事態は、滅多《めった》にあることではないだろう。しかし前代未聞《ぜんだいみもん》の事態が生じたいまこそ、役人はどっしりと腰を据えていなければならないはずだ。

ところが……。

周章狼狽《しゅうしょうろうばい》の極みにある官吏たちは、奉行所の建家から姿を消していた。聞こえるのは番犬の吠え声ぐらいだ。

別棟には牢屋があり、咎人で埋まっていた。

役人の大半は海上と岸壁に詰めていた。残りは牢屋を固めに向かっているのかもしれない。

しかし一定の人数を奉行所本棟に残さなくて、だれが警護をするのか。

役人の気配が絶えた庶務掛部屋を見て、宅間は心底《しんそこ》、落胆《らくたん》を覚えた。片手では抜け荷に荷担している宅間だ。しかしもう片方の手は、奉行所官吏としての業務遂行に励《はげ》んでいた。

浦賀奉行所庶務頭という身分・家柄を、宅間は誇りとしていた。

いかなる変事勃発に直面しても、奉行所官吏は堂々としているものだと、今日の今日まで宅間は思い込んでいた。

もぬけの殻《から》となった庶務掛部屋を目の当たりにした宅間は、怒りが腹の底から湧《わ》き上がってきた。

役人とは正味のところでは、この程度の肚のくくりだったのか。

怒りの矛先《ほこさき》は部屋から逃げ出した部下のみならず、急ぎ江戸に逃げ帰った西川と横田にも向けられた。

黒船に積んだ大筒が奉行所を狙《ねら》っていると、即興の作り話を聞かせたら、横田は尻を浮かさんばかりに驚いた。

多少は肚が据わっているかと思った西川も、横田と大差はなかった。

たかが黒船四杯の襲来に出くわしただけで、奉行所役人はこの体《てい》たらくか。

ロシア人相手の抜け荷談判《だんぱん》で、一命を賭《と》している大田屋のほうが、はるかに肚が据わっている。

役人と大田屋を秤《はかり》にかけた宅間は、役人のあまりの不甲斐《ふがい》なさを思い知り、怒りを募《つの》らせた。

もはや、これまでだ。

部下がひとりもいない部屋で、宅間は奉行所役人という身分に見切りをつけた。

宅間の動きに不審な点がある。それを吟味しに出張ってきたと、横田は明かした。

不審な動きの中身は、西川も横田も聞かされてはいない様子だった。もしも抜け荷にかかわりがあると分かっていれば、宅間の身柄をそのままにして江戸に帰りはしないだろう。

宅間が江戸の奉行所に不審を抱かれる理由は、抜け荷以外には考えられなかった。

まさか、あれが？

献残屋《けんざんや》との付き合いかと、宅間は思案を立ち止まらせた。が、それはすぐに打ち消した。

献残屋に買い取らせているのは、わしだけではない。引き取らせる金高《きんだか》も、わしはさほどではない……。

献残屋との一件を打ち消したら、抜け荷以外に身に覚えはなかった。

抜け荷が露見《ろけん》したとなれば、切腹《せっぷく》は許されず斬首刑《ざんしゅけい》しかない。

もはやこれまでと肚を決めたのは、斬首など願い下げだと考えたからだ。

逃げるなら、黒船騒動勃発のいまこそ、なによりの好機だと思えた。

宅間の目は奉行所金蔵《かねぐら》の鍵を見詰めていた。

九十

浦賀奉行所は建家も金蔵も、他の奉行所とは大きく造りが異なっていた。

違いの第一は、なんといっても普請《ふしん》の頑丈さである。

浦賀奉行所の本屋は固い岩盤の上に普請されていた。岩は海面から十丈《じょう》（約三十メートル）もの高さがある。

岩盤の固きことは尋常ではなかった。

「この玄翁《げんのう》（金槌《かなづち》）を手に持って、存分に岩に叩《たた》きつけてみなさい」

奉行所に配属された新人官吏は、庶務頭から初日にこれを言いつけられる。

力まかせに玄翁を叩きつけても、岩はびくともしない。岩のかけらが飛び散ることすらなかった。

「我が浦賀奉行所が守り堅固であるのは、この岩の固さも同然である」

心して他人に媚《こ》びず、法度に照らして正しきことを遂行いたせと訓示するのが、浦賀奉行所庶務頭の任務の一つだった。

それほどに固い岩を刻んで普請した百段を超す石段を下れば、船番所の波止場《はとば》である。

浦賀奉行所と浦賀船番所の建家は、巨岩で上下に分けられていた。

浦賀奉行所は本屋のみならず、金蔵もまた堅固な造りとなっていた。

金蔵は巨大な岩を穿《うが》って構えられている。造りが堅牢《けんろう》なことでは、幕府直轄《ちょっかつ》奉行所のなかでも並ぶものなき首座にあった。

金蔵を開く鍵が三種あるのも、他の奉行所とは際立《きわだ》った違いである。

浦賀奉行所は、下田《しもだ》奉行所が受け持っていた任務を、すべて引き継ぐ形で開設された。

数ある遠国《おんごく》奉行のなかでも、負う責務は飛び抜けて重たい。江戸に向かうすべての船舶の積荷検査と人別改《にんべつあらた》めを行う責めを負っているからだ。

商船（弁財船・樽廻船・菱垣《ひがき》廻船など）から取り立てる冥加金《みょうがきん》は、一年で万両の桁《けた》に届いた。

その大金を公儀御金蔵に運び入れるまで、一時的に保管しておく金蔵である。

岩場に穿った堅牢さとともに、金蔵扉に設けられた錠前《じょうまえ》の造りもまた、他の金蔵とは大きく違っていた。

三種の鍵は、いずれも歯の部分の長さが二寸（約六センチ）もあった。二寸幅の歯の刻みは七つである。

錠前の見た目は櫛《くし》の歯のごとくだった。

「浦賀奉行所金蔵の鍵は、江戸城御金蔵の錠前と肩を並べる緻密《ちみつ》な拵えである」

金蔵の錠前の精密なことは、奉行所勤務の与力、同心の自慢のタネになっていた。

鍵の保管と補修は庶務頭の役目である。三種の鍵すべての管理を庶務頭ひとりの手に委ねることには、これまで異を唱《とな》えた奉行が何人もいた。

筆頭与力はしかし、奉行にやんわりとした物言いで反論した。

「もしも三人の者に個々の鍵ひとつずつを任せるとなれば、奉行所内に庶務頭を三人配することが入用となります」

部下の監督が大変になると告げて、筆頭与力は奉行に翻意《ほんい》を求めた。

奉行は頻繁に新任と御役御免《おやくごめん》を繰り返しているが、与力以下の奉行所事務方の大半は代々の世襲職《せしゅうしょく》である。

事務方の総領、筆頭与力に異を唱えられた奉行は、それ以上は強く言わずに翻意した。

奉行が気を変えた最大の理由は、かつて一度も金蔵にかかわる不祥事が生じていなかったことだ。

金蔵の出入りには、多くの官吏の目が注がれている。錠前三種をひとりで管理する庶務頭が不届きな振舞いに及ぼうとしても、実行不可能なほどに他人の目が光っていた。

錠前を庶務頭ひとりが預かるのは、単なる儀式に過ぎなかった。

宅間も他の官吏同様、世襲の役人である。

ここまで五代にわたり不祥事もおかさず、庶務頭を務めてきた家柄だった。

頭に就《つ》けたのは四代前の当主の働きである。

上司への付け届けが巧みであったことも大きく功を奏した。

さらに宅間家にとって幸いだったのは、前任の庶務頭の家督《かとく》相続が不首尾《ふしゅび》だったことだ。

嫡男《ちゃくなん》に恵まれぬまま、前任者は廃家を公儀に願い出た。

願いを了とした公儀は、宅間家を頭職《かしらしょく》に取り立てた。

奉行所の同輩たちも、当然と得心した人事であった。

宅間家は代々、金庫の鍵三種すべての保管を委ねられていた。

耳を澄ますまでもなく、奉行所下の船番所からは、いまだ騒々しさが伝わってきた。

その騒ぎとは裏腹に、奉行所内部は静まり返っている。その静けさが、宅間に大きなため息をつかせた。

宅間の机には三種の錠前が並べられていた。

他人の目がないいまなら、ひとりで金蔵に入ることもできた。

入るにとどまらず、金蔵から金貨銀貨を好きなだけ持ち出すこともできるだろう。

しかし宅間は動かず、執務机の前に座していた。

もはやこれまでと、奉行所勤務に見切りはつけていた。辞《や》めるに際しては、金蔵から大金を持ち出すことも、当然織り込み済みだ。

しかしこんな騒動のさなかなればこそ、充分に気を配《くば》って盗み出さねばならぬのだ。

急いては事をし損ずる。

上首尾に逃亡するには、念入りに計略をめぐらせることだ……思案を続ける宅間は、立て続けにため息をついた。

手入れに怠りのない三種の錠前が、机の上で鈍《にぶ》い光を放っていた。

九十一

六月三日、暮れ六ツ（午後六時）前。

大型の胴乱《どうらん》を身につけた宅間が、三浦三崎《みうらみさき》の漁師町波止場に立っていた。

まだ六ツの鐘は鳴っていない。が、日暮れ間近の漁師町は暮れなずんでいた。

ふううっ。

息を吐き出したあと、宅間は胸一杯に三崎の空気を吸い込んだ。陽《ひ》は沈みきろうとしていたが、波止場にはまだ昼間の暑さが居座ったままだ。

生ぬるい気配が、風のなかの潮の香りをことさら際立たせていた。

浦賀奉行所にも潮風は絶え間なく吹いていた。しかし浦賀から大して離れていないのに、三浦三崎で嗅《か》ぐ潮の香りは、浦賀とはまるで別物だった。

奉行所の庭を吹き渡っていた潮風は、吹き方も香りの立ち方も、背筋がビシッと伸びていた。つまりは武家の風だ。

三浦三崎の潮風は、ゆるさをたっぷりと含んだ町人の風、漁師の風である。

武家の暮らししか知らずに生きてきた宅間は、潮風の違いに戸惑《とまど》いを覚えていた。

しかしいまの宅間の身なりは奉行所の役人のものではない。袴《はかま》なしの着流しで、履物はわらじだ。

身なりは急拵えの町人風だが、髷《まげ》はまだ武家である。腰に回した胴乱が異様に大きいのは、ここに来る途中で飛び込んだ店には、これらの品しか売っていなかったからだ。

善田屋《よしだや》に向かうのは暮れ六ツの鐘が鳴ってからだと、三崎に着く前から決めていた。

漁師町は次第に薄闇《うすやみ》に包まれているが、いまだ鐘は鳴らない。

胴乱を外《はず》した宅間は、舫い綱止めに使う岩に腰をおろした。そして、帯に提《さ》げた煙草《たばこ》入れを取り外した。

着衣も小物も大した品は売っていない道中屋《どうちゅうや》だったが、煙草道具だけは揃っていた。

キセルに刻み煙草を詰めたあと、懐炉灰《かいろばい》に火皿《ひざら》を押しつけた。種火《たねび》として、その道中屋で買い求めた懐炉である。

一服を吸い込んだことで、宅間の気持ちに落ち着きが生まれた。

煙を吐き出したあと、宅間は三浦三崎に来るまでの次第を思い返し始めた。

持てるだけのカネを金蔵から盗み出したあとは、ひとまず焼津に向かおうと宅間は肚を決めた。

焼津は宅間家先祖の在所で、宅間当人も何度か里帰りをしたことがあった。

鰹漁師が多く暮らす漁師町は、気性《きしょう》が荒っぽかった。そして他国から流れてきた者の来《こ》し方を、とやかく詮索《せんさく》しない。

奉行所から逃亡したのち、しばらくは焼津に身を潜《ひそ》めるのがいいと宅間は考えた。

嘉永六（一八五三）年のいま、宅間は四十五歳だ。妻はいるが、嫡男に恵まれぬままである。

宅間はすでに養子縁組の話を進めていた。しかし縁組相手には、いまだ気が許せていなかった。

妻にも娘にも家臣にも、いささかの未練もなかった。

武家の身分を手離さぬまま、自由に生きたいと願っていた宅間である。

大田屋の抜け荷が露見したに違いないいま、もはや奉行所役人の身分など、邪魔なだけだと思えた。

人生五十年という。

残り五年を存分に楽しむには、二千両のカネがあれば足りると宅間は勘定《かんじょう》した。

奉行所金蔵には何万両ものカネが収まっていた。しかし欲をかいて持ち出し過ぎては逃げ足の邪魔になる。

二千両で充分。その二千両も、小判《こばん》は少なくして、使いやすい一分金《いちぶきん》と銀にしようと決めた。

千両箱を盗み出すのは、絵草子《えぞうし》や芝居《しばい》の絵空事《えそらごと》に過ぎない。小判ばかりを盗み出したところで、日々の暮らしで使うには不便きわまりないのだ。

在所の焼津から、宅間はさらに西に逃亡を続ける気でいた。江戸は金貨だが、上方《かみがた》は銀使いの国だ。

一分金で千両なら四千枚になる。

小判で六百両だと、二十五両の切餅《きりもち》で二十四個。一分金と小判を麻袋に詰めようと宅間は考えた。

思案を重ねた末、銀は五十両に止《とど》めた。たかだか五十両でも、重さは三貫《かん》（約十一キロ）にもなるのだ。

道中支度は途中で買えばいい。しかし金貨と銀は常に自分で運ぶしかないのだ。

宅間はおのれの体力に鑑《かんが》みて、二千両は諦めて千六百五十両に止めることに決めた。

一分金貨で四千枚、千両。

一両小判で六百枚。

そして銀を三貫、五十両相当である。

金貨は鋳造《ちゅうぞう》された年代によって値打ちが大きく異なった。

元禄《げんろく》時代に公儀は初の御改鋳《ごかいちゅう》を行った。

御改鋳といえば大層《たいそう》に聞こえるが、つまりは金に混ぜ物をして水増しをした、値打ちの下がった粗悪金貨だ。

奉行所金蔵には御改鋳前の慶長《けいちょう》小判が大量に収まっていた。いまの時代なら慶長小判一枚で、天保《てんぽう》小判三枚の値打ちであった。

たとえ六百両でも、両替屋に持ち込めば千八百両に替えられる。

盗み出すなら値打ちものの金貨だと、宅間は金蔵の鍵を見ながら思い定めた。

ゴオーーーン……。

ここまで思い返したとき、暮れ六ツの鐘が漁師町に流れてきた。

キセルを仕舞《しま》った宅間は、岩から腰を上げた。腕を突き上げて、大きな伸びを身体《からだ》にくれた。

ぬるい潮風が頰を撫《な》でた。

九十二

善田屋昭兵衛《しょうべえ》の表向きの稼業《かぎょう》は「八百屋《やおや》」である。が、青物屋《あおものや》のことではなかった。

三浦三崎湊には、百杯を超える漁船が舫われていた。多くは夜明けとともに浦を出て、昼過ぎには戻ってきた。

湊から遠出をしなくても、三浦海岸沖合いの海には多彩な魚が群れていた。

しかしなかには魚群を追って一泊、二泊の漁に出る漁船もあった。

そんな漁船に食料、水、薪《まき》、さらには漁網から衣類まで、およそ漁師が必要とする品をすべて調《ととの》えるのが八百屋である。

日帰りの漁にしか出ない漁船でも、船上で飯も食ったし火も使った。

「明日の明け六ツ（午前六時）までに薪十束と水を一斗《と》、それに酒を二升《しょう》積んでくれや」

漁師は入用なものを言いつけるだけでいい。手配りから漁船への積み込みまで、すべてを八百屋の若い者が引き受けた。

三浦三崎には七軒の八百屋がある。善田屋昭兵衛は、七軒のなかで一軒抜きんでて大きかった。

「善田屋なら、手元にカネがなくても二つ返事で納めを引き受けてくれるだ」

「品物の払いだけでねえ。カネに詰まってるときは、二十両までなら節季払《せっきばら》いで融《ゆう》通《ずう》してくれっからよ」

百杯を超える湊の漁船のなかで、およそ半数が善田屋を利用した。

江戸の札差《ふださし》は武家の禄米《ろくまい》を担保に、年利一割八分の高利でカネを融通した。

善田屋は、いわば漁師の札差だった。

一般の札差と異なる点はふたつあった。

その一は、利息が三割という途方もない高利であることだ。しかし漁師は三割の利息など、まるで気にしなかった。

漁師は海に出て魚を獲《と》るのが生業《なりわい》だ。

大漁・不漁の波を出漁のたびにかぶっても、獲物に当たれば実入《みい》りはでかい。

たとえ年利三割の高利でも、一年続けて借り続ける漁師は皆無である。

一度の大漁で、返済日の節季まで待つことなくきれいに完済できた。ゆえに漁師には、利息は問題ではなかった。

利息の高い安いよりも、カネが欲しいときに二つ返事で貸してくれることが重要だったのだ。

善田屋は二十両に届くまでは、いつでも何度でも融通に応じた。

札差との違いの二点目は、善田屋が賭場《とば》と女郎屋《じょろうや》を併《あわ》せて生業としていることだ。

江戸の札差は武家相手の金貸しに徹した。その他のことに手出しをせずとも、米の売買と金貸しの利息で充分に潤《うるお》った。

余計な稼業に手を出して、公儀に睨《にら》まれるなど、まっぴら御免だった。

善田屋は違った。

三浦三崎の六軒の商売敵《がたき》より、一歩も二歩も善田屋は先をいっていた。が、昭兵衛は漁師たちの囲い込みを、さらに確かなものにしようと図った。

気性も金遣いも荒い漁師を手なずけるには、博打《ばくち》と女が特効薬……こう断じた昭兵衛は、賭場と女郎屋を用意した。

どちらも裏街道の生業である。

稼業の地盤を三和土《たたき》のように固めるために、昭兵衛は下田湊の貸元《かしもと》・閻魔《えんま》の佐津《さづ》尚《しょう》に助けを求めた。

佐津尚と兄弟分の盃《さかずき》を交《か》わしたことで、昭兵衛の稼業が大きく盛ることになった。

十年以上も昔から、西国《さいごく》に高飛びを図りたい凶状持《きょうじょうも》ち連中は昭兵衛を頼ってきた。

ていた。

昭兵衛なら頼りになると、三浦三崎の漁師から聞かされた連中である。逃亡のための路銀《ろぎん》で、大半の者のふところが膨《ふく》らんでいた。

昭兵衛は一泊一貫文《かんもん》の高値《たかね》で、女郎屋の納屋《なや》に泊めた。六泊すれば一両という、法外な高値だ。

そんな泊まり賃《ちん》を払わされても、追手《おって》を案ずることなく泊まれるだけで、凶状持ちには御《おん》の字だった。

三浦三崎から先への逃亡を願う者には、下田に向かう船を用意した。風向きと潮流との按配《あんばい》で、三浦三崎から伊豆《いず》半島に向かう先は下田湊が一番適していた。

江戸湾を出て下田湊に向かうには、小舟では無理だ。さりとて逃亡者ひとりのために大型船は出せない。

「あんたが百両払えるなら、いますぐ一杯を仕立ててもいい。それができないなら、黙って納屋で息をひそめていろ」

昭兵衛に凄《すご》まれた凶状持ちは、言われるがままに一泊一貫文の寝起きを続けた。途中で路銀が尽きる者も出た。破れかぶれの騒動を起こされる前に、昭兵衛は始末を命じた。

凶状持ちから巻き上げたカネのなかから百両を持参して、昭兵衛は佐津尚に兄弟盃を申し入れた。

百両の大金を投じてでも、昭兵衛は三浦三崎と下田湊との航路を確かなものにしたかった。

凶状持ちは大事な金づるである。路銀が続いている限りは、大事にもてなした。

言い値を払った者には閻魔の佐津尚の手の者が、間違いなく下田湊まで送った。

その確かさは、裏街道をいく者には評判となって広まっていた。


浦賀奉行所の庶務頭の耳には、三浦三崎の善田屋昭兵衛の話がたびたび聞こえていた。聞こえるたびに、筆頭与力は目の光を強めた。

八百屋は世を欺《あざむ》くおもての顔に過ぎぬ。

もしも奉行が目に余ると断じたときは、即刻取り押さえる。

筆頭与力は、配下の与力・同心に常々これを告げていた。

口にするのみに留《とど》まらず、半年に一度、善田屋取り押さえの演習まで為していた。

そうしながらも捕縛《ほばく》に向かわなかったのは、三浦三崎の肝煎衆《きもいりしゅう》が納める冥加金が図抜《ずぬ》けて高額だったからだ。

奉行の浦賀奉行所在任期間は、長くても二年である。

「冥加金徴収で前任奉行に後れをとること、罷《まか》りならぬ」

就任した奉行は、かならずこれを筆頭与力に言い渡した。

幕閣は公儀直轄奉行所の冥加金納付額を、勤務評定の第一とした。

善田屋を成敗《せいばい》すれば、たちまち冥加金納付額が下がる。奉行所に弓を引かぬ限り、善田屋の所業には見て見ぬふりをするのが、奉行の方針として慣例化していた。

指図に従いながらも、筆頭与力は幕吏の面目《めんぼく》にかけて折りが来れば捕縛するの信念を曲げなかった。

明日は、まさに捕縛演習予定日だった。

筆頭与力は横浜支所との事務談判を今日中に終えるべく、朝から奉行所を留守にした。それほど明日の演習を重視していたのだ。

抜け荷に手を染めている宅間である。

いつかは善田屋の手を借りることになるだろうと考えていた。

善田屋捕縛演習の仔細を記した綴《つづ》りの写しは、庶務頭の手元にあった。

善田屋に有無を言わせず、下田湊への逃亡船を仕立てさせるには、二つとない材料……。

宅間の胴乱には、筆頭与力が祐筆に書き取らせた「善田屋捕縛にかかわる仔細

〈案〉」まる一冊が収まっていた。

九十三

江戸に比べれば、三浦三崎湊の地べたは安値なのだろうか。それとも善田屋昭兵衛の財力は、江戸の大店《おおだな》と肩を並べるほどに大きいのか。

善田屋の間口は十六間（約二十九メートル）あった。が、間口の大きさだけでいえば、さほどに驚くこともなかった。

日本橋室町《にほんばしむろまち》には、二十間を超える間口の大店が何軒もあった。

しかし善田屋の敷地を囲う高さ一間半（約二・七メートル）の塀は、間口の両端からさらに先へと延びていた。

店の正面に立てば、善田屋の敷地は三十一間四尺《しゃく》（約五十七メートル）の正方形を成していることが分かるだろう。

敷地はじつに千坪を超えていた。しかも善田屋の店前《たなさき》から湊までは、自前で作事したかのように、五間幅の一本道が延びていた。

湊から善田屋までの道のりは八町（約八百七十二メートル）だ。傾斜のきつい登り坂で、湊に比べて六丈（約十八メートル）もの高台に善田屋は建っていた。

「湊のどこからでも、善田屋を見ることができる」

「野分《のわき》で海が荒れても、たとえ高潮が襲いかかってきたとしても、善田屋は安泰《あんたい》だ」

この二つが善田屋の自慢だった。

塀の内側には賭場と女郎屋、それに八百屋稼業に入用な品々を収める蔵が四棟も構えられていた。

千坪を有していながら、善田屋の敷地内に築山《つきやま》も泉水《せんすい》もなかった。築山どころか、庭すらないのだ。

「庭など拵えたところで、一文のカネも生み出さない。女郎屋で遊ぶ連中も、賭場で夜明かしする面々も、庭なんぞに目もくれない」

造園の費《つい》えを惜しんだわけではない。そのカネを商《あきな》いに回すというのが昭兵衛の流儀である。

風流さはかけらもない敷地内だが、賭場の造作にはいささかの手抜きもなかった。

客が心地よく長居できるように、休み処の普請には多額の費えを投じた。博打に飽きて仮眠する客のために、善田屋は絹布の布団《ふとん》を用意していた。

遊び客に供する夜食は、料理人を雇《やと》い入れて調理させた。そのための炊事場《すいじば》には焚《た》き口三つのへっついが三基も並んでおり、土間の広さは二十坪もあった。

昭兵衛がもっとも念入りに作事したのは、遊び客の逃げ道である。万に一つ、奉行所の手入れがなされたときの逃げ道は、江戸から呼び寄せた井戸掘り職人に隧道《ずいどう》(地下道)を掘らせていた。

女郎屋の普請にも、昭兵衛は細部にまで気を配っていた。

部屋は次の間もない四畳半である。部屋には調度品もなかったが、湯殿《ゆどの》の造りにはカネをかけた。

女郎と遊んだあとは湯殿に移って湯船に湯をこぼしながら浸《つ》かることのできるぜいたくが、漁師には大受けした。

夜明けから身体に潮を浴び、陽に焼かれた漁師には、湯に浸かるのがなによりの身体への癒《いや》しとなった。

板子一枚下は地獄。

いつも死と真正面から向き合っている漁師には、見た目よりも実《じつ》が大事なのだ。

三浦三崎で生まれ育った昭兵衛は、漁師の気質を知り尽くしている。

なにを好み、なにを嫌《きら》うかのツボを心得ている昭兵衛である。賭場も女郎屋も、さらには屋敷の造りまで、すべてが漁師好みとなっていた。

善田屋につながる坂道を登りながら、宅間は昭兵衛との向き合い方をあれこれ思案していた。

高台に建つ善田屋は、湊のどこからでも見上げることができた。しかし宅間が湊の岩に座って一服を吹かしたのは、暮れ六ツ（午後六時）どきである。

善田屋屋敷の威容《いよう》を、宅間は目の当たりにすることはできなかった。それに加えて、三浦三崎湊の地を踏んだのは、今日が初めてだった。

いつかは奉行所を捨てて逃亡を図ることになる。そのときは善田屋に逃亡を手伝わせようと、宅間は常から考えていた。

しかし、そのいつかが今日になるとは、まったく考えてもいなかった。

得体の知れぬ黒船の襲来。

江戸南町奉行所役人の不意の来訪。

このふたつが重なったことで、宅間は奉行所からの逃亡を決断した。

金蔵から盗み出した大金を大型の胴乱に収めたあと、宅間は奉行所小者に馬を用意させた。

「火急の伝書として横浜支所に出向く」

混乱の極みにあった門番は、宅間の言い分を疑いもせず開門した。

宅間は横浜とは反対方向に馬を走らせた。そして三浦三崎まで三里（約十二キロ）を残した街道の外れに馬をつなぎ、徒歩で湊を目指した。

街道沿いの道中屋で、町人の旅装一式を買い揃えた。が、髷はそのまま残した。善田屋との強談判《こわだんぱん》では、武家髷のほうが押しが利くと判じてのことだ。

宅間は善田屋昭兵衛の気性については、皆目知識がなかった。聞かされ続けていたのは、筆頭与力の話だけである。

善田屋昭兵衛は八百屋を隠れ蓑《かくみの》として、凶状持ちの逃亡に手を貸している不届き者だ。

賭場と女郎屋も千坪の屋敷内に構えているという。まことであれば、どちらも御上《おかみ》を恐れぬ所業である。

これが筆頭与力の言い分だった。

演習のたびに、宅間はこの話を聞かされた。しかし話には、昭兵衛が漁師たちから大いに頼りにされていることも、昭兵衛の気性も流儀も、なにひとつ盛り込まれてはいなかった。

宅間は、善田屋昭兵衛の仔細を知らぬまま、店につながる坂道を登っていた。道々、きつい傾斜に息遣いを荒くしながら、昭兵衛とどう向き合うかの思案を続けた。

坂を登り切ったとき、宅間はひとつの結論にいき着いた。

所詮《しょせん》は裏街道に生きる小悪党だ。奉行所庶務頭の身分で向きあえば、恐れをなしてこうべを垂《た》れるに決まっている。

わしの胴乱には、善田屋昭兵衛を捕縛する演習仔細を綴った一冊がある。

これを示せば、昭兵衛ごときは意のままに操れるに相違ない……。

宅間はおのれに言い聞かせた。

広い間口の店前《たなさき》に立ってみて、初めて宅間は善田屋の威容を感じ取った。

よしっ。

胴乱を叩いて、宅間は気合いを入れた。

たかが八百屋ではないか。

一歩を踏み出す前に、胸の内で相手を見切った。

町人姿に扮《ふん》していながらも宅間は胸を張り、フンッと鼻息を噴《ふ》いて店に踏み込んだ。

九十四

宅間が善田屋目指して三浦三崎の坂道を登っていたとき、あちこちの道ばたに漁師の群れができていた。

「途轍《とてつ》もなくでっかくてよう。真っ黒な船が、浦賀船番所の沖に居座ってるらしい」

「それも一杯や二杯じゃねえぜ」

「何杯いるんでえ」

大柄な漁師が問うと、話をしている男は四本の指を突き出した。

「四杯も連なってやがってよう、海の水かさが一気に一尺（約三十センチ）も持ち上がったてえんだ」

しかも四杯もいる船のうち、二杯は真っ黒な煙を吐き出している。その煙が空にかぶさり、まだ陽が高い八ツ（午後二時）過ぎから浦賀は夜のように暗くなっていた……。

どこの湊に限らず、漁師はホラ話が好きだ。

黒船襲来の一件を、三浦三崎の漁師たちは数倍に膨らませてうわさしていた。

漁師のわきを通りかかった宅間は、思わず目元をゆるめた。この調子で話に尾鰭《おひれ》がついてくれれば、善田屋昭兵衛との談判がやりやすくなると考えたからだ。

宅間は大騒動真っ只中の、浦賀奉行所の庶務頭だ。しかも胴乱には、奉行所の極秘文書の写しが収まっている。

どれほど大きなことを昭兵衛に求めても、二つ返事で引き受けるに決まっていると、宅間は胸の内でほくそ笑んだ。

気持ちを弾《はず》ませて、善田屋の店前につづく坂道を登った。

いま宅間は、善田屋の店前で鼻の穴を大きく膨らませていた。これから強談判に臨むのに備えて、気力を充《み》たしているのだ。

一度は店に向かいかけた足を止めて、いま一度、あれこれと思い返していた。ことは始まりが肝心。目一杯、強く出るためにも、焦《あせ》りは禁物だと思い返した。

それゆえ、踏み出した足を止めたのだ。

暮れ六ツ（午後六時）の鐘が鳴り終わってから、刻《とき》はほどほどに過ぎていた。

明朝の積荷の支度で、目の前の善田屋の土間は、ひとと荷物とで溢《あふ》れかえっているに違いない。

ひとの数が多ければ多いほど、浦賀奉行所庶務頭の威光は輝きを増す……手代たちがひれ伏《ふ》す姿を思い描きながら、宅間は善田屋の店前に立っていた。

店構えが大きいだけに、かえって内側の喧噪《けんそう》ぶりは外に立っている宅間には伝わってこなかった。

たかが八百屋の分際で、大店の落ち着きを気取っているつもりか。

宅間はひときわ強く、ふんっと鼻息を噴き出した。

上体を大きく反《そ》り返らせて、善田屋の土間《どま》に入った。

駆け寄ってきた手代がひれ伏すと思い込んでいた宅間は、拍子抜《ひょうしぬ》けするはめになった。

ただのひとりも、土間にはいなかった。

しかも一個の荷物もなく、横長の五十坪の土間はがらんとしていた。

ひともモノもない土間に立った宅間は、不覚にも言葉を失って立ち尽くした。

善田屋は他の八百屋とは、商いの様子が大きく異なっていた。

漁師から注文された品々を漁船に納めるのが、三浦三崎の八百屋である。

気性が荒くて、しかも短気揃いの漁師に一刻でも早く品を届けるために、八百屋は前夜から品物を土間に積み重ねて夜明け前の納品に備えた。

夜釣りでない限り、漁船の船出は夜明けの半刻（一時間）から四半刻（三十分）前が決まりである。

八百屋は慌しい船出の障りにならぬよう、さらに四半刻前から湊に荷を運んだ。

「なんでえ、あの八百屋は。もう船を出す刻限だてえのに、まだだれもツラを見せねえ」

荷の納めを一度でもしくじると、漁師は二度とその八百屋を使おうとはしなかった。他にも八百屋はあったからだ。

しかも三浦三崎の漁船の半数は、善田屋を使っているのだ。一度のしくじりでも、商いの根幹を揺《ゆ》るがすことにつながった。

善田屋以外の八百屋は、土間一杯に荷物を積み重ねて夜をやり過ごすのを常とした。

善田屋の土間は、夜でも広々としていた。が、翌朝の支度をしないわけではない。

支度は他の八百屋以上に念入りに進めた。

しかしそれは品物を土間に積み重ねるのではなく、頑丈な造りの蔵の内で進めた。

「積荷を波止場まで素早く運ぶには、荷車が行き交いやすい幅広の道が欠かせない。さりとて道造りの作事を肝煎任せにしていては、うち好みの道はできない」

昭兵衛は身銭《みぜに》を投じて、店から波止場につながる幅広の道を作事した。蔵の内で仕分けた積荷は、車力《しゃりき》と後押しが敏捷《びんしょう》な動きで漁船まで届けた。

「善田屋の土間は、いつ行っても広々としている」

積荷の見えない広い土間こそ、善田屋の威勢であり見栄《みえ》でもあった。

宅間が鼻息荒く踏み込んだ善田屋の土間は、いつも通りに広々としていた。

「だれぞおらぬのか」

宅間は町人姿である。身なりとはまるで釣り合わない横柄《おうへい》な物言いが、土間に響《ひび》いた。

帳場のあたりで、ひとの動く気配がした。

九十五

宅間が案内されたのは二階に上がる階段下の、窓もない八畳間だった。

来客と奉公人《ほうこうにん》が兼用している厠《かわや》につながる、調度品もない粗末な部屋だ。ふすまを閉じても、小便の強いにおいが八畳間に流れ込んでいた。

善田屋の二階は奉公人の住まいである。ひっきりなしに階段を上り下りする足音もまた、宅間の座した部屋には丸ごと聞こえていた。

においと音の両方が攻め込む八畳間で、宅間はすでに四半刻近くも待たされていた。

その間のもてなしといえば、出がらしのぬるい番茶一杯と、種火の入った煙草盆が出されただけである。

あとは手代《てだい》が顔を出すわけでもなく、宅間は捨て置かれていた。

「だれぞおらぬのか」

薄い座布団を敷いた宅間は、何度も抑《おさ》え気味の声を発した。しかし返答はなかった。

腹立ちの極みにあった宅間だが、座を立ってふすまを開くことはしなかった。宅間の見栄が、怒りの衝動を抑えていた。

町人のなりはしているが、宅間には浦賀奉行所庶務頭だとの強い自負がある。八百屋ごときの無礼に腹を立てて座を立つのは、武士の沽券《こけん》にかかわると思っていた。

声を荒らげたい気持ちも抑えた。が、身の内から湧《わ》き上がる怒りには抑えが利かず、だれぞおらぬかと三度、声を発していた。

階段下の部屋に案内させたのも、番茶のほかにはなにも供していないのも、すべては昭兵衛の指図だった。

「浦賀奉行所の庶務頭だと名乗る男が、土間に姿を見せておりやす」

手代身なりの若い者が、昭兵衛に宅間の来店を告げた。

「どんな用向きだ」

昭兵衛は物静かな口調で質した。機嫌のよくないあかしである。

若い者は返答の前に唾《つば》を呑み込んだ。

「浦賀奉行所庶務頭の宅間だと名乗ってはおりやすが、町人の道中身なりに化《ば》けておりやすんで」

昭兵衛配下の若い者は稼業柄、だれもがひとの目利きには長けていた。

武家に扮装《ふんそう》した凶状持ちは、どれほど身なり、物腰を整えていても一目で見抜いた。

町人に化けている宅間には、目利きの必要もなかった。身なりは町人の道中拵えだが、振舞いは武家そのものだ。

しかも宅間は、奉行所役人ならではの横柄さを隠す気もなさそうだった。

「奉行所の役人が町人に化けているのか？」

昭兵衛の目の光が強くなった。

よほどのわけがない限り、役人が町人に化けるわけがない。しかもここは西国に逃亡を図りたい者が頼ってくる八百屋だ。

なぜ役人が？

そのわけを若い者は宅間から聞き出さぬまま、昭兵衛に話を取り次いでいた。

光る目はそのうかつさを強く咎《とが》めていた。

若い者は身体を硬くして、昭兵衛の次の言葉を待ち構えた。

「八畳間で待たせろ」

肝試《きもだめ》しは無用だと言い足して、この若い者を下がらせた。

用向きを聞き出すこともせず、昭兵衛に取り次いだ。そのしくじりを取り返そうとして、若い者は敏捷に動いた。

西国への逃亡で昭兵衛の力を借りたい凶状持ちは、伝手《つて》を頼って善田屋をたずねてきた。

昭兵衛はそんな連中を八畳間に入れて、隠し部屋から様子を見張らせた。

肝の太い男なのか。

路銀にゆとりはあるのか。

昭兵衛はおもにこの二つを、配下の者に見極めさせた。

肝の太さを確かめるためには、二つの手を使った。

一つは「御用」の声を、若い者に土間で叫ばせることである。八畳間には店前の物音が丸聞こえだ。

店前から御用の声が聞こえたとき、凶状持ちがどんな動きを見せるか。それを昭兵衛は若い者に見張らせた。

うろたえて尻が浮く者は路銀も乏《とぼ》しいと、相場が決まっていた。

肝試しのもう一つは、部屋にマムシを忍《しの》び込ませることだ。大声を発したり、顔を引きつらせて部屋の隅《すみ》に逃げる者には、昭兵衛はペケを刻んだ。

「お待ちどおさんでやした」

昭兵衛がペケと断ずるなり、若い者は女郎屋に誘い出した。

「長い隠れ旅で、さぞかし気分が滅入《めい》ったことでやしょう」

女郎屋の脱衣場に誘い出したあと、湯に浸からせた。その間に若い者は、凶状持ちの懐中物《かいちゅうもの》を調べた。

なかには首から吊《つる》して湯殿にまで持ち込む者もいた。

「吊し財布に詰まってる路銀じゃあ、たかが知れてる」

先々で面倒を起こす前に、昭兵衛はこれらの凶状持ちは始末させた。そして三浦三崎の沖合いに沈めて、フカの餌食《えじき》にした。

肝試しを通じてこれは使えると見込んだ男は、配下に取り込んだ。

いま昭兵衛は十七人の若い者を抱えていた。そのなかの三人は、肝試しを通じて引き入れた凶状持ちである。

いかなる事情があって、奉行所の庶務頭が善田屋をたずねてきたのか……それを知りたいがために、隠し部屋から様子をのぞける八畳間に案内させたのだ。

番茶一杯だけで、他のもてなしは無用だと昭兵衛は付け加えた。

たとえ奉行所の役人であろうが、善田屋をたずねてくるからには店の掟《おきて》に従わせる。

それを思い知らせるには、四半刻という長い間《ま》が入用だった。

宅間を待たせている間に、昭兵衛は留三《りゅうぞう》を呼び入れた。善田屋で文書吟味と、偽《にせ》の道中手形《てがた》などを仕上げる職人である。

五尺一寸（約百五十五センチ）の背丈があるが、ひどい猫背《ねこぜ》だ。立ち姿は五尺足らずにしか見えなかった。

「宅間伊織であれば、その男は本物です」

留三はこの正月に摺《す》られた『浦賀奉行所人名録』を持参していた。伝手を使い、わずか八頁の摺り物に三両二分も払って手に入れた、『武鑑《ぶかん》』を模した人名録である。

「宅間伊織は江戸城近くの麴町《こうじまち》に屋敷を構えております」

宅間家の先祖の在所は駿河国焼津で、いまの江戸屋敷には妻子も家来もいると付け加えた。

その他、昭兵衛は知りたい限りのことを留三から聞き出したあと、八畳間に向かった。

「失礼します」

ていねいな物言いで断りを告げてから、昭兵衛は八畳間に入った。ふすまが抑えていた厠のにおいが、八畳間になだれ込んだ。

宅間の向かい側に昭兵衛が座ろうとしたら、若い者が座布団を敷いた。宅間の薄い座布団の三倍の厚みがあった。

「善田屋昭兵衛と申します」

膝に手を載せた昭兵衛は、あたまを下げることはせず、宅間を見詰めて名乗った。

宅間の両目に強い怒りの炎《ほむら》が宿っている。遠州《えんしゅう》行灯《あんどん》一張《ひとは》りの薄暗いなかで、宅間の目が強く光っていた。

九十六

いやなにおいが強く漂《ただよ》っている八畳間で、宅間は散々《さんざん》に待たされていた。

奉行所庶務頭なら、所用でどこに顔を出しても身分相応のもてなしを受けた。

相手から大事にされることに、慣れきってきた宅間である。なんの調度品もなく、遠州行灯一張りの薄暗い部屋で待たされたことに、宅間は心底、怒りを覚えていた。

「わけあってこのような身なりに扮しているが、そのほうはわしの身分を分かっておるのか」

言い置いたあとで、宅間は昭兵衛を睨《ね》めつけた。

昭兵衛は涼しい顔で、宅間の燃え立つ目を受け止めた。いまは思いっきり宅間の身分など本気にしていないという顔を続けておくほうが、あとで驚き顔を拵えるときに効《き》き目がある……そう考えて涼しい顔を見せた。

昭兵衛の思惑《おもわく》通りだった。

宅間は相手が平気な顔をしていることに、さらに怒りを募らせた。

「そのほうの稼業なら、よもや浦賀奉行所を知らぬわけではあるまい」

言わずもがなの言辞《げんじ》を宅間は吐いた。

「もちろん存じております」

昭兵衛は冷めた声で応じてから、宅間を見詰め返した。

「浦賀奉行所の庶務頭だと、おたくさんが名乗っているというのも若い者から聞いております」

面倒《めんどう》くさそうな顔を拵えて、昭兵衛は煙草盆を手元に引き寄せた。談判の折に相手を焦らすには、煙草盆はなによりの小道具である。

キセルを左手に持ち、銀細工を施《ほどこ》した火皿（雁首《がんくび》）を煙草入れに差し入れた。薩《さつ》摩《ま》煙草が口まで詰まった、昭兵衛自慢の鹿革の煙草入れだ。

火皿にたっぷりと刻み煙草を詰めた昭兵衛は、種火に軽く押しつけた。

黒砂糖を溶かした焼酎を、霧吹きで吹きかけた薩摩煙草である。火がつくなり、甘い香りを立ち上らせた。

吸い方を加減して、昭兵衛はゆっくりと煙を吸い込んだ。行灯だけの薄明かりは、火皿の赤い火を際立たせた。

ふううっ。

宅間に向けて流れるように、昭兵衛は一服の煙を吐き出した。

煙の甘い香りは小便のにおいを押しのけた。

吸い終えた一服を灰吹きに叩き落としてから、昭兵衛は背筋を伸ばした。

「宅間さんに言われるまでもなく、わたしの稼業は奉行所とはかかわりが深いものです」

三浦三崎で商いを続ける者は、だれに限らず浦賀奉行所とはかかわりが深いと、昭兵衛は付け足した。

「そんなわけで、わたしの手元には毎年一月に『浦賀奉行所人名録』が届きます」

昭兵衛は宅間を見る目に力を込めた。

摺り部数のきわめて限られた人名録である。町人はもとより、武家でも奉行所にかかわりのない者は、そんな摺り物があることすら知らないはずである。

「その摺り物を見たのであれば、わしの名が記されていたことも分かっておろうが」

宅間の声の調子がわずかに変わっていた。人名録を手元に持っていると聞いて、昭兵衛を見直したのかもしれない。

「確かに宅間伊織様のお名前は庶務頭として摺られていました」

昭兵衛はさらに両目に力を込めた。

「しかし、おたくさんがまことの宅間伊織様かどうかは、知れたものではありません」

身分の高い武家の名を騙《かた》る手合いは、ここには毎日のように顔を出しますから、と昭兵衛は語尾を吐き捨てた。

「わしが宅間伊織を騙っておると申すのか」

昭兵衛を見据えた宅間の物言いが、不気味なほどに静まっていた。

「なにしろおたくさんは、その身なりですからなあ」

昭兵衛はカラのキセルを振って、宅間の怒りを煽《あお》り立てた。

「町人物を着ているというだけでわしを騙り者と判ずるなら、そのほうの眼力《がんりき》も底が知れておるわ」

見下した物言いをしたあとで、宅間は胴乱から綴りを取り出した。

「おまえが賭場を開帳したり、もぐりの女郎宿を商ったりしておるのは、奉行所の与力様も先刻ご承知である」

法外に高い船賃《ふなちん》を凶状持ちから取り立てて、下田湊に運んでいる。

「善田屋が悪人どもの逃亡を手助けしておるのも、わしは承知しておるぞ」

わしはに力を込めて、宅間は断じた。

「わしが手に持っておるこの綴りは、奉行所の捕り方がここに踏み込む手順を書いた手引き書だ」

宅間は綴りの表書きを昭兵衛に見せた。

「そのほうの今後の出方次第では早馬を奉行所に飛ばし、わしがこの目で見たままを報せるまでだ」

宅間は低い声で凄んだ。

相手に凄みを利かせたいときは怒鳴り声よりも物静かな声のほうが効き目がある。

そのことを宅間は筆頭与力の巧みな吟味ぶりから学んでいた。

昭兵衛は半ば芝居、半ば正味の青ざめた顔で宅間を見た。

九十七

「宅間様にはてまえども自慢の檜湯《ひのきゆ》で、今日の騒動の汗を流していただきましょう」

宅間の身体の芯にまで酒が回ったのを見極めたところで、昭兵衛は女郎の紫《むらさき》と葵《あおい》に目配せをした。

指図を受け止めたふたりは、脇息《きょうそく》に寄りかかった宅間の両側に移った。

善田屋で一、二の売れっ子女郎、紫と葵である。深く酔ってはいても、ふたりが使っている極上の白粉《おしろい》の香りが宅間の気をそそったらしい。

「おまえたちはふたりとも、漁師町にはまれな美形じゃのう」

世辞を言う宅間の舌はもつれていた。

好色さが濃く浮かんでいる宅間の目の色を見て、昭兵衛はほくそ笑んだ。

あとは紫と葵に任せておけばいい……先の上首尾を思って浮かべた、昭兵衛の笑みだ。

あからさまに目元をゆるめて、宅間はすっかり女郎に気がいっている。気づかれる恐れはなかった。

昭兵衛の眼鏡にかなった女郎は、源氏名《げんじな》に色の名をつけることが許されて厚遇《こうぐう》された。

紫が最上級で、葵は二番手である。

紫は一番を守ることに懸命だし、葵は隙《すき》あらばと紫の座を狙っていた。

ふたりが競い合えば競い合うほど、宅間の口が軽くなる。

昭兵衛は紫と葵の動きと、宅間の応じ方を横目に見ながら盃を干した。

八畳間で宅間が表書きを見せた手引き書には、昭兵衛も正味で驚いた。よもや浦賀奉行所が、そこまで本気で善田屋潰しを図っていたとは思ってもみなかったからだ。

宅間が綴りを胴乱に戻したあとは、ここが潮時と判じて昭兵衛は接し方を変えた。

当初は冷たくあしらって、宅間の怒りを煽り立てる。

頃合いを見計らい、宅間の身分の高さに驚いてみせる。

接し方の手のひら返しをすることで、宅間の自尊心を大きくくすぐる。下にも置かぬもてなしに切り替えれば宅間の口が軽くなり、扱いやすくなる。

これが昭兵衛の考えた計略だった。まんまと策略に嵌《は》まった宅間は、捕り方の手引き書という思いも寄らなかった土産物《みやげもの》を昭兵衛にちらつかせた。

すぐさま別間に移り、宴席を構えた。

差し出した一献《いっこん》の呑み方を見た昭兵衛は、宅間が酒好きだと見抜いた。

「月初めに届いたばかりの、とっておきの灘酒《なだざけ》がございます」

昭兵衛は福千寿《ふくせんじゅ》の冷や酒を二合徳利《とっくり》で供した。口当たりがよく、冷や酒でも喉を滑《すべ》り落ちる酒である。

しかし福千寿は呑みやすさと強さとを背中合わせに抱いていた。

酒が回るにつれて、宅間の口はすこぶる軽くなった。

昭兵衛は目一杯下手に出て、宅間に言いたい放題を言わせた。

「奉行所の与力様は手柄を立てたくて、常に江戸を見ておる。手柄を挙げるには、おまえの宿《やど》に捕り方を差し向けるのが一番だ」

賭場、もぐりの色里《いろざと》。この二つは、公儀がなによりも嫌うものだ。両方を一度に潰《つぶ》せば、江戸の覚えがめでたくなるのは必定《ひつじょう》だった。

「与力様は善田屋に踏み込みたくて躍起《やっき》になっておる。しかし奉行所の下役の大半は、おまえや三崎の肝煎から鼻薬をかがされたこの土地の者だ」

捕り方に踏み込まれる恐れはほとんどないと請け合《あ》い、宅間は盃を干した。

「しかも浦賀には、黒船の襲来騒ぎが持ち上がった。しばらくは騒動の火消しに忙殺されて、ここに踏み込むどころではない」

尊大に言い切ってから、宅間は胴乱を身近に引き寄せた。

酔ってはいても、宅間は胴乱を常に手の届く場所に留めていた。

見るからに持ち重りのする胴乱である。

手引き書のほかに、なにが入っているのかを昭兵衛は確かめたかった。


ゴオオーーーン……。


四ツ（午後十時）の鐘が鳴り始めたとき、昭兵衛はもう一度紫と葵に目で指図を与えた。

「ここはお引けにして、三人で湯殿にまいりましょう」

鼻声で湯を勧めたのは紫である。

「ご一緒に……」

葵は宅間の脇腹に手をあてて、立ち上がらせた。

善田屋は湯殿を二つ構えていた。

ひとつは漁師や凶状持ちが、善田屋で遊んだあとに浸かる湯である。湯殿の広さは脱衣場を含めて十二坪あり、一度に五人の男が湯に浸かることができた。

湯船は杉で、桶も腰掛《こしかけ》も杉でできていた。

もうひとつの湯殿も広さは十二坪だが、拵えはまるで違った。

脱衣場の板の間から湯船、腰掛、桶《おけ》にいたるまですべてが檜造りである。

半年に一度、鎌倉から大工を呼び寄せて檜に鉋《かんな》をかけさせた。

「檜湯でお相手の世話をさせてもらえるなら、年季が半年や一年延びたって文句は言わないのにさ」

女郎が正味で褒めるほどに、檜湯の造りは豪勢で香りがよかった。

「さあ、殿様。湯殿にまいりましょう」

立ち上がった宅間の手を握り、紫が前へと引いた。

背後に回った葵は、宅間の尻に手をあてた。

練達の女郎ふたりに身体を触られたのだ。宅間は湯殿目指して、千鳥足《ちどりあし》を運び始めた。身体は紫と葵に預けている。しかし胴乱の紐《ひも》だけは、しっかりと我が手に摑《つか》んでいた。

九十八

遊女ふたりに挟まれた宅間は、ほろ酔いの酔客《すいきゃく》を思わせる足取りで湯殿に向かった。

脱衣場に入るなり、葵が宅間の前に回った。

宅間は自分の手が届く足下に胴乱を置いた。

紫も葵も胴乱には一瞥もくれなかった。

「お召し物をお脱ぎになるのは、あたしたちにお任せくださいまし」

宅間の前で立て膝をついた葵は、手慣れた動きで男の帯をほどき始めた。

町場の道中屋で急ぎ買い求めた町人装束の長着《ながぎ》である。単衣《ひとえ》の着衣はもとより、帯も粗末な品である。

太い糸で雑に織られた帯は硬さがとれておらず、葵の手の動きにつれてキュルキュルと鳴った。

音を聞いただけで安物と分かる帯だ。しかし葵は気にもとめず、ほどいた帯を床に落とした。

そして宅間の着衣の前を大きく開いた。

背後に回った紫は、長着を受け止めた。木綿の単衣で、道中のほこりのにおいをまとっていた。

紫も安物を気にせず、きれいに畳《たた》んで籐《とう》の脱衣籠に入れた。

葵は長襦袢《ながじゅばん》の紐もほどき、さきほどと同じ手つきで前を大きく開いた。

紫は長襦袢も脱衣籠に畳んで入れた。

宅間は下帯《したおび》一本の姿で立っていた。

「胴乱も、お籠《かご》に」

紫が胴乱を手に取ろうとしたら、宅間は荒い声で叱《しか》った。

「わしが入れる。手を触れるでない」

脱衣籠を足下に引き寄せたあと、脱いだ着衣の上に胴乱を置いた。

ゴトンッ。

折り重なった衣服の上に置いてさえも、胴乱はいかにも重そうな音を立てた。

胴乱を我が手で籠に入れて、ひと安心したらしい。

宅間はまた、だらりと両腕を垂らした。

武芸稽古とは無縁の、四十半ばの官吏である。陽を浴びることのない皮膚はのっぺりと白く、肉置《ししお》きはだらしなくたるんでいた。

しかし宅間には、おのれの身体つきのゆるさを恥じる気はないらしい。身体の両脇に垂らした腕の形は偉そうだった。

紫は尻の真上にあるふんどしの結び目に手をかけた。宅間本人が縛《しば》った結び目に固さはなく、たやすくほどけた。

ゆるくなったふんどしを、葵と紫が前と後ろから同時におろそうとした。

葵はわざと股間《こかん》のモノに手を触れた。

脱衣籠に収めた胴乱を見詰めていた宅間が、つかの間、うっとりとした表情になって目を閉じた。

が、まさにつかの間だった。心地よさを振り払い、目を胴乱に戻した。

背中に回っていても、紫は宅間の目の動きを分かっているようだ。閉じた目がすぐに胴乱に戻ったと察した紫は、わずかに目の端を吊り上げた。

紫の目の動きを察した葵は、すかさず立ち上がった。

「湯船にまいりましょう」

「よかろう」

葵に誘《いざな》われた宅間は、横柄に答えた。

が、湯船のほうに身体は向けず、後ずさりを始めた。片時といえども、胴乱から目を離す気はなさそうだった。

宅間との一夜が明けた、六月四日五ツ（午前八時）過ぎ。昭兵衛は長火鉢の前に紫と葵を呼び寄せていた。

三浦三崎の晴れの夏は猛烈に暑い。

前日に続き、四日も夜明けから大きな天道が水平線から昇っていた。まだ朝の五ツだが、昭兵衛の部屋には暑気がこもっていた。

理由はふたつあった。

ひとつは昭兵衛の部屋の造りである。

高台に建つ善田屋の出入り口は、海を正面に見る造りである。客商売ゆえ、店の戸は常に開かれていた。

三浦三崎には四六時中《しろくじちゅう》、海から陸に向かっての強い潮風が吹いていた。

「さすがは漁師相手の善田屋さんだ、潮の香りが大いに風情《ふぜい》を添えてくれる」

他所《よそ》から善田屋をおとずれた客の多くは、店前で嗅げる潮の香りを称《たた》えた。

余所者には風情かもしれない。しかしこの地に生まれ、この浜に暮らす者にはうっとうしく感ぜられることもあった。

金細工・銀細工の品と、名刀の蒐集《しゅうしゅう》に目のない昭兵衛は、ことさら潮の香りを嫌った。

うっかり金銀の細工物を出したままにしておくと、潮を浴びてたちまち表面に曇《くも》りが生じた。

太刀《たち》にはさらに手ひどいわるさを、潮風はしでかした。きちんと鞘《さや》に収めておいても、錆《さび》の生ずることがあった。

「始末のわるい潮風が忍び込まないように、立て付けは念入りにしておけ」

ふすまさえ閉じれば風が忍び込まぬように、昭兵衛の居間は念入りな普請がされていた。

今朝は夜明けから強い風が、海から陸に吹き上がっていた。それゆえ部屋のふすまは、いつも以上にぴたりと閉じられていた。

暑気がこもっている理由のひとつである。

わけのもうひとつは、紫と葵が聞かせた話の中身が熱をはらんでいたからだ。

「どこで身につけたのかは知りませんが、とにかくあのひとは念入りなんです」

「葵ねえさんが、あのひとの指遣いにからめとられて、四度も五度も正味で気をいかせてあえぎ声を漏らしたんですから」

紫の言い分は大げさではないらしい。

気をいかせてと紫に言われたとき、葵は頬を朱に染めていた。

宅間を籠絡《ろうらく》せんがために、大田屋は膃肭《オンネウ》（オットセイ）と女郎を惜しみなく投じてきた。

昭兵衛がやめろと指図するまで、紫と葵は宅間との閨《ねや》を話し続けた。

熱さゆえ、ひたいに汗を浮かべながら、昭兵衛は話に聞き入った。

「そこまででいい」

長火鉢には真夏のいまも備長炭《びんちょうたん》がいけられており、鉄瓶《てつびん》から強い湯気《ゆげ》が立ち上っていた。

鉄瓶の湯で茶の支度を進めたのは紫である。

熱々《あつあつ》の焙《ほう》じ茶に口をつけたとき、昭兵衛はすっかり真顔に戻っていた。

「あの男は、そんな閨でも胴乱を放さなかったのか?」

苛立ちを含んだ声で、紫に問いかけた。

紫は大きくうなずき、背筋を伸ばした。うなじの産毛《うぶげ》が立った。

「長く伸ばした細紐を、あのひとは二の腕に縛りつけたままでした」

そんな動きにくい格好でも、指と腰の遣い方は達者そのもので……紫は話をぶり返しそうになったが、昭兵衛のきつい目の光を見て、口を閉じた。

「食えない男だ」

昭兵衛の物言いには、尖りがあった。

強い嫉妬《しっと》を含んだ、滅多に聞くことのない尖り方だった。

九十九

「昨夜はすっかりてまえどもの紫と葵が、お世話になりましたようで」

正午前に姿を見せた昭兵衛に、宅間は満悦顔《まんえつがお》を向けた。

女郎の気をいかせるとは、まことに強者至極《つわものしごく》にございますなあと、昭兵衛はおだてた。これでさらに宅間は気をよくしたようだ。

「下田湊に向かいます船の手配りには、数日が入用でございます」

今日明日に三浦三崎を出ることは無理だと、昭兵衛は声を曇らせた。が、宅間は上機嫌《じょうきげん》の顔を崩《くず》さなかった。

「わしが乗るのは江戸湾の外に出る船だ、あんたが得心するまで吟味してくれ」

この部屋なら数日の流連《りゅうれん》も承知だと、宅間は心地よげに応じた。

「しかも黒船の襲来で、浦賀水道の行き来は難儀をきわめておるはずだ。下田湊に向かうにしても、向こう数日は見合わせるのが良策というものだ」

よほどに居心地《いごこち》がいいのだろう。宅間の言い分は、むしろ流連をしたがっているかのようだった。

「うけたまわりました」

十畳間を出る前、昭兵衛は横目で胴乱を捉《とら》えた。

宅間は我が身の背後、床の間の隅に胴乱を置いていた。昨夜の名残《なごり》ともいえる長い紐も、胴乱に結ばれたままだった。

部屋に戻ってきた昭兵衛を、若い者ふたりが廊下で待ち構えていた。

「なかで聞こう」

長火鉢の前に座った昭兵衛は、若い者にふすまを閉めさせた。今日もまた、強い潮風が高台に向かって吹き上がっていた。

自分の手で茶の支度を済ませてから、昭兵衛は若い者から話を聞き取った。

「あの男は奉行所の金蔵から、金貨と銀貨を持ち逃げしておりやす」

聞き込んできたことを、ふたりは簡潔に話した。くどい言い回しは昭兵衛がなによりも嫌うからだ。

浦賀奉行所には三浦三崎が在所の小者が五人勤めていた。なかのふたりを昭兵衛は手なずけており、月に一度の非番の日に聞き取りをしてきた。

三浦三崎に一泊《ぐう》で戻ってきた小者に小遣いを渡し、女郎を朝まではべらせるのが昭兵衛の遇し方だった。

今回はしかし小者の非番を待ってはいられず、昨夜のうちに若い者ふたりを差し向けた。

「野郎がどれほどのカネを盗み出したのかは、分からねえと言ってやしたが、しこたま盗み出したのは間違いありやせん」

金高は不明でも、昭兵衛は満足した。

宅間が常に手元に留めている胴乱には、金貨と銀貨が詰まっていると昭兵衛は断じた。

一分金二枚ずつの小遣いを若い者に手渡した。褒美《ほうび》を惜しまないがゆえ、若い者は昭兵衛の指図に素早く従っていた。

ふすまの閉じ方が甘かったらしい。強い潮の香りが部屋に忍び込んできた。

昭兵衛の眉間《みけん》にしわが寄った。

百

「庶務頭の所在が不明であります」

官吏たちが宅間の所在不明を与力に告げたのは、六月三日の七ツ半（午後五時）を過ぎてのことだった。

宅間が金蔵から金貨銀貨を盗み出してから、すでに半刻（一時間）以上が過ぎていた。

罪人取り押さえの総本山ともいうべき奉行所が、この間、金蔵破りを働いた宅間に気づかなかったのは、もちろん相応のわけがあった。

巨大な黒塗り蒸気外輪軍艦が二杯と、帆船軍艦が二杯。いわゆる黒船が六月三日に浦賀に襲来するなどとは、浦賀奉行所官吏の大半は想像もしていなかった。

しかし前年の嘉永五（一八五二）年六月には、オランダ商館を通じてある情報が長崎出島の奉行所にもたらされていた。

「アメリカという国が軍艦四杯を率いて、通商条約締結を求めて来航するかもしれない。軍艦には武器も兵員も多数搭載されており、戦闘も辞さぬ構えである」

断じて友好的な来航ではないと、この情報は報せていた。

しかし重要きわまりない情報は、幕閣には軽くあしらわれ、書庫に仕舞われた。

「オランダ商館は自国の立場を有利に保つために、ありもしない虚偽の情報を伝えてきている。重んずるには値《あたい》しない」

商館長と不仲だった長崎奉行の評価報告を、公儀は鵜《う》呑《の》みにした。剣呑《けんのん》な情報など、幕閣には迷惑なだけである。

ゆえにアメリカ軍艦襲来に備えての対策は、ほとんど講じられなかった。

川越藩《かわごえはん》と彦根藩《ひこねはん》に対し、三浦半島監視兵士の派遣を命じた。公儀が発した命令は、ただこれだけだった。

両藩から兵士が出張ってくることは、もちろん浦賀奉行も承知していた。

しかし三浦半島の警備は、浦賀奉行所の専管事項である——この自負を抱いているのは、奉行も奉行所官吏も同じだった。

「いまさら他藩の助勢《じょせい》などは迷惑千万」

浦賀奉行所官吏は助勢に来た藩士の陰で、顔をしかめて言葉を吐き捨てた。

川越藩・彦根藩ともに、浦賀奉行所の無礼な対応には不信を抱いていた。

奉行所と助勢藩とは、相互に背を向ける形で月日だけが過ぎた。

黒船はオランダ商館の情報通りの艦隊で、嘉永六年六月三日、浦賀沖に襲来した。

「なんだ、あれは？」

「水車の化け物みてえなモノが回ってるだ」

「真っ黒い煙は、ひでえ煤《すす》のにおいを撒《ま》き散らしてるでよう」

最初に軍艦と遭遇した漁船の漁師たちは、網を手繰《たぐ》ることも忘れて軍艦を見上げた。

浦賀沖に投錨《とうびょう》したのは、オランダ商館が長崎奉行所に報告していた通りの軍艦四杯である。

商館は軍艦の名前を含む仔細も、奉行所に提出していた。

旗艦《きかん》は蒸気外輪軍艦「サスケハナ」。

随艦《ずいかん》「ミシシッピ」も蒸気外輪軍艦。

随艦「サラトガ」「プリマス」の二艦は、帆船軍艦。

大砲は四艦合わせて七十三門を搭載しており、常時臨戦態勢にある、と。

この貴重な情報は、ほとんど浦賀奉行所には知らされていなかった。

しかもまことに間のわるいことに……。

二艦が外輪を回し、他の二艦が帆を張って浦賀沖にあらわれたとき、奉行も筆頭与力も他行《たぎよう》中で不在だった。

艦隊司令官は、脅《おど》しをかけてから交渉に入ろうと考えたのだろう。

ドオオーーーン。

凄まじい音を轟《とどろ》かせ、大砲が火を噴いた。

軍艦を見たときから、奉行所は大混乱に陥《おちい》った。

随艦が最初の一発（空砲《くうほう》）を放ったことで、奉行所内は収拾がつかなくなった。

官吏たちが勝手な動きを始めたからだ。

江戸南町奉行所の西川庄兵衛と横田馬尾が八丁櫓船を横付けしたのは、最初の空砲から半刻が過ぎたころだった。

奉行も筆頭与力も不在の浦賀奉行所は、隙だらけとなった。

宅間はその混乱に乗じて南町奉行所の役人ふたりを追い返した。

我が身に御上の縄が迫っていると察した宅間は、金蔵に入り、持てる限りの金貨銀貨を麻袋に収めた。そして奉行所からの逃亡を図った。

同じころ、投錨していた軍艦サスケハナから一杯の小舟が奉行所岸壁に横付けされた。

上背《うわぜい》のある軍服着用の士官は、一通の書状を差し出した。

急ぎ通詞《つうじ》がその場に呼ばれた。

「このレター一通を、ここの司令官に手渡しなさい」

士官から書状を受け取った奉行所通詞は、直ちに翻訳した。

「小舟に同乗して、停泊中のサスケハナまで出向くようにと告げています」

速《すみ》やかに応じない場合は、砲撃に転ずると書状には書かれていた。

「わしが出向くほかはあるまい」

黒船との交渉に臨んだのは、次席与力の中島三郎助《なかじまさぶろうすけ》だった。中島は太刀を佩《は》いた警護役一名と通詞を伴《ともな》ってサスケハナに向かった。

しかし艦隊司令官は、中島が権限のある司令官（奉行）ではなく身分が低いことを理由に、サスケハナからの立ち退《の》きを命じた。

中島一行三名は、小舟で送り返された。

「ならば、わしが出張ろう」

名乗りをあげたのは中島の同僚与力、香山栄左衛門《かやまえいざえもん》である。

香山は高官を装うために、烏帽子《えぼし》をかぶって軍艦に向かった。

しかし艦隊司令官は、事前に細密な情報を仕入れていた。

「あなたは司令官ではない」

奉行にあらずと見破った司令官は、語調を変えてまくし立てた。

「われわれの目的は、条約を締結することである。そのための会談は、ショーグンまたはミカドしか相手にしない。即刻、どちらかとの会談を調整するように」

司令官は、奉行ではないと見破った香山を相手にせず、通詞にのみ話をした。

「将軍に取り次ぐには、相応の手続きがいる。一日、二日では段取りはできない」

香山の言葉を通詞は一語ずつ翻訳した。

意外にも、艦隊司令官は香山の言い分を受け入れた。

「会談までに二日を待つことにする。速やかに調整に入ってもらいたい」

司令官の言葉を書き留めて、香山たちは奉行所に戻った。

時刻は暮れ六ツ（午後六時）過ぎで、すでに日没を迎えていた。

香山の帰りを、中島は岸壁で待っていた。

「奉行と筆頭与力殿は、もうお帰りになられたか？」

問われた中島は首を横に振ったあと、香山に近寄った。

「あの黒船に加えて、さらなる難儀が出来《しゅったい》いたしておるのが分かっての」

「なにごとか、それは」

烏帽子をかぶったまま、香山は声を尖らせた。通詞がその場に立ちすくんだほどに、香山の声音は厳しかった。

「道々、話をいたそう」

みずから提灯《ちょうちん》を手に持った中島は、石段を照らしながら先を登った。

烏帽子を従者に持たせてから、香山は中島に並びかけた。

登る足を止めた中島は、香山の顔を見つめた。大きな息を吐き出してから、口を開いた。

「庶務頭の宅間伊織が金蔵を破り、逃亡を図っておる」

「なんと！」

短く答えただけで、香山は口を閉じた。

次席与力ふたりは、あとは無言で石段を登り切った。

与力執務部屋に入った中島と香山は、ふたつの難題と向き合わざるを得なかった。

「奉行も筆頭与力殿も、五ツ半（午後九時）にはお帰りになるとのことだ」

中島は低い声で奉行と上役の帰館刻限を香山に告げた。

「黒船の司令官がわしに告げた件は、奉行のお帰りを待ってことを運ぶほかはない」

艦隊司令官の申し入れを聞かされていた中島は、引き締めた顔でうなずいた。

「だが宅間に追手を差し向けるのは、わしらの判断で進められることだ」

ここまでに判明している限りを聞かせてくれと、香山は中島を促した。

中島は背筋を張って香山を見た。

「金蔵が破られているのが明らかになったのは、七ツ半を四半刻近くも過ぎたころだ。それまでは貴公も承知の通り、奉行所内は混乱の極みにあった」

中島が言葉を区切ると、香山は深くうなずいた。今日の奉行所がどんな騒動であったかは、香山も熟知していた。

「宅間は馬で逃亡を図っておる」

馬を追って、同心二名の追手を放ったと中島は告げた。

「宅間はよほどに慌《あわ》てていたらしく、農耕用の駄馬にまたがっていた」

あの馬なら、せいぜいのところ五里（約二十キロ）を駆けるのが限りだと中島は見当を口にした。

「ならば中島氏《うじ》、探索に出た同心が戻るのもさほどに先ではなかろう」

「いかにも」

与力がうなずき合っているところに、同心が戻ってきた。

「馬が乗り捨てられた場所から判じますれば、宅間伊織は三浦三崎方面に逃亡したものと思われます」

同心は馬を発見した場所周辺で、聞き込みを行っていた。その結果、街道の道中屋で町人装束一式を買い求めた男が宅間伊織であることが判明していた。

同心が口にした見当には、中島も香山も即座に得心した。

「三浦三崎ならば、善田屋昭兵衛か」

「九分九厘、間違いはなかろう」

善田屋が凶状持ちの逃亡を手助けしていることは、浦賀奉行所の与力・同心には周知の事柄だった。

「すぐさまてまえどもを、三浦三崎に差し向けてくださりますように」

馬を発見した同心は、捕り方出動の許可を願い出た。

香山はその願い出を退《しりぞ》けた。

「いまは黒船への対処が第一義である」

奉行も筆頭与力も不在のいま、奉行所の戦力を分けてはまずいと香山は断じた。

「だれぞ探索方を善田屋周辺に差し向けて、宅間伊織めが彼《か》の地に留まりおることを確かめよ」

宅間を取り押さえるのは、善田屋捕縛のときでよい。いまは奉行所内部の騒動を、外に漏らすなと香山は言い置いた。

中島も香山の判断を了とした。

腕利きの探索方二人が、三浦三崎に向かって放たれた。

六月三日、五ツ（午後八時）前だった。

百一

奉行が報告を受けるのは筆頭与力を通じてのみである。身分の低い与力や同心が奉行と口がきけるのは、名指しで意見を求められたときに限られた。

有事の折りにあっても、仕来《しきた》りは変わらなかった。

「そのほうらの話は、二件とも呑み込んだ」

筆頭与力は中島・香山の報告を急ぎ聞き終えた。直ちに奉行に、黒船襲来のあらましを伝えねばならぬからだ。

「アメリカ艦隊司令官の申し入れについては、奉行に判断を委ねるほかあるまい」

いつなんどきにても、江戸に急使を出せる手筈《てはず》を調えておけと、中島に命じた。

馬廻りは中島の配下である。

「宅間伊織の一件は」

筆頭与力は声をひそめた。

中島と香山は、上司のほうににじり寄った。

「当面の間、奉行には伏せておく」

与力二名ともに同時に深くうなずいた。

奉行所の庶務頭が金蔵を破り、逃亡を企《くわだ》てたのだ。こんな不祥事が、もしも江戸表に知れたら……。

何人の首が飛ぶか、知れたものではない。

いまは黒船襲来という、未曽有《みぞう》の一大事が出来したさなかである。

幕閣の目が黒船への対処に釘付けとなっている間に、宅間伊織の身柄を押さえる。そして盗み出した金貨銀貨を回収し、金蔵に戻してことを収める。

筆頭与力の決断と指図は、もとより中島も香山も願うところだった。

「徳島《とくしま》と柏崎《かしわざき》を、宅間事案の専従とせよ」

「仰《おお》せの通りに」

ふたりの返事が重なった。

徳島三十朗《さんじゅうろう》と柏崎儀之助《ぎのすけ》は、探索方の同心《どうしん》である。武芸と馬術に秀でており、宅間追跡には最適の人選だった。

筆頭与力への報告を終えるなり、徳島と柏崎が与力執務部屋に呼び入れられた。

「そのほうらは明朝直ちに江戸に向かい、宅間伊織の屋敷から探索を始めよ」

これ以上の指図は無用だった。

六月四日明け六ツ（午前六時）に、両名は馬を飛ばして麴町に急いだ。

六月五日八ツ（午後二時）に浦賀奉行所に戻ったときには、ふたりとも正門手前で下馬《げば》を命じられた。

「何用あるのか、身分姓名を名乗れ」

奉行所の警護が公儀御庭番《おにわばん》の手に移管されていた。ふたりは鑑札を取り出し、御庭番に提示した。葵御紋《あおいのごもん》の焼き印の押された、樫板《かしいた》の鑑札である。

しかし御庭番は鑑札を鵜呑みにはせず、台帳と照合してから通過を許した。

奉行所内部も、大きく様変わりしていた。次席与力の執務部屋は、江戸城から乗り込んできた官吏に明け渡されていた。

中島と香山は、物見やぐら下の小屋に移っていた。

「宅間伊織は、寺田屋《てらだや》なる献残屋を使っておりました」

与力に報告したのは徳島である。徳島と柏崎はわずか一日少々で、抜かりのない聞き込みを成し遂げていた。

「寺田屋も宅間伊織も在所は焼津です」

善田屋の手助けを得たあとは、伊豆下田から焼津へと逃亡を続けるに違いありませんと、徳島は見当を口にした。

「焼津とは……まさに然《しか》りであろう」

中島も香山も深く得心したようだ。

「善田屋もろとも、取り押さえることになりそうだの」

中島はあごに手をあてた。目の焦点が定まっていないのは、筆頭与力に捕り方出動を願い出る手順を考えているからだろう。

「ううむ」

中島が小声を漏らしたとき。

ジャンジャンジャンジャンジャン。

不意に物見やぐらの半鐘が鳴り始めた。

与力も同心も、息継ぎもせずに立ち上がっていた。

百二

浦賀奉行所の物見やぐらには二名の同心と、ひとりの半鐘打ちが配されていた。

同心は二名とも監視役である。

他の奉行所では、物見やぐらに登るのは小者とするのを慣例としていたが、浦賀奉行所では物見職の格式が高かった。

「もしも不審船が浦賀水道を潜《くぐ》り抜けたとなれば、もはや江戸城まで留め立てする手立てはない。両名とも、こころして見張りにあたられたい」

物見は次席与力支配である。初めて物見台に登る同心には、次席与力みずから訓示を垂れるを常としてきた。

嘉永二（一八四九）年四月から今日に至るまで四年以上の長きにわたり、浦賀奉行所次席与力には中島三郎助と香山栄左衛門の両名が就いていた。

両名の胆力《たんりょく》・判断力を代々の筆頭与力が評価してのことである。

中島と香山は、突如襲来した黒船に相次いで乗船した。そして艦隊司令官を相手に談判に臨んだ。

司令官は、わざと武器が目立つ場所に会談場所を設けた。そして会談中は、常に砲門の整備を続けさせた。

将軍が会談に応じなければ、四杯の軍艦に搭載した大砲にモノいわせるぞ——。

艦隊司令官は中島と香山に砲門を見せつけることで、こう凄《すご》んでみせたのだ。

筆頭与力と善後策を協議した場で、中島と香山は物見役交代の許可を願い出た。

「当奉行所規程からは外れまするが、野根新五郎《のねしんごろう》、奈半利長五郎《なはりちょうごろう》の二名を明日から物見に就けさせていただきたく存じます」

交代の願い出を筆頭与力は即座に了とした。土佐藩から派遣された野根と奈半利の能力の高きことを、筆頭与力は認識していた。

四月、室戸岬の沖合を黒船が通過したことで、浦賀奉行所周辺の監視増強策として、公儀は他藩からの兵士派遣受け入れを浦賀奉行に命じた。

奉行所周辺の監視もまた、次席与力の管轄である。

「御公儀からの御指図は受け入れましょう」

筆頭与力を前にして、中島は公儀命令を受諾してもいいと言わぬばかりに答えた。のみならず、注文までつけた。

「土佐藩より二名の借り受けを願い出てくださりますように」

この願い出は香山栄左衛門の発案だった。

香山はかつて土佐藩からの招待を受けて、室戸岬の鯨組視察に出向いたことがあった。

浦賀奉行所の役人は、土佐藩室戸岬に視察に出向くことを吉例としていた。

鯨と勇壮な鯨組漁師の死闘を目の当たりにすることは、浦賀水道の監視に役立つというのが名目である。

生の鯨肉を生姜《しょうが》と生醬油《きじょうゆ》で賞味できる。

酒は土佐の地酒で、室戸芸者が酒宴のあとは夜伽《よとぎ》をする。

代々の次席与力には、この役得が申し送りされていた。

香山が室戸岬に出向いた折りには、土佐藩室戸支庁の野根新五郎と奈半利長五郎が案内役を受け持った。

ふたりとも、瞳は真鍮色《しんちゅういろ》だった。

「鯨組の山見《やまみ》（見張り役）は、真鍮色の目をした者が世襲します。わたしも奈半利も遠き先祖は、山見の血を受け継いでおります」

と野根は胸を張った。両名とも、土佐藩士の家柄ゆえ、鯨組に入ることはなかった。が、両名の持つ抜きんでた視力を、土佐藩は高く評価していた。

野根と奈半利は遠眼鏡も使わず、二町（約二百十八メートル）先の板に貼り付けた、染め物の柄を言い当てた。

両名の図抜けた視力に香山は深い感銘を覚えた。

「来年四月の藩主出府《しゅつぷ》には、我ら二名とも付き従います」

その言葉通り、野根と奈半利は嘉永五年五月に参勤交代行列の一員として出府した。

同年八月、土佐藩主が浦賀奉行所を表敬訪問した。奉行と土佐藩主とは昵懇《じっこん》の間柄だった。

土佐藩主は剛毅《ごうき》で知られていた。室戸岬は休漁期に入っており、はるばる八丁櫓の勢子船が江戸に廻送された。

藩主は波しぶきもいとわず、八丁櫓勢子船で浦賀奉行所をおとずれた。

その折りに藩主は野根と奈半利を同道《どうどう》させていた。奉行に物見の視力を披露せんがためである。

「御意《ぎょい》の通りに」

奉行から指図を受けた香山と中島は、土佐藩の二名を物見台に登らせた。

ふたりはまたもや遠眼鏡を使わず、波止場に向かってくる弁財船の屋号を言い当てた。

波止場から二百五十尋（約三百七十五メートル）も離れていた弁財船五杯の屋号を、すべて言い当てた。

訪問座興の一だったが、中島は両名の視力に驚嘆した。

「我が奉行所にも野根、奈半利のような物見が欲しいものだ」

次席与力ふたりの願いは、嘉永六年五月にかなった。

「外国船の動き不穏なるがゆえ、浦賀奉行所物見補佐として七カ月派遣を命ずる」

土佐藩から派遣された野根と奈半利は、次席与力の支配下に置かれた。

しかし身分はあくまでも補佐である。奉行所物見役を差し置いて、台に登ることを中島も香山も認めなかった。

余計な軋轢《あつれき》を生じさせぬためだった。

しかしいまは未曾有の有事である。

筆頭与力の了解を得た中島と香山は、翌日からふたりが物見台に登ることを許していた。


六月五日、八ツ（午後二時）過ぎ。

物見台の梯子《はしご》両端を巧みに摑み、奈半利は滑り降りた。江戸の火消し人足が得手《えて》とする、早降りの技だ。

物見台の半鐘は擂半《すりばん》（近火の報せに半鐘を続けざまに鳴らすこと）を鳴らしていた。

「旗艦と思わしき軍艦甲板で、砲門に充塡《じゆうてん》を始めております」

奈半利の報告途中で、擂半の音が打ち消された。

ドオオーーーン！

軍艦が放った轟音《ごうおん》が、半鐘の擂半にのしかかっていた。

百三

「なにごとが生じたのか」

「物見はなにをいたしておるのか」

「立て続けの尋常ならざる轟音ではないか。即座に対処せぬとは、いかなる判断だ」

轟音が響き渡り始めるなり、江戸が差し向けた官吏四人も物見小屋に駆けつけてきた。

四人はいずれも、常日頃、両刀を佩くことに慣れていない事務方の官吏である。慌てて立ち上がり、刀架《とうか》の二本を差すのに難儀をしたらしい。自分で差した鞘と鞘とがぶつかり合っていた。

「なにが生じておるのか、もしくは生じようとしておるのかは、先刻てまえがご報告申し上げておりますぞ」

小屋の座敷から土間に下りた中島は、胸を張って官吏の前に立った。

香山が背後についており、物見の奈半利もさらにその後ろに控えていた。

「次席与力の身で、わしに盾突《たてつ》く言辞とは無礼千万であろう」

官吏が声を荒らげた。

香山たち三人と向き合っている官吏四人は、老中支配の事務方である。官吏が口にした通り、奉行所次席与力と老中配下とでは身分が違いすぎた。

「そのほうは……」

官吏が口を開こうとしたとき。

グオオーン。

ドオオン。

響き方の異なる轟音二発が、小屋の内に轟き渡った。

四人の官吏の顔つきがこわばった。

「先刻も申し上げましたが、いまだご理解がないようですので、いま一度申し上げます」

中島が話し始めたとき、さらに砲音二発が轟いた。官吏たちの顔が、こわばりの度合いを増した。

公儀の事務方とは異なり、中島・香山・奈半利の三人は音が響こうとも平然とした顔を保《たも》っていた。

「アメリカの軍艦が放っておりますのは、いずれも音だけが大きい空砲です」

「なんだと？」

官吏が中島の言い分に嚙みつこうとしたとき、ひときわ大きな音が轟き渡った。

空砲だと説明を受けているにもかかわらず、官吏四人はうろたえの色を濃くした。なかにはうろたえを通り越して、怯えの色まで浮かべている者もいた。

「いまはどれだけ音が轟き渡ろうとも、空砲に限られております」

官吏との間合いを詰めた中島は、口調を強めた。

「重ねて申し上げますが、音に怯えることは無用です」

官吏四人の狼狽《ろうばい》ぶりを、中島は目の光を強めてたしなめた。

「地元の漁民たちは、もはや轟音には驚きません。それどころか、砲門が開かれるたびに花火もかくやの声を発しております」

あなた方は、いつまで怯えているのか？

四人を強い目で睨み付けたあと、中島は口調を変えた。

「事態が進展いたさぬことに、艦隊司令官は苛立ちを覚えております」

中島はきっぱりと言い切った。

「昨日に比べて、今日は空砲の数が大きく増えております」

話しているさなかに、また三発が放たれた。

「数が増えているのは、我慢に限りがあると告げているのでしょう」

中島が口を閉じたあとを、物見の奈半利が受け継いだ。

「四杯の軍艦のうち、二杯は江戸湾奥に向けての進入をこころみております」

半鐘の擂半《すりばん》は、軍艦が動き出したことの急報だと奈半利は告げた。

軍艦が江戸湾奥に……。

驚きで口が開けなくなった官吏に代わり、中島が話を続けた。

「かくなるうえは江戸城に急使を差し向けて、将軍もしくは幕閣との談判の場を構えるほかはございませぬ」

一刻も早く対処していただきたい。

遅れれば、次は空砲では収まらなくなると言い、中島は官吏を強く見詰めた。

四人は互いにうなずきあい、中島たちにはひとことも残さずに小屋を出た。


七ツ（午後四時）前から雨になった。

「今宵の三浦半島一帯は、驟雨《しゅうう》に見舞われることになります」

雨空を見上げた奉行所の空見役は、中島に見当を明かした。

「相当に激しい雨となるのか？」

中島が問いを発したとき、一段と雨脚《あまあし》が強くなった。

軍艦にも同じ雨が食いついているのだろう。艦の動きが止まり、静けさが戻っていた。

「今夜半までは激しい降りが続きますが、明日は晴れ間が戻ります」

空見役は明日の晴天を請け合った。

「明日は大丈夫だな？」

「晴れます」

空見役が断じた途端、奉行所の屋根を打つ雨脚がさらに強くなった。

百四

浦賀奉行所庶務頭の宅間伊織を、いかに追い詰めるか。

夜鷹《よたか》の元締《もとじ》めと献残屋当主が真正面から向き合って話したのは、六月一日である。

その翌日、六月二日の四《よ》ツどき（午前十時）に南町奉行所の定町廻《じょうまちまわり》同心が利三《としぞう》の宿をおとずれた。

あろうことか奉行所の同心が利三に、樫板の鑑札を差し出した。

「筆頭与力様より、じきじきのお役目お申し付けである」

定町廻同心田野《たの》俊蔵《しゅんぞう》は宅間伊織捕縛のために、まずは大田屋五之助一味の見張りを行うと告げた。その手伝いを利三に頼んだ。

利三は頼みを引き受けた。前日に向き合った献残屋寺田屋永承《えいしょう》から、大田屋と宅間伊織のつながりを聞かされていたからだ。

永承は永承で、六月二日に独自の手配りを進めていた。

佐吉《さきち》を伴いゑさ元の後兵衛《ごへえ》と、漁師うどんの吉羽屋《よしばや》政三郎《せいざぶろう》の宿を訪れた。

「ことはもはや、一刻たりともそのままにしてはおけないところまで進んでおります」

ここまでの仔細を話したうえで、もしものときには力を貸してほしいと頼んだ。

「抜け荷の払いに夜鷹を使うなどは、畜生《ちくしょう》の所業だ」

政三郎も語気を強めた。そしていかなる手助けも惜しまないと約束した。

「後兵衛さんと政三郎さんの力が借りられれば、百人力を得たも同然だ」

談判を終えた永承は、めずらしく佐吉の前で声を弾ませた。

手配りはしたものの、まさかこれほど急激に、しかも想像を大きく超えた形で事態が動き出すとは、さすがの永承も考えてはいなかった。

浦賀で一大事が勃発《ぼっぱつ》していることは、三日の夜には江戸中に知れ渡っていた。

「よりにもよって、宅間様の浦賀奉行所管轄内でこんなことが起きるとは……」

腕組みをした永承は先々どう動くかの思案を巡らせていた。

浦賀奉行所同心、徳島三十朗と柏崎儀之助が寺田屋に顔を出したのは、六月四日の午前だった。

「てまえどもと宅間様とのつながりを探り当てられたとは、さすが奉行所同心様です」

永承は正味で感心した。武家と献残屋の付き合いは秘中の秘事だったからだ。

「かくなるうえは存じておりますことを、包み隠さずに申し上げます」

永承は寺田屋が知り得る限りの宅間情報を同心二名に聞かせた。が、あくまでも寺田屋に限って話をした。

十間堀《じっけんぼり》の利三、伊勢屋四郎左衛門《いせやしろうざえもん》、吉羽屋政三郎、ゑさ元後兵衛などの話は一切しなかった。

それらのだれもが、宅間とは直接かかわりを持っていなかったからだ。

「遠からず宅間を捕縛することになる」

断言した徳島は、宅間屋敷に出入りしていた手代を浦賀奉行所に差し向けるようにと命じた。

「うけたまわりましたが、このような折りに浦賀に向かうのは相当に難儀なことかと存じますが」

「もっともな言い分である」

永承の異を了とした徳島は、その日の夕刻に南町奉行所に出向くようにと告げた。

佐吉を伴い、永承は七ツ（午後四時）に南町奉行所に出向いた。

「道中、これを提示するがよい」

奉行所庶務掛は、一枚の樫板の鑑札を永承に交付した。利三が定町廻同心から手渡されたものと同様の鑑札だった。

奉行所を出たふたりは、その足でゑさ元に向かった。浜町《はまちょう》に行き着いたときには夏の長い昼間も終わり、宵闇《よいやみ》が堀にかぶさっていた。

暮れたとはいえ浜町は堀川《ほりかわ》の町である。河岸《かし》には宵の涼味を楽しむ杉の長い腰掛が、幾つも出されていた。

うちわを手にした涼み客は、身に風を送りながら目は江戸湾に向いていた。

「浦賀沖に乗り込んできた黒船は、化け物みたいに大きな水車を回して走るというが」

「凄まじい煤も吐き出すと、おれは漁師から聞かされたぜ」

宵涼みを楽しみながら、腰掛で交わされている話は黒船一色だった。

いつもの年の六月四日なら、川遊びの客の注文で船宿はかき入れ時である。ところがゑさ元に限らず、船宿の船着場は舫われた船で身動きできなくなっていた。

行き場を失った船を見た永承は、顔つきを引き締めてゑさ元に入った。

あるじの後兵衛は絽《ろ》を着る気も失せたのか、唐桟《とうざん》姿で永承たちの前にあらわれた。

永承は余計な前置きを省き、出張《はぶ》ってきた用向きを口にした。

「明日の夜明けに浦賀まで、船を出していただきたい」

浦賀奉行所同心とのやり取りを話したあとで、永承は発給された樫板の鑑札を後兵衛に示した。

「事情は分かりました。明日の夜明けに船を出させてもらいましょう」

引き受けた後兵衛は、このまま泊まっていってはどうかと勧めた。

「見ての通りのありさまで、船宿は真夏だというのに閑古鳥《かんこどり》が啼《な》いている」

二階座敷で暑気払いでも……後兵衛の勧めを永承は深いうなずきで受け入れた。

客は皆無だったが、料理番はいつも通りに魚介を仕入れていた。いつなんどき、遊び客があらわれるか知れない。

ゑさ元の沽券《こけん》にかけて、魚も野菜も仕入れは休めなかった。

羽田《はねだ》と佃町《つくだちょう》の漁師も、こんなときでもいつも通りに漁に出ていた。

日本橋の魚河岸には旬《しゅん》の魚介が山積みになっていたようです……後兵衛は料理番から聞かされたことを永承に話した。

「存分に賞味させていただきます」

箸《はし》を使う永承を見ながら、後兵衛は思っていることを話し始めた。

「果たして浦賀奉行所には、宅間様とやらを取り押さえる手が余っているのかね？」

宅間は奉行所からすでに逃げ出していると、後兵衛は判じていた。

永承も逃亡説に同意してうなずいた。

浦賀から出張ってきた同心二名は、宅間が逃亡したとは永承に告げなかった。

永承も後兵衛には言わなかった。

しかし同心が口にせずとも、宅間の逃亡は明らかだった。

宅間の身柄を奉行所内に取り押さえているならば……。

こんな火急の折りに、わざわざ同心二名を江戸に差し向けるはずがない。

麹町屋敷に出向くのも、宅間とかかわりを持つ献残屋に出張ってくるのも、黒船騒動が収まったあとでことが足りるはずだ。

黒船がまだ浦賀沖にいるというのに、徳島・柏崎両名を差し向けてきたのは、一刻でも早く宅間捕縛に動くための証拠固めにほかならないと、後兵衛も永承も判じていた。

「宅間様は黒船騒動が起きたと同時に、奉行所から逃げ出したのだと思います」

考えを口にした佐吉に、後兵衛と永承が同時に目を向けた。

「伊勢屋さんから話を聞き取った大川《おおかわ》様は、直ちに南町奉行所に話を通してくれたでしょうし、奉行所も即座にひとを浦賀に差し向けたに違いありません」

抜け荷は御法度の極みだ。その禁制事に、奉行所官吏が手を染めていたのだ。

奉行所が聞き捨てにするはずがなかった。

「御公儀は八丁櫓船を持っています。おそらく六月三日の朝には、南町奉行所のお役人が浦賀に出張ったはずです」

佐吉が言葉を区切ると、後兵衛がいぶかしげな顔を向けた。

「あんたの言い分も分かるが、浦賀奉行所の役人を南町奉行所が取り押さえるのは筋違いで、できない話だろう」

「まさにそのことです」

佐吉は大きくうなずき、言い分の続きを話し始めた。

「角の立たない事務方を差し向けたのでしょう」

ところが間のわるいことに、黒船襲来に出くわしてしまった。

「大騒ぎの浦賀奉行所で、宅間様から話を聞き取るなどはできない相談です。体《てい》よく追い返されたに違いありません」

宅間の事情聴取よりも、異変勃発の仔細を江戸に急報するのが先だと、事務方は判じた。八丁櫓を急がせて、江戸へと引き返した。

「宅間様は、肚をくくったのでしょう。どうせ逃げ出すなら駄賃《だちん》代わりにと、奉行所から金子《きんす》や鑑札なども持ち出したと、てまえは睨んでいます。なにしろ宅間様は庶務頭で、錠前は自在に使えたでしょうから」

宅間は三浦三崎に向かって逃亡を図ったはずだと、佐吉は付け加えた。

「そう断ずるわけは、ふたつあります。ひとつは宅間様の在所が焼津だからです」

寺田屋と取引を始めたのも、寺田屋が焼津と深いかかわりがあったからだ。とりわけ寺田屋はこども時分から知っていたことから、宅間は気を動かした。

「内儀も跡取りも屋敷も家来も、すべて捨てて逃げ出すのです。ひとまずは、気持ちが落ち着く在所に向かうに違いありません」

佐吉の見当には後兵衛も永承も得心した。

「それで、もうひとつのわけは？」

「三浦三崎には凶状持ちの逃亡を手助けする善田屋があるからです」

後兵衛を見ながら佐吉は即答した。

焼津生まれの佐吉は、三崎や下田の湊町にも明るかった。

「善田屋は自前の船で下田湊まで凶状持ちを運ぶそうです。浦賀奉行所の庶務頭なら、善田屋の仔細を知っていたとしても不思議はありません」

宅間伊織は在所焼津に向かって逃亡を企てているに違いないと、佐吉はもう一度強く言い切った。

「あんたの言い分には心底、得心がいった」

浦賀奉行所にも、その見当を伝えてやればいいと後兵衛は勧めた。

「あんたの読みが当たっていて、一刻でも早く宅間なにがしが捕り方のお縄にかかるのを願うばかりだ」

後兵衛は苦《にが》い顔で盃の酒を呑み干した。

夜鷹を抜け荷の代《しろ》に使おうとしたことを、憎んでいるがゆえの苦い顔だった。

ゑさ元の二階で与助はみずから命を絶った。それを自分のしくじりと悔いたことから、後兵衛は大田屋成敗の手助けを始めた。

佐吉から顚末《てんまつ》を聞かされたいまも、込み上げる苦い思いは薄まってはいなかった。

翌朝は明け六ツ（午前六時）の鐘と同時に二丁櫓の船を出すことになった。

「控えの船頭をふたり付けるが、所詮は二丁櫓だ」

揺れる船旅に備えて、充分に休んでくれと後兵衛は言葉を添えた。

夜半を過ぎて雨になった。

佐吉は気づかず、深い眠りの底にいた。

百五

浜町から浦賀までの道のり（水路）は相当に遠い。到着が遅くならないようにと案じた船頭たちは、明け六ツの鐘が撞《つ》かれ始める四半刻（三十分）も前に船着場を出た。

夏場だが、陽が出たばかりの小雨模様は肌寒い。しかしまだ薄暗いなかの船出である。薄手の合羽《かっぱ》を羽織った佐吉は、背筋をブルッと震《ふる》わせた。

浜町の堀には川木戸《かわきど》が設けられていた。

陸《おか》の町木戸同様に木戸番小屋には番太郎《ばんたろう》（木戸番）が詰めており、夜の四ツ（午後十時）から翌朝の明け六ツまで川木戸を閉じていた。

ゑさ元は地元の船宿のなかでも、ひときわ名が通っている船宿である。川木戸の番太郎には盆暮れと春秋の両彼岸《ひがん》には、付け届けを欠かしたことがなかった。

ゑさ元の気持ちは番太郎にも充分に通じている。客の都合で船宿への帰りが遅くなったときでも、番太郎はうるさいことを言わずにゑさ元の船を通してきた。

ところが六月三日の黒船襲来で、事情は大きく変わった。

「各町の町木戸・川木戸ともに、四ツより翌朝明け六ツまでは五人組の者が当直に就くことを申しつける。今後は送り拍子木《ひょうしぎ》、融通通しのいずれも厳《げん》に慎むべし」

町年寄《まちどしより》筆頭の樽屋《たるや》は黒船襲来翌日の六月四日に、早々と江戸各町への触《ふ》れを発した。

江戸は俗に八百八町《はっぴゃくやちょう》と呼ばれたが、正味では九百町を数えていた。すべての町に触れが行き渡るまでには丸二日を要した。

しかし浜町は樽屋のお膝元である。触れは発布された六月四日の夕刻には届いた。

触れは樽屋の手代が会所に届けてきた。当直で詰めていた五人組のひとりは、すぐさま全員に集合をかけた。

六月四日の六ツ半（午後七時）には、五人組の全員が会所に顔を揃えた。

「黒船が浦賀に押し寄せたなどは、尋常なことではない。このたびの町触れは、いささかも融通することなく厳しく守るほかはない」

五人組の伴頭《ばんがしら》がこう告げると、他の四人はこわばった顔でうなずいた。

「わしらが気を抜いたりして、もしも樽屋さんに迷惑を及ぼしたりしては、お詫《わ》びして済む話ではなくなってしまう」

浜町五人組の伴頭は料亭戸田屋《とだや》である。あるじの徳兵衛《とくべえ》は顔つきを引き締めて、断じて融通はするなと申し渡した。

六月四日の四ツから五日の朝にかけての当直には、戸田屋徳兵衛が詰めていた。

ゑさ元の船頭たちは、川木戸の木戸番がうるさいことを言い出したことは知っていた。

この朝――。夜明け前に船を出した船頭も、もちろんそれは知っていた。しかし鑑札を見せるまでもなく、顔だけで通してもらえると甘く考えていた。

番太郎とゑさ元とは、そういう付き合いを続けていたからだ。

まさか五人組の伴頭が番小屋に当直で詰めていようとは、考えもしなかった。

「御上の御用で出かけるんだ、明け六ツにはまだ早いが通してくんねえ」

船頭はいつもの調子で番太郎に話しかけた。

いままでなら「あいよう」の軽い返事とともに、番太郎は木戸を開けた。しかし五日の明け六ツ前の番太郎の顔は引きつっていた。

「なんでえ長さん」

船頭は顔馴染《かおなじ》みの長助《ちょうすけ》に笑いかけた。

「そんな妙なツラをしてねえでよう、木戸を開けてくんねえ」

「だめだ！」

長助ではなく、徳兵衛が番小屋の窓から顔を出して怒鳴った。

「川木戸を開けるのは、明け六ツの鐘が鳴り始めたあとだと決まっている」

こどもでも知っていることだぞと、徳兵衛は語気を強くした。

頭ごなしの物言いに、船頭は腹立ちを覚えたのだろう。

「こっちは御上の御用で、いまから浦賀に向かうところだ。ぐずぐず言ってねえで、とっとと木戸を開けやがれ！」

船頭は伴頭の顔を知らなかった。偉そうな物言いの徳兵衛を睨み付けて怒鳴り返した。

「それが五人組伴頭のわしに向かって言うことか」

徳兵衛は肩を怒らせて、傘《かさ》もささずに番小屋から出てきた。雨脚は大したことはなかったからだ。

長助ももちろん傘なしで、困惑顔を拵えてあとに続いていた。

「伴頭だか八頭《やつがしら》だか知らねえが、こっちはお奉行所から確かなものをもらってるんでえ」

雨除《あめよ》けの半纏を羽織った船頭は舳先にまで進み、預かっていた鑑札を見せつけた。

浦賀に向かう途中でもしも役人に停船を命じられたら、これを見せるようにと預けられた鑑札である。

夜明けにはまだ間があるが、暗がりのなかでも鑑札に焼きつけられた葵御紋は見えた。

思わず怯《ひる》んだ徳兵衛は言葉に詰まった。しかしここで驚いていては、番太郎に示しがつかないと思ったのだろう。

すぐさま顔つきを元に戻した。

「そんな鑑札がまことのものかどうか、分かったものじゃない」

徳兵衛は船頭に向かってあごを突き出した。

「なんてえことを言いやがる、このクソじじいが」

船頭は声を荒らげて鑑札を突き出した。勢いが強過ぎて身体が前のめりになった。羽織っていた半纏が動きの邪魔となり、足をもつれさせた船頭は舳先から堀に転がり落ちた。

他の船頭たちも慌てたが、徳兵衛も一気に顔から血の気《ち　け》が失せていた。

もしも鑑札が本物で、堀に落ちた船頭が鑑札を水中で失《な》くしたりしたら、この場のだれもが無事では済まなくなるからだ。

船と陸の両方から心配顔で堀を見つめていると、落ちた船頭が浮かび上がった。

右手にはしっかり鑑札を握っていた。

ていねいな手つきで鑑札をふところに仕舞った船頭は、水中で半纏を脱いだ。そのあとで船端に右足をかけ、調子をつけて船に上がった。

仲間の船頭が半纏を拾い上げた。

再び舳先に立った船頭は、ふところから取り出した鑑札を徳兵衛に突きつけた。

「両目を開いて、ようく見やがれ。この鑑札の、どこが偽物《にせもの》だと言うんでえ」

船頭が声を張り上げたとき。

ゴオオーーーン……。

本石町《ほんこくちょう》の時の鐘が、明け六ツの捨て鐘を撞き始めた。

棒立ちになった徳兵衛から離れた長助は川木戸のカンヌキに手をかけた。

百六

二丁櫓船が品川沖に出たころには、雨模様ながらも空は明るくなっていた。

「うめえ具合に、浦賀に向かって強い追風《おいて》が吹いてやすぜ」

船頭の着ている半纏のたもとが、風を浴びて揺れていた。

品川の海に停泊している弁財船の群れから離れたあたりで、二丁櫓の鳶丸《とんびまる》には帆柱が立てられた。

八畳の屋根船と同じ大きさしかない小型船だが、帆柱は太い。柱の高さは一間半（約二・七メートル）もあった。

控えの船頭ふたりが手際《てぎわ》よく動き、幅が一間（約一・八メートル）の帆桁《ほげた》を帆柱のてっぺんまで巻き上げた。

分厚い帆布は帆桁の幅一杯まであり、垂れた長さは一間である。太い帆柱のてっぺんまで帆桁が上がるなり、帆布は追風を浴びて大きく膨らんだ。

いきなり船足が速くなった。

二丁櫓を漕いでいた船頭は、ふたりとも櫓を引き上げた。

漕ぎ手と控えの船頭とは、見事に息が合っている。櫓が引き上げられるなり、控えのひとりが舵の長柄《ながえ》を摑んだ。

鳶丸は、船名にふさわしい飛ぶような速さで海面を滑り始めた。

「この追風が続いてくれりゃあ、昼前には浦賀に着きやすぜ」

船頭のひとりが声を弾ませた。

陽が昇るにつれて雨脚は強さを増した。しかし追風も強まった。

顔にあたる雨粒を痛く感じるほどに、船足は速くなっていた。

「右の彼方に見えるのが神奈川の崖でさあ」

船頭が佐吉に神奈川海岸を指し示した。生憎《あいにく》の雨模様で、定かには海岸も崖も見えない。

が、船頭には鳶丸の位置が分かっているのだろう。

「この調子で走ってくれりゃあ、昼前の浦賀到着はでえじょうぶですぜ」

七輪《しちりん》をあおぎながら、料理番の船頭が確かな口調で請け合った。

小型の船だが、鍋に七輪、それに水瓶《みずがめ》を積んでいた。走りながら朝飯と昼飯の二食を調理する段取りである。

神奈川沖を走り過ぎたのは、五ツ半（午前九時）前の見当だった。朝飯と呼ぶには遅かったが、天気次第、風次第の海上では刻《とき》がずれるのも仕方がない。

二台の七輪にはうどんを茹《ゆ》でる大鍋と、煮干しでダシをとったつゆを拵えている大鍋が載っていた。

艫に座した船頭は、ひとりで舵の長柄と帆の向きを変える綱を握っていた。うどんが仕上がったときには、真っ先に舵当番の船頭に供された。

控えの船頭が舵当番を替わった。

料理番は次に佐吉にうどんを調えた。茹でたうどんに熱々のつゆを張り、刻みネギとカマボコをあしらっただけのかけうどんだ。

「いただきます」

あとで結構ですなどと、佐吉は遠慮をしなかった。半端な遠慮は、揺れる船でうどんを調えてくれた料理番に無礼千万だ。

ひと口、熱いつゆをすった佐吉は、

「美味い！」

大声で褒めた。世辞ではなく、つゆの美味さに身体が吠えた。

小雨と風にあおられ続けた佐吉は、真夏ながらすっかり身体も手先も冷えていた。

煮干しのダシが利いているつゆは、どんぶりを持つ両手に温もりをくれた。

口にするなり、つゆの温かさが身体中に行き渡る気がした。

うどんをすすると、つゆの熱さと旨味が一緒になって喉を滑りおりた。刻みネギの辛味《からみ》が、格好のあしらいである。

フウッ、フウッ。

吹いて冷ましたつゆをうどんに絡《から》めつけて、ズズッとたぐり込んだ。底の一滴まで飲み干してから、船頭にどんぶりを返した。

「いい食いっぷりだ」

「佐吉さんが食うのを見ているだけで、口の中に生唾《なまつば》が溢れちまったぜ」

遠慮なしの食べっぷりを、船頭たちは声を揃えて褒めた。

佐吉と船頭の息が、うどんの朝飯がきっかけでピタリと合った。

横浜を過ぎたあたりから、海上を御用船が何杯も行き交い始めた。

舳先に立った船頭は、誰何《すいか》される前に樫板の鑑札を示した。

「浦賀奉行所にまいりやす」

役人は一目見ただけで、樫板の鑑札が本物だと判別できるらしい。

「うけたまわった。充分に風波に留意して進まれたい」

ていねいな物言いで鳶丸の通過を許した。

追風に恵まれ続けた鳶丸は、九ツ半（午後一時）前には、停泊中の黒船のわきを通り過ぎることができた。

黒船の手前で帆を畳んでいた鳶丸は、二丁櫓で浦賀奉行所桟橋を目指していた。

「なんてえ大きさだ」

漕ぎ手たちも、控えの船頭も、そして佐吉も黒船の巨大さに圧倒されていた。

鳶丸の頭上を飛ぶカモメだけが、黒船に驚くこともなく白い翼を広げていた。

百七

浦賀船番所の岸壁は南北に四町も延びている。千石積みの弁財船や菱垣廻船が、同時に七杯舫《もや》えるほどに長かった。

鳶丸は波止場の南端に横付けするようにと指図された。

波止場は野戦装束《しょうぞく》に身を固めた武家が、群れになって守りを固めていた。

「奉行所の柏崎様か徳島様にお目通りをいただきたく、江戸から出張ってまいりました」

佐吉は江戸南町奉行所から貸与された鑑札を波止場の役人に提示した。

葵御紋はこんな混乱時でも効き目は絶大である。

「あの先に見える石段が分かるか？」

役人は浦賀奉行所へと続く石段を指し示した。

「登り切った先に奉行所建家の玄関がある。そこにいる者のだれにでも、用向きを伝えればよろしい」

「うけたまわりました」

役人に辞儀をした佐吉は、鑑札を鳶丸の船頭に返そうとした。

「待ちなさい」

役人が佐吉の振舞いを止めた。

「見ての通り、石段に至るまでの波止場は長い。しかもいまの波止場の守りは、堅固の極みにある」

町人姿の者がこの場を行き来していては、何人《なんぴと》に誰何されるか分からない。

鑑札を携えていれば無用の面倒は避けられる。余計な騒ぎを起こさぬためにも鑑札を携行しろと、役人は言い添えた。

鑑札を持っていかれると知り、船頭が不安げな面持《おもも》ちを作った。

「ここはわしの持ち場だ」

役人は舳先に書かれた船名を見た。

「鳶丸の停泊は心配無用だ」

役人がきっぱりとした口調で請け合ったのだ。船頭も安堵《あんど》の顔つきに変わった。

「ありがとう存じます」

深い一礼をした佐吉は、石段目指して一歩を踏み出した。その佐吉を再び役人が呼び止めた。

「緋色のたすきを掛けているのは、江戸城から差し向けられた一団だ。引き止められたときは、物言いに気をつけよ」

当の役人は白いたすきを掛けていた。

「このたすきは浦賀奉行所の者だ」

白たすきの武家は安心してよいと、役人の目が告げていた。

「充分に気をつけます」

もう一度礼をしてから、佐吉は石段に向かって早足を進めた。

役人は役人の習性を熟知している。

岸壁を行く四町の間に、佐吉は三度も誰何を受けた。

緋色たすきはいなかったが、ここは非常態勢下の波止場である。早足で行く町人は、警護の役人には目障りで仕方がないのだ。

「御上の御用で奉行所にまいります」

口で説《と》いても役人はいかめしい顔で聞こうとしない。が、葵御紋の鑑札を示すと、すぐさま立ちはだかっていた前を開けた。

なかには一礼する者もいた。

もとより佐吉にではなく、葵御紋に対してである。

石段を駆け上がる佐吉は、役人の振舞いを思い返して苦笑した。

船番所のある波止場と、その前に広がる海。これは浦賀奉行所の外堀かもしれない。

石段を登った先の建家は本丸も同然だ。

奉行所玄関周辺は、波止場とは比較にならぬ厳しい警護ぶりだった。

「そのほう、何者か」

玄関を目指す佐吉を、たちまち三人の武家が取り囲んだ。全員が緋色のたすきを掛けた、江戸城から出張ってきた武家である。

「てまえは柏崎様と徳島様に召し出されまして、江戸から参上いたしました献残屋寺田屋の手代佐吉と申します」

「江戸から海を来たというのか」

一歩踏み出した役人は、声を尖らせた。

「海路を行く方が速いと、奉行所からお許しを頂戴《ちょうだい》しましたので」

佐吉は葵御紋の鑑札を示した。

しかし緋色たすきの役人たちは、鑑札を鵜呑みにはしなかった。

「わしに見せよ」

佐吉から鑑札を受け取ったのは、三人のなかの上役らしい武家だった。

鑑札の表裏を確かめたあと、陽にかざした。鑑札を吟味したのだ。

本物と得心したあとは鑑札を押し戴《いただ》き、一礼をしてから佐吉に返した。

「そのほう、浦賀奉行所のだれより召集《しょうしゅう》を受けたのだ」

「同心の徳島様と柏崎様です」

武家の名を聞き取った役人は、目下の者を建家に向かわせた。

「奉行所同心が出てまいるまで、この場を動くでないぞ」

もうひとりの部下を見張りにつけて、上役はその場を離れた。

丹田に力を込めて歩く後ろ姿には、寸分の隙もなかった。

見張り役の武家もまた、隙のない構えで佐吉の前に立っていた。不審な動きを見せようものなら、一太刀《ひとたち》で斃《たお》されるに違いない。

いまも剣術稽古を続けている佐吉は、緋色たすきの役人の技量を察することができた。

息を吐くのもはばかられるほどに、役人は佐吉の動きを見張っている。佐吉は肩の力を抜き、両手をだらりと垂れた。

音もさせず、鼻で呼吸を続けているところに柏崎が出てきた。

「おう、佐吉。手間をかけさせたの」

柏崎はことさら親しげな口調で話しかけてきた。

佐吉は黙したまま、あたまを下げた。

「この者は拙者《せっしゃ》が江戸から呼び出した者で、素性は定かです」

「そこもとが責めを負うのだな」

緋色たすきの武家は、居丈高《いたけだか》な物言いで柏崎を質した。

「拙者の上役、次席与力の中島様もご承知です」

柏崎の物言いは、明らかに緋色たすきと張り合っていた。

「さようか」

小声で応じた役人は、隙のない構えのままその場から離れた。

フンッ。

柏崎は立ち去る武家の後ろ姿に鼻息を吐いてから、佐吉と目を合わせた。

「中島様と香山様がお待ちである」

柏崎は上役ふたりの名を告げただけで、先に立って歩き始めた。

いっときは止んでいた小雨が、また雨脚を取り戻していた。

百八

暮れ六ツ（午後六時）を告げる鐘の音が流れ込んでくる部屋で、昭兵衛は総髪《そうはつ》の若い者、与次郎《よじろう》と向き合っていた。

「あの男は根っからの腐《くさ》れ役人だ」

昭兵衛は宅間の名を口にするのも業腹《ごうはら》らしい。与次郎を相手に話しながら、一度も苗字《みょうじ》を呼ばなかった。

「そこまで親分に嫌われるとは、宅間って野郎は、どんな振舞いに及びやしたんで?」

与次郎は昭兵衛に、おもねるような口調で問いかけた。

「聞いてどうする」

昭兵衛のきつい物言いが、与次郎の胸元に突き刺さった。

昭兵衛の指図で、凶状持ちを生きたまま何人も海に叩き込んできた与次郎である。

いつもの昭兵衛なら、与次郎には気を許して多くをしゃべってきた。与次郎も自分と昭兵衛のつながりは別格だと思っていた。

今回はしかし、事情が大きく異なった。

なんでも気を許して話してきた与次郎にすら、宅間の話はしたくないらしい。

宅間の名を口にすればするほど、昭兵衛の腹立ちが募るからである。

与次郎は察しのいい男だ。宅間のことに触れるのは御法度だと分かったあとは、余計な口は閉じた。昭兵衛は手酌で盃を満たし、ちびりとその酒を舐めた。不機嫌なときの昭兵衛の呑み方である。

与次郎は閉じている唇《くちびる》に力を込めた。

昭兵衛の機嫌が元に戻るまでには、まだまだ間がかかりそうだった。

四ツ（午前十時）に一合の朝酒を呑むのが、昭兵衛の決め事だった。

「過ぎれば酒毒となって身体を暴れ回るが、ほどよく呑む分には百薬にも勝《まさ》る」

善田屋お抱えの町医者は、一合の朝酒を昭兵衛に勧めた。いまから二年前の秋である。

医者に診《み》てもらったのは、寝起きがひどくわるかったからだ。

起きたあと、身体に力が入らない。立ち上がろうとしたら、あたまの血の気が薄くて足下がふらついた。

ひとには強面《こわもて》だと見せているが、正味の昭兵衛は怖《こわ》がりだった。

配下の者に指図して、始末させた凶状持ちの数は片手では足りなかった。

それらの者の恨《うら》みが取り憑《つ》いているがゆえに、寝起きがわるいと昭兵衛は怯えた。

医者には「血の巡りがわるいがゆえの変調である」と診断された。

薬草を煎《せん》じて飲むよりも、一合の朝酒を続けてみなさいと処方された。

苦い煎じ薬ではなく、一合の酒だという。

昭兵衛は即座に従った。五日が過ぎたとき、寝起きが驚くほどによくなっていた。

「酒精《しゅせい》が効いておるがゆえだ。この先も、質のよき酒を一合限り、毎朝定まった刻限に続けなさい」

得心した昭兵衛は十両もの診療代を医者に払った。医者が目を見開いて驚いたほどの、破格の報酬だった。

見込んだ相手には払いを惜しまないのが、昭兵衛の流儀だった。

宅間伊織は、その真反対にいた。

「旦那から、あのしみったれになんとか言ってくださいな」

四ツの朝酒を味わっていたとき、女郎二人が昭兵衛の部屋に押しかけてきた。

朝酒は薬も同然である。女郎たちはそれを承知のうえで、昭兵衛の前で愚痴《ぐち》った。

遊んだあとも、小粒銀ひと粒すら払わない。それでいながら、ああしろ、こうしろと注文は細かい。

しかも朝だろうが夕刻だろうが、相手の都合には構わず呼びつける。

胴乱の紐は自分の右手に結《ゆ》わえ付けてあり、閨《ねや》のなかでも目の届く場所に置いてある。

部屋の片付けをする女中の給金は、わずかな額だ。客が渡す心付けが実入りの源《みなもと》である。

宅間はひっきりなしに用を言いつけた。

「茶を持ってこい」

「鼻紙がないぞ。支度を抜かるでない」

「枕のソバ殻《がら》が足りておらん。もっとしっかりと詰めておけ」

口うるさく用を言いつけても、一文の心付けも渡さない。

「あたしたちが代わりに小粒銀を握らせている始末ですから」

なんとかしてくれと、女郎二人とも目の端を吊り上げた。

朝酒がまずくなったが、大事な商売の源である。女郎に八つ当たりはできなかった。

してもらうのは当たり前で、出すものは屁《へ》ですら惜しい。

役人のいやらしさを目の当たりにした昭兵衛は、心底腹立ちを覚えた。

もはや生かし続ける必要なしと断じた。

「今夜、下田に船を出すと、あの男に告げる」

海上で始末をしたら、フカの餌食《えじき》になるようにたっぷりと血を流せ……与次郎に指図をした昭兵衛は、盃のふちを舐めた。

「がってんでさ」

与次郎の目が妖《あや》しく光っていた。

百九

柏崎が佐吉を従えて向かったのは、浦賀奉行所の別棟だった。

屋根のない石畳の廊下で、本屋と結ばれた平屋である。八ツ（午後二時）を過ぎたあたりから、雨は降り方を強めている。廊下のあちこちに、雨の水溜《みずたま》りができていた。

別棟は川の字を描くように普請された、縦に長い三棟である。柏崎が佐吉を連れて入ったのは本屋に近い棟で、戸口には『壱《いち》』と書かれた表札が掲げられていた。

先に棟に入った柏崎は、戸を開く手前で佐吉の方に振り返った。

「履物はそのままでよいが、棕櫚板《しゅろいた》で土を払ってから入りなさい」

柏崎は戸口に置かれた杉板を示した。

厚み一寸（約三センチ）で二尺（約六十一センチ）四方の板には、短く刈り揃えた棕櫚が敷かれていた。

平べったいタワシを貼り付けたような杉板である。佐吉は棕櫚に乗り、履物の底をこすってからなかに入った。

棟の真ん中に一間幅の廊下があり、両側には幾つも部屋が並んでいた。どの部屋も戸が閉じられており、外の光が廊下に届いていない。明るい外から建家内に入った佐吉は、歩みが鈍《のろ》くなった。

目が暗がりに慣れていないからだ。

つい立ち止まってしまい、目をしばたたかせた。柏崎は佐吉を急かすことはせず、その場に立ち止まっていた。

目が慣れると、廊下の柱の高い位置に灯《とも》されている明かりに気づいた。三間間隔で、菜種油《なたねあぶら》の灯明《とうみょう》が備えつけられていた。しかし廊下を照らすというには明かりは細かった。

廊下の両側に並んだ戸を閉じた部屋は、いずれも静まり返っていた。廊下の薄暗さは八ツ下がりとも思えない不気味さである。

佐吉は丹田に力を込めて、柏崎のあとに従った。

廊下の中程まで進んだとき、柏崎は足を止めた。そして一間の間合いを保って従っている佐吉を手招きした。

佐吉は履物を履いたままのすり足で、柏崎に近寄った。

「柏崎です、入ります」

大声で断りを入れてから、柏崎は滑り戸を開いた。

部屋の真ん中に、脚《あし》の高い卓が据えられている。腰掛に座した中島と香山が、卓の向こう側にいた。

卓の手前には杉板の長い腰掛が一台置かれていた。

柏崎の背後に従っている佐吉を見た中島は、入室を許した。柏崎と佐吉は卓の手前の腰掛に座り、中島・香山と向き合った。

「そのほうが宅間屋敷に出入りいたしておる献残屋の手代であるな?」

分かりきってはいても素性を確かめずにはおかぬのが、奉行所役人なのだろう。

「献残屋寺田屋の手代、佐吉にございます」

膝に両手を置き、背筋を伸ばした姿勢で答えた。

「ならば佐吉、なにも省かず、余計な尾鰭はつけずに、そのほうが知っている限りの宅間伊織を話してみよ」

佐吉に指図した中島は柏崎に目を移した。

「この場の書き役は柏崎が務めなさい」

「うけたまわりました」

部屋を出た柏崎は、書留道具一式を手にして戻ってきた。

卓の上で帳面を開き、矢立《やたて》の筆を柏崎が手にしたところで、中島は佐吉に話を促した。

「てまえどもが宅間様のお屋敷に出入りがかないましたのは、宅間様の在所の焼津と寺田屋とが深いかかわりがあったからです」

在所が同じだったがゆえに、宅間は寺田屋に親しみを覚えたようだ。

数ある献残屋のなかから寺田屋が選ばれたのは、在所を同じくしていたがゆえ……佐吉はこのことから話を始めた。

ぴくっと眉を動かしたあと、中島は香山と意味ありげにうなずき合った。が、話の腰を折ることはせず、佐吉に先を促した。

「宅間様には野本三右衛門《のもとさんえもん》様が用人《ようにん》としてついておられます。てまえどもが献残品を買い取ります折りには、野本様が常に立ち会われました」

野本は献残品売買には深くかかわっていた。大田屋と面談していたのも野本だろうと自分の考えを口にした。

佐吉は大田屋五之助、十間堀の利三、ゑさ元後兵衛の名も挙げて、漏れなくここまでの顛末を聞かせた。

話を締めくくるとき、宅間伊織も焼津が在所だったと、もう一度言い添えた。

中島は格別の反応も示さず、佐吉を見詰めていた。

佐吉は深呼吸をしたあと、居住まいを正して中島の視線を受け止めた。

「江戸の大田屋一味が奉行所の手に捕らわれようとしていることを、宅間様はご存じだったのでしょうか？」

奉行所与力に問いを発するなど、法を越えた振舞いである。しかし中島はそれを咎めず、代わりに佐吉に問い返した。

「そのほうはこの数年のうち、在所に戻ったことはあるのか」

「ございます」

一昨年《おととし》の夏に休みをもらい、焼津に里帰りしたと佐吉は答えた。

「その折りは東海道を下ったのか？」

「品川沖から海路で向かいました」

下田湊・清水湊《しみずみなと》・焼津湊には品川沖から乗合船が出ている。荒天の大揺れさえ覚悟すれば、陸路東海道を下るより楽な旅ができる。

天保年間（一八三〇～四四）になってからは、貨物船だけではなく、乗合船にも大型の千石船の造船が官許されていた。

「江戸に暮らす者で焼津を在所とする者の多くは、近ごろでは男女を問わず船旅を選んでいます」

佐吉の返答を聞いた中島と香山は、再びうなずき合った。深い得心の色がふたりの目に宿っていた。

いままで黙していた香山が、初めて佐吉に話しかけた。

「そのほうの返答で、宅間が潜んでおる場所に確かな目星がついた」

香山は言葉を惜しまず、佐吉をねぎらった。

佐吉もすでに見当はつけていた。そしてなぜ唐突《とうとつ》に、中島が在所への里帰りの有無を問うたかにも合点《がてん》がいった。

江戸から焼津に向かう者が多く採るのは、陸路か海路か、それを中島は確かめたかったのだろう。

佐吉は海路だと答えた。

浦賀奉行所から逃亡を図っている宅間は、三浦三崎に潜んでいるはずだ。そして善田屋の助けを借りて下田湊を目指すに違いない。

下田湊まで行けば、諸方への便線へ乗船できるからだ。

宅間は三浦三崎から下田湊を目指し、焼津に向かおうとしている。自分の話からそれを確信したのだろうと、佐吉は察した。

「もはや八ツ半（午後三時）が近いし、雨脚はますます強さを増すであろう」

ゑさ元の船頭ともども今日は奉行所宿舎に泊まり、江戸への船出は明朝にしたほうがいいと香山は佐吉に申し渡した。

宿舎への逗留《とうりゅう》は勧めではなく、下命も同然だった。

ゑさ元の船頭たちは、いまも岸壁の船に張り付いている。雨に打たれ続けて、疲れの極みにいるのは間違いなかった。

「ありがとう存じます」

卓に両手をついて佐吉は礼を言った。

香山が言った通り、雨はさらに強さを増していた。

百十

七ツ（午後四時）の鐘の鳴り終わりが合図であったかのように、浦賀奉行所の庭が騒々しくなった。

刺股《さすまた》を手に持った男たちが三人。

樫の六尺棒を握りしめた男たちが三人。

折り畳みの梯子《はしご》を小脇に抱え持った者がひとりと、梯子持ちがふたり。

都合九人の捕り方が、それぞれの組ごとに三人ずつ縦列に並んでいた。

刺股・六尺棒・梯子は、奉行所の捕り方が捕り物に出張るときの基本である。

三種九人が、浦賀奉行所では最小の隊列だった。

「刺股組、隊列整いました」

「棒組、隊列整いました」

「梯子組、隊列整いました」

組頭が大声を発した。降り続く雨を吹き飛ばすほどの声だった。

捕り方の前には中島と香山が立っている。組頭の返事は、捕縛部隊指揮官の中島が受け止めた。

奉行所から借り受けた黒塗りの傘を手に持った佐吉は、隊列の横に立って様子を見ていた。

傘だけではなく、佐吉が身につけている着衣も、奉行所の品だった。

佐吉と船頭たちは『参《さん》』と記された棟の内に設けられた一室を、今夜の宿舎として割り当てられていた。

「これに着替えなさい」

船頭たちは濡れた着衣の代わりに、奉行所の小者たちが着るお仕着せを手渡された。

「あんたもこれを着なさい」

佐吉にもお仕着せが差し出されたが、受け取るのを断った。

佐吉の着衣は、さほどに濡れてはいなかったからだ。

雑用掛は顔つきを険《けわ》しくした。

「いまこの奉行所が一大事に直面しているのは、あんたも承知だろう」

雑用掛が言う一大事が黒船騒ぎを指しているのは明白である。別の用で出向いてきてはいても、佐吉は深くうなずいた。

「奉行所内を無用不審の者が行き来していては、直ちに取り押さえられることになる」

宿舎に投宿するだけの者でも、敷地内を出歩くこともある。奉行所役人や小者たちとの間で、余計な摩擦《まさつ》を生じさせないためにも、お仕着せを着用すること……雑用掛の言い分には筋が通っていた。

「ご無礼を申しました」

非を詫びた佐吉はお仕着せを受け取り、着替えを始めた。

参棟は奉行所の宿舎である。一日の執務を終えたあとは役人たちが戻ってくるだろう。

が、いまは佐吉たちの部屋以外にひとの気配はなかった。

与えられた部屋は十畳間で、部屋の隅には四人分の寝具が積み重ねられていた。

しかしこれでは数が足りない。

「さきほどの掛に、わたしが掛け合ってきます」

着替えた佐吉は廊下に出た。が、雑用掛の姿は見えない。参棟の戸口まで進んだとき、七ツを告げる鐘が鳴り始めた。

「なにかご用か？」

鐘の音に気を取られていた佐吉の背後に、雑用掛が立っていた。

「夜具が足りませんので……」

佐吉が言いかけた言葉に鐘の音が重なった。

「捕り方が出たあとで届ける」

「捕り方とは、宅間様を取り押さえに向かう捕り方のことですね」

察した佐吉が言うと、男はうなずきで答えた。佐吉が出張ってきた用向きは、与力もしくは同心から聞かされていたのだろう。

「捕り方の出るのを見させてください」

男の目を見て強く頼み込んだ。

男は返事はしなかったが傘を差し出し、庭を指差した。

佐吉が庭に出たとき、捕り方の隊列はすでに整っていた。

「向かう先は三浦三崎である。三崎までは御用船で向かう」

中島が下知した。

雨脚がひときわ強くなっている。

佐吉のさす傘が、バラバラと強い音を立てて鳴った。

百十一

中島と香山が先導で、後詰《こづめ》は徳島と柏崎。間に刺股・六尺棒・梯子の各組三人ずつを挟んだ隊列が石段を目指して進んでいたとき、

「待てい！」

待たれよではなく、待ていと命令口調が一行を呼び止めた。

声を発したのは、袴《はかま》の裾《すそ》を端折《はしよ》り、緋色木綿のたすきを掛けた男である。同じく緋色のたすき掛けの武家三人を引き連れていた。

香山たち一行は全員が雨具を着用していた。

浦賀奉行所から三浦三崎までは、海路を行く段取りだった。たとえ船は沿岸伝い

に進むとしても、荒天の海を進むのだ。

雨具の備えは必須だった。

呼び止めた武家たちは雨具を身につけてはいない。降り方を強めた雨を浴びて、月代《さかやき》からひたいへと雨粒が滴《したた》り落ちていた。

「わしは江戸城より当地に差し向けられた小納戸組《こなんどぐみ》山田組差配《さはい》、吉田元助《よしだもとすけ》である」

つい四半刻（三十分）前に奉行所に入ったばかりだと身分を明かした吉田は、後ろにいるのは自分の配下だと付け加えた。

たとえ江戸城から派遣されようとも、小納戸組差配は浦賀奉行所次席与力よりもはるかに身分は格下である。

しかし吉田の口調には、格上の者に対する敬《うやま》いはまるでなかった。

浦賀奉行所はいま、江戸城派遣組の支配下に置かれていた。

「姓名の儀はうけたまわった」

香山は笠もとらずに応えた。

「てまえは当奉行所次席与力、香山栄左衛門にござる。たったいま、待ていと呼び止められたのはそこもとにござるか？」

「いかにも」

下あごの尖った吉田が声を張ると、ひたいから落ちる雨粒が増えた。

次席与力だと香山に身分を聞かされても、まるで意に介さぬ様子だ。

「いつなんどき、黒船が砲撃を仕掛けてくるやもしれぬいま……」

それどころか吉田は、さらに声を張り上げた。配下の三人の手前もあるのか、居丈高な物言いを続けた。

「そなたらは隊列を組んで、いずこに出張られるのか」

吉田は胸を張り、尖ったあごの先を香山に向けて突き出した。

「この火急時にあっては、奉行所次席与力といえども、江戸城派遣隊長の許しなくしては、勝手な動きは許されぬ定めにござろう」

奉行所内において、何人たりとも勝手な動きをせぬように監視にあたるのが自分たちの役目だと、吉田は言い分を香山にぶつけた。

「いずこに向かわれるのか、この場で返答いただきたい」

吉田は両手をだらりと下げた。

捕り方先達《せんだつ》の出方次第では太刀に問うぞと、居合い抜きの構えを見せた。

刺股・六尺棒・梯子の三組は、いずれも奉行所が雇っている武家奉公人で、町人である。

しかし長らく捕り方を務めてきたなかで、相手の力量を見極める眼力を養っていた。

吉田の構えを見て、九名の気配がピンッと張り詰めた。

香山は吉田との間合いを詰めながら、真正面から向き合った。居合い抜きに身構えている相手に詰め寄るのは、吉田の技量を見切ったがゆえだろう。

吉田の顔色が動いたが、香山は気にせず、笠を取った。

「奉行所与力を相手に刀に手をかけるとは、尋常なことではござらぬぞ」

出張る用向きを答えなければ、太刀にものをいわせて訊くつもりかと、香山は穏やかな口調で吉田に質した。

吉田はしかし、身構えをほどこうとはせず、香山を見詰めた。

隊列の後詰にいた徳島と柏崎が、玉砂利《たまじゃり》を鳴らして香山の両脇に移ってきた。

両名ともに浦賀奉行所一の柳生新陰流《やぎゅうしんかげりゅう》の遣《つか》い手として通っている。

吉田は武芸達者なのだろう。ふたりの立ち姿を見ただけで、技量のほどを察したようだ。

ふうっ。

息を吐いた吉田は、意外なことに香山に対して身構えたことの非礼を詫び始めた。

「てまえは」

わしがてまえに変わっていた。

「つい先刻到着した折りに、江戸城より派遣の警護隊長から浦賀奉行所のゆるみを見逃すなと、きつく申しつけられました」

奉行所内の監視役である自分にひとことの断りもなく、総勢十名を超える部隊が波止場を目指していた。

任務についたばかりで気が張り詰めており、ついきつい誰何をしてしまったが、任務ゆえのことで、いささかの他意もない。

口調の非礼をお許しいただきたいと、長い前置きのあとで吉田は詫びた。

徳島と柏崎は寸分の隙もない目で、吉田と、その背後に控えた三人を見据えていた。

「次席与力殿の後詰を務められるご両名は、新陰流とお見受けしました」

新陰流の達人が後詰を務める部隊なれば、出動にも相応の理由がござろう……吉田は勝手に得心していた。

「ならばよろしいな？」

「引き止めて、ご無礼つかまつりました」

吉田は軽くあたまを下げた。雨粒が群れになって月代から滑り落ちた。

香山は徳島と柏崎に目配せをしてから笠をかぶった。

ふたりが後詰に戻ったところで、隊列は石段下の波止場を目指して動き始めた。

香山の笠を叩く音が聞こえるほどに、雨は降り方を強めていた。

百十二

浦賀奉行所の御用船は三丁櫓の二十人乗りである。船には十二畳大の屋根部屋を載せることができた。

しかし部屋を載せれば、船足は大きく削《そ》がれる。部屋の重さが加わるし、高さのある屋根が向かい風を強く浴びてしまうからだ。

「屋根部屋は無用だ」

香山の指図で、折り畳みの屋根部屋が御用船から取り除かれた。

「風向きはどうか？」

「うまい具合に、三浦三崎であれば強い追風となります」

「ならば一杯に帆を張れい」

きつく引き締まった声で香山は船頭に指図を与えた。

「うけたまわりました」

三丁櫓の御用船は六人の漕ぎ手が交替で櫓を握る。控えの三人が波止場の納屋に走り、帆柱と帆を運んできた。

帆柱の高さは一丈半（約四・五メートル）で、帆桁は幅が一丈だ。

控えの漕ぎ手ふたりが帆柱と帆を組み立てているとき、もうひとりが舫い綱をほどいた。

岸壁を離れるときは、櫓で進んだ。

「海から見ると、黒船は一段と大きく見えるのう」

香山と中島が互いにうなずき合った。ふたりとも黒船に乗船し、艦長のペリー提《てい》督《とく》との談判に臨んでいた。

あのとき以来、ふたりは海には出ていない。いまさらながらに、黒船四杯の威容に嘆息《たんそく》していた。

岸壁の沖合い五十尋（約七十五メートル）のところで御用船は帆を揚げた。無用な船の行き来は、厳しく船番所が取り締まっている。

荒天の海にはほとんど船影は見えなかった。

追風を帆に受けた御用船は、荒波をものともせずに突き進み始めた。

舳先に波がぶつかるたびに、船は大きく上下に揺れた。

中島・香山・徳島・柏崎の武家四人は、荒海を行く船にも乗り慣れていた。奉行所では毎月荒天の日を選び、現場を受け持つ官吏に荒海での乗船を義務づけていた。

捕り方の九名は町人である。

捕り物の出動には慣れているが、荒海は知らない。

海に出て幾らも経《へ》ぬうちに、捕り方の大半が船酔いに苦しみ始めていた。

御用船が三浦三崎を目指して突進していた、六月五日、七ツ（午後四時）過ぎ。

善田屋昭兵衛は長火鉢の前に座して、屋根を打つ雨音を聞いていた。

八ツどき（午後二時）から、すでに一刻（二時間）以上も昭兵衛は座り続けていた。

その間、キセルを使って煙草を吸っていた。

自分の手で焙じ茶をいれることもした。飲み残しの湯呑みは、まだ猫板《ねこいた》の上にあった。

煙草を吸うときも茶を飲むときも、昭兵衛の耳は雨音を聞いていた。

「雨に嫌われないように振る舞えば、色々なことを教えてくれる」

雨は大事な仲間だというのが、三浦三崎の八百屋である昭兵衛の生き方だった。

湊のだれもが尻込みをする荒天の真っ只中でも、昭兵衛は何度も船を出してきた。

船出を言いつけるのみではない。みずからその船に乗って沖に出た。

「おれには雨の神様がついてくだすっている。怯えてないでついてこい」

高さが一丈半もある大波に向かって、昭兵衛は船を出させた。

昭兵衛の指図は常に正しく、ただの一度も、船が波にさらわれたことはなかった。

まったく逆もあった。

「今日の船出はよしにしておけ」

夜明けから空が高く晴れ渡っていても、昭兵衛は船を出すなと命ずることがあった。

そんなときは決まって八ツを過ぎると空模様が一変した。

三浦三崎で善田屋昭兵衛が大きな顔をしていられるのは、知恵と冷酷さと豪腕を売り物にしていたからだ。

が、それのみではない。

「善田屋さんには雨の神様がついておいでだ」

湊の多くの者が、これを思い知っていた。

「神様が一緒の善田屋に、勝負は挑《いど》めねえだ」

昭兵衛の力の源の一は、雨を大事にすることだった。

七ツを大きく過ぎたとき、昭兵衛は湯呑みを手に持った。半分ほど残っている焙じ茶は、すでに冷めていた。

百十三

かれこれ七ツ半（午後五時）が近いというころになって、昭兵衛はやっと動き始めた。

四半刻（三十分）近くもの間、昭兵衛は屋根を叩く雨音を聞き続けていたことになる。

が、ぼんやり聞いていたわけではない。

昭兵衛は縁起《えんぎ》を担《かつ》ぐ男である。雨音が何度も調子を変えていることに、耳をそばだてて気を注いでいたのだ。

与次郎にも明かしていなかったが、昭兵衛はひとつの気がかりを抱え持っていた。

三崎の要所に、昭兵衛はおのれの耳と目となる男を組にして放っていた。江戸両国橋《りょうごくばし》の軽業《かるわざ》小屋で、物当て芸（相手の素性を言い当てる技）を売り物にしていたふたりである。

歳《とし》を重ねたことで、小屋主から若い芸人に座を譲れと迫られたふたりは、文句も言わずに従った。

退《しりぞ》いたあとの働き口が決まっていたからだ。

「おめえさんたちが軽業小屋を退いたあとは、うちにわらじを脱ぎねえな」

小屋でふたりの技に感心した昭兵衛は、二分《ぶ》ずつの祝儀《しゅうぎ》を握らせて誘っていた。

「世話になります」

三崎を訪ねてきたふたりに一軒の仕舞屋《しもたや》をあてがい、自分の耳目《じもく》として抱えた。

そのふたりから、十日前に気になる話が持ち込まれていた。

雨音が告げているのは、あのことか……。

五度目に屋根を叩く音の調子が変わったとき、昭兵衛はゆるい動きで立ち上がった。障子戸に近寄り、与次郎に命じて閉じさせた戸を自分の手で開いた。

七ツどきから雨脚が強くなっていた。その雨の降り方が、さらに激しくなっていた。

暮れ六ツ（午後六時）が間近で、庭には薄闇がかぶさっていた。そんななかでも、雨は白い糸となって見えた。

濡《ぬ》れ縁《えん》に出た昭兵衛は、足袋《たび》の底が湿るのも構わずに端まで歩いた。

ふうっ。

どこにもひとの耳目はないことを確かめて、昭兵衛は吐息を漏らした。

人前では滅多なことで吐息を漏らしたりはしない。そんな昭兵衛が息を漏らした。

ひとの気配がないことに安堵したからだ。

屋根を叩く雨音が、気を抜くなと昭兵衛を強く戒《いまし》めていた。それゆえに、庭からひとの気配が漂ってこないことに安堵した。

雨が告げている禍々しさを、昭兵衛は商売敵が放った刺客《しかく》だと読み解いていた。

いまは庭にも宿の周囲にも、ひとがひそんでいる気配はなかった。が、日暮れたあとは分からない。

いや、昭兵衛には分かっていた。

この雨をついて、かならず刺客が踏み込んでくると確信していた。

いままでも何度も雨音に助けられてきた。雨が告げてくる凶《きょう》の兆《きざ》しを、きちんと読み解いてきたからだ。

濡れ縁から部屋に戻った昭兵衛は、若い者を呼びつけた。

「足袋の履き替えと、ようかんの厚切りを持ってこい」

「へっ！」

若い者の顔がこわばった。

昭兵衛がようかんの厚切りを言いつけるときは、かならずそのあとには荒事を控えていたからだ。

「もうひとつ、与次郎をもう一度ここに呼んでこい」

「がってんでさ」

立ち上がった若い者は、足音を立てぬように気遣いつつ廊下を駆け去った。

与次郎が入ってきたとき、昭兵衛はようかんを黒文字《くろもじ》（楊枝《ようじ》）で切り分けていた。

分厚くという指図通り、一切れが一寸（約三センチ）もある。その厚いようかんを、昭兵衛は黒文字一本で切り分けた。

あたかも研《と》ぎ澄まされた刃物を使ったかのような切れ味である。

荒事を得手《えて》とする与次郎が、昭兵衛の手元を感心したような目で見詰めていた。

一切れを四分の一に切り分け、その一片に黒文字を突き刺して頬張《ほおば》った。

焙じ茶と一緒に呑み込んだとき、与次郎が口を開いた。

「あっしも旦那の前に出張ってこようと思っていた矢先でやした」

「あいつのことか？」

与次郎がうなずくと、昭兵衛は新たな一片に黒文字を突き立てた。手の動きに強い怒りがあらわれていた。

「ごねたのか？」

また深くうなずいてから、与次郎は次第を話し始めた。

「女が一緒でやしたんで、格好づけをしやがったんでさ」

ここを出る出ないを決めるのは善田屋ではなく、わしだ……宅間は女をわきに侍《はべ》らせたまま、声高《こわだか》に与次郎を咎め立てたようだ。

「役所でどんな様子だったかが、目《め》に見えるようでやした」

与次郎は心底、宅間を嫌っているのだろう。言葉を吐き捨てた調子に思いが出ていた。

「おまえでは埒《らち》があかぬ。善田屋を寄越《よこ》せと、女の前でてえした威勢でやした」

「木っ端《こっぱ》役人のたわごとだ」

気にすることはないと言い置いた昭兵衛は、与次郎を長火鉢のすぐ前に手招きした。

新たな言いつけを聞く姿勢で、与次郎はにじり寄った。

「間もなく暮れ六ツだ」

口に残っていた甘みを焙じ茶で洗い流したあと、昭兵衛は湯呑みを猫板に置いた。

「上方から出張ってきた剣術遣いが三人、三崎に居着いている」

昭兵衛は落ち着いた物言いで話を始めた。

与次郎も承知のことらしい。顔色も変えずに話を聞いていた。

「三崎《ここ》に来てからすでに十日が経つが、一度もうちには遊びに来てねえ」

断じた昭兵衛は三片目のようかんを口に運んだ。甘味を食べながら酷《むご》い指図を与えるのが、昭兵衛のやり方である。

与次郎は肩の力を抜いた。即座にさらしに呑んだ匕首《あいくち》を抜くための、与次郎流の身構え方だ。

猫板の湯呑みを手に持った昭兵衛は、口には運ばずに与次郎を見た。

「三人の剣術遣いは本物らしい」

昭兵衛の放った耳と目は、ふたりとも剣術の技量を確かに吟味できた。

「三崎でそんな連中を三人も入用とするのは、おれを仕留《しと》めることのほかにはねえ」

雨がそれをはっきり告げていると、昭兵衛は低い声で断じた。

「雨に隠れて、連中はここに襲いかかってくる気だろうが、うちには飛び道具がある」

与次郎は昭兵衛を見詰めてうなずいた。

飛び道具とは、弓と矢である。

昭兵衛は若い者三人を神奈川宿の弓道場に差し向けて、稽古をさせていた。

善田屋に盗賊などが押し込んできたときに備えての弓遣いである。

「暮れ六ツを過ぎたら、三人が束《たば》になって押し込んでくるに違いねえ」

表にふたり、庭にひとりを配するようにと、与次郎に指図を与えた。

「がってんでやすが、あの野郎のことはどうしやしょう？」

「構うことはねえ」

昭兵衛は口にするのも面倒という顔である。

「今夜をなにごともなくやり過ごしたら、次は野郎の始末だ」

いまは襲撃に備えて、若い者の力を集めておくのが大事だと与次郎に言い渡した。

「そいじゃあ、すぐにも弓の三人に支度をさせやしょう」

与次郎が立ち上がろうとしたとき、廊下を踏み鳴らす足音が近寄ってきた。

与次郎はさらしに手をあてて身構えた。

昭兵衛は顔色も変えず、湯呑みに手を伸ばしていた。

百十四

昭兵衛の部屋にずかずかと入り込んできたのは宅間だった。

いつの間にか長着に袴を穿《は》いていた。のみならず、太刀まで携《たずさ》えていた。

中腰で身構えている与次郎を睨《ね》め付けた宅間は、左足で払おうとした。与次郎は軽い動きで足をかわした。

「そこをどけいっ！」

荒らげた声で与次郎を押しのけたあとで、大げさな身振りであぐらを組んだ。奉行所から逃亡を図ったとはいえ、庶務頭を務めてきた身である。袴のさばき方は堂に入っていた。

太刀は自分の左側に置いた。胴乱は胸元に抱え持っている。いまの宅間には太刀よりも胴乱のほうが大事らしい。

長火鉢を挟んで昭兵衛と向き合うなり、宅間は口を開いた。

「この男が……」

宅間は憎々《にくにく》しげな口調とともに、与次郎を指差した。

「わしに言うには、今夜の下田湊行きは取りやめになったと。雨が強くて波も高いがゆえに、暗い海を走る沖船頭が見つからぬというのが言い分だったが、まことか」

宅間は部下を咎めるときの詰問《きつもん》口調で昭兵衛に迫った。

「一言《いちごん》も違《たが》えずまことですが、それがどうかしましたか？」

昭兵衛は腹立ちを隠して、ていねいな物言いで応じた。が、語尾を上げた物言いは、宅間の剣幕を小馬鹿にしていた。

「なんだ、その言いぐさは」

宅間はあぐらのまま、昭兵衛のほうに尻をずらした。

「これしきの雨で船出を渋るようなへぼ船頭しか、貴《き》様《さま》は抱えておらぬのか」

宅間は尖ったあごを突き出した。

「うち（浦賀奉行所）で船頭を雇い入れるときは、わしが技量を検分した。この程度の雨で漕ぎ出すのをためらう者など、うちでは断じて採ることはせぬ」

後足で砂をかけてきた奉行所を、宅間はいまだにうちと呼んでいた。

「大きなことを言っておっても、所詮はこの程度か」

湧き上がる怒りを抑える気がないらしい。宅間は言いたい放題を昭兵衛にぶつけた。

与次郎がさらしに手をあてて動こうとしたら、昭兵衛がそれを制した。

「さきほどの一件を指図してこい」

昭兵衛の口調は変わらず落ち着いていた。

「へい」

短く答えた与次郎は、部屋を出た。

「なんのことだ、さきほどの一件とは」

宅間はざらざらした物言いで問うた。

「宅間さんにはかかわりのねえことでさ」

昭兵衛の物言いがぞんざいになった。

「貴様、だれに向かって言っておるのだ」

宅間はあぐらの片膝を立てて気色ばんだ。

「ここには宅間さんとおれしかいねえやね。だれに向かってなんてえことはねえ、あんたに決まってるでしょうよ」

昭兵衛は穏やかとも言えそうな口調で、きついことを言い放った。

宅間はすぐに言い返そうとしたおのれに、ひと息を与えた。激高《げっこう》していても、武家の誇りが身体の片隅に残っていたらしい。

昭兵衛を真正面から見詰めながら、宅間は聞こえよがしに吐息を漏らした。

ふううっ。

かすれた音が宅間の口からこぼれ出た。

「貴様がわしに向かって開き直っていられる理由は、たったひとつしかない。わしを手にかけて、この胴乱の中身を盗み見する気であろうが」

宅間は左手で太刀を摑もうとした。動きは敏捷だったが、胸元に抱え持っている胴乱が邪魔をした。

左手がまだ太刀を摑む前に、部屋に飛び込んできた与次郎が太刀を踏んづけた。

荒事に慣れている与次郎の動きには、寸分の無駄もなかった。鞘ごと太刀を蹴飛ばし、宅間の手が届かないようにした。宅間に振り返ろうとする隙を与えず、背中に膝蹴りを入れた。

ぶほっ。

息を詰まらせた宅間は、そのまま前に倒れ込んだ。

身体がくっつきそうなほどに、宅間は長火鉢との間合いを詰めて座っていた。背後からしたたかな膝蹴りを食らい、あたまが長火鉢のふちにぶつかった。

ゴツンッと鈍い音が立ったほどに、ひたいが強く長火鉢にぶつかった。

木のふちにつっぷした形で、宅間の動きが止まった。与次郎はまだ手を止めず、伸びた首筋に手刀《てがたな》を叩き込んだ。

が、殺《あや》めることにならぬように、手加減をした手刀である。

ひたいを長火鉢のふちに押しつけたまま、宅間は気を失っていた。

つい今《いま》し方《がた》、与次郎は宅間に足払いを食わされそうになっていた。その怒りはまだ鎮《しず》まっていないらしい。

気を失った宅間の襟首《えりくび》を掴んだ与次郎は、長火鉢から身体を引き剝《は》がした。

驚いたことに気絶しながらも、宅間は胴乱の紐を放してはいなかった。

さらしから抜き出した匕首の刃《やいば》を、与次郎は胴乱の紐にあてた。切れ味の鋭い刃物は、小気味よい音を立てて紐を断ち切った。

片足で宅間に蹴りをくれてから、与次郎は胴乱を昭兵衛に差し出した。

猫板に載っていた茶の道具を片付けて、昭兵衛は胴乱を置いた。

肌身離さずに持ち歩く胴乱に、鍵は無用だと考えたのだろう。留め金《とがね》すらついていない胴乱のふたは、やすやすと開けられた。

「燭台を持ってこい」

「へい」

与次郎が立ち上がろうとしたら、宅間がうめき声を漏らした。

どうすればいいかと、与次郎は目で昭兵衛に問いかけた。

昭兵衛は左右に首を振った。いましばし、正気に戻すなという合図である。

与次郎の目に悦《よろこ》びの色が浮かんだ。

仰向《あおむ》けに転《ころ》がされている宅間の股間めがけて、つま先で蹴りをくれた。

うぐっ。

宅間は息を詰まらせたような声を漏らした。

与次郎はさらに脇腹に一発の蹴りを叩き込んでから、燭台を取りに向かった。

灯して帰ってきたのは百目《ひゃくめ》ろうそくである。部屋の明るさが増した。

「弓隊は？」

「三人とも、持ち場についておりやす」

与次郎の返答に満足した昭兵衛は、燭台を引き寄せた。ふたを開いた胴乱のなかが、赤味の強い光で照らし出された。

「まったく抜け目のねえ野郎だぜ」

銀貨と一分金が多い中身を見て昭兵衛は感じたままを口にした。小判ではない金貨のほうが、はるかに使いやすいからだ。

金貨銀貨を残らず取り出した底には、一冊の綴りが仕舞われていた。

「この一冊こそが、この男の命綱だったんだろうよ」

綴《と》じ本の表紙をめくり、昭兵衛は記された捕縛の手順を読み始めた。

なかほどまで読み進んだとき、昭兵衛の顔色が変わった。

「三崎の三人は捕り方だったのか」

昭兵衛から差し迫った声が漏れた。

雨音がいきなり強くなった。

百十五

気絶させるよりは息を吹き返させるほうが、はるかに楽。

常から与次郎がうそぶいていることだ。

腹ばいにした宅間の両手を後ろに回した与次郎は、親指と親指を重ねた。そして手作りのこよりで、二つの親指を強く結んだ。

結び目にゆるみのないのを確かめてから、宅間の身体を仰向けに引っ繰り返した。

乱暴に扱われても宅間は気絶したままである。与次郎の当て身は巧みだった。

両肩を持った与次郎は強い力で半身を起こした。それでも宅間は正気を取り戻さなかった。

昭兵衛は黙したまま、与次郎の振舞いを見詰めていた。

与次郎は、肩を摑んでいる両手に力を込めてから、膝の皿を背骨にあてた。

おおっ。

短い気合いとともに皿を押した。丸いはずの皿が尖ったようになり、背骨の節の間に食い込んだ。

ぶほっと、泥水を吐き出すような声を発して、宅間は息を吹き返した。

与次郎は言い分通りの働きを為した。

正気に戻っても、すぐにはことの次第が察せられないらしい。宅間は目の前の昭兵衛を、定まらない瞳で見ていた。

「お帰りか？」

昭兵衛は物静かな声で話しかけた。

このひとことで宅間は蘇《よみがえ》った。

「なんだ、そのほうは」

宅間は声を荒らげようとした。が、腕を動かすと、きつく結ばれたこよりが親指二本に食い込んだらしい。

痛みに宅間の顔が歪《ゆが》んだ。

「動けば動くほど、節目にこよりが食い込んじまうぜ」

背後にいた与次郎が前に回り、宅間の顔をのぞき込んだ。

「おめえさんの指を縛ってるのは、たった一本のこよりだ」

与次郎は宅間の目の前で、同じこよりをひらひらと揺らした。

「紙のこよりだが、ひとたび結んだあとは匕首がなけりゃあ切れねえ代物《しろもの》だ」

与次郎はこよりの両端を引っ張った。目一杯に力を込めても、こよりはびくともしなかった。

「下手にもがくと、おめえの親指の節目に食いつくぜ」

こよりの芯にはトリカブトの毒を染み込ませてある。おとなしく結ばれている限りはなんでもないが、もがけば芯の毒が染み出す細工がしてある……。

与次郎の言い分を聞くなり、宅間は動きをピタリと止めた。言っていることは脅しではないと察したのだろう。

動きが止まった代わりに、宅間の目の光が強くなった。

「わしにこんな狼藉《ろうぜき》を働いて、無事に済むと思っておるのか」

怒りのあまり血が上ったらしく、宅間の顔色が赤く変わった。

「役人の強がりも脅し文句も、ここでは通じない。それにあんたはもう、役人でもない」

昭兵衛は宅間の胴乱を手に持った。

「それはわしの……」

宅間の声には取り合わず、昭兵衛は胴乱を開いて逆さにした。

ジャラジャラッ。

宅間が奉行所から盗み出した金貨銀貨が、音を立てて畳《たたみ》に落ちた。

一冊の綴りが、カネに続いて落ちた。

「おもしろいものを見せてもらった」

昭兵衛は綴りを宅間に見せつけた。

「わしの胴乱に勝手なことをしおって！」

宅間の目の光が一段と強まった。

「もうこの綴りもカネも、あんたのものじゃない。元々が奉行所のもので、あんたは盗み出しただけだ」

　綴りを畳に置いた昭兵衛は、こぼれ落ちて小山を築いている金貨をひと摑みした。それを一枚ずつ、小山に落とした。

　明かりの乏しい薄暗いなかでも、金貨は山吹《やまぶき》色の輝きを保っていた。

　カネの色を見たことで、怒りを抑えきれなくなったらしい。

　宅間は前に動こうとして尻をずらした。その拍子にこよりが親指の節に食い込んだ。

　毒への恐れが宅間の動きを鎮めた。

「この綴りにはおもしろいことが幾つも書いてあるが、読んだだけでは呑み込めないこともある」

　立ち上がった昭兵衛はわざとカネの小山を踏みつけて宅間の前へと動いた。

「これから場所を変えて、あんたから聞かせてもらうことがある」

　その場にしゃがんだ昭兵衛は、宅間と目を絡み合わせた。

「素直に吐けば、痛い思いをしなくてすむことは請け合ってもいい」

　昭兵衛が立ち上がると、宅間の目が追ってきた。

「あんたの親指をきつく結わえていることよりでも分かるだろうが、与次郎はいたぶりの玄人《くろうと》だ」

与次郎が昭兵衛のわきに移ってきた。

「どんな手を使ってでも、この男は知りたいことは聞き出す」

与次郎は舌《した》なめずりをした。

口を閉じた昭兵衛は、もう一度カネの小山を踏みつけて部屋を出た。

宅間は崩された小山を睨み付けていた。

百十六

女郎と女郎屋の奉公人がいい仲になるのは、どこの色里でもきつい御法度である。

法度破りは他の者への見せしめとして、仕置き部屋で折檻《せっかん》をされた。女郎屋の当主のなかには、奉行所の拷問部屋以上の厳しい折檻を加える者もいた。

昭兵衛もそのひとりである。

「責めで女郎が死んだとしても、代わりはいくらでもいる。手加減せずに、他の者への見せしめにしろ」

善田屋は折檻の酷《むご》さで女郎と奉公人を抑え付けていた。

宅間が引きずり込まれたのが、その折檻部屋である。

「善田屋のあの部屋に連れ込まれるくらいなら、首をくって死んだほうがましだ」

三浦三崎の住人なら、こどもでも善田屋の酷さを知っている。

宅間はなにも知らぬまま、この部屋に引っ張り込まれた。

床は石畳仕上げである。何度も洗い流しただろうが、生臭《なまぐさ》さが染《し》みついていた。

「身体から血が流れ出そうが、クソだの小便だのを漏らそうが、石畳なら洗えばいい」

汚れを気にせず、クソを垂れてもいいぜと、与次郎は静かな声で凄んだ。

「武士に向かって無礼な口をきくでない」

連れ込まれた当初の宅間は、まだ背筋を張って気張っていた。

「そいつあ、失礼しやした」

口先だけの詫びを言った与次郎は、宅間の着衣を柳《やなぎ》刃《ば》包丁《ほうちょう》で切り裂いた。

親指は後ろで結わえたままだ。着衣の袖も包丁で切り破り、宅間を下帯一本の姿に晒《さら》した。

「ふんどしも邪魔だぜ」

背後に回った与次郎は、下帯の結び目を断ち切った。石畳の上で宅間は丸裸にされた。

股間を見た与次郎の顔に、歪んだ笑いが浮かんだ。

「口じゃあ武士だとご立派なことを言ってるが、おめえさんのモノは正直だ。可哀《かわい》想《そう》に縮み上がってるじゃねえか」

手桶のふちまで汲《く》み入れた水を、与次郎は宅間の股間めがけてぶっかけた。宅間はされるがまま突っ立っていた。

「この部屋の道具は、鬼火の傳助《でんすけ》てえ男が据え付けたものばかりだ」

身体のどこをいたぶるのがもっとも効き目があるか、傳助は知り尽くしている。奉行所にも拷問道具は揃っているだろうが、ここの道具は出来が違うと与次郎は自慢した。

「手始めに石を抱いてみるかい?」

与次郎は宅間を部屋の隅に連れていった。

二尺《しゃく》四方の台には長さ一寸の釘《くぎ》が、針の山を拵えていた。

百目ろうそくの灯された燭台二台を与次郎は石抱き台の近くに運んできた。光を浴びて、釘の先端が光った。

「おめえのぶくぶくした身体なら、てめえの重さだけでも充分に釘は突き刺さるだろうが、それだけじゃあ済まねえ」

与次郎は匕首で宅間のこよりを断ち切った。両腕が自由になっても、与次郎に抗《あらが》う気力はもはや宅間にはなさそうだった。

与次郎は重さ一貫（約三・七五キロ）の石畳一枚を、宅間に持たせた。

一貫ならこどもでも持てる重さだ。しかし気力の萎《な》えた宅間は身体をよろけさせた。

与次郎の歪んだ笑いが深くなった。

「おめえらが奉行所でやり慣れてる拷問なんてえものは、うちのに比べりゃあガキの玩具《おもちゃ》さ」

与次郎の両目に妖しい光が宿された。これから始めようとしている拷問に、気を昂ぶらせているのだ。

縮みきっていたはずの宅間の股間のモノが、さらに縮み上がった。

与次郎に好きにさせていた昭兵衛が、宅間の前に出てきた。

「素直に吐くならなにもしないが、ひとつでもごまかしたり嘘をついたらそれまでだ」

容赦なく石を抱かせると昭兵衛が告げた。

宅間の身体が激しく震え始めた。

「呑み込んだか？」

昭兵衛の問いに宅間は大きくうなずいた。

怯えの極みで、歯がガタガタと鳴った。

百十七

善田屋の屋根を叩く雨音が、ひときわ強さを増していた。

昭兵衛は長火鉢を前にして座っており、向かい側には与次郎がいた。

五徳《ごとく》に載った鉄瓶は、ひっきりなしに強い湯気を噴き出している。昭兵衛は鉄瓶のふたをずらして湯気の勢いを弱めた。

「弓隊はいつでも出張れやす」

奉行所の捕り方を迎え撃つ備えは万全だと、与次郎は請け合った。その物言いは、のんびり茶をすすっている昭兵衛を急き立てていた。

「昔から、急いては事を仕損じるという」

昭兵衛はことさら大きな音をさせて茶をすすった。

「宅間が吐いたことで、ひとつの大きな思案を思いついた」

昭兵衛は湯呑みを猫板に戻した。

「おめえにはこれから、奉行所の捕り方差配との掛け合いに出張ってもらうぞ」

「なんですってえ？」

与次郎がめずらしく声を裏返しにした。

「三崎に居着いている三人は、捕り方だ」

上首尾に運べば、宅間が奉行所からくすねたカネの四分の一はおまえのものだと言い足した。

昭兵衛が胴乱から落とした金貨銀貨は、畳の上に小山を築いた。そのさまは与次郎の両目に焼き付いていた。

「あのカネの四分の一があっしのものだと、そう言われたんですかい？」

「その通りだ」

湯呑みに手を伸ばした昭兵衛は、また茶をすすった。

与次郎は座り直して昭兵衛を見た。

「あっしに呑み込めるように、詳《くわ》しく聞かせてくだせえ」

「当然だ」

昭兵衛は茶を飲み干した湯呑みを猫板に戻し、与次郎を手招きした。

尻を持ち上げて、与次郎は近寄った。

「宅間はうちの人質だ」

言葉が与次郎に染み込むまで、昭兵衛は口を閉じた。

与次郎は口に溜まった唾を呑み込んだ。

「奉行所の連中はかなり昔から、うちを目の敵にしていた」

宅間の綴りで、そのことが分かったと与次郎に聞かせた。

綴りの中身を知らない与次郎は、昭兵衛の言い分にうなずくしかなかった。

「綴りによると、雨に紛《まぎ》れてうちに襲いかかるのが上策としてある。まさに、いまのようなときだ」

捕り方連中は襲撃開始をいつにするか、差配の合図を待っているに違いないと昭兵衛は読んでいた。

「奉行所の狙いはうちを叩き潰すことだが、まさかおれの手の内に宅間がいるとは思ってもいないだろう」

「そいつあ確かでさあ」

与次郎は正味の相槌《あいづち》を打った。

「いまの奉行所は正味のところ、おれを潰すことに全力を注げるわけがない」

役人の大方は奉行所に詰めて、黒船の出方を待っているはずだ。しかも奉行所は自分たちの考えでは動けず、江戸から出張ってきた役人の指図で動いていると昭兵衛は断じた。

「そんなさなかに、わざわざここまで出張ってくるわけは、たったひとつだ」

「なんでやしょう？」

与次郎は前のめりになって問うた。

「宅間がしでかした不始末を隠すために、うちを餌食にしようと企んでいる」

目くらましだと昭兵衛は言った。

「うちを潰して別の不始末を隠そうとする、役人の小賢《こざか》しい猿知恵だ」

昭兵衛は鉄瓶の湯を急須に注いだ。

雨音が湯を注ぐ音と縺《もつ》れ合っていた。

百十八

善田屋には菜種色に染め上げた雨合羽《あまがっぱ》の支度があった。激しい雨降りのなかでも、互いに姿を見失わずに済む工夫がされた合羽である。

野分のときの桟橋でも、この合羽なら姿を見失うことはなかった。

菜種色は日暮れを過ぎたあとでも、乏しい地明かりだけで充分に目立った。

与次郎は降り続く雨を手で振り払いながら、大げさな身振りで日暮れた三崎の町を歩いていた。

小さな路地の一本一本まで、ここは与次郎には勝手知ったる町である。捕り方が潜んでいそうな路地にはすぐに見当がついた。

善田屋を遠目に見ることができ、なおかつ捕り方が身を隠していられる場所は、魚市場の辻《つじ》に限られた。

与次郎は雨を手で振り払う仕草を続けながら、大声で唄を歌っていた。

三浦三崎の漁師が地曳《じび》き網を曳くときに歌う『大漁数え唄』だ。雨を振り払う手つきは、数え唄に調子がぴたりと合っていた。

捕り方の先頭にいるのは六尺棒である。市場のなかに与次郎が入ってくると、棒を摑んで身構えた。

六尺棒と目が合うなり、与次郎は歌うのをやめた。大げさな身振りもやめて、六尺棒のひとりに近寄った。

「貴様、何者か」

大声の誰何には応《こた》えず、与次郎は顔を近づけた。

「おつとめ、ご苦労さんでやす」

にやりとした与次郎の顔を、合羽にまとわりついていた雨粒が伝わり滑った。

「あっしは善田屋昭兵衛のところの若い者で、与次郎と申しやす」

名乗った与次郎を三人の六尺棒が取り囲んだ。急な動きにつられて、刺股の三人もあとに続いた。

「善田屋昭兵衛からの、でえじな言伝《ことづて》を運んできやしたんでね、おめえさんらのお頭に取り次いでくんなせえ」

与次郎はわざと声を潜めた。市場の屋根を叩く雨音に吸い取られそうな小さな物言いである。

「たわけたことを申すな」

六尺棒が声を荒らげたのは、与次郎の思う壺《つぼ》だった。捕り方の声は武家に届くと織り込んでいた。

思惑通り、背後に控えていた徳島が与次郎の前に出てきた。

徳島は新陰流の遣い手である。荒事に長けている与次郎は、徳島の足の運びを見ただけで技量のほどを察した。

徳島が口を開く前に、与次郎は敬意を示すかのように姿勢を改めた。

徳島は六尺棒のひとりに目で指図を与えた。松明《たいまつ》を点《とも》せとの指図である。

「はいっ」

素早く動いた六尺棒は、雨中でも点せる工夫のされた松明に種火を移した。

薄い闇に包まれていた市場のなかが明るくなった。

六尺棒・刺股・梯子持ちがそれぞれ三名ずつ、身構えている姿が浮かび上がった。

捕り方の態勢が明らかになったのを見て、与次郎は口に溜まった唾を呑み込んだ。

聞かされた人数よりも少なかった。

吐息を漏らしてから与次郎は徳島を見た。

「てまえは善田屋昭兵衛の配下の者で、与次郎と申しやす」

「そのほうの名はすでに聞いた。上の者につないでほしいとの用向きも聞こえておる」

与次郎が口にしたことすべて、徳島の耳には届いていた。

「善田屋昭兵衛からの言伝なるものは、われらが捕縛に向かうことを察知いたしてのことか?」

「その通りでさ」

与次郎が大きくうなずくと、合羽に溜まっていた雨が玉を結んで落ちた。

「お互いに損のねえ談判を持ってきやしたんで、ぜひともお頭につないでくだせえ」

与次郎は徳島の目を見詰めた。

松明の明かりが徳島の目の奥底まで照らし出していた。

「そのほうの申し出には、わがほうにも益することがあると申すのか?」

徳島の物言いは凍《こご》えを帯びていた。

いまにも成敗されようという渡世人《とせいにん》が、なにをたわけたことをと、徳島の物言いが告げていた。

与次郎は丹田に力を込めて、徳島の研ぎ澄まされた目を受け止めた。

「奉行所から飛び立ったカラスが一羽、あっしどもの宿に迷い込んできやした」

カアカアと煩《うるさ》く啼くカラスで、いろんなことを唄っておりやす……。

与次郎は肚を据えて徳島の目を見詰め返していた。いつなんどき、成敗の太刀が振るわれるやもしれないからだ。

命を賭《と》した謎《なぞ》かけは、徳島に通じた。

「暫時、そこに控えておれ」

徳島が場を離れるなり、与次郎は胸の内で数を数え始めた。三百を数え終わったとき、徳島が戻ってきた。

「与力殿がお呼びだ」

徳島が連れていったのは、市場の帳場とおぼしき小屋だった。戸口についていた大型の錠前は捕り方の手で壊されていた。

「昭兵衛からの言伝を聞こう」

香山は名乗りもせずに告げた。

奉行所与力が放つ威厳に、荒事慣れしているのが自慢の与次郎が気圧《けお》されたらしい。

「おれの言伝を口にする前に、かならず相手の身分を確かめろ。捕り方の頭は与力だ、下っ端には話をするな」

相手の役職を確かめてから話をしろと、昭兵衛から念押しをされていた。が、与次郎はそれを忘れて口を開いたほどに、香山に圧倒されていた。

「善田屋の納戸には、奉行所からずらかった宅間伊織てえ男を押し込んでありやす」

こっちが訊きもしないのに、奉行所の仔細をあれこれと唄い続けておりやす……。

ここまでつっかえずに話をしたことで、与次郎はようやくいつもの調子を取り戻したようだ。

下腹に力が戻った。

「宅間さんはどこで仕入れたのか、町人の旅装束をまとっておりやしてねえ。まるで似合わねえ振り分け荷物のほかに、でけえ胴乱を抱え持っておりやした」

与次郎は両手を使って胴乱の大きさを香山に示した。

香山はひとことも挟まず、与次郎に話を続けさせた。

「後生大事に抱え持っていた胴乱には、いろんなものが詰まっておりやした」

意味ありげな顔で、与次郎は口を閉じた。

しばし沈黙が続いた。

「先を続けよ」

香山が開いた口で、沈黙は終わった。

「奉行所の捕り方さんたちが、うちを襲撃する次第を書き記した一冊の綴りも、でけえ胴乱にはへえっておりやした」

その綴りのおかげで、こちらは存分に迎え撃つ構えを整えることができたと、与次郎は口調を強めた。

香山の表情がわずかに動いた。

「捕り方さんがどんな人数で押しかけてくるのかは、綴りを読めばおよその見当がつけられやす」

善田屋は捕り方を迎え撃つために、弓隊を用意していると告げた。

「うむっ」

弓隊がいると明かされて、香山から唸《うな》り声が漏れた。

「あっしら渡世人は、親分に指図をされれば命がけで出入《や》りをしやす。お武家さんにはとてものこと敵《かな》わねえでしょうが、弓隊もいれば、槍遣いの浪人者も何人かおりやす」

弓隊はまことだが、槍遣いはいない。しかしその場の勢いで口にしたことを、香山は静かな表情で受け止めていた。

「このまま捕り方さんたちが攻め込んでくるなら、真っ先に宅間さんを仕留《しと》めやす」

宅間の息の根が止まると、奉行所は当人から取り調べもできなくなる。多くのことが闇のなかに葬り去られてしまう。

「それは奉行所には不都合でやしょうが、それだけじゃあねえんでさ」

与次郎は唇を舐めた。

宅間が唄ったことは、残らず書き留めておいた。配下のひとりが、すでに善田屋から持ち出している。

「善田屋にもしものことがあれば、その綴りを江戸の読売《よみうり》（瓦版《かわらばん》）の元締めに届ける手筈になっておりやす」

与次郎はひと息あけてから、口調を変えて話に戻った。

「宅間さんてえひとは、役人のくせに抜け荷に手を染めておりやした」

与次郎を見ていた香山の眉が、ぴくぴくっと小刻みに動いた。

「お役人が好きじゃねえ江戸っ子には、うってつけの読売になりやすぜ」

完全にいつもの調子を取り戻した与次郎は、上目遣いに香山を見た。

「ほかにも宅間さんはぺらぺらと唄ってやしたが、詳しいことはうちの昭兵衛からじかに話をさせてもらいやす」

捕り方の手を退《ひ》いてくれれば、知っている限りの話をする。

「奉行所にもわるい話じゃあねえと思いやすが、いかがなもんでやしょうねえ……」

粘《ねば》っこく引っ張る与次郎の物言いに、市場の屋根を打つ雨音が相乗りしていた。

百十九

昭兵衛からの言伝を聞き取ったあと、香山は与次郎を帳場小屋の外に出した。気配が感じられなくなると、直ちに言伝の内容吟味を始めた。

香山・中島の両与力に、同心の柏崎と徳島を加えた四人による吟味だ。

宅間伊織が抜け荷に手を染めていたことが外部に漏れた。

この衝撃はあまりにも大きく、四人とも顔つきはこわばっていた。

「善田屋昭兵衛が伝えてきたことには、九分九厘偽《いつわ》りはなかろう」

断じたときの香山の目は、善田屋の方角を見ていた。

弓隊を配して、捕り方が押しかけるのを待ち構えている。食い詰め浪人《ろうにん》の槍遣いもいる。

「わざわざ弓隊がいると種明かしをしてきたのは、昭兵衛は相当な技の射手《いて》数名を抱えているがゆえの自信であろう」

飛び道具が相手では、捕り方はひとたまりもない……香山の判断には三人とも異論はなかった。

「たとえ柏崎と徳島が善田屋の手の者を殲滅《せんめつ》したところで、宅間が吐き出したことを隠し通す手立てはない」

当方が襲撃をかければすぐに、宅間を始末するとの言い分にも嘘はないと香山は読んでいた。

当節はまつりごとの舵取り失敗に対する、庶民の風当たりは強い。

とりわけ黒船襲来の大騒動が持ち上がっているいま、役人の失策を暴《あば》き立てられるのは極めてまずい。

「そのうえに抜け荷の一件だ」

剛胆《ごうたん》で知られる香山が、思わずため息をついた。

「これが世に漏れれば、強弁《きょうべん》はできぬ」

香山が恐れていたのは、弓隊でも槍の遣い手でもなかった。

役人が、こともあろうに船番所を抱え持つ浦賀奉行所の役人が、抜け荷に手を染めていたという不祥事である。

宅間を問い質すまでもなく、抜け荷の一件は明らかだった。

もしもことが露見し、世の中に知れ渡ったとしたら、責めを負うのは奉行、与力に止《とど》まらない。

ことの重大さは、座にいる四人とも身体の芯で分かっていた。

「なんとする、中島」

浦賀奉行所の竜虎《りゅうこ》と称されている香山と中島である。問いかけた香山は、同い年の中島を呼び捨てにした。

相手に全幅の信頼を寄せていればこその呼び捨てである。

「おまえの考えている通りにするのが、最善の策だろう」

中島は香山の胸の内を読み取っていた。

昭兵衛がなにを考えているのか。

まずは昭兵衛の人となりを見極めるのが先決だと、香山は考えていた。そのためには与次郎が運んできた言伝に乗ることだ。

「ならば中島、与次郎なる者の言い分を受け入れるぞ」

中島はきっぱりとうなずき、香山の言い分に同意を示した。

徳島は再び与次郎を呼び入れた。

「うちのお頭は、お役人様おふたりと差し向かいで話をしたいと言っておりやす」

捕り方の与力はふたりで組になっていると、昭兵衛は読んでいた。

「お役人様とお頭が談判を続けている間、捕り方さんには別棟で休んでいただきやす」

雨中を出張ってきた疲れを、あいまい宿でほぐしてもらいたい……昭兵衛の意向を、与次郎は滑らかな口調で伝えた。

「矛《ほこ》を収めて善田屋に足を運んでもらうからには、ずっしりと持ち重りのする手土産を用意してあると、お頭は請け合ってやすんで」

与次郎の物言いは、まるで吉原の牛太郎《ぎゅうたろう》（客引きの若い者）のようだった。

「宅間にかかわる一件の手土産には、わしも大いに気をひかれておる」

香山は引き締まった顔つきで応えた。

「捕り方には余計な気遣いは無用。雨に濡れた着衣の着替えができれば充分だ」

香山は条件付けをしただけで、休んでほしいとの申し出は拒まなかった。

昭兵衛の出方を見極めるには、相手の策に乗るのが一番と判じたがゆえだった。

与次郎の先導で、一行は善田屋に向かった。

宿の前では善田屋の半纏を着た若い者が出迎えた。

一戦を交《まじ》える気配は双方ともになかった。

捕り方九名は善田屋の隣に建ち並ぶあいまい宿の広間に迎え入れられた。昭兵衛の申し出を香山が受け入れたからだ。

「雨の中を、はるばるご苦労さまでした」

昭兵衛は支配下の女郎のなかから、飛び切り美形の五人をもてなし役に回していた。

捕り方が奉行所から持参してきた武具（六尺棒・刺股・梯子）は、いずれも善田屋の土間に立てかけられた。

「わしと徳島で見張っておる。おまえたちは暫時、くつろいでこい」

柏崎は表情をゆるめぬまま捕り方を広間に送り出した。

雨は一向にやむ気配がない。

善田屋の上がり框《かまち》に腰をおろした柏崎と徳島は、若い者から煙草盆を借りた。

ふたり揃って煙草を吹かしつつも、即座に太刀を抜く構えはほどいていなかった。

雨脚はさらに強くなっていた。

百二十

善田屋には上客をもてなすための客間が一部屋設けられていた。

隣接する女郎屋などの騒がしさも届かない、極上普請の十六畳間である。

昭兵衛は女中に言いつけて、次席与力の香山と中島を特上の客間に案内させた。

昭兵衛は客間の下座で待っていた。

百日紅《さるすべり》の床柱《とこばしら》を配し、唐土《もろこし》で描かれた山水画の掛かった床の間は、昭兵衛の自慢である。

その床の間を背負う座には、分厚い絹布の座布団二枚が置かれていた。

案内された香山と中島は、用意されていた座布団はこだわりなく使った。

しかし女中が運んできた茶には、手を伸ばそうとはしなかった。

「ご足労をおかけ申し上げました」

昭兵衛は座したまま、わずかにあたまを下げた。ふたりの与力は微動《びどう》だにせず、口も閉じたままである。

湯呑みには、ふたがかぶさっていた。

「仇の宿に出向いたとしても、供された茶の一杯には口をつけよと申します」

なにとぞ口をお湿《しめ》しくださいと、昭兵衛は茶を勧めた。

「そのほうが口にする話次第だ」

応じたのは香山である。奉行所与力にしか発せられぬ、威厳に満ちた声だった。

「お言葉、ごもっともにございます」

居住まいを正した昭兵衛は、軽くこぶしに握った両手を膝に載せた。

「後先になりましたが、てまえは善田屋昭兵衛にございます」

いつもの昭兵衛らしからぬ、ていねいな物言いで名乗った。

「わしはそのほうを召し捕りにまいった浦賀奉行所の捕り方差配、奉行所次席与力の香山栄左衛門《えいざえもん》である」

隣に座するは同役の中島三郎助《さぶろうすけ》氏《うじ》だと香山は続けた。中島は光を宿した目で昭兵衛を見ていた。

「そのほうの配下の者が、市場に出向いてきての。特段のわけあるがゆえ、善田屋まで出向いてほしいと願いを告げおった」

弓隊のことには一切ふれぬまま、香山は出向いてきたわけを話した。

捕り方差配が召し捕るべき相手の願いを聞き入れて、宿に出向くなどは尋常の沙《さ》汰《た》ではない。

ひとつ間違えれば、奉行所の大きな失点となるのだ。

香山も中島も、供された茶に口をつけず、表情が硬いのも当然だった。

「奉行所の宅間伊織というひとは、まことに情けないお方です」

昭兵衛は前口上《まえこうじょう》抜きで、いきなり宅間に言い及んだ。

「むっ」

与力二名が丹田に力を込めた気配を、昭兵衛は強く感じ取った。

「あのひとが漏らしたことが、ひとことでも世間に漏れ出しでもしたら」

昭兵衛は物言いを止めた。

続きを速やかに話せと、香山と中島は目で強く迫っている。

昭兵衛は湯呑みを手に持ち、わざと大きな音をさせて茶をすすった。

香山の目の光が強くなった。

「お奉行所は、大いに面目を失うことになります」

昭兵衛はもう一度、さらに大きな音をさせて茶をすすった。

「いまはまだ、宅間さんが吐き出した言葉はひとこと残らず、ここに仕舞ってあります」

湯呑みを左手に持ち替えた昭兵衛は、右手で自分のあたまを指した。

「長い話になりますから、茶でも飲んで口を湿してください」

昭兵衛は空いている右手を差し出して、茶を勧めた。

香山と中島は目を見交わしてから、湯呑みに手を伸ばした。

「ここに顔を出したときの宅間さんは、町人の身なりでしてね。街道の道中屋で買い求めた道中用具を胴乱に仕舞っていました」

昭兵衛はふたりの与力によく見えるように、自分の膝元に胴乱を置いた。

「町人装束を身にまとえば、それで化けられると思ったのなら、あのひとは底なしの間抜けです」

髷は役人のままでした……昭兵衛が吐き捨てる口調で言うと、香山の眉が動いた。

顔に出すまいと努めていても、宅間に対する腹立ち、昭兵衛に揶揄《やゆ》される口惜しさが身の内から湧き上がってくるのだろう。

昭兵衛は機を見るに敏な男だ。

好機を見逃さぬと同時に、相手の我慢の限りを見抜くことにも長《た》けていた。

「宅間さんはさほどにいたぶりもしないのに、洗いざらいを吐き出しました。しかしあのひとだけを見てお武家様うんぬんを言うのは、とんだ見当違いだと思い知りました」

昭兵衛は口調をガラリと変えて、香山の目を見詰めた。

「さすが与力様は、鍛え方が違います」

正直な物言いで、昭兵衛は香山と中島のゆるぎない強さを称えた。

「てまえは生まれも育ちも、この三浦三崎です。ここの界隈《かいわい》のことなら陸《おか》はもとより、海の底にへばりついているヒラメのことまで知り尽くしています」

昭兵衛も与力に負けぬほどに、丹田に力を込めて話していた。

「奉行所の香山様や中島様に自慢できる稼業ではありませんが、てまえのほうから刃向かうつもりなど毛頭ありません」

得体の知れない黒船が押しかけてきたいま、奉行所に入用なのは地元を束ね得る者でしょう……昭兵衛の言い分を、香山は口を挟まずに聞いていた。

中島は目の光を和らげている。昭兵衛の話に耳を貸し始めたのだろう。

「宅間さんがうちで吐いたことは、ただのひとことも他言しません」

昭兵衛は背筋を張った。

「宅間さんが口にしたことを知っているのは、てまえと、香山さんたちをお迎えにあがった与次郎だけです」

与次郎の口の堅さは、自分の責めにおいて請け合いますと言い切った。

「奉行所がてまえを取り押さえに出張ってくる段取りは、宅間さんが持ち出した奉行所の文書でよく分かりました」

昭兵衛は綴りを香山の前に差し出した。

「てまえは断じて、こちらから奉行所に弓を引く気はありません。これをお返しするのは、そのあかしです」

差し出した文書には目を落とさず、香山を見詰めたままで昭兵衛は話を続けた。

「宅間さんの身柄も、あのひとが破れかぶれになって妙なことを口走らないうちに、奉行所にお返しします」

昭兵衛はあとの口を閉じて香山を見た。

しばしの沈黙のあとで、香山が口を開いた。

「宅間が漏らした奉行所の大事を、わがほうに差し出すのは神妙《しんみょう》である」

香山は昭兵衛の振舞いを了とした。

「されども昭兵衛、宅間の身柄、文書と引き替えに、そのほうを放免するのでは、秤《はかり》が釣り合わぬ」

なにか忘れてはおらぬかと、香山は謎かけを口にした。

昭兵衛は即座に謎を解いた。

「てまえはもとより、この胴乱もお返しする気でおりました」

返そうと思っていたがゆえに、この場に置いてあると付け足した。

「そのほうの手で、胴乱を開いてみよ」

香山に指図された昭兵衛は、胴乱のわきに燭台を近づけた。話の成り行き次第で明かりが入用になると考えていた昭兵衛は、百目ろうそくの燭台二基を客間に用意させていた。

大型ろうそくの強い光が、胴乱の口を照らしている。眩《まばゆ》い光のなかで、昭兵衛は胴乱の口を開いた。

金貨銀貨が光を浴びて輝いた。

「宅間さんがどれだけ遣ったかは知りませんが、てまえどもは手をつけておりません」

昭兵衛の言い分を香山は受け入れた。

「奉行所の御用金が戻れば、奉行の名に疵《きず》がつくこともない」

宅間を厳しく詮議し、不祥事が外に漏れぬように手立てを講ずると香山は告げた。

善田屋昭兵衛を取り押さえるのは中止。

この言質《げんち》を香山は与えなかった。が、昭兵衛の言い分は香山も中島も受け入れたようだ。

昭兵衛を見詰める与力ふたりの目が、それを確かに告げていた。

胴乱を中島が手に持とうとした、そのとき。

「宅間さんは抜け荷に手を染めています」

昭兵衛は切り札を見せた。

「仔細を話してもらおう」

座り直した香山と中島に、昭兵衛は宅間が白状したすべてを聞かせた。

与次郎は聞き取ったことを、帳面に心覚えとして書き留めていた。

昭兵衛はその心覚えも差し出した。

「肝の太い男だの」

香山は短い言葉で昭兵衛を褒めてから立ち上がった。

昭兵衛はふたりの前に出て、香山と中島を上がり框《かまち》にまで案内した。

縄できつく縛り上げられた宅間は、昭兵衛配下の若い者が勝手口から連れ出す運びとなっていた。

柏崎と徳島は土間で上役を迎えた。

履物を履き終えたあとで、香山は昭兵衛に目を合わせた。

「得体の知れぬ三人連れが、善田屋の様子を見張っておったぞ」

ついでのような、軽い口調である。

「ありがたく、香山様のそのお言葉を頂戴いたします」

昭兵衛は香山から目を放さず、ていねいな物言いで礼を言った。

中島は胴乱を柏崎に渡した。

ジャランッ。

金貨銀貨が胴乱の内で響いた。

百二十一

嘉永六（一八五三）年六月十二日、八ツ（午後二時）下がり。浦賀奉行所の庭を、真夏の強い陽が焦《こ》がしていた。

まともに浴びれば、肌に火傷《やけど》を負いそうなほどの獰猛《どうもう》な陽光だ。

築山《つきやま》に配された大小の岩は、いずれも岩肌がすっかり乾いている。

下男が朝のうちに打ち水をした苔《こけ》も、いまは干からびているかに見えた。

それほどに強い陽に、庭は炙《あぶ》られていた。が、岩を見ている浦賀奉行の目は、穏やか至極だった。

庭から執務部屋内へと顔を戻した奉行は、何度も目をしばたたかせた。庭との明るさの違いに、瞳が驚いたのだろう。

それでも奉行の目つきは、穏やかさを失ってはいなかった。

「香山、中島」

奉行に名指しをされた二名は両手を畳につき、顔を伏せて返事をした。

「構わぬ。おもてをあげよ」

許しを得たふたりは、同時に顔を上げて奉行を見た。

「このたびは、そのほうら両名の格段の働きあって大役を果たすことを得た」

ふたりの働きを称えた奉行は、褒美の品を下した。いずれも小豆《あずき》色の漆《うるし》で仕上げた印籠《いんろう》である。

「ありがたく拝領《はいりよう》つかまつりまする」

両名は声を揃えた。

印籠を手に持った香山と中島の目は、過ぎた数日を振り返っているかに見えた。

二杯の蒸気機関外輪船と、二杯の帆船で浦賀に襲来した米国艦隊。

ペリー提督がこのアメリカ海軍東インド艦隊を率いていた。

開国を迫り、将軍との拝謁《はいえつ》を強く求めたペリーは、数々の威嚇《いかく》行動に出た。

江戸湾を勝手に測量し、空砲を放った。

当初は轟音に驚いた町人たちも、空砲だと分かるや花火もかくやと楽しみ始めた。

江戸城の幕閣は城から出ることをせず、ペリーとの談判すべてを浦賀奉行に委ねた。

委ねたというよりは、押しつけたのだ。

幕閣は出向かなかった。その代わりに、手先として動く役人数十名を浦賀奉行所に差し向けた。

大挙して浦賀まで出張ってきた手先役人たちは、先を争うようにして浦賀奉行との直談判に臨もうとした。

あれこれと奉行に入れ知恵や指図をし、ペリーとの談判に陪席《ばいせき》しようと図ったのだ。

役人たちは奉行所次席与力の香山と中島を奉行から遠ざけようともした。

ペリーとの談判を上首尾に成し遂げることで、我が手柄とせんと企てたのだ。そのためには香山と中島が邪魔だった。

江戸城から動こうとしない幕閣には、出先役人からの報告しか届かない。それをいいことに、役人の面々は勝手な言い分を伝書鳩で江戸城へと報せた。

「奉行には、ペリー提督との談判が弱腰に過ぎるやに見受けられます」

「このまま談判を続けては、我が国には大きな不利益となるは必定です」

役人たちは、奉行をすら誹《そし》ることで、自分たちの立場を優位に置こうと画策した。

実態を摑んだ香山と中島は、身体を張って出先役人連中の動きを阻《はば》んだ。

探索方同心・徳島三十朗と柏崎儀之助も、ときには鯉口《こいぐち》まで切り、文字通り命を賭して出先役人と対峙《たいじ》した。

奉行を守るのが、武家としての本分であったからだ。

が、出先役人に勝手に動き回られては、秘匿《ひとく》を図っている宅間の一件が露見しかねないと恐れたことが、対峙の一番の理由だった。

公金を盗み出して逃亡を図った宅間を、香山たちは奉行所の門の外に出してしまった。そのことだけでも大失態である。

宅間はさらに「抜け荷に加担する」という大罪をおかしていた。

この一大事を出先役人どもに嗅ぎつけられては、腹を切る者が多数出るのは必定だと香山たちには分かっていた。

三浦三崎から戻った捕り方一行は、船着場奥の岩山に穿《うが》った牢屋に宅間を押し込めた。

奉行所の大半の者にも、宅間の一件は隠し通した。奉行の耳に入れぬためである。

出先役人たちに隠し通すためには、奉行に大きな成果を挙げてもらうしかなかった。

奉行所の働きで大きな成果を挙げられれば、出先役人の勝手な動きを封じ込められる。

香山栄左衛門と中島三郎助は六月九日から十一日までの三日間、奉行の側《そば》から一時も離れなかった。

出先役人を奉行から遠ざけながら、両名は進言を重ねた。

六月三日の黒船襲来の日に、ふたりは交互に旗艦サスケハナに乗り込んだ。そしてペリー提督との談判に臨んでいた。

「偽りは通用しません。見込みのない引き延ばし策も事態を悪化させるだけです」

「将軍拝謁はかなわぬと、断固として拒むしかありません。理由は御上の御不例を挙げるのが最良と存じます」

香山は病気を理由に拒むのが一番だと強く進言した。将軍の病弱はまことだったからだ。

「回復するまで、一年間の猶予《ゆうよ》が必要だと申し伝えてください。それだけのときが得られれば、対処策も講じられましょう」

香山と中島の進言に基づき、奉行はペリー提督と談判を重ねた。

進言は見事に正鵠《せいこく》を射《い》ていた。

「貴官の言われることを信じよう」

将軍回復まで、一年の猶予がほしいという奉行の申し入れを提督は受け入れた。

「来年に再び艦隊を率いて来航する。その折りには確かな返答を聞かせてもらいたい」

提督は奉行の目を見詰めた。

「次回の来航の折りには、本艦隊の艦船はいずれも臨戦態勢をとる。交渉期間中は投錨はせず、各艦船の大砲には実弾を装填《そうてん》していると承知願いたい」

会見を閉じるに際して、ペリー提督は浦賀奉行に凄みを利かせた。

通詞《つうじ》が訳す言葉に詰まったほどに、提督の脅し文句は厳しかった。

とはいえ艦隊が琉球《りゅうきゅう》王国を目指して出帆したことで、浦賀奉行は幕閣に対して胸を張ることができた。

将軍拝謁を強硬に求めていたペリー提督を、拝謁かなわぬまま江戸湾から追い払ったからである。

艦隊は六月十二日の正午に浦賀を離れた。

伝書鳩の一報がまだ幕閣の耳に入らぬ前に、奉行は香山と中島に褒美の品を下していた。

「わしは本日より暫《しば》くは、江戸城に詰めることになろう」

留守の間は奉行所を預けると、奉行は香山・中島に申し渡した。

「御意のままに」

ふたりは両手を畳について応えた。

宅間の一件が露見せずに済んだ……。

伏せたふたりの顔には、安堵の色が濃く浮かんでいた。

百二十二

江戸っ子は熱しやすく冷めやすい。

六月三日には、黒船襲来の大騒動で江戸中が引っ繰り返った。しかしこの天下の一大事とて、長くはもたなかった。

たかだか一カ月も経《へ》ず、六月の下旬にはひとの関心は薄くなっていた。

騒ぎが鎮まるのに重なり合うかのように、晩夏の残暑も足早に退《ひ》いた。

立秋が四日後に迫っていた六月晦日《みそか》の四ツ（午前十時）過ぎ。

周囲の目を引かぬよう地味に拵えた一杯の屋形船か、佃島《つくだじま》の漁師桟橋に横付けされた。

この日の朝に獲れた魚介が、杉のトロ箱に山盛りになっている。

「獲れたてがほしいなどと、肝煎《きもいり》には無理を言いやした」

料亭の半纏を羽織った船頭が、白髪《しらが》の目立つ肝煎にあたまを下げた。

「香山様と中島様には、何度もご無理をきいていただいたことがある。これぐらいのことなら何度でも言いつけてくだされと、くれぐれもよろしく申し上げてくだされ」

「承知しやした」

威勢よく答えた船頭は、もう一度肝煎にあたまを下げてから屋形船を出した。

佃島の肝煎には、江戸城勝手口の出入り御免が許されている。それほどの格を持つ男が、料亭差し回しの屋形船を見送っていた。

浦賀奉行所次席与力の香山栄左衛門、中島三郎助の両名に対する敬いの想い深きがゆえのことである。

両国橋西詰の老舗《しにせ》料亭『高砂《たかさご》』と、浦賀奉行所香山とは、縁戚の間柄である。香山の甥《おい》が高砂に婿《むこ》入りしていたからだ。

江戸でここ一番の大事を話し合う折りには、香山は高砂を使ってきた。

今回はいままで以上に、念入りな支度を言いつけていた。

佃島の肝煎に新鮮な魚介を頼んだのも、客への感謝の念が篤《あつ》かったからだ。

香山は同役の中島とともに、高砂で客と向き合うことになっている。

寺田屋永承と佐吉が、その大事な客だった。

公儀にさとられることなく、宅間伊織にかかわる一件の始末をつけた。それがかなったのは、佐吉の大きな働きあればこそである。

佐吉を浦賀に差し向けてくれた寺田屋永承の配慮にも、負うところ大だ。

今後のことまでも考えた香山は、永承と佐吉を高砂に招いた。

考え得る最大級のもてなしである。

中島と香山は、すでに七日も高砂の離れに起居していた。ここにいる限り、ふたりの動きが公儀をはじめとする他人の目に触れる恐れはない。

いま進めている宅間伊織と大田屋の処断、十間堀の利三への対応などを綻《ほころ》びなく成就させるには……。

公儀の目をも敵と見なしての、隙のない秘密保持が肝要《かんよう》だった。

四ツには客が離れをたずねてくる。

香山と中島には茶の湯の心得があった。

離れの一隅《いちぐう》に設えた風炉《ふろ》の火加減を確かめているとき、高砂の仲居《なかい》が顔を出した。

香山が離れへの出入りを許している仲居かすみである。

「お客様がお見えになりました」

告げられた香山は風炉から顔を上げず、通すようにと指図した。

かすみが下がると、香山は炭を足した。両端が切り揃えられて粉を洗い落とした、茶の湯に備えた炭だ。

きれいに洗われている楢炭《ならずみ》は火《ひ》の粉《こ》を飛ばすこともなく、じわじわと火が回り始めた。

釜の湯がほのかな湯気を立ち上らせているところに、永承と佐吉がかすみに案内されてきた。

ひと目見ただけで、永承はこの離れが茶室に見立てられていると察した。

亭主を待ってその場を動かずにいると、香山が寄ってきた。

「よくぞお越しくださすった」

亭主の手招きを受けて、永承と佐吉は離れに上がった。

中島は炉のそばでふたりを迎えた。

＊

中島三郎助と香山栄左衛門は、ともに浦賀奉行所次席与力である。役職名は同じだが、同格ではない。

江戸より赴任してくる奉行を補佐するのは中島の役目だった。

このたびの大捕物《おおとりもの》の指揮督励《とくれい》役も、中島は筆頭与力から命じられた。筆頭与力からは一言《いちごん》も口に出しての指示はなかった。が、中島は委細を察した。

「公儀に実態をさとられることなく、隠密裏《おんみつり》に処理すべし」である、と。

抜け荷の首謀者は大田屋五之助と宅間伊織である。両名およびその配下の者の捕縛は「迅速《じんそく》かつ隠密裏の対処」に、徹した。

浦賀奉行所の庶務頭が抜け荷に加担していたことが、表沙汰《おもてざた》になれば……監督不行届として、奉行の進退問題にまで発展するのは必至だった。

江戸町奉行もきつい咎めを受けるだろう。公儀膝元《ひざもと》の江戸で、大田屋は抜け荷の差配を行っていたからだ。

さらには房総半島警護の忍藩《おしはん》、三浦半島の沿岸警備を命じられている川越藩《かわごえはん》も無事では済まなくなる。

いかなる手立てで臨めば、公儀に察知されることなく抜け荷の一件を処理できるか。

中島は香山に諮《はか》ることはせず、ひとり沈思黙考《ちんしもっこう》を続けた。すべての責めを我が身で負う覚悟を決めてのことだった。

言うは易《やす》く行うは難《かた》し。

これは中島家家訓の第一であり、戒《いまし》めであった。四代前の中島家当主は、漢文解釈に長《た》けた学者だ。

その才を評価されて浦賀奉行所与力職に召し抱えられた。異例の抜擢《ばってき》だったが、周りからの不満の声は皆無だった。

それほどの才人だとだれもが認めていた。

前漢《ぜんかん》時代の朝廷において、塩と鉄の専売に関する議論をまとめた『塩鉄論《えんてつろん》』。これを中島家初代は読み下していた。

家訓の「言うは易く……」は、この塩鉄論に出てくる一節である。

抜け荷断罪に関する責めすべて、我が身一身に負うと決断したとき、中島は何度もこの家訓の一節を思い返した。

どこにも穴があってはならぬ。

蟻《あり》の一穴《いっけつ》の如《ごと》き微細な穴も不可なのだ。

宅間と大田屋五之助からの聴取《ちょうしゅ》も、中島ひとりで行った。中島の胸中を察した香山は、莞爾《かんじ》として笑い、すべてを預けた。

「存分になされよ」と。

短い物言いに、香山の覚悟のほどが詰まっていた。公儀に露見《ろけん》したときは同罪を免《まぬか》れぬが、それでよいとの覚悟だった。

中島は同心から与力心得《こころえ》へと昇進を果たしたとき、木更津《きさらづ》出張を命じられた。名目は盤州干潟《ばんずひがた》視察である。その実は昇進祝いの宴席に出向くことだった。

浦賀には潮流の加減で木更津発の流木が一年を通じて漂着した。流木の大半は木更津の薪炭《しんたん》問屋が伊豆半島の木材業者から仕入れようとした松と杉の丸太である。木更津湊に接近する途中で、いかだは一年を通じて荒天に遭遇《そうぐう》した。結びが解けた丸太は流木と化した。丸太には廻漕問屋の屋号が刻印されていた。

漂着丸太が三十本となるたびに、浦賀奉行所は木更津監視所に報《しら》せた。問屋は浦賀に川並《かわなみ》を差し向け、漂着丸太を引き取った。

与力心得となった浦賀奉行所役人は、盤州干潟視察と称して木更津をおとずれ、問屋から数日もの間、宴席接待を受けた。

中島も木更津芸者の手厚い接待は受けた。しかしそれだけに留まらず、名目にある盤州干潟の視察にも出向いた。

「浦賀のお役人様を小櫃川《おびつがわ》にご案内したのは、今回が初めてです」

薪炭問屋の手代が、思わず正味を漏らした。手代はしかし、視察案内を喜んだ。親戚が小櫃川河口付近に暮らしていたからだ。

干潮の四半刻前に到着し、物見《ものみ》やぐら上で暫時、昼餉《ひるげ》を振る舞った。三重の弁当を食べ終えたころ、引き潮《しお》が始まった。

つい今し方まで海だった場所が、見る間に広大な干潟と化した。

浦賀奉行所から携行してきた遠眼鏡を三段まで伸ばした中島は、いきなり出現した広大な干潟に見入った。

どれほど目を凝《こ》らしても、干潟の端《はし》を確認できない。それほどに規模が大きかった。

「あと三刻のうちに、上げ潮となって海が戻ってまいります」

手代の説明を受けた中島は、引いた潮が戻るまで留《とど》まることにすると告げた。

「でしたら上げ潮までは、てまえの遠縁の宿にてお過ごしください」

案内されたあと、中島は小櫃川河口に暮らす漁師から、干潟の仔細説明を受けた。

引き潮で出現した干潟には、海水が満ちていたときとは別の生き物が生息していた。

やがて潮が上がってきたあとは、干潟などそこにはなかったかのように、いつもの海の様子が戻っていた。

引き潮・干潟・上げ潮の三様を目《ま》の当《あ》たりにした中島は、異なる顔を見せた海の模様を脳裏に焼き付けた。

人智など及ばぬ力で、壮大な営《いとな》みを繰り返す海に、心底畏敬《いけい》の念を覚えていた。

宅間と大田屋らを断罪するにあたり、中島は綿密なる策を練った。その結果、三段階に顛末書を仕上げようと決めた。

三段階その壱は「引き潮」。

その弐は「干潟」。

その参は「満ち潮」の三段階である。

もとより壱・弐・参は中島の心覚えで、顚末書に書くわけではなかった。公儀に知られることなく、内々の顚末書をまとめるための、中島の心覚えだった。

壱の「引き潮」部分では、宅間および大田屋などの裏切り行為を把握し、全体像を俯瞰《ふかん》することに努めた。

聴取した内容が複雑に入り組んで分かりにくくなったとき、中島は「引き潮」を念頭に置いて整理した。

弐の「干潟」は、裏切りの結果露呈される事態の俯瞰である。

読み返しを難儀に感ずるほど、ことの詳細が明かされた。

参の「満ち潮」は、つまるところ、公儀に対する隠蔽《いんぺい》工作である。

宅間など本件罪人全員、斬首《ざんしゅ》刑相当と断じた。罪状の重さから考えても当然の裁決だったが、中島は「関係者の口封じ」を第一と考えて断罪した。

斬首刑執行に際しては、奉行所裏手の山中に土壇場《どたんば》を設けた。斬首役、検視役《けんしやく》選定は奉行にも筆頭与力にも相談せず、中島の独断で指名した。

検視後、遺体は直ちに特設した火葬やぐらで荼毘《だび》に付した。遺骨は中島が拾った。

土壇場とは別の山中に穴を掘り、中島ひとりの手で埋めた。

顚末書は原本のみで、複製厳禁とした。

原本は樟脳《しょうのう》を詰めた油紙袋に収められ、筆頭与力が保管することになった。

奉行にも原本の行方《ゆくえ》は知らされなかった。

＊

中島は一服の点前を供しただけで、宅間らの処断については、ひとことも触れなかった。

伊勢屋四郎左衛門、十間堀の利三、ゑさ元後兵衛、そして寺田屋永承などへの、ねぎらいの言葉も一切口にせず仕舞いだった。

「武家といえども、甚《はなは》だしき了見違いの挙に及ぶ者はいる」

中島は佐吉を見詰めて話を続けた。

「献残屋稼業を続ける限り、今後も心得違いの者に遭遇するであろうが……」

声の調子をわずかに張り、永承に目を移してあとを続けた。

「その方の慧眼《けいがん》曇ることなかりせば、寺田屋は安泰であろう」

佐吉はよき部下であるの、と言い添えた。

初めてのねぎらい言辞だった。

「ありがたきお言葉を賜りました」

永承は中島の目を見詰めて礼を言った。

佐吉はおもてを伏せて受け止めた。

中島が口を閉じると、香山が一冊の綴《つづ》りを膝元に置いた。綴りの表紙は赤紙で、御用帖《ごようちょう》と小筆で記されていた。

「他言無用を了として署名し、血判を押してもらおう」

香山は筆と小柄《こづか》を永承に手渡した。

ふたりは署名し、小柄で人差し指の腹を切って血判を押した。

笹の香りをたっぷり含んだ風が、離れに流れ込んできた。

＊

寺田屋に戻ったあと、永承は佐吉を居室に呼び寄せた。

「中島様も言っておられたが、このたびの一件で果たしたおまえの働きは大きい」

永承は五両相当の白扇《はくせん》二本を佐吉に受け取らせた。

「いつにても寺田屋が買い取る」

永承は束《つか》の間《ま》、笑みを見せた。が、すぐさま真顔に戻してあとの言葉を続けた。

「利三親分、伊勢屋殿、後兵衛さんなど、だれもが身代を賭して力を貸してくれた」

佐吉は永承を見詰めて深くうなずいた。

「その働きに対して、中島様はひとことも言い及ばれることはなかった」

おまえはそのことに存念を抱いているだろうと、佐吉の胸中を言い当てた。

無言のまま、佐吉はまた深くうなずいた。

「中島様も香山様もご自身の一命のみならず、ご家名までも賭されて、このたびの処断に臨まれた」

中島様の双肩《そうけん》には、途方もなく重たい責めがのしかかっていると、推《お》し量《はか》っていた。

「ひとはそれぞれ負うべき責めの重さも種類も異なっている」

命を賭してことに臨んだ者にのみ、命を賭している者の覚悟を察知できる……永承の双眸《そうぼう》には、初めて見る重き光が宿されていた。

佐吉は口に溜《た》まった固唾《かたず》を呑み込んだ。

このひとことで、佐吉は思い知った。

このたびの一件で、真に一命を賭す覚悟に至っていなかったのは、自分ただひとりだったことを、である。

永承までもが身代《しんだい》と一命を賭していた……。

「精進《しょうじん》に励みます」

おもてを伏せて答えたとき、涙がこぼれ落ちた。おのれの甘さを悔いた一粒である。

閉じた白扇に涙は落ちた。

自分には戴《いただ》く資格はない……見詰める佐吉は、滲《にじ》みが広がるにまかせていた。

「佐吉」

呼びかけられた佐吉は、潤《うる》んだ目のままで永承を見た。

「海は限りなく大きな度量を持っている」

しくじりをおかして干上がったとしても、時が過ぎれば、また豊かな水が戻ってくる。

「それをおまえもわしも、学ぶことができたのだ。得がたい収穫だったぞ」

永承の物言いは柔らかさに富んでいた。

また佐吉の目が大きく膨らみ、涙が落ちた。

明日につながる涙だった。


〈了〉

解説——時を忘れるほどの痛快な作品

縄田一男《なわたかずお》

迷い箸《ばし》ということばがあるが、さしずめ、本書の解説を書こうとしている私の胸中は迷い筆である。

もちろん、『まいない節——献残屋佐吉御用帖《けんざんやさきちごようちょう》』のことに触れるのは当然だが、最近の山本一力作品については、書きたいことがありすぎるのだ。

迷っていても仕方がないから、まず、『晩秋の陰画《ネガフィルム》』（祥伝社）のことから書きはじめるが、この一巻は、何と山本一力初のミステリー短篇集である。しかもどれ一つとして同じ傾向の作品がないのは驚くばかりだ。

表題作は、死者の日記の視点を変えることで事件の真相が一変する。正《まさ》しくネガとポジ。

続く「秒読み」は、収録作品中、いちばんびっくりした。これは、いうところの〈奇妙な味〉の作品ではないか。作者は、いつからこのようなミステリーの名手《めいしゅ》になったのであろうか。

　そして私が、最も愛すべきは作者の映画愛に貫《つらぬ》かれた極上のシネマ・ミステリー「冒険者たち」だ。対象となっているのは、もちろん映画「冒険者たち」。原作者のJ・ジョバンニは、この映画化作品を不服として、自身で「生き残った者の掟《おきて》」としてリメイクしているが、何、そんなことはかまうものか。

「冒険者たち」を一度でも観《み》たことのある人なら、たちまち、その魅力の虜《とりこ》となってしまうだろうから。そしてさらに嬉《うれ》しいのは、作者がこの映画の三人の主役のうち、アラン・ドロンでも、ジョアンナ・シムカスでもなく、ごっつい男性的魅力にあふれたリノ・バンチュラを愛していることだ。バンチュラは急逝《きゅうせい》してしまったが、ジャン・ギャバンの後継者的立場の役者だったと思う。

　そしてこの短篇集は、フランク・シナトラを愛する作者のオーディオ・マニアぶりがうかがえる「内なる響き」で幕《まく》となる。

　充実の一巻とはこのことだ。

　さて、そろそろ本書の解説に入らないと読者のお怒りをこうむりそうなので、筆をそちらに移すが、『まいない節――献残屋佐吉御用帖』は、文庫サイズの月刊誌「文蔵」二〇〇五年十月号から二〇一三年六月号にかけて連載され、二〇一四年三月、ＰＨＰ研究所から刊行された作品である。ところが、単行本で読んだ方もゆめゆめご油断めさるな――作者は文庫化にあたって本書を大幅に改訂《かいてい》、特にラストなどは全面改稿しているのである。従って、単行本と文庫本を読み較《くら》べてこそ、真の山本一力ファンといえよう。

山本一力作品といえば、江戸のさまざまな職業を取材しており、さながら江戸職業づくしという体《たい》を成している。はじめての連作集『損料《そんりよう》屋《や》喜《き》八郎《はちろう》始末《しまつ》控《ひか》え』（文春文庫）からして、そもそも、夏の蚊帳《かや》、冬場の炬燵《こたつ》から鍋《なべ》、釜《かま》、布団《ふとん》までを賃貸しする、現代にはない職業が扱われていた。

そして今回の献残屋とは、大名や幕臣の屋敷を回って進物を買い取り、転売する職業で、初刊本の帯に山本一力は「献残屋とは、飛び切り奥の深い生業《なりわい》です」と記している。

作品は、焼津《やいづ》港の鰹漁《かつおりよう》で幕をあけるが、この波しぶきがかかってきそうな漁の場面はどうだ。山本一力は、人々の仕事と生活を常に丹念《たんねん》に描くことを怠《おこた》らない。そのため、作中人物は血の通った人間として私たちの前に屹立《きつりつ》してくる。

舞台は一転して江戸。前述の鰹漁を行っていた焼津屋の縁故《えんこ》で献残屋・寺田屋《てらだや》の手代《てだい》となった主人公・佐吉が登場する。献残屋とて商人《あきんど》であるのだから、利を求めるのは当然だ。しかし、決してあくどい商《あきな》いはしない。並の献残屋と違うのは、寺田屋は進物の余りものを買い集めるだけでなく、手頃な値の「進物の周旋《しゆうせん》」も行う。

その一方で、寺田屋の鰹節はどうなるのか、といえば、一杯十六文のうどんになるのである。ここで極論をいってしまえば、本書の佐吉は、江戸の人たちに十六文のうどんを食べさせるために身体《からだ》を張った男といえるかもしれない。

頃は、ロシアの船が蝦夷《えぞ》地に現れ、ペリーが来航しようという時代——ここにロシアとの抜け荷を行う巨悪が台頭する。寺田屋の出入り先である浦賀奉行所庶務頭《がしら》・宅間伊織《たくまいおり》と、蝦夷からやってきて廻漕問屋《かいそうどんや》を営《いとな》む大田屋《おおたや》の五之助《ごのすけ》、佐次郎《さじろう》である。

そんな折、佐吉は、大田屋の虜になった寺田屋の手代・与助《よすけ》をやっと取り戻したのも束《つか》の間、首を吊《つ》られてしまう。

江戸の裏社会にも通じる後兵衛《ごへえ》は、佐吉から与助の身柄《みがら》を預かったにもかかわらず、死なせてしまったことに責任を感じ、自らこの一件に乗り出すことに——。

一方、大田屋一味の悪業はさらに増し、夜鷹《よたか》をかどわかし、これもロシアへ売ろうという鬼畜《きちく》の如《ごと》き所業へと発展する。

これに怒ったのが、深川の夜鷹を仕切る十間堀《じっけんぼり》の利三《としぞう》である。利三はどうせ地獄なら鬼のいない地獄をと、夜鷹の面倒をきっちり見てきた親分なのだ。

こうして抜け荷の一味と対決する男たちが揃《そろ》ってくるのは、本書で最もゾクゾクするところではあるまいか。

そんな中でも、作者は読者の胸に決して忘れられないことばを刻《きざ》んでいく。

いわく「しかし佐吉、いかなる生業に就《つ》いていようとも、器量は生業には左右されない」等々。

さらに、この一巻は、佐吉ほどの男でも驚くほどの肚《はら》をくった面々が登場する。つまりは、時を忘れるほどの痛快な作品でありながら、佐吉の成長小説でもあるのだ。

それは次のくだりからも分かる。


寺田屋の奉公人のなかで、自分は献残買いの腕は抜きんでていると佐吉は自負していた。

難儀に直面したとき、肝《きも》の太さにおいて負けることはないとの思いも抱いていたのだが。

昨夜の伊勢屋《いせや》と頭取番頭《とうどりばんとう》の藤五朗《とうごろう》。

いま目の前を歩いている永承《えいしょう》。

桁違《けたちが》いに大きな度量を持つ男たちに、佐吉は立て続けに出会った。

永承にはこれまで身近に仕《つか》えながら、まことの度量のほどを察してはいなかった。

奉公人のために、あるじが正味《しょうみ》で一命を賭《と》すと肚をくっている。

おのれの慢心を思い知ったいま、佐吉の歩みはすり足になっていた。


いたずらにストーリーを記すことになるので、この解説の中ではじめて登場する男たちについては、いちいち説明しないが、何故《なにゆえ》、山本一力の小説は、いつもこのように、熱く、時には読者をふるい立たせ、元気をくれるのだろうか。

私は、その答えは、山本一力が好んで使う〝正味〟ということばにあるような気がしてならない。

〝正味〟とは、ギリギリ本当のところで、と私は勝手に解釈している。これは読者諸氏にも問いたいが、山本一力の作品に、かつて駄作があっただろうか。私はない、と断言できる。

あれだけの執筆量をこなしながら、構成、文体ともに一度たりともブレたことはない。読者を失望させたこともない。

つまり、〝正味〟ということばを山本一力作品にふりかえって考えてみれば、それは作者が文字通り、命を削《けず》りながら書いている、ということになりはしないか。

そして作品に戻れば、全面改稿されたラストでは感動は倍加しているといっていい。

さて、読者の方々は、解説の冒頭で最近の山本一力作品について書きたいことがありすぎると記したことを覚えておられるだろうか。

何と久々の現代小説『ずんずん！』（中央公論新社）が刊行されたのである。ずんずん！――何と小気味《こきみ》の良い響きだろう。これは、自分の仕事に誇りと責任をもって歩いていく人たちの靴音《くつおと》である。

八人のグラフィック・デザイナーを束《たば》ねるAD（アート・ディレクター）実川玉枝《じつかわたまえ》が、浜町の牛乳販売店纏《まとい》ミルクで、ビン牛乳をぐいっと飲んで職場へ颯爽《さっそう》と向かう際の表現でもある。

ことのはじまりは、その纏ミルクのベテラン配達員・田代《たしろ》が、いつも、空《あ》きビンをきれいに洗って保冷ボックスに戻しておく湯川さんがこれをしていないことに不安をおぼえたこと。何しろ相手は一人暮らしのお婆さんである。田代は八方手を尽くし、腰と後頭部を強く打った湯川さんを病院へ――。

あの人たちが届けているのは牛乳だけじゃない。このことに感動した玉枝は、牛乳と新聞の宅配こそ、日本の文化であると信じ、JCAという広報団体が世界に向けて行っている、日本ならではの文化を紹介する広報活動のコンペに勝利する。

そして、やはり嬉しいのは作中人物の心意気だ。

纏ミルクは決して大企業ではない。しかしながら、従業員の志はどこまでも高い。

そして前述の如く、彼らのブレない姿勢に、私たちは、ページを繰りつつ、いつの間にか元気をもらっているのだ。

みんなが守っているのは、ひとの口に入るものを扱っている、という心構え――どこぞの都議に聞かせてやりたい昨今、この一巻は一服の清涼剤《せいりようざい》といっていいのではあるまいか。

さらに後半には、哀《かな》しみを乗り越えた恋の成就《じようじゆ》もあり、思わずホロリ。

そして彼らは、雨の日も雪の日も、炎天下であっても決して宅配をやめない。

山本一力作品は、時代小説、現代小説を問わず、常に人々の生活の息吹《いぶ》きが描かれて、物語がはじまる。そして、作中人物が躍動《やくどう》する。

ずんずん、ずんずん――聞こえるではないか。あの誇りに満ちた靴音が。

そして私たちも歩き出そう。山本一力作品から元気をもらって、胸を張って、ずんずんと。

（文芸評論家）

この作品は、二〇一四年三月にＰＨＰ研究所より刊行された。

著者紹介
山本一力（やまもと　いちりき）
1948年、高知県生まれ。1997年、「蒼龍」で「オール讀物新人賞」を受賞してデビュー。2002年、『あかね空』で、第126回直木賞、2015年、それまでの業績に対し、第50回長谷川伸賞を受賞。
著書に、「ジョン・マン」「龍馬奔る」「損料屋喜八郎始末控え」のシリーズ、『だいこん』『銀しゃり』『峠越え』『千両かんばん』『紅けむり』『ずんずん！』『晩秋の陰画《ネガフィルム》』など。

ＰＨＰ文芸文庫　まいない節
献残屋佐吉御用帖

2016年11月21日　第１版第１刷

著　者　山本一力
発行者　岡　修平
発行所　株式会社ＰＨＰ研究所
東京本部　〒135-8137 江東区豊洲5-6-52
文藝出版部　☎03-3520-9620（編集）
普及一部　☎03-3520-9630（販売）
京都本部　〒601-8411 京都市南区西九条北ノ内町11
PHP INTERFACE　http://www.php.co.jp/
組　版　朝日メディアインターナショナル株式会社
印刷所　共同印刷株式会社
製本所　株式会社大進堂

ISBN978-4-569-76641-6

PHP文芸文庫

峠越え

山本一力 著

女衒の新三郎と壺振りおりゅうが人生のやり直しを賭け、乾坤一擲の大勝負に出るが……。男女の機微が胸に迫る著者会心の傑作時代小説。

定価 本体七二四円(税別)